Laura Steckelboom

Lady Hillingdon
oder
Das 7. Leben

Engelsdorfer Verlag
Leipzig
2025

Bibliografische Information durch die Deutsche Nationalbibliothek:
Die Deutsche Nationalbibliothek verzeichnet diese Publikation in der Deutschen Nationalbibliografie; detaillierte bibliografische Daten sind im Internet über https://dnb.de abrufbar.

Angaben nach GPSR:
www.engelsdorfer-verlag.de
Engelsdorfer Verlag Inh. Tino Hemmann
Schongauerstraße 25
04328 Leipzig
E-Mail: info@engelsdorfer-verlag.de

Alle Personen und Handlungen sind frei erfunden.
Ähnlichkeiten mit existierenden Handlungen und Personen
Wären daher rein zufällig und unbeabsichtigt.

ISBN 978-3-96940-922-0

Hergestellt in Leipzig, Germany (EU)

Gedruckt auf FSC®-zertifiziertem Papier

Druck & Bindung: Esser printSolutions GmbH Bretten

15,80 Euro (DE)

INHALT

Prolog

„Das soll's also jetzt gewesen sein? So eine Scheiße!" Billies Wut taucht unter in diesem furchtbaren Brennen, das ihre Brust verschließt. Sie schnappt nach Luft. Sie will doch nur schnell noch duschen. Es ist Samstagnachmittag, sie fährt am Abend nach London ins Theater. Eleonores antike goldene Ohrringe mit den Opalen liegen auf der Spiegelablage bereit, das schwarze lange Kleid hängt am Treppengeländer. Ächzend hat sie ihren massigen Körper auf den Wannenrand gehievt und heißes Wasser aus dem Duschkopf über ihr linkes Bein laufen lassen. Das dumpfe Pochen, das seit Wochen im Unterschenkel sitzt, lässt endlich nach. Erleichtert hebt sie ihren Arm und das Wasser benetzt nun Gesicht und Schultern.

Doch dann schießt da plötzlich dieser neue Schmerz durch ihren Körper und verhindert das Atmen. Der Duschschlauch fällt aus Billies Hand und windet sich wasserspuckend auf dem Wannenboden. Verwundert starrt sie auf die tanzenden Buchstaben des Duschvorhangs, den sie im Fallen mit sich reißt. Unten an der Haustür ist klägliches Mauzen zu vernehmen von Bob, dem roten einäugigen Kater. Doch das hört Billie schon nicht mehr.

1. Kapitel – 3 Jahre zuvor

Billie tritt das Gaspedal durch. Die Tachonadel schwebt jetzt über der 150kmh Anzeige. Sie muss sich sputen, wenn sie die Fähre nach Dover noch erreichen will. Sie schüttelt den Kopf. Unglaublich, dass sie es einfach nie schafft, pünktlich und ohne Stress zum Fährhafen zu kommen – egal ob von der Insel oder auf der Anfahrt über Calais.

Natürlich ist das auch vor sieben Jahren nicht anders gewesen, als sie sogar die Nacht durchfahren muss, um frühmorgens das erste Schiff nach Dover zu erreichen. Die Anspannung fällt erst von ihr ab, als sie sich an Deck gegen den eisigen Wind eine Zigarette anzündet. Unten im Parkdeck steht der riesige geliehene Kombi, bis unters Autodach vollgestopft mit ihren Habseligkeiten. Zwei Reisetaschen voll Klamotten, Gardinenstangen, Bettzeug, eine Kiste mit Eimern, Putzmitteln und Lappen, Kartons mit Geschirr und Gläsern und natürlich mit ihren geliebten Büchern.

Im Nebelgrau des Ärmelkanals nehmen die weißen Felsen von Dover und der Traum ihres Lebens gerade Gestalt an. Billie erinnert sich, dass ihr Tränen über das Gesicht gerollt sind. Und das verursacht weder die eisige Luft noch die Gischt der Wellen. Billie wird damals von ihren Gefühlen übermannt, weil gerade ihr großes Abenteuer beginnt. Sie wandert aus.

Rechts der Autobahn wird das Gelände jetzt sandig, fast weiße Stellen werden abgelöst vom Dünendickicht aus Strandhafer, Wacholder und blaugrauen Stranddisteln. Billie hat keinen Blick dafür, ihre Augen suchen die Einfahrt zum Terminal. Langsam rollt ihr kleiner grüner Japaner in die Warteschlange für PKW. Erleichtert fährt Billie das Seitenfenster runter und saugt an der selbstgedrehten Zigarette. Sie mustert die wartenden LKW, die schon in das geöffnete Fährschiff gelotst werden. Durch die Entfernung sind die Kennzeichen nicht zu lesen, doch eigentlich müssten mindestens zwei Lastzüge aus Polen dabei sein. In der Firma warten sie dringend auf Lederlieferungen. Mit den Fahrern aus Polen schließt sich so etwas wie ein Erinnerungskreis für sie.

Hiltrud hat ihr damals den Job bei dem Autozulieferer nahe L. verschafft. Die strenge Hiltrud, die mal als Kundin bei ihr auf der Kosmetikliege gelegen hat und später zu einer Freundin geworden ist. Falls es so etwas wie Freundinnen für Billie überhaupt gibt, was an sich schon ein ziemlich schwieriges Thema ist. Billie grinst versonnen in sich hinein und zieht wieder an ihrer Zigarette.

Das Ganze ist schon so lange her, seitdem sie dank Hiltrud dieses neue Leben beginnt. Ihr fünftes immerhin, wie sie an den Fingern ihrer linken Hand nachzählt.

Der Daumen ist die Schulzeit und sie ist Punkerin in der DDR, immer aufbegehrend, immer dagegen. Was wenig hilfreich gewesen ist.

Richtig losgegangen mit dem Leben ist es, als ihre Mutter sie gezwungen hat, Kosmetikerin zu lernen. Sie hasst den Beruf vom ersten Tag an. „Pickel knetschen" nennt sie es und in diesen zwei Worten steckt die ganze Verachtung für das Oberflächliche, das Belanglose, das Mädchenhafte, das für Billie in diesem Beruf verkörpert wird.

Trotzdem ist sie gut darin, ihr Hygienefimmel hilft dabei enorm. Nach der Wende wird sie und ihre solide DDR-Ausbildung interessant für ein gut zahlendes amerikanisches Unternehmen, für das sie dann tausende Kilometer durch den Osten fährt und überall äußerst dankbare Ostfrauen zu Kosmetikberaterinnen ausbildet. Die Illusionen über lukrative Lippenstift-Umsätze durch Hausbesuche sind ihr zweites, also das Zeigefinger-Leben. Das und die Ehe mit Ingolf, der nie Geld hat, aber ständig neue Sachen aus Katalogen bestellt.

Schnell schüttelt Billie diese Ehe nebst den ostdeutschen Vorstellungen vom *american way of life* ab und wendet sich dem Mittelfinger zu: Ihr drittes Leben beginnt mit Jonas auf seiner Baustelle. Endlich Handfestes, in Gummistiefeln durch Mörtelmatsch laufen, mit den Maurern bei einer Zigarettenpause deftige Witze reißen. Billie macht die Buchhaltung für Jonas Baufirma, zwei Jahre ist sie glücklich. Sieht darüber hinweg, dass Jonas bereits am Horizont ein neues Bett für sein müdes Unternehmerhaupt entdeckt und dabei auch glatt vergessen hat, die notwendigen Abgaben an den Rentenversicherer zu entrichten. Obwohl sie seine zuverlässigste Mitarbeiterin ist, die sogar statische Berechnungen kontrollieren und Bodenanalysen auswerten kann.

Schließlich flieht Billie doch wieder in ein neues Leben, der Ringfinger ist dran. Eine Kollegin aus Berufsschulzeiten, zähneknirschend muss Billie auch sie „Freundin" nennen, gibt ihr einen Job in ihrem Laden. Nun sitzt sie wieder an der Kosmetikliege, massiert und zupft, ist Mädchen für alles, kontrolliert die Kasse, putzt abends noch den Laden, organisiert, vermittelt, hat wieder ab und zu Kontakt zu ihrer Mutter, will sesshaft werden in einer Altbauwohnung, die sie renoviert, wird nicht froh bei allem.

Ein Lichtblick ist in diesen Jahren, dass sie Clara wiederfindet, ihren Lebensmenschen. Lachend werden sie später feststellen, dass eine ihrer Mütter gelogen haben muss, sie trennen fast 14 Lebensjahre und fühlen doch oft wie Schwestern. Sie kennen sich schon von irgendwoher, doch eigentlich gar nicht, finden sich nur sympathisch, interessant. Und verlieren sich aus den Augen.

Sie treffen sich wieder beim Griechen, Billie ist noch mit Jonas zusammen, kurz vor dem Absprung, da entdeckt sie Clara an einem Nachbartisch, Clara mit ihrem Ehemann Linus und den beiden Söhnen. Die heilige Familie, wie Billie damals denkt. An diesem Abend signalisiert Billies Gehirn: Nicht mehr verlieren, nie wieder loslassen. Danach telefonieren sie oft miteinander, treffen sich zum Kaffee in der Kneipe mit der komischen Nummer im Namen.

Ihre gegenseitigen Besuche sind eher Teil der Suche nacheinander. An Claras abgeschabtem Küchentisch gestalten sie Blumengestecke für die Schlosshochzeit ihrer gemeinsamen Freunde, für die sie sich verrückte Hüte gekauft haben. Beim Weihnachtsessen in Claras riesigem Wohnzimmer mit den hohen Decken ist Billie fasziniert von der Tischdeko, die so üppig ist wie Claras Fantasie, mit goldenen Rentierschlitten und dunkelroten Kugeln im Tannengrün.

Billie bewundert es, wie Clara mit Farben und Gegenständen hantiert, ordnet und gruppiert, ganz leicht und einfach. Was der sachlichen Billie nie gelingen würde, kann die kreative Clara ohne Mühe gestalten und einrichten. Es sind schöne Momente, doch wirklich froh ist Billie in dieser Zeit eben nicht.

Das ändert sich auch nicht mit Hiltruds Jobangebot und dem nun startenden fünften Finger-Leben beim Autozulieferer nahe L. Allerdings ändern sich drastisch die äußeren Umstände, die ungelernte Billie hat kaum noch Zeit, arbeitet viel, macht Überstunden, will allen beweisen, dass sie in der neuen Position in der Logistik innerhalb kürzester Zeit die Vorgänge beherrscht – die Bestellungen, das Ordnungssystem, die Ersatzteillieferungen, die Polstermaterialien für die Autositze, die Bezüge.

In Billies Altbauwohnung schleift Clara die Türen ab, Linus klebt Tapeten und streicht Wände. Beim Einkauf auf dem Markt trifft Clara Billies Mutter, bittet sie um mehr Geduld mit Billies kompliziertem Wesen, das Clara so gar nicht kompliziert erlebt. Billie duldet das, obwohl sie Zweifel am Sinn dieses Vermittlungsversuchs hat und sie wird recht behalten. Und noch etwas anderes bestätigt sich – es fehlt immer noch etwas in ihrem Leben.

Nachdem Billie ihren kleinen grünen Japaner auf dem Parkdeck abgeschlossen hat, hängt sie sich ihren großen schwarzen Lederbeutel über die Schulter und fährt mit dem Aufzug hoch zum Oberdeck. Draußen schneidet ihr sofort ein eisiger Wind in die Gesichtshaut, sie zieht den Reißverschluss ihrer schwarzen Jacke bis unters Kinn zu und schaut in die Richtung, in die der Bug der Fähre weist. In dem diesigen Vormittagslicht ist kaum etwas am Horizont zu erkennen. Und doch lassen die irgendwo dahinten vermuteten Umrisse der weißen Felsen von Dover in Billie wieder die Erinnerungen hochkommen. In einer Nische zwischen den Rettungsbooten zündet sie sich die nächste Zigarette an und atmet den bläulichen Rauch entspannt in die eisige Luft.

Nachdem sie innerhalb von knapp zwei Jahren die Logistik im Griff hat, kommen die ersten Meetings im Mutterkonzern in M. Ihre fachliche Expertise ist gefragt, sie kennt Warenbestände und Rückstände oder Lieferzeiten, Zahlen sind schon immer ihr Ding gewesen. Aus der Konzernleitung kommt dann auch die Anfrage, ob sie sich nicht einmal die Fabrik in England anschauen und dort kollegiale Hilfe leisten wolle. Natürlich nur für eine gewisse Zeit.

Billie beißt sich auf die Zunge vor Begeisterung, so laut möchte sie ihr Glück herausschreien. Ihr Lebenstraum, er wird wahr! Einem ersten Besuch folgt ein zweiter, dann die Entscheidung, die Firma im Königreich will sie übernehmen, unterstützt sie bei den Formalitäten, bei der Wohnungssuche, sie bekommt eine Woche Sonderurlaub für den Umzug. Ihre Mutter kann es nicht fassen und heult nur. Ihre Freunde nehmen es noch nicht ernst, in einem halben Jahr bist du wieder hier, sagen sie und lächeln unsicher. Wer wandert schon aus und dann noch nach England. Großbritannien, verbessert Billie da schon, England ist nur ein kleiner Teil, ich wohne in Großbritannien. Clara schüttelt leise den Kopf und geht mit

Billie Möbel für die neue Wohnung kaufen. Die hat Billie in der Umzugswoche gefunden und sie ist der Knaller: Matchbox Cottage in einem kleinen Dorf in Oxfordshire und nur 20 Autominuten von der Firma entfernt gelegen. Der Name ist Programm – alles etwas klein und niedrig, Claras Mann Linus muss später immer den Kopf einziehen, um auf der Treppe nicht an die Deckenbalken zu stoßen. Aber es ist ein ganzes Haus, für sie ganz allein und noch dazu so britisch: Strohgedecktes Dach, Backsteine über einem gelben Natursteinsockel, kleine weißgerahmte Fenster, eine schwere eichene Haustür samt Garten und Kletterrose an der Wand. Alles ihrs, ziemlich teuer zwar, doch Billies Gehalt lässt es zu und wenn sie sparsam wirtschaftet, wird es schon gehen.

Billie grinst in den eisigen Sturm bei den Erinnerungen an die zweifelnden Freunde, die später dann die ersten gewesen sind mit ihren Anfragen, ob sie nicht mal auf Besuch kommen dürften, am liebsten gleich eine ganze Woche und London wäre doch nicht weit weg, da könnte man doch.

So geht es Monat um Monat. Für die Bekannten und Verwandten in Deutschland ist Billie nun das Abenteuer, die Fremde. Fremd ist sie in der neuen Heimat aber auch noch. Diese seltsame Zwischenstation lässt viel Abstand zu und das gefällt Billie. Hiltrud, die ihr damals die Möglichkeit eröffnet hat, ist sie dankbar für dieses neue Leben, in dem viel mehr stimmt als in den Bisherigen. Mit ihr besucht sie den Hydepark, wo sie mit Champagner und Häppchen aus dem Picknickkorb die Last night of the Proms auf der Großleinwand erleben. Die häufigen Besucher sind es, die Billie förmlich zwingen, ihre eigenen Interessen an der Kultur und dem Leben in ihrer neuen Heimat ziemlich intensiv auszuleben.

Nur Clara kommt nicht. Sie telefonieren viel, später schreiben sie sich Emails. Aber sie kommt nicht. Erst als Billie sie nachdrücklich zu sich nach Greatley einlädt, kommt Clara für drei Nächte. Billie holt sie ab vom Flughafen, Clara staunt und bewundert, sie liebt das Land und seine Menschen schon länger, als Journalistin hat sie es schon einige Male auf Pressereisen besucht.

Doch schon nach dem zweiten Tag gehen sich Billie und Clara heftig auf die Nerven. Billie ist die Nähe anderer Menschen im gleichen Raum zu viel, in der kleinen Küche stehen sie sich im Weg. Clara friert in dem ungeheizten kleinen Gästezimmer, sie geht mit dickem Pullover schlafen und motzt über den verwilderten Garten. Trotzdem lachen sie viel, Clara schlürft Earl Grey mit Sahne, knabbert ihre Lieblingschips Salt & Vinegar und entwickelt ein Farbkonzept für Billies Schlafzimmer. Sie zerrt Billie in ein Gartencenter, kauft ihr teure Pflanzen. Mit der neuerworbenen Heckenschere stutzt sie die gewaltige Berberitze an der Begrenzungsmauer von Billies Garten, befreit die Strauchrosen aus der Umklammerung wuchernder Bodendecker und pflanzt eine unterentwickelte Hortensie weg von ihrem trockenen Sonnenplatz in den feuchten Mauerschatten. Billie schrubbt inzwischen die bemoosten Wegplatten, eine Zigarette rauchend schaut sie Clara beim Buddeln zu und ist zufrieden.

Beim nächsten Clara-Besuch hat Billie Tickets für die Hampton Court Flower Show in London besorgt. Ein Schaugarten dort hat es ihnen besonders angetan, was allerdings nicht nur an dessen Gestaltung mit blauem Lavendel und weißen Graslilien liegt, sondern auch an dem ausgezeichneten Sherry, den sie Besichtigungsrunde für Besichtigungsrunde von gleichmütig freundlichen Hostessen gereicht bekommen. Später lümmelt Clara auf Billies braunem Chesterfield-Sofa und schreibt die botanischen Namen Anthericum und Lavendula angustifolia Hidcote Blue sowie die notwendige Menge an Pflanzen auf, damit Billie sie bestellen und sich dann diese traumhafte Mischung aus violett-blau und weiß als Mixed Border für ihr Beet pflanzen kann.

Bei den nächsten Besuchen kommt jetzt auch Linus mit, sie fahren nun mit dem Auto, den Kofferraum voll mit existentiellen Dingen für deutsche Auswanderer in Großbritannien – dunkle Vollkornbrote, die Billie für schlechtere Zeiten sorgsam einfriert, Kohlrabi Pflanzen und selbstgemachte Aprikosenmarmelade. Und Linus bringt seinen Werkzeugkoffer mit, repariert den Warmwasserboiler oder isoliert freiliegende Abwasserohre. Sie besuchen sich jetzt regelmäßig, gehen in London in Ausstellungen, kaufen kitschigen Weihnachtsschmuck bei Marks & Spencer. In Oxford stöbern sie in der Haushaltsabteilung von Boswells nach Nützlichem für die Küche und extravaganten Papierservietten, gehen in der alten Markthalle einkaufen, besuchen legendäre Pubs und Tearooms in kleinen Dörfern in den Midlands, in denen die Zeit stehengeblieben ist. Clara sagt, dass Billie angekommen ist. Billie sieht das auch so. Ihr sechstes Leben eben.

2. Kapitel – Russel

Langsam fädelt Billie ihren kleinen grünen Japaner hinter einem polnischen LKW in den Kreisverkehr auf die A43 ein, sie atmet erleichtert auf, denn die M25 Richtung Oxford/Birmingham liegt endlich hinter ihr, es ist Rushhour auf der Autobahn, Freitagmittag und die wohlhabenden Londoner wollen zum Wochenende raus in ihre Landhäuser in den Midlands. Der zahlreiche Rest besteht aus genervten Pendlern, deren Feierabend durch die ewigen Staus wieder einmal hinausgezögert wird. Und natürlich aus den vielen LKW, das rollende Versorgungsnetzwerk der gesamten Insel. Sie erinnern Billie daran, dass zu Hause hoffentlich Emails aus der Firma aufgelaufen sind, die die bestellten Bezüge und Ersatzteile avisieren.

Nach dem dritten Kreisverkehr atmet die Landschaft unter dem niedrigen Wolkendach auf und zeigt ihre ordentlich gezeichneten Felder, sauber liniert durch niedrige Trockenmauern aus Natursteinen. Zur Straße hin typisch begrenzt von mannshohen Knicks, diese von Gehölzen bewachsenen Steinwälle, aus denen schon das rote Funkeln von Hagebutten und Feuerdorn leuchtet. Billie fährt langsamer, hier ist Fasanenland, oft genug ist ihr so ein blöder Vogel in der Dunkelheit fast vor die Motorhaube geflattert. Die Landstraße führt in eine letzte Linkskurve, inzwischen wird der als Windschutz für die Felder dreifach hintereinander gepflanzte Sträucher Filz erhöht von bewachsenen Erdwällen, auf denen im Frühjahr Tausende von kleinen gelben Narzissen und jetzt im Herbst rosa und weiße Alpenveilchen blühen. Wie aus einer dunklen Schlucht kommend, mündet die Straße nun scheinbar in den massigen Kirchturm von Greatley, kurz davor besinnt sie sich jedoch und schlängelt sich elegant unter hohen Laubbäumen am begrünten Dorfplatz vorbei. Aus dem Augenwinkel sieht Billie, wie ein Mann in einem weißen Drogisten Kittel Kreidemarkierungen mit einer merkwürdigen dreirädrigen Schubkarre auf den Rasen aufträgt. Ein verständiges Lächeln huscht ihr über das Gesicht. Cricket gehört zu ihrer neuen Heimat wie der unvermeidliche Tee, der ihr mit großer Wahrscheinlichkeit in weniger als einer Stunde angeboten wird. In Greatley sind sie stolz auf ihr Green und die Cricket Tradition, die allerdings vor allem von den Londonern gepflegt wird, welche am Rande der zauberhaften

Midlands inzwischen immer zahlreicher Landhäuser und Cottages erwerben, um Wochenenden oder Ruhestand hier zu verbringen.

Billie parkt das Auto auf der Straße vor Trudys und Johns Manor und zieht ihren Rollkoffer über den schmalen Kiesweg, der sich rechts an dem kleinen Herrenhaus vorbei schlängelt. Als auf der linken Seite die vier strohgedeckten Häuschen auftauchen, erfasst Billie wie immer eine unglaubliche Leichtigkeit. Wie junge Spatzen kleben die vier Häuser aneinander, früher waren sie die Wohnungen der Bediensteten des Manor. Billies Cottage ist das zweite von vorn, das mit dem gelblich grauen Sockel aus dem eisenhaltigen Gestein der Midlands und der uralten Kletterrose an der Backsteinwand. Dieses Haus verkörpert ihren wahrgewordenen Traum.

Als sie die schwarze Haustür in dem ebenfalls strohgedeckten Windfang aufschließt, fühlt sie sich wieder einmal fast wie Agatha Christies Miss Marple im fiktiven St. Marys Mead. Britischer geht es kaum. Über Billies Gesicht huscht ein glückliches Lächeln, als sie sich in ihrem Erdgeschoss umschaut. Ein dunkles Skelett aus Holzstämmen zeichnet seine unregelmäßigen Linien in die gekalkten Wände. Wuchtige Balken stützen auch die niedrige Decke. Der stärkste von ihnen bildet auf Kopfhöhe die Krone des riesigen Natursteinkamins.

Während sie Zeitungen und Werbepost vom Boden des kleinen Flurs aufsammelt, fällt ihr ein winziger Blumentopf mit Kaktus auf, der neben dem Blumenkübel im Hauseingang steht. Ein Zettel ist auf die Stacheln gespießt: „Habe endlich was gefunden, das noch stacheliger ist als Du! Sehen wir uns morgen Abend? Ich freue mich. R."

Als sie ihr Küchenfenster zum Garten öffnet und den Kaktustopf auf das Fensterbrett stellt, taucht der Kopf mit den erdbeerfarbenen Löckchen ihrer Nachbarin Naomi aus dem immergrünen Busch an der Gartenpforte auf. Ihr erdverkrusteter Finger weist auf den Kaktus: „Hallo Liebes, den hat dieser große, gut aussehende Typ mit dem schönen Lächeln vor ein paar Stunden hingestellt. Gesehen habe ich ihn nicht, war gerade mit Unkrautjäten beschäftigt, aber an seinem Gang und dem Rasierwasser habe ich ihn erkannt. Der ist umwerfend – der Duft, meine ich natürlich!" Die 80Jährige kichert wie ein Schulmädchen. Billie lächelt ihre Nachbarin freundlich an und ist flugs in jene weiblichere Tonlage gewechselt, die sie sich angewöhnt hat, wenn sie englisch spricht: „Vorsicht, Frau Nachbarin, das ist ziemlich dünnes Eis, zu viel Rasierwasser lässt oft auf mangelnde Seriösität schließen, ist das nicht so?“

„Wer spricht denn von zu viel, Liebes, du weißt doch, seitdem es bei mir mit den Augen nicht mehr weit her ist, sehe ich eben mit der Nase. Und die sagt mir, dass dein Russel ein toller Typ ist! Ich mache jedenfalls jetzt Tee für uns!“ Naomi wendet sich entschlossen ab, dass die rosa-blonden Haarsträhnen nur so fliegen. Billie brummt trotzig ein „Das ist nicht ‚mein Russel'!“ Und aus dem Fenster gelehnt ruft sie: „Lass mir bitte eine halbe Stunde, okay? Ich muss noch auspacken.“ Ihre Nachbarin nickt und verschwindet im Haus.

Das Handgepäck steht unberührt mitten im Flur, Billie hat ihren Laptop aufgeklappt und liest die Emails. Paul, ihr Stellvertreter im Team, bestätigt den Eingang der bestellten Lieferungen. Der gute, zuverlässige Paul, ihre linke Hand in der Firma, war von Anfang an für sie da, stets aufmerksam und zuverlässig, eifersüchtig wacht er über sein Privileg, für Billie den Kaffee vom Automaten zu holen, Espresso ohne Milch, ein Stück Zucker. In einer zweiten Mail erinnert er sie an den Termin für das große Meeting am Montag, was gar nicht nötig ist, da man auch sie über den Firmenaccount zum Meeting nicht nur eingeladen, sondern dazu noch beauftragt hat, von der Tagung in M. zu berichten, von der sie heute zurückgekehrt ist. Billie seufzt. Die Einführung von SAP und die verdammten Probleme, die halb Europa mit der Software für ein zentrales Datenmanagement hat, das unternehmensweit eine einheitliche Sicht auf alle Daten ermöglichen soll. Da wird es am Montag wohl wieder mal ziemlichen Krieg geben zwischen den Abteilungsleitern, denkt sie. Schließlich will keiner was falsch gemacht haben, denn in Wahrheit sind die unrealistischen Zeitvorgaben bei der Einführung der neuen Software und die fehlende Abstimmung zwischen den Abteilungen der Grund für die Probleme, also alles wie immer – der Fisch beginnt am Kopf zu stinken. Doch auch Billies Abteilungsleiter, der arrogante und karrieregeile Geoffrey Barnes, wird wieder mit dem Finger auf andere zeigen, da ist sie sich sicher.

Und zum Schluss sitze ich wieder in meinem Büro-Käfig im Lager und verzweifele an dem nicht funktionierenden Warenwirtschaftssystem, an fehlenden Teilen und falschen Mengen, vermutet sie weiter und schüttelt resigniert den Kopf.

Billie scrollt schnell weiter in ihrem Posteingang, nur jetzt nicht an Montag denken, noch sind es zwei Tage, bevor der Stress in der Firma wieder beginnt.

Im Postfach weiter unten findet sie eine E-Mail von Clara. Schnell tippt Billie noch eine Antwort für Russel, drückt die Entertaste und klappt den Laptop entschlossen zu. Claras elektronischen Brief hebt sie sich als Leckerli für den Abend auf.

Sie steht auf und sieht einen struppigen roten Kater, der geräuschlos durch den schmalen Spalt der offenen Haustür geschlüpft ist und nun reglos in dem kleinen Flur zwischen Küche und Wohnzimmer steht. Aus seinem einzigen, grünlich schillernden Auge starrt er Billie ruhig an, nur die Spitze seines zerrupften Schwanzes zuckt ein wenig.

„Na da schau her, Bob der Freibeuter gibt mir die Ehre! Ich muss dich enttäuschen, bei mir gibt es heute kein zartes Rindfleischtartar, hatte keine Zeit zum Einkaufen, bin ja gerade erst wieder heimgekommen. Aber wozu sind wir in Katzenkreisen als Dosenöffner bekannt, schauen wir doch mal, was Küche und Keller noch so zu bieten haben." Billie kramt im Unterschrank, reißt von einer Dose Katzenfutter den Deckel ab und lässt den Inhalt auf ein kleines Porzellantellerchen gleiten, das sie vor den ruhig starrenden Bob auf den Küchenboden stellt. Unerwartet elegant senkt der struppige Kater seinen breiten Kopf zum Teller, schnuppert aufmerksam an dem Angebot und beginnt langsam zu fressen. Billie lächelt zufrieden. Der rote Kater gehört eigentlich der kleinen Japanerin drei Häuser weiter, doch als Pianistin ist sie dauernd auf Tournee und so hat sich Bob andere Futterquellen erschlossen, darunter Billie, deren Katzenliebe er sofort erkannt hat und deshalb sogar manchmal, zusammengerollt auf dem abgeschabten grünen Stoffsessel, über Nacht bleibt.

Während sie ihr Rollköfferchen hinter sich her über die Holztreppe zum Obergeschoss zieht, plant Billie die herrliche freie Zeit bis zum Montag. Zu Tesco fahren, gesalzene Butter, Baguette, ein paar Trauben, ein Glas Oliven und den bernsteinfarbenen Cheddar kaufen, den Russel so mag. Die Hütte vom Staub befreien, Waschmaschine anwerfen, dann in die Wanne, Haare waschen. Dann Russel. Sonntagmorgen im Bett bleiben, neben sich auf dem zerkratzten Nachttisch von ihrer Oma ein Glas eiskalte Milch und den riesigen Coffee mug, bis zum Rand mit dampfendem pechschwarzem Kaffee gefüllt. Zeitung lesen, dann BBC News im Laptop streamen. Ein Traum Tag, der allerdings nur funktioniert, wenn Russel nicht bleiben will. Aber will SIE eigentlich, dass er bleibt? Mit einem kleinen Kopfschütteln wischt Billie die lästige Frage weg und streift sich ihr schwarzes Hauskleid über.

„Bist Du fertig, Liebes? Der Tee wird sonst kalt!" Durch das winzige Toilettenfenster sieht Billie, wie Naomi unruhig vor ihrer Tür hin und her trippelt.

„Deine Kletterrose hier hat falschen Mehltau, die musst du spritzen, Liebes!" Naomis raue Gärtnerinnenhände betasten fachmännisch die Blätter unter den duftenden gelben Blüten, die so hübsch in das Schlafzimmerfenster hineinranken, „Und ein Schnitt würde der auch guttun!"

Barfuß schlüpft Billie in ihre Gartenclogs und eilt die Holztreppe hinunter. Im Flur greift sie noch schnell in ihre Umhängetasche und schon lässt sie sich etwas atemlos in Naomis eisernen Gartenstuhl fallen: „Hier, ich habe Futter für deinen Diabetes mitgebracht, deine geliebten Halloren Kugeln!" Billie reicht die flache Pappschachtel über den runden Gartentisch, der gedeckt ist wie zu einer typisch britischen Teaparty – dreieckige Gurkensandwiches mit Kresse, blütenverzierte Petit Fours und duftende frischgebackene Scones, daneben Schälchen mit Erdbeerkonfitüre und Clotted Cream. Alles sorgfältig arrangiert auf altmodisch geblümten Porzellantellerchen. „Mann, hier sieht es ja aus wie auf Lisbeths Gartenparty in Buckingham Palace!" schnauft Billie und greift hungrig nach einem Sandwich. Sofort blitzen die grünen Kulleraugen über Naomis runden Brillengläsern, ein missbilligender Blick trifft Billie und lässt sie in der Bewegung erstarren: „Grundgütiger, ich darf doch sehr bitten! Jetzt bist du mal wieder sehr deutsch: Eure ziemlich direkte, um nicht zu sagen unhöfliche Art kennt man ja und deshalb habe ich deine unpassende Bemerkung zu meiner angeblichen Zuckererkrankung auch ignoriert. Aber den Namen meiner Königin zu verunglimpfen, das geht doch zu weit! Danke übrigens!" sagt Naomi und legt lächelnd ihre Hand auf die Pralinenschachtel. Billie stopft sich das Gurkensandwich in den Mund und während sie sich eines der pastelligen Törtchen schnappt, tut sie empört und knurrt im Kauen: „Ich weiß, kein Wort über deine Krankheiten! Als ich dich letztens auf deinem Küchenboden gefunden habe, hattest du dich ja auch nur mal kurz zum Mittagsschlaf hingelegt, schon klar! Und wieso eigentlich deine Königin? Wenn ich genug Geld gespart habe, beantrage ich die britische Staatsbürgerschaft, dann ist sie auch meine Königin, so! Ich bin außerdem eine viel größere Royalistin als du, schon wegen Charles! Was ihm da mit mir entgeht und dass das mit dieser Camilla sowieso nur eine Phase ist, weiß der zwar immer noch nicht, aber man soll ja die Hoffnung nie aufgeben!“

Die beiden Frauen schauen sich an und kichern wie zwei alberne Teenager in ihre geblümten Teetassen. Zufrieden zündet sich Billie eine Zigarette an und lässt ihre Blicke über Naomis gepflegten Cottage Garten schweifen. Violette Asternbüsche und purpurfarbene Sonnenhüte bilden große Farbflecken, die ergänzt werden vom Silbergrau der Bodendecker und dem Dunkelgrün der Büsche. Billie kennt kaum die Namen der Akteure in dieser Farbsinfonie, sie weiß nur, dass die Pflanzen in ihrem Gärtchen nebenan da nicht mithalten können. Im Vergleich zu Naomis Blütenparadies wirken ihre Beete hinter der niedrigen Gartenpforte, die die schmalen Reihenhausgärten voneinander trennt, wie ein Vorher-Nachher-Bild in der TV-Sendung „Love your garden“ mit Alan Titchmarch bei der BBC. Nicht einmal ihr Gartenschuppen ist ansehenswert. In einem Anfall von Arbeitswut hat sie ihn zwar innen zum „Pimms-Schuppen“ erklärt und den Raum mit einem alten Tagesbett, einem kleinen Tischchen und einem Sessel sowie einem alten Metallschild mit dem Aufdruck „It’s Pimms O’Clock!“ und andere Accessoires zu dem traditionellen Sommergetränk der Briten dekoriert. Doch außen blättert von dem Häuschen die dunkelrote Farbe ab.

Und wenn Billie an die Pflanzen in ihrem Garten denkt, dann wird es noch kritischer. Eigentlich gedeihen bei ihr nur die Hortensien an der Mauer zum Nachbargrundstück und der Lavendel, der inzwischen eine prachtvolle grau violette Kante entlang des Gartenweges bildet. Aber der ist ja nun auch schon länger verblüht.

Wie zur Bestätigung weist Naomi mit einer Kopfbewegung in Billies Garten: „Dein Lavendel muss jetzt noch mal geschnitten werden, die trockenen Blüten kannst du sammeln und Duftsäckchen damit füllen.“ Bevor Billie etwas erwidern kann, lassen laute Klatscher die hohe gelbe Mauer zum Nachbargrundstück erzittern: „Ach nein, Prinz William spielt mal wieder Basketball!" Seufzend gießt sich Naomi noch etwas Tee nach. Billie schaut stirnrunzelnd in die Richtung des monotonen Lärms.

William, der schlecht erzogene 10-jährige Sohn ihrer Nachbarn Mr. und Mrs. Pincott, ist ihr ebenso unsympathisch wie seine Eltern. Dabei steht Owain Pincott, Williams Vater, noch ziemlich weit oben in Billies Sympathieranking. Der untersetzte Mann mit dem Bauchansatz und ersten grauen Strähnen im dunklen Haar ist ein ruhiger Zeitgenosse, der auf sie wie einer dieser dunklen Felsen an der Küste seiner walisischen Heimat wirkt. Mehr breit als hoch, trotzt er mit stoischer Gelassenheit den tosenden Wellen. Oder den nervenden Attacken seiner Ehefrau. Billie nennt ihren Nachbarn heimlich Eugen, nachdem Naomi ihr erklärt hat, dass der Name Owain die walisische Form dieses alten deutschen Namens ist. Von ihr weiß Billie auch, dass Eugen Mediziner ist und als Internist im Schichtdienst in einem Krankenhaus arbeitet.

Billie hat ihn einmal hinter den Häusern bei den Mülltonnen getroffen, wo er, die vollen Mülltüten als Vorwand, heimlich geraucht hat. Natürlich hat Billie ihn nur verschwörerisch angegrinst und sich ebenfalls eine angesteckt. Dann hat Eugen ihr erzählt, dass er durch den Stress im Krankenhaus viel zu ungesund lebt, Fastfood und so, man wisse es ja, aber er spielt zweimal die Woche Squash oder Tennis, das verlangt schon seine Frau und er will ja schließlich auch irgendwann raus aus dem völlig unterfinanzierten National Health Service und sich eine eigene Praxis aufbauen.

Spätestens seit der heimlichen Rauchpause an den Mülltonnen ist für Billie klar, dass das eigentliche Problem bei ihren Nachbarn Brenda Pincott ist, Eugens größenwahnsinnige Ehefrau.

Billies Gedanken werden durch Naomis ungehaltene Nachfrage jäh unterbrochen: „Hörst du mir zu? Ich habe dich eben gefragt, wie es eigentlich Clara und ihrem attraktiven Ehemann Linus geht?"

„Na das war ja klar, dass es dir mal wieder nur um Männer geht", ein strahlendes Lächeln begleitet Billies kleine Gemeinheit, was die 80-Jährige mit einem fröhlichen Kichern quittiert, „doch ich muss dich enttäuschen, für ein Treffen war keine Zeit, ich habe in H. gerade mal meine Eltern besucht, dann ging schon der Flieger nach M. Dann vier Tage Konferenz, Flieger zum Meeting im Stammwerk in L. und dann wieder mit dem Auto zurück auf die Insel. Aber tröste dich, in der Adventszeit wollen sie mich hier besuchen, das ist versprochen. Und dann kannst du wieder hemmungslos mit dem pretty german boy flirten!“

Billie schaut wieder hinüber in ihren Garten, von wo immer noch das gleichmäßige Dröhnen des auf Stein aufprallenden Basketballs zu hören ist, nun aber ergänzt von einer weiblichen Kinderstimme, die zärtlich flötet: „Willie Darling, möchtest du nicht einen Muffin probieren? Sind ganz frisch aus dem Ofen, Schokolade mit Karamellglasur, so wie du es magst!“ Willie möchte nicht und lässt seinen Ball weiter dröhnen.

Naomi wiegt ein wenig den Kopf hin und her: „Weißt du, Liebes, wir sollten mit Brenda nicht so streng sein. Der Junge ist in einem schwierigen Alter und sie ist doch immerzu allein, bei den vielen Diensten, die Owain im Krankenhaus leistet. Sie hat es auch nicht leicht, der Junge und der Haushalt und alles!“

Billie schnauft empört: „Und auch noch dreimal täglich die Haare frisieren und das Make-up auffrischen. Und dann der Stress im Country Club, die ganzen Dinnerpartys, die Golfturniere und, nicht zu vergessen, die ständige Sorge, dazugehören zu wollen zu den besseren Kreisen!“

Billie hat sich in Rage geredet, denn Brenda ist genau der Typ Frau, den sie aus tiefstem Herzen verabscheut. Wenn die nur den Mund aufmacht und mit betont elegantem Oxford-Englisch krampfhaft versucht, ihre schottische Herkunft zu verbergen. Doch der harte Glasgower Dialekt mit seinem rollenden „r“ und den langgezogenen Vokalen schlägt trotz größter Bemühungen immer wieder durch und entlarvt die 40-Jährige als kleine Aufsteigerin, die sich mit dem Geld des Ehemanns in ein besseres Leben hineinträumt: „Sag was du willst, Naomi, aber an dieser Mrs. Pincott ist doch nichts echt! Sogar der Rotton ihrer Ginger-Locken ist gefärbt, das sieht doch jeder Blinde!“

Mit diesem vernichtenden Urteil will Billie die fruchtlose Diskussion beenden und aufstehen, doch Naomi legt ihre Hand auf Billies Arm und hält sie nachdrücklich zurück: „Ob Brenda echt ist oder nicht kannst du ja dann selbst überprüfen – wenn wir mit dem Gardeners Club Broughton Grange Gardens besuchen. Das ist Samstag in zwei Wochen, nur mal zur Erinnerung, Liebes! Ach, du weißt noch gar nicht, dass Brenda seit kurzem auch Mitglied ist? Sie hat sich an Mrs. Bentley, unsere Vorsitzende, gewandt. Du erinnerst dich doch an die ältere Dame mit den geschmacklosen

Hüten? Das ist Mrs. Bentley. Und nun seid ihr beide in unserem Club und könnt euch viel besser kennenlernen. Jetzt guckst du, als ob dir die Milch sauer geworden ist. Himmel, die Milch! Hätte ich fast vergessen, ich habe doch noch deine Milchflaschen im Kühlschrank, Liebes!“

Ohne auf eine Reaktion der anderen zu warten, springt Naomi so hastig auf, dass sie das Gleichgewicht verliert und unsicher wieder zurück in ihren Gartenstuhl sinkt. Billie hakt Naomi unter und hilft der alten Frau beim Aufstehen. Während sie zusammen in Richtung Naomis Cottage gehen, meint Billie trocken: „Sag ich's nicht – die Olle von drüben haut sogar dich um!“

Als Billie dann ihre zwei Flaschen mit frischer Milch, die jeden Freitag vor ihre Tür gestellt werden, im Kühlschrank verstaut, die Waschmaschine befüllt und angestellt hat, klingt das eben Gesagte noch in ihr nach.

Sie ist ja nicht etwa in den Gardeners Club mit all seinen netten alten Schachteln eingetreten, weil sie urplötzlich brennendes Interesse an irgendwelchen Gartenpflanzen entwickelt hätte. Im Gegenteil, als sie Clara von ihrer Mitgliedschaft erzählt hat, ist die in schallendes Lachen ausgebrochen. Ihre Journalistenfreundin hat neben einer wöchentlichen Gartensendung im wahren Leben auch noch einen grünen Daumen. Allerdings hat sie es nach mehreren vergeblichen Versuchen aufgegeben, Billie irgendetwas von ihrem Pflanzenwissen und ihrer Liebe zur Gartengestaltung zu vermitteln.

Billie ist im Gardeners Club wegen Naomi, die nämlich meint, dass sie auf diesem Weg in Greatley nicht mehr als Fremde, sondern als eine von ihnen wahrgenommen wird. Und es hat funktioniert, Naomis Hoffnung hat sich bestätigt. Von Trudy, Besitzerin des Herrenhauses gleich die Straße runter, wird sie ab und zu zum Tee eingeladen und ihr Ehemann John, ein rüstiger Typ in den 60ern, hat angeboten, bei Reparaturarbeiten am Haus zu helfen. Patricia Allthorp, die mondäne Witwe eines über Greatley hinaus bekannten Malers, hat sie zu einem Konzert im Nachbardorf St. Andrews eingeladen und sich erkundigt, ob man nicht bei Gelegenheit gemeinsam zu einem Theaterbesuch nach London fahren wolle. Nun also auch ihre Nachbarin Brenda, die ja letzten Endes, genau wie Billie, auch nur teilhaben will am gesellschaftlichen Leben und vielleicht hat die ja wirklich mehr zu bieten als eine Haut wie Porzellan und lustige Sommersprossen.

Das braune Ledersofa knarrt, als sich Billie schwer darauf fallen lässt. Ein großes Glas Gin Tonic steht neben ihr auf dem dunklen Holztisch, während sie den Laptop aufklappt und Claras E-Mail zu lesen beginnt:

„Hi Teuerste, hast du eigentlich eine Ahnung, was ich hier mit dem kleinen dicken Julius durchmache? Seitdem er erfahren hat, woher auch immer, dass es Teuerste schafft, bei ihrem Besuch in good old Germany NICHT bei uns vorbeizuschauen, liegt er buchstäblich heulend auf dem Rücken und kündigt unverdrossen seinen unmittelbar bevorstehenden Tod an. Zwischendurch faselt er dann auch noch von diesem fremden Mann, der dich angeblich dauernd besucht, was nun wieder Lala wahnsinnig machen würde …"

Lächelnd nimmt Billie einen Schluck aus ihrem Glas. Wer auch immer später einmal ihre Emails in die Finger bekommt, wird sie beide wohl für völlig durchgeknallt halten. Dabei ist alles ganz einfach zu erklären: In ihrem gegenseitigen Bemühen, die elektronischen Briefe voller geistreicher Bonmots und Wortwitz zu gestalten, hat Clara irgendwann einmal ihre E-Mail mit „Gruß und Kuss, dein Julius" unterzeichnet, was sie nach eigener Aussage von einem ihrer Lieblingsschriftsteller, Kurt Tucholsky, übernommen hat.

In ihrer Vorstellung ist dieser Julius ein kleiner, dicklicher Mann mit selbstgestricktem Westover und einer Halbglatze. Auf britischer Seite haben sie für Julius eine Lala entwickelt, eine magere, zerrige Bohnenstange mit Dauerwelle und einer Vorliebe für Tweed Kostüme.

Über die beiden Alter Egos können Billie und Clara nun Dinge aussprechen, die sonst unter all dem humorvollen Geplänkel in den gegenseitigen Emails ungesagt bleiben würden. Und gleichzeitig ist es dadurch möglich, eben auch jene Distanz zu wahren, die Billie für ihr Wohlbefinden so wichtig ist.

Auf diese Weise kann Billie ihre schon fast körperliche Sehnsucht nach der Seelenschwester ausdrücken, ohne es je in Worte kleiden zu müssen. Immer noch lächelnd tippt sie Antwortsätze in den Laptop:

„… Nun frag mich doch mal, was Lala hier veranstaltet – dauernd das Geheule aus dem kleinen Wandschrank, aus dem sie sich weigert, jemals wieder herauszukommen, wenn ihr nicht euer Versprechen haltet und in der Adventszeit auf Besuch zu uns ins Empire kommt …"

Später hält Billie den durchsichtigen Flakon in einiger Entfernung, bevor sie mit zwei kurzen Sprühstößen ihr Lieblingsparfum „Juliette has a gun" sparsam aufträgt und es an der Luft trocknen lässt, bevor sie ihr kurzes dunkles Haar mit einer Bürste bearbeitet. Der holzige Parfumduft liegt noch in der Luft und Billie spürt augenblicklich ein Kribbeln in der Magengegend. Verdammt, es ist amtlich – sie freut sich auf Russel. Und das nicht nur eben mal so, sondern ihr Körper sehnt sich nach dem Typen, der ihr anfangs in der Firma gar nicht aufgefallen ist. Erst als ihn Paul mit versteinertem Gesicht als den neuen Schnösel aus der Chefetage identifiziert hat, schaut Billie genauer hin. Ein baumlanger, schlaksiger Kerl, über 1,90m, der nicht weiß wohin mit den großen Händen, die er unsicher in seinen Hosentaschen versteckt. Braunes Haar, mit einem Stich ins Rötliche, Augen wie dunkler Waldhonig.

Natürlich behält Paul recht mit seinem Vorurteil, dass der Lange zum Spionieren geschickt worden ist, wie er es nennt. In einem Meeting stellt Abteilungsleiter Geoffrey Barnes mit einer unterwürfigen Geste diesen Russel Beauford als Personalberater vor. Collegeabsolvent, Betriebswirtschaft und Psychologie. Passend zu seiner Oberschichtherkunft trägt er teure Maßanzüge in gedeckten Farben, grau und dunkelblau. Wobei Billie sofort aufgefallen ist, dass durch das dunkle Blau der Honig Ton seiner melancholischen Augen wundervoll hervorgehoben wird.

Der schleimige Barnes erklärt auch, dass sich der Neue die Abläufe in den einzelnen Abteilungen anschauen soll, um Vorschläge zur Prozessoptimierung zu machen. Keine Sekunde hat Billie den Quatsch geglaubt und nach Paul werden nun auch andere Kollegen misstrauisch. Wout aus der Polsterei spricht es dann aus, dass der wohl Personal einsparen soll. Als der wortkarge und öfters nach Alkohol riechende Belgier bei einer ihrer gemeinsamen Rauchpausen in der Hofecke zwischen den Paletten das zu Billie sagt, ist Paul gerade vorbeigekommen und hat daraufhin heftig genickt und ihr einen triumphierenden Blick zugeworfen. ‚Wirst schon sehen, ich habe recht, dem Typ ist nicht zu trauen!‘ scheint der zu sagen.

Pauls Skepsis bleibt auch, als das Oberschichtjüngelchen beweist, dass er Gabelstapler fahren und Montageautomaten bedienen kann.

Billies hartnäckigem Nachfragen beim nächsten Meeting begegnet Russel allerdings nur mit seinem entwaffnenden Lächeln und großer Offenheit.

In der täglichen Zusammenarbeit merkt Billie dann auch bald, dass von Russel nicht wirklich eine Gefahr ausgeht. Zumindest für die Kollegen, bei ihr privat sieht das allerdings schon ganz anders aus. Denn die gelassene Ruhe, mit der Russel ihre heftigen Einwände und Angriffe ins Leere laufen lässt, um sie dann sorgfältig auf ihre Berechtigung zu überprüfen und, wenn nötig, anzuerkennen, macht Billie zuerst rasend. Und später dann wehrlos. Und sie erkennt, dass Russel Menschen genauso wie seine Arbeit prinzipiell sehr ernst nimmt und wunderbar zuhören kann.

Ihre Versuche, Russels Redlichkeit und Sachverstand anhand von praktischen Beispielen zu verdeutlichen, quittiert Paul aber immer nur mit Schulterzucken und einem ärgerlichen Knurren.

In Gedanken versunken, nimmt Billie aus dem Augenwinkel einen Schatten wahr, der jetzt die Türöffnung verdunkelt. Wie hier auf dem Dorf üblich, steht Billies Tür in den Sommermonaten immer offen und dort, wo sie vor wenigen Stunden noch von Bob dem Freibeuter angestarrt worden ist, tritt nun Russel in Billies kleinen Flur: „Na, lebt denn mein Kaktus noch?“ Ohne eine Antwort abzuwarten, umschlingt er Billie von hinten mit seinen langen Armen und versenkt das Gesicht in ihre Halsbeuge: „Hm, warum riechst du nur so gut, Boop!“

Grinsend dreht sich Billie um und erwidert: „Wenn du mich ernsthaft als die süße Betty Boop, also jene Comicfigur aus den 50ern siehst, hast du eindeutig was an den Augen! Und nicht nur dort!“

Während sie noch lachend miteinander rangeln, merkt Billie schon wieder dieses Kribbeln im Bauch, was ihr signalisiert, dass jeder Widerstand zwecklos und sie ihm bereits verfallen ist. Was sollen all ihre Vorurteile und Erfahrungen mit Männern – jetzt ist jetzt und Russel ist da.

Später liegen sie verschwitzt auf Billies extrabreitem Bett, auf dem Bauch liegend mustert Russel aufmerksam ihr Gesicht, während seine Hand zärtlich über ihre Brüste streicht. Billie seufzt zufrieden und spürt, wie sich ihre Brustwarzen vor Verlangen zusammenziehen.

Schon wieder ist dieser merkwürdige Mann einzigartig, denn nach dem Sex schläft er nicht etwa ein, wie es für so viele seiner Geschlechtsgenossen typisch ist. Russel dagegen will reden. Und Billie liebt diese Momente in der nächtlichen Dunkelheit, die nur von seiner angenehm ruhigen Stimme durchbrochen wird. Sie erzählen einander von ihrem Leben, bevor sie sich kennengelernt haben. Russel spricht von seiner Kindheit im Internat, Billie vom Leben in diesem komischen Gebilde namens DDR.

Der Unterschied zwischen ihren Erfahrungen könnte kaum größer sein und doch stellen sie fest, dass sie der feste Wille, anders sein zu wollen, verbindet. Billie lebt das mit violettem Irokesen und tiefschwarz geschminkten Lippen aus. Russel versucht alles, um das Korsett des vorherbestimmten Lebens der britischen Oberschicht zu sprengen. Billie hat aufmerksam zugehört: „Du willst mir doch nicht ernsthaft einreden, dass du dich dagegen gewehrt hast, reich zu sein?" Billie nimmt einen Schluck aus ihrem Weinglas und lacht. Unwillig schüttelt Russel den Kopf und fährt sich mit der Hand durch die verstrubbelten Haare: „Boop, du weißt ja nicht, wovon du sprichst! Aber warte mal, das lässt sich doch ändern! Meine Mutter drängelt sowieso schon seit Wochen, wann ich ihnen denn meine neue Freundin endlich vorstellen will. Und um dem Ganzen Nachdruck zu verleihen, hat sie uns für das nächste Wochenende zum Essen eingeladen. Ich habe das bisher offengelassen, doch nun sagen wir zu und du wirst bei Hofe eingeführt!"

Billie hat sich kerzengerade aufgerichtet und starrt Russel verblüfft und wortlos an.

„Na komm, nun tu mal nicht so! Du hast selbst gesagt, dass du neugierig bist auf meine Eltern, oder? Und nun wirst du sie endlich kennenlernen. Das wird bestimmt lustig, Arbeiterkind besucht Upperclass, ich sehe es schon vor mir."

Grinsend greift Russel über Billie hinweg zu dem Tablett auf dem Nachttisch, auf dem sich Cheddar Würfel, Trauben und winzige gebutterte Baguette Scheibchen türmen. Er angelt sich eine Weintraube, die er vorsichtig zwischen die Vorderzähne schiebt. Während seine muskulösen Schultern Billie sanft wieder zurück auf das Laken drücken, kommen seine geöffneten Lippen samt Weintraube ihrem Mund immer näher. In Erwartung des kommenden Genusses schließt Billie die Augen und gibt sich einfach nur noch dieser Lust hin, die gerade wieder durch ihren Körper pulsiert.

3. Kapitel – Forcia

Wout hat es sich auf den Euro Paletten in einer Ecke der Anlieferzone bequem gemacht, als Billie die Werkhalle durch die kleine Stahltür verlässt und ebenfalls Richtung Raucherecke geht. Im Laufen nestelt sie eine selbstgedrehte Zigarette aus ihrem bunt emaillierten Metalletui. Wout hält ihr die Flamme seines Feuerzeugs entgegen, Billie zündet die Zigarette an, nickt kurz und lässt sich dann ächzend neben dem rauchenden Mann nieder: „Hallo, wie geht's, Hercule?"

Stirnrunzelnd steckt der Belgier sein Feuerzeug wieder in die Tasche seiner schwarzen Arbeitshose und antwortet auf Deutsch: „Wann hast du nur genug von diese Witz, Billie? Isch bin zwar Belgier, aber nischt jeder Belgier ist ein Hercule Poirot!"

Lachend tätschelt Billie dem hageren Dunkelhaarigen die Schulter: „Lass mal gut sein, Wout ist ja auch viel schöner! Ich habe es gegoogelt, dein Name ist althochdeutsch und bedeutet Herrscher oder Krieger und ist die friesische Variante von Walter", und immer noch neckend fügt sie hinzu, „wusste gar nicht, dass du deutsch kannst, Walter. Und dann noch mit diesem süßen französischen Akzent!"

Wouts dunkelbraune Augen schauen Billie ernst an, als er seine Hand auf ihren Oberschenkel legt, während er, nunmehr wieder auf Englisch, erwidert: „Oh, ich kann so einiges, von dem du keine Ahnung hast, Darling … Und dabei kann ich auch ziemlich süß sein!"

Sanft, aber bestimmt, schiebt Billie die Männerhand wieder zurück auf Wouts Knie und stößt ihm lachend ihren Ellenbogen in die Seite: „Nicht so hastig Brauner, immer schön langsam mit den jungen Pferden! Vielleicht funktioniert die Nummer ja bei deinen kleinen Französinnen, bei mir jedenfalls nicht! Hätte sowieso nicht gedacht, dass du auf Rubensfrauen wie mich stehst!"

Versonnen blinzelt der Belgier in die flachen Wolken über dem Fabrikhof: „Mit dir zu schlafen stelle ich mir vor wie in einem Meer aus süßer Sahne zu baden …“, sagt er und schaut Billie mit einem hilflosen Lächeln direkt an.

Sie merkt, wie sie rot wird und rückt entschlossen eine paar Zentimeter von ihrem Kollegen weg, bevor sie im ernsten Ton antwortet: „Nun ist aber mal gut, Wout! Du bist ein kluger Mann und ein netter Kollege und ich mag dich, das weißt du! Doch was anderes läuft zwischen uns nicht, ich denke, das sollte klar sein. Deine Fantasien lass mal lieber zu Hause, ich bekomme sonst noch Angst vor dir!“

Das Lächeln ist nun auch aus Wouts Gesicht verschwunden, als er mit gedämpfter Stimme antwortet, mit den Augen dabei den Fabrikhof auf ungebetene Zuhörer absuchend: „Vielleicht täte dir ein wenig Angst sogar ganz gut, Billie! Ich weiß doch, wer deinen Bedarf derzeit deckt, das ist ja nicht zu übersehen. Und ich gönne ihn dir, ehrlich! Aber ihr solltet vorsichtig sein, Russel und du! Oder hast du etwa nicht die wütenden Gesichter der Polen gesehen vorhin beim Meeting?“

Erschrocken rückt Billie wieder dichter an ihren Kollegen heran, bevor sie, nun ebenfalls leiser, weiterredet: „Was meinst du damit, Wout? Weißt du mehr als ich, dann sag es mir bitte. Ich war im Meeting viel zu sehr mit meiner Präsentation der Konferenz in M. zur SAP-Einführung beschäftigt! Und die Reaktionen darauf hast du ja miterlebt. Obwohl sie zu erwarten gewesen sind: Unser dicker Abteilungsfuzzi Geoffrey Barnes ist stinksauer auf mich, weil ich ihm widersprochen habe und nachweisen kann, wie unprofessionell in unserer Abteilung die Einführung der neuen Software organisiert ist. Nun sorgt er sich vermutlich, dass die Chefs das mitbekommen haben und er seine Karriere in den Wind schießen kann. Aber was hat das bitte mit Russel zu tun? Oder mit unserer Beziehung?“, fügt sie noch leiser hinzu.

Wout zündet sich am glühenden Stummel seiner Zigarette eine weitere an und pustet ärgerlich den blauen Rauch aus. In seinem Gesicht erinnert jetzt nichts mehr an den oberflächlichen Schwerenöter mit dem unsicheren Lächeln: „Mein Gott, Billie, bist du so naiv oder tust du nur so? Also ich für meinen Teil war lange genug in der Firma meines Vaters, der hat zwar nur irgendwelche Pappkartons hergestellt, doch was die eigentlichen

Aufgaben sind von solchen ‚Personalberatern', wie dein Russel einer ist, habe ich damals schon begriffen. Er ist zum Maximieren von Gewinnen geholt worden, verstehst du? Und wie kann man wohl Abläufe verbessern, wenn man den Gewinn erhöhen will? Indem man die Kosten senkt, das heißt in deren Denken, es sollen Arbeitskräfte eingespart werden. Und bei Forcia heißt das vermutlich, dass er im Auftrag der Geschäftsleitung die Effektivität von Leiharbeit oder die Kosten der europäischen Lieferketten überprüfen soll. Und warum wohl das alles gerade jetzt? Ich sage nur ein Wort: Brexit! Und wen betrifft das nun im Speziellen? Unsere polnischen und ungarischen Kollegen in der Montage! Die sind doch Leiharbeiter, also keine richtigen Angestellten, die kann man ganz leicht loswerden! Und letztlich betrifft das natürlich auch die LKW-Fahrer, deren Logistikfirmen von Forcia immer mehr im Preis gedrückt werden, sodass sie ihre Fahrer immer schlechter bezahlen.

Natürlich hängt das alles mit den Vorbereitungen auf den Brexit zusammen. Du brauchst gar nicht das Gesicht zu verziehen, ja, ich weiß, Politik ist Scheiße, aber wenn man gar keine Ahnung hat von dem, was hier vorgeht, ziehen uns die Konzerne das Fell über die Ohren, das garantiere ich dir! Oder glaubst du etwa, dass das Big Business still abwartet, wohin die Fahrt hier auf der Insel gehen wird? Vergiss es, die sorgen vor und checken schon mal, ob sich der Standort hier nach dem Brexit überhaupt noch lohnen wird, so ist das! Das große Hauen und Stechen kommt noch, das garantiere ich dir. Und dein Russel wird nur der Anfang sein, also seht euch vor und hängt eure Beziehung besser nicht an die ganz große Glocke."

Wout hat sich in Rage geredet und Billie schaut ihren Kollegen bewundernd von der Seite an. Irgendwann hat er ihr schon erzählt, dass er ein paar Semester studiert hat, Betriebswirtschaft wohl und auch Politik, aber dann abgebrochen hat. Doch solche durchdachten klugen Sätze und diesen klaren Verstand, das hat sie ihm nicht zugetraut. Ein paar Mal hat sie mit ihm im Pub gesessen, da war er aber meistens schon ziemlich betrunken und immer sehr traurig. So viel wie eben hat er noch nie mit ihr gesprochen.

Quietschend öffnet sich die schmale Tür zur Werkhalle und Pauls schweißglänzende Halbglatze taucht dahinter auf. Er macht Zeichen, dass

Billie am Telefon verlangt wird. Sie steht von dem Palettenstapel auf, wechselt noch einen kurzen Blick mit Wout und läuft dann eilig in ihren „Käfig“, wie sie ihr Büro nennt.

Das befindet sich in einer Ecke der Fabrikhalle und besteht aus nichts weiter als einer überdimensionalen Lager-Box aus verzinktem Draht und einer Trockenbauwand mit Schiebefenster. Aber immerhin passen Schreibtisch, Aktenregal und ihre kleine Kaffeemaschine in den Raum. Und in dem ganzen Staub und Lärm der Fabrikhalle bietet ihr Käfig wenigstens so etwas wie einen Rückzugsort.

Billie lässt sich schwer in den Schreibtischstuhl fallen und greift zum Telefonhörer. Es ist ihr Chef Geoffrey, der anfragt, ob sie heute noch Zeit für ein kleines Treffen hätte. Billie grinst in sich hinein, wahrscheinlich hat der dicke Barnes wegen seines Auftritts vorhin beim Meeting nun Druck von oben bekommen und versucht jetzt wieder Gut-Wetter zu machen bei ihr. Weil er sie eindeutig braucht, denn ohne ihre Hilfe begreift der Abteilungsleiter die neue Software nie. Natürlich hat sie Zeit und verabredet sich für den Nachmittag.

Immer noch grinsend legt sie auf und wendet sich den Bestellungen von Ersatzteilen für ältere Modelle zu, die Paul ihr auf den Schreibtisch gelegt hat und die sie noch in das System einpflegen muss. Mit einem Schreibblock unter dem Arm, den Kugelschreiber hinter das Ohr gesteckt, ist er ihr ins Büro gefolgt und beugt sich nun über eine der Transportkisten, die am Drahtverhau gestapelt sind: „Was machst du da, Paul? Du hast doch nicht etwa schon mit der Inventur unserer Lagerbestände begonnen? Ach, Paul, du bist wirklich ein Schatz, was würde ich bloß ohne dich tun?“ Mit einem kleinen zufriedenen Lächeln im Mundwinkel winkt Paul bescheiden ab, bevor er sie direkt anschaut: „Lass mich raten, was der dicke Barnes von dir will – ein wenig Nachhilfe bei der neuen Software?“

Billie grinst triumphierend: „Ja klar, nach dem Meeting hat der wohl Ärger bekommen, dieser Nichtskönner! Und so was macht in unserm Laden womöglich Karriere.“ Billie sieht, wie Paul bei ihrer Schimpftirade förmlich zusammenzuckt: „Sag mal, war ich vorhin im Meeting vielleicht etwas zu kritisch?“

Unsicher knetet der ehemalige Ringer seine dicken Finger, um sie dann in den Taschen seiner Arbeitshose zu verstecken, Dann weicht er wieder

Billies fragenden Blick aus, als er stockend antwortet: „N-n-a ja, weißt d-du, für unseren Geschmack, also ich meine, für uns Briten, d-d-a scheint es hier ein kleines Problem zu geben!“

Billie verdreht die Augen und poltert los: „Ach nun käs dich doch mal aus! Also wenn ihr sagt, dass es ein kleines Problem zu geben scheint, dann meint ihr doch, dass die Kacke am Dampfen ist, oder?“

Auf Pauls Glatze schimmern immer mehr Schweißperlen und fahrig wischt er sich über den Nacken: „Siehst du, g-genau d-das meine ich, Billie, du bist immer so direkt. So provozierend. So sehr deutsch eben!“ Und fast entschuldigend fügt er hinzu: „N-n-icht dass ich das schlecht finde, im Gegenteil, du bist so stark und kämpferisch, so g-großartig“, Paul zögert wieder und Billie entdeckt einen fast schwärmerischen Ausdruck in seinen Augen, „… durchaus erfrischend, aber eben schwierig für uns Briten, die wir vornehme Zurückhaltung anerzogen bekommen, „Understatement“, du verstehst?“

Mit einem fetten Schmatzer lässt er seinen massigen Körper in den zweiten Bürostuhl fallen und streckt erleichtert seine kurzen Beine aus. So viel zum Thema britische Höflichkeit, denkt Billie und zieht amüsiert eine Augenbraue hoch: „Ach so? Aber wenn du über die Ausländer hier in der Firma oder die LKW-Fahrer schimpfst, die alle faul und arbeitsscheu sind, dann ist das nicht direkt?“

„Das ist im Pub gewesen, Billie, dort ist es etwas ganz Anderes! Da hat man ein, zwei Guinness intus und dann kommt man schon mal ins Reden. Außerdem ist es doch die Wahrheit, schau sie dir doch nur mal an“, und er weist mit dem Kopf Richtung Werkhalle, wo durch das Geflecht der Drahtwand Wout zu sehen ist, wie er gerade gemeinsam mit Andrzej, einem der polnischen Leiharbeiter, an der Federung eines Autositzes schraubt, „da, dein belgischer Freund, weißt du eigentlich, dass der Frau und Kinder in Belgien sitzen gelassen hat? Und macht hier einen auf Gewerkschafter! Dass ich nicht lache. Nehmen uns Einheimischen die Arbeitsplätze weg und wir können sehen, wo wir bleiben. Aber das wird sich alles ändern, wenn wir erst einmal den Brexit haben. Dann geht es endlich wieder gerechter zu in UK, davon kannst du ausgehen! Ich kann dir nur raten, dir bis dahin genau zu überlegen, mit wem du dich hier abgibst! Und das gilt nicht nur für undurchsichtige Ausländer, das gilt vor allem auch für Leute, die von der Chefetage geschickt worden sind und die versuchen, dein Vertrauen zu gewinnen!"

Als wäre es sein Stichwort, öffnet jetzt Russel die Tür zum Büro und tritt ein. Paul springt aus seiner entspannten Haltung aus dem Stuhl hoch, klemmt sich hastig seinen Schreibblock unter den Arm und mit einem verkrampften Lächeln drückt er sich an Russel vorbei in Richtung Werkhalle.

„Was ist denn mit dem los? Habe ich ihm was getan?" Kopfschüttelnd blick Russel dem Vorarbeiter hinterher. „Na ja, er wollte mich gerade vor dir warnen. Der zweite schon am heutigen Tag. Darüber wollte ich sowieso noch mit dir reden. Aber verrate mir erst einmal, was dich in meinen Käfig führt?"

Russel kommt um Billies Schreibtisch herum und nimmt ihren Kopf in seine Hände: „Och, eigentlich gar nicht viel. Nur dass ich dir sagen muss, dass ich beschlossen habe, mich nicht mehr mitten in der Nacht von dir wegschicken zu lassen. Ich denke, wir sollten zusammen sein, auch frühmorgens. Und mittags. Und abends. Und um dir die Entscheidung zu erleichtern, habe ich dir das mitgebracht", sagt Russel und holt eine Zahnbürste aus seiner Jackettasche, die er vor Billie auf den Schreibtisch legt. Und mit einem flüchtigen Kuss auf die Wange eilt er schon wieder davon und lässt eine sprachlose Billie zurück.

Draußen dämmert schon ein trüber Herbstabend, als sie dann endlich alle Aufgaben erledigt und den Computer heruntergefahren hat. Sie nimmt ihre Autoschlüssel und die schwarze Umhängetasche und will Feierabend machen. Als sie Richtung Hallenausgang geht, muss sie an den polnischen Kollegen vorbei, die ebenfalls nach Hause wollen. Anders als sonst kommt kein Lächeln auf die Gesichter, ihr Gruß wird kaum erwidert. Irgendetwas hat sich verändert und Billie weiß wirklich nicht, was es ist. Sie weiß nur, dass sie mit Russel sprechen muss. So bald wie möglich.

Hi Teuerste,

also ehrlich, das ist ja nicht mehr zum Aushalten mit unseren beiden Grazien! Der kleine dicke Julius jammert mir gerade die Ohren voll, dass „deine" Lala tot unglücklich sei, jawoll. Weil du sie wie irgendjemand behandeln würdest und nicht so, wie sie es verdienen würde. Die Ursache allen Übels scheint der interessante Typ zu sein, der inzwischen wohl nicht mehr nur in deinem Herzen, sondern sogar schon in deinem Haus wohnt?! Julius zufolge beklagt sich Lala darüber, dass du niemals nicht irgendwas über diesen Kumpel erzählen würdest, alles wäre streng geheim, ganz so als ob Prinz Charles persönlich bei dir ein- und ausgehen würde. By the way – sollte es tatsächlich euern zukünftigen König betreffen, sage mir bitte zeitnah Bescheid, damit ich bei unserer Audienz in der Adventszeit Hut und angemessene Kleidung dabei habe. Aber zurück zu Lala: Sie macht sich offenbar wirklich Sorgen um deine Integrität! Was von unserer mageren Tweedkostümträgerin keinesfalls sexuell gemeint ist, da wäre ihrer Auffassung nach in deinem Fall sowieso schon alles zu spät. Ihr geht es um die sozialpsychologische Komponente deiner Beziehung, sprich um die Tätigkeit dieses Misters im Unternehmen. Sollte das zutreffen, was Lala so gehört hat, geht Herr R. im Auftrag der Unternehmensleitung vor, was nach Entlassungen riecht. Und Julius meint noch, falls die Briten sich für den Brexit entscheiden sollten, was der Herr verhüten möge, was wird wohl dann aus all den Europäerinnen so wie du eine bist, die in Großbritannien arbeiten, können die bleiben und wenn ja, unter welchen Bedingungen? Aus diesen besorgten Fragen ergibt sich, dass Lala und Julius meinen, dass mit deinem wohlgeformten Mister dringend geredet werden sollte. Ich umarme dich, Drückerchen! Clara

4. Kapitel – Brenda

Billie hat die Augen geschlossen, der alte Bus rumpelt rhythmisch über die Landstraße und wiegt sie damit in einen entspannenden Halbschlaf. Das Geschnatter der Damen vom Gardeners Club um sie herum stört Billie nicht im Geringsten, sie hat sich einen Doppelsitz nur für sich allein gegönnt, das ist sie ihrer Körperfülle schon schuldig, wie sie findet. Denn nichts hasst Billie mehr als zu engen und noch dazu unerwünschten Körperkontakt mit Fremden. Sie will sich gerade ihren einigermaßen zufriedenen Gedanken hingeben, als sie neben sich eine Bewegung spürt und die Augen öffnet. Die nervige Nachbarin, Brenda Pincott, hat sich ungefragt neben sie gesetzt und lächelt sie nun erwartungsvoll an: „Ist das nicht toll, dass wir uns auf diese Weise mal etwas besser kennenlernen, Billie? Ich darf doch Billie zu dir sagen? Ich bin Brenda, aber das weißt du sicher schon. Ich habe mich so gefreut, als ich gehört habe, dass du auch Mitglied im Gardeners Club bist. Mein Mann hat so viel von dir erzählt, er schwärmt ja förmlich von dir. Man könnte direkt eifersüchtig werden."

Das kannst du mir gerade erzählen, dass Eugen mit dir über mich oder unsere geheimen Rauchertreffen geredet hat, denkt Billie und grinst böse in sich hinein. Da fresse ich doch eher meinen Strohhut, denkt sie noch und verdreht, wieder nur innerlich, die Augen, nach außen bemüht sie sich aber sehr, ihr Desinteresse höflich zu verbergen.

Die rotgelockte Plaudertasche scheint nichts davon mitzubekommen, die plappert fröhlich weiter, die Piccoloflasche Sekt, die jede zur Begrüßung überreicht bekommen hat, scheint ihre Wirkung nicht zu verfehlen: „Ach weißt du, so eine organisierte Gruppe von Menschen mit einem gemeinsamen Interesse an Gartenarbeit, Gärten und Pflanzen, ist doch etwas Großartiges, meinst du nicht? Da kann man sich austauschen, erlebt etwas gemeinsam. Nimm nur heute unseren Ausflug nach Broughton Grange Gardens! Dieser ummauerte Garten ist doch einfach nur himmlisch, findest du nicht? Und der ist noch gar nicht so alt, wie ich hörte."

Der Redefluss der Rothaarigen wird von einem geknurrten: „Tom Stuart-Smith" aus der Sitzreihe vor ihnen unterbrochen. Zum Knurren taucht jetzt auch ein Stiernacken mit grauen Kräusellocken unter einem ziemlich abgegriffenen, ehemals weißen Strohhut auf und die kurzatmige Vorsitzende des Gardeners Club, Mrs. Bentley, beugt sich seitlich über die Rückenlehne und fährt mit ihrer Whiskey-getränkten Bassstimme fort: „Der Garten ist im Jahr 2000 vom führenden Landschaftsarchitekten Tom Stuart-Smith entworfen worden und besteht aus drei Terrassen, auf denen Formschnitt mit wilden, üppigen Kräuterpflanzen kontrastieren und gleichzeitig eine wunderschöne ländliche Kulisse sanft eingerahmt wird. Das sollten Sie aber eigentlich wissen, so als Gartenenthusiastin, oder etwa nicht?" Die letzte Frage bleibt provozierend in der Luft hängen und mit einem zufriedenen Lächeln lässt sich die kampferprobte Mrs. Bentley wieder zurück in das abgeschabte Polster ihres Sitzes fallen.

Das ist nun doch zu viel an Arroganz für Billies Geschmack. Sie richtet sich etwas auf aus ihrer bequemen Sitzhaltung und flötet durch den Spalt zwischen den beiden Vordersitzen: „Da haben sie natürlich recht, Teuerste, doch urteilen sie nicht gar so hart über uns unerfahrene, junge Dinger in Sachen Gartenkunst. Bei der Menge an berühmten britischen Gartengestaltern kann man schon mal durcheinanderkommen. Also ich persönlich stehe ja auch eher auf die wundervollen Gärten von Rosemary Verey!"

Bei der Erwähnung des Namens ist der Stiernacken zusammengezuckt und dreht sich nun, unerwartet wendig für ihr Alter und ihre Leibesfülle, zu Billie um: „Sie als Ausländerin kennen Rosemary Verey? Und sie mögen sie auch noch?" Der Satz wird mit einem Gluckser begleitet, der aus den Tiefen von Mrs. Bentleys ausladendem Busen zu kommen scheint. Billie lächelt die alte Dame freundlich an: „Aber keine Frage! Wer Gartenarbeit im Seidenkleid und mit Perlenkette leistet und dabei noch die jungen gutaussehenden Gärtner anblafft, der ist doch absolut meine Kragenweite. Besonders reizvoll finde ich an der Lady, dass sie, wurde sie nach einer ihr unbekannten Pflanzenkrankheit befragt, empfohlen hat, die befallene Pflanze auszugraben, wegzuwerfen und einfach eine Neue zu kaufen. Das ist ganz meine Art zu gärtnern, absolut! Und Verey hat einige Beete im Garten von Prinz Charles in Highgrove gestaltet, damit ist sie natürlich bei mir ganz weit vorn. Ansonsten ist mir allerdings ihre „höfliche Pastell-Periode" viel zu altbacken. Ich halte es da mehr mit den Prärie- und Gräser Gärten eines Piet Oudolfs", schließt Billie und schaut die Vorsitzende herausfordernd an. Die schließt nur empört ihren offenstehenden Mund und dreht sich abrupt wieder nach vorn. Naomi, die schräg gegenübersitzt, hat alles mitangehört, lächelt verlegen, wirft Billie einen warnenden Blick zu und schüttelt leise den Kopf.

Brenda neben ihr kichert verschämt in ihren Keks, den sie sich gerade aus dem Rucksack geangelt hat, und flüstert halblaut: „Hui, Dankeschön! Der hast du es aber gegeben. Wusste gar nicht, dass du dich in Gartensachen so gut auskennst."

„Tue ich auch nicht, mir gehen nur Leute auf den Geist, die glauben, die Weisheit mit Löffeln gefressen zu haben. Und mich dann auch noch als Ausländerin zu titulieren, soweit kommt's noch!" Billie schnauft empört und greift in die Keksdose, die Brenda ihr hinhält.

„Aber woher kennst du diese, wie heißt die noch, Rosemary …?"

„Rosemary Verey! Ich habe eine Freundin in Deutschland, Clara, das ist auch so eine Gartenverrückte, die kennt jede Blume mit Vornamen – und eben auch britische Landschaftsgestalter. Die hat mir ein paar Sachen aufgeschrieben, damit ich hier glänzen kann."

Billie schaut ihre rotgelockte Nachbarin von der Seite an. Brenda hat einen geflochtenen grünen Hut mit unsäglichen roten Kirschen auf dem Kopf, doch bevor sich Billie über dieses Monstrum aufregen kann, lacht Brenda erleichtert auf und das Lachen erhellt jetzt ihr dezent geschminktes Gesicht: „Mann, bin ich vielleicht froh, dass ich hier nicht die einzige Blöde bin, die keine Ahnung von Garten hat!" Erschrocken legt sie ihre Hand auf den Mund, bevor sie im gedämpften Ton weiterspricht: „Ich sage dir, ich hasse Gartenarbeit aus tiefster Seele. In den Club bin ich nur eingetreten, weil das hier eben so üblich ist, damit man gesellschaftliche Kontakte hat. Owain und ich sind auch im Golfclub, obwohl ich dieses Gelatsche über den Rasen eigentlich totlangweilig finde. That's not my cup of Tea, doch was soll's, es gehört eben dazu." Unversehens ist Brenda in ihren schottischen Dialekt gerutscht, sogar der Klang ihrer unangenehm hohen Stimme ist nun eine halbe Oktave tiefer und klingt jetzt kehlig und warm: „Was bleibt mir denn auch anderes übrig, also mit dem Garten meine ich. Mein Owain schafft es mit Mühe und Not, ab und zu den Rasen zu mähen. Alles andere bleibt an mir hängen, die Beete, die Hecke verschneiden, die Kübel bepflanzen, das Haus putzen, kochen, backen. Dabei würde ich viel lieber …!"

Während sie das wirkliche Ziel ihrer Wünsche offen lässt, hat sie nachdenklich nach einer ihrer unzähligen lockigen Haarsträhnen gegriffen und dreht sie jetzt langsam um ihren Zeigefinger. Man könnte sie fast gernhaben, denkt Billie beim Anblick der jetzt so hilflos wirkenden Rothaarigen.

Doch Vorsicht, da gibt es immer noch diesen unerzogenen Bengel, bremst sie sich selbst und räuspert sich, bevor sie es dann doch laut ausspricht: „Na ja, da gibt es ja wohl immer noch deinen William-Darling! Der ist doch alt genug und wer stundenlang Bälle gegen die Gartenmauer treten kann, der kann doch wohl auch mal Mama zur Hand gehen!"

Der sauber gezogene Lidstrich zittert ein wenig, als Brenda sie unsicher anschaut: „Die Mauer? Dachte ich mir schon! Und ich kann dich ja verstehen, der Junge nervt wirklich. Owain meint zwar, dass er nur in einer schwierigen Phase wäre …", wieder kichert Brenda wie ein Schulmädchen und nimmt einen letzten Schluck aus der kleinen Sektflasche, „aber wenn du mich fragst, war Willy noch nie in einer unkomplizierten Phase! Ich versuche ja alles, aber er wird immer gleich so wütend, wir leben eindeutig ruhiger, wenn wir ihm seinen Willen lassen …"

Billies verwundert hochgezogenen Augenbrauen quittiert Brenda mit einem Schulterzucken. Doch eine Sekunde später breitet sich schon wieder ein strahlendes Lächeln über ihr Gesicht aus und in den grünen Augen sitzt ein freches Funkeln: „Also für die Gartenarbeit könntest du mir ja auch mal den netten Kerl ausleihen, der dir neuerdings schon in aller Herrgottsfrühe den Kaffee in den Garten bringt! Wie heißt der Typ eigentlich?"

Über den spontanen Themenwechsel muss nun auch Billie lächeln. Das war zu erwarten, dass ihr neuer Mitbewohner für die neugierige Nachbarin nicht unbemerkt bleibt: „Jetzt tu aber mal nicht so, als hättest du bei deinen nachbarschaftlichen Erkundungen nicht mitbekommen, dass der Typ Russel heißt. Und was die Gartenarbeit angeht, bezweifle ich, dass er für dich eine große Hilfe sein wird. Dafür hat er nicht genug Zeit, so beschäftigt wie er immer ist. Und jetzt hätte ich gern noch ein paar Minuten zum Ausruhen, das geht doch für dich in Ordnung, Liebes?"

Billie wendet den Kopf wieder in Richtung Busfenster und schließt ihre Augen als Zeichen für ihre aufdringliche Nachbarin, dass sie in Ruhe gelassen werden will. So weit kommt es noch, dass es hier womöglich bald wilde Verbrüderungen zwischen Nachbarn geben soll mit gemeinsamen abendlichen Cocktails auf der Terrasse oder einer Einladung zum Lunch im Countryclub. Bei dem Gedanken schüttelt es Billie vor Widerwillen. Diese Mrs. Pincott mag ja vielleicht nicht ganz so blöd sein, wie sie ursprünglich angenommen hat und vielleicht ist sie ja auch durchaus nett, aber das allein reicht noch lange nicht, um Billies Bedürfnis nach Unabhängigkeit auszuschalten. Mit diesen Gedanken schläft sie dann ein, sanft gewiegt vom Schaukeln des alten Busses.

5. Kapitel – Besuch bei Russels Eltern

„Ich muss mit dir reden!“ Während Billie diesen Satz ausspricht, schaut sie angestrengt aus dem Seitenfenster des Autos und mustert scheinbar interessiert die hügelige Landschaft. Die M1 Richtung London ist wie immer voll und es geht nur im Stopp and Go voran. Russel ist gerade in die rechte Spur gewechselt und überholt jetzt eine Kolonne von vier Lkws, doch seine Antwort kommt prompt und mit dem unvermeidlichen neckenden Unterton: „Was, jetzt schon? Ich habe zwar angenommen, dass das zwischen uns ein Leben lang dauern wird, aber wenn du Schluss mit mir machen willst, würde ich dich doch bitten, bis zur nächsten Ausfahrt zu warten, damit ich anhalten und angemessen in bittere Tränen ausbrechen kann!“

Billie dreht sich erschrocken um und schaut Russel entgeistert an: „Wie bitte? Ach Unsinn, darum geht es doch gar nicht. Keine Sorge, ich brauche doch einen, der mir im Bett meine Füße wärmt und anständigen Kaffee kocht und im Zweifelsfall auch mal den Rasen mäht. Bei diesen Verrichtungen hast du dich doch ganz gelehrig gezeigt und auch bei anderen Dingen will und kann ich mich nicht wirklich beklagen.“ Zärtlich lächelnd stößt sie den Mann mit den schönen braunen Augen in die Seite. Allerdings hätte sich Billie lieber die Zunge abgebissen, als laut auszusprechen, dass jenes leichte Ziehen in der Herzgegend ihr schon wieder signalisiert, dass da viel mehr ist als das, was sie eben mal so dahingeredet hat.

Ohne den Blick von der Straße vor ihm zu lösen, legt Russel die linke Hand auf Billies Knie und seine Finger gleiten sanft streichelnd entlang der Innenseite ihres Schenkels nach oben. Billie nimmt seine Hand und führt sie zum Lenkrad zurück, danach räuspert sie sich: „Bitte um Beherrschung, es geht wirklich um was Wichtiges: Um deine Arbeit nämlich. Was ich wissen möchte, was tust du eigentlich bei uns? Weißt du, es gibt da massenhaft Gerüchte um deine Aufgabe, du würdest Leute entlassen und so?! Russel, nun schau nicht gleich so grimmig! Ich will doch nur wissen, ob ich mir einen anderen Job suchen muss. Oder ob wir uns alle Sorgen machen müssen?!“

Die sanften Gesichtszüge des hochaufgeschossenen Mannes haben sich jetzt verhärtet und aus seinen Mundwinkeln ist das letzte Lächeln verschwunden, als er mit einem kurzen ernsten Seitenblick auf seine Geliebte antwortet: „Billie, Darling, wir kennen uns jetzt schon eine ganze Weile und niemand kennt mich wahrscheinlich so genau wie du, traust du mir etwa so etwas Hinterhältiges zu? Ja, es stimmt schon, ich bin als Personalberater hierhergekommen, um effizientere Produktionsmöglichkeiten zu finden. Schau mal, unser Konzern agiert weltweit und die wollen natürlich nicht tatenlos die Veränderungen hier auf der Insel abwarten, mit denen man ja nun mal leider rechnen muss. Aber du hast recht, ich habe bisher zu wenig mit der Belegschaft kommuniziert, das muss ich ändern, schließlich wisst ihr am besten, wo es läuft und wo nicht. Als erstes werde ich mit Andrzej reden, der ist ja so etwas wie der Sprecher der Leiharbeiter aus Polen und Ungarn. Die sollten sich wirklich ein paar Sorgen machen, aber nicht, weil hier Entlassungen drohen. Es geht vor allem darum, ob sich nach dem Brexit der ganze Standort hier noch lohnt für ein weltweit arbeitendes Unternehmen. Und wie die Arbeitsbedingungen dann in Großbritannien für Arbeiter aus Europa sein werden, wegen der Arbeitserlaubnis, Aufenthaltsgenehmigungen und all dem Zeug, was dann ja wahrscheinlich zum Problem wird, wenn unsere Herren Politiker erfolgreich der Bevölkerung einreden können, dass wir ohne Europa besser dran sind!“ Verärgert holt Russel Luft, bevor er weiterspricht: „Und ich bin ganz sicher keine Bedrohung für euch, ich analysiere nur betriebswirtschaftliche Fakten und mache Änderungsvorschläge, ich kündige ganz bestimmt niemanden, soweit kommt es noch!“

Dann kehrt das Lächeln in Russels Gesicht zurück, während er etwas zögerlich sagt: „Du, ich muss aber auch etwas mit dir besprechen. Ich denke, du solltest nicht so völlig unvorbereitet auf die Welt meiner Eltern treffen.“

Billie erwidert Russels Lächeln und fällt ihm ins Wort: „Du willst mir jetzt aber nicht erklären, dass du ein verwöhntes Muttersöhnchen aus der britischen Oberschicht bist? Das weiß ich doch schon längst, dank Pauls knallharter Analyse!“ Die anderen Unverschämtheiten, die Paul über Russel losgelassen hat, und dass auch der Belgier sie vor Russel gewarnt hat, verschweigt sie lieber.

Russel runzelt die Stirn: „Na ja, dass dein Paul mich nicht leiden kann, ist ja wohl kaum zu übersehen. Aber darum geht es gar nicht. Ich denke, dass du Einiges über meine Familie wissen solltest, bevor wir … Also ja, meine Familie ist ziemlich wohlhabend, mein Vater war früher Banker genau wie sein Vater. Du siehst, ich bin also schon fast das schwarze Schaf der Familie, weil ich ehrliche Arbeit vorziehe. Gott sei Dank ist mein Bruder Adrian noch schlimmer, der arbeitet nämlich ebenfalls für sein Geld, er konzipiert auf der ganzen Welt Hotels und richtet sie ein. Zudem ist er auch noch schwul und lebt das ganz offen mit seinem Ehemann Sebastian, den wirst du lieben, der ist Gartengestalter und nimmt genauso wenig ein Blatt vor den Mund wie du! – Meine Mutter stammt aus einer Familie des britischen Hochadels, Geldadel eigentlich und auch nicht sehr alt, doch als Finanzier des Königshauses immer willkommen und da fällt aus Dankbarkeit eben auch mal der Peer ab. Der ist allerdings seit den 80ern ausgestorben, keine männlichen Nachfahren. Also nix mehr mit Baron und Lord."

Billie quiekt vor Vergnügen: „Ui, endlich habe ich einen Spitznamen für dich: Ab sofort werde ich dich ‚My Lord' titulieren, das ist ja wirklich großartig!"

„Untersteh dich!" Lachend lenkt Russel den Wagen nun auf eine Landstraße, die sich zwischen den typischen bewachsenen Erdwällen hindurchschlängelt: „Was kramst du denn da auf dem Rücksitz?"

Billie dreht sich wieder nach vorn und hat jetzt einen kleinen Strauß in der Hand: „Nun, du wolltest ja nicht, dass ich was für deine Eltern mitbringe. Aber so ganz mit leeren Händen mag ich nicht auf Besuch kommen, das gehört sich nicht. Also habe ich von der Kletterrose vor meinem Haus ein paar Blüten abgeschnitten und ein paar andere Stängel dazu, meinst du, das geht so?" Billie hält einen Strauß aus gelben Rosen, graugrünen Salbeiblättern und blassvioletten Asternblüten hoch.

„Der ist sehr hübsch, wirklich, Liebes! Es ist bloß so …" Russel zögert und schaut Billie von der Seite an. „… bei uns hier ist es nicht üblich, dass man einen Blumenstrauß mitbringt, wenn man jemanden besucht. Aber das macht ja nichts, du bist Ausländerin, woher sollst du so etwas wissen. So, gleich sind wir da – Willkommen in Camphall Manor!", fügt er noch hastig hinzu, als er ihre grimmige Miene sieht. Billies Gesicht hat sich in dem Moment verfinstert, als sie nach einem kleinen Hügel wieder bergab fahren und sich dann plötzlich eine breite Auffahrt öffnet, die zu einem großen, rotgeklinkerten Herrenhaus führt.

„My Lord hatten vergessen zu erwähnen, dass wir heute Downton Abbey besuchen!", knurrt sie leise. Und ich komme hier mit so mickrigem Gemüse als Blumenstrauß an, Gott, Billie, besser kannst du dich wirklich nicht blamieren, denkt sie wütend und zugleich auch verzweifelt. Sie hat es vorher gewusst, das hier wird bestimmt unglaublich schiefgehen.

Bevor ihre finsteren Gedanken sie womöglich zum Umkehren veranlassen können, steigen sie aus und gehen zum Eingang, der wie ein geklinkertes Pförtnerhaus an der Schmalseite des Hauses klebt. Mit einem Ruck wird einer der großen Türflügel geöffnet und eine ältere Frau mit weißer Schürze und Häubchen hält den Ankommenden die Tür auf: „Russel, ich freue mich so, dass sie mal wieder vorbeischauen. Ihre Mutter wartet schon in der Eingangshalle!"

Russel greift sich den ausgestreckten Arm der Frau und küsst galant den Handrücken: „Maggi, meine liebe Maggie, so hübsch wie immer, keinen Tag älter sehen sie aus! Darf ich vorstellen, Maggie Smith, die gute Seele des Hauses, ohne die meine Eltern gar nicht mehr zurechtkommen würden!"

Erschüttert schnappt Billie nach Luft und schaut sich etwas theatralisch um: „Also jetzt warte ich nur noch darauf, dass Anthony Hopkins als Butler auftaucht, dann weiß ich endgültig, dass ich im falschen Film bin!"

Die Haushälterin lächelt etwas verwirrt und Russel lacht.

„Damit kann ich leider nicht dienen, hier gibt es nur einen Gärtner, falls ihn Mutter nicht schon mal wieder gefeuert hat!" Und mit großen Schritten stürmt er an Billie vorbei in die holzgetäfelte Eingangshalle, wo er eine schmale hochgewachsene Frau umarmt, die die Ankömmlinge mit einem Redeschwall empfängt.

„Was soll das denn heißen? ‚Mal wieder gefeuert hat' – unser Gärtner kommt doch nur zum Rasenmähen und die Hecken verschneiden. Und das immerhin schon seit 15 Jahren. Russel, ich freue mich! Dein Dad steckt noch irgendwo im Haus. Und du musst also die berühmte Billie sein!"

Zwei aufmerksame honigbraune Augen unter dem kinnlangen perlmuttblonden Haar mustern Billie und verharren dann bei dem Rosenstrauß in Billies Händen. „Ist der für mich? Oh, wie aufmerksam! Aber, was ist denn das? Woher wusstest du das? Das ist ja unglaublich!"

Eleonore Beauford reißt Billie den Strauß fast aus den Händen und betrachtet völlig verzückt die gelben Rosenblüten. „Wirklich, das ist eine echte Lady Hillingdon! Und wie stark sie duftet, nach Tee, ich finde ja sogar nach Earl Grey Tee, aber das hat der Züchter Hicks immer bestritten. Herrje, Billie, du denkst bestimmt, dass ich nicht mehr alle Tassen im Schrank habe, weil ich so unverständliches Zeug rede. Aber du hast mir wirklich eine riesige Freude gemacht. Doch nun setzt euch doch erst einmal, ich habe uns einen Drink gemacht, du magst doch Gin Tonic? Und dann folgt auch gleich die Erklärung!"

Billie nickt verwirrt und folgt Russel in die Wohnräume. Der sorgfältig gemixte Gin Tonic ist mit drei Stückchen Eis und einer kleinen Scheibe Zitrone nach Billies Meinung nicht nur absolut perfekt, sondern auch dringend notwendig, um das innere Gleichgewicht wiederzuerlangen.

Nach einem ersten Schluck schaut sich Billie aufmerksam um. Sie sitzt auf einem mit gestreiftem Chintz bezogenen Sofa im Salon. Der Raum ist im hellen Blau gestrichen, der Ton wird von einem der Sofastreifen aufgegriffen. Auch hier finden sich mahagonibraun gebeizte Fußleisten und Deckenbalken, auf dem Parkettfußboden liegen teuer aussehende Perserteppiche, in dem riesigen, mit schwarzem Metall verkleideten Kamin prasselt ein Feuer. Durch die geöffnete Tür erkennt Billie einen weiteren Salon, der wohl als Lesezimmer und Bibliothek genutzt wird, worauf die Bücherregale vor den in dunklem Rot gestrichenen Wänden hinweisen. Von dort kommt jetzt Russells Vater zu ihnen. Das nimmt Billie zumindest an, da die große Gestalt mit den kräftigen Schultern eines ehemaligen Ruderers die ältere Version von Russel zu sein scheint. Freundliche graue Augen hinter einer altmodisch schicken Hornbrille lächeln Billie an, während er an Russels Sessel tritt und ihm von hinten die Hand auf die Schulter legt.

„Entschuldigt die Verspätung! Hallo Sohn, willst du mich nicht deiner Freundin vorstellen?"

Russel schaut kurz nach oben: „Das kannst du wohl selbst, oder? Aber bitte schön: Trevor Beauford, ehemals Banker und Finanzhai, heute nur noch ein wohlhabender Tunichtgut, wie es sie in unserem Königreich zu Tausenden gibt! Und nebenbei noch mein Vater!"

„Hat er das nicht wieder richtig nett formuliert, unser Russel? Er hat nur vergessen zu erwähnen, dass unser Geld ihm und seinem Bruder einen schönen Start in dieses Leben ermöglicht hat! Ich bin erfreut, sie kennenzulernen, Billie!“

Lachend drückt Russels Vater zur Begrüßung Billies Hand, sein Händedruck fühlt sich angenehm fest an. Als sich der große Mann in brauner Kordhose und einem hellen Hemd neben sie in einen der Sessel fallen lässt, nimmt sie den Hauch eines wahrscheinlich sauteuren Rasierwassers wahr. Billie nippt wieder an ihrem Glas, bevor sie es vor sich auf dem niedrigen Sofatisch neben einem Stapel erlesener Fotobände und einer abstrakten Plastik aus weißem Marmor abstellt.

Wie zur Aufmunterung hängen überall moderne Grafiken an den Wänden. Gerade deshalb strahlt alles hier einen derart selbstverständlichen Reichtum aus, ohne protzig zu wirken, was Billie zunehmend einschüchtert. Russel, der ihr gegenüber ebenfalls auf einem Sofa sitzt, scheint ihre Stimmung vom Gesicht abzulesen und nickt ihr aufmunternd zu. Eleonore hantiert offenbar in der Küche und kommt mit einem wassergefüllten schlichten Glasgefäß zurück, in dem nun Billies Rosen vor ihnen auf dem Tisch platziert werden.

„Was sagtest du, wo hast du die Rosen her? Aus deinem eigenen Garten? Was für eine wunderbare Fügung, meine Liebe. So einen Zufall kann es gar nicht geben. Du musst nämlich wissen, dass diese Rose nach meiner Urgroßtante Alice Marion, Lady Hillingdon, Ehefrau des 2. Baron Hillingdon und Tochter des 5. Baron Suffield benannt worden ist. Das war 1917 und meine Urgroßtante war damals eine einflussreiche und berühmte Person. Hier schau, ich habe ein uraltes Foto von ihr!“

Eleonore Beauford springt vom Sessel auf und greift nach einem Foto auf dem Kaminsims. In dem altmodischen schwarzen Ebenholzrahmen sieht Billie das Porträt einer sitzenden Dame im Halbprofil, eine Hand elegant unterm Kinn, den Arm auf der hölzernen Sessellehne. Obwohl ihr dunkelblondes Haar sorgsam in einer Steckfrisur gebändigt wird, quellen ein paar vorwitzige Locken in die Stirn. Das dunkle Kleid hat spitzenverzierte Manschetten, darüber trägt sie einen leichten Wollmantel mit dunklem Pelzkragen. Neben der gerade geschnittenen Nase fallen Billie wieder die Augen auf, dunkler Waldhonig hat sich in dieser Familie offenbar über Generationen erhalten.

„Das Original dieses Fotos hängt in der National Porträt Gallery in London. Lady Hillingdon ist damals dauernd fotografiert oder gemalt worden."

Billie räuspert sich und bemüht sich redlich, trotz ihrer Verblüffung wenigstens einen sinnvollen Satz als Antwort zu geben: „Hm, kein Wunder, sie war ja wirklich eine schöne Frau, ihre … Tante!"

„Ja, nicht wahr? Dabei macht sie diese dunkle gedeckte Kleidung und das ganze Ensemble richtig alt. Ein paar Jahre zuvor hat sie Frank Dicksee, der berühmte Maler, in einem zartrosafarbenen Kleid gemalt, da trägt sie eine purpurfarbene Korsage drunter und das Ganze wird zusammengehalten von zwei Stoffrosen am Gürtel, wundervoll. Das Gemälde ist erst kürzlich bei Sotheby's versteigert worden."

Mit einem Knurren unterbricht nun der Hausherr seine redselige Gemahlin: „Schön für das Bild und den Käufer, Liebes, doch was sollen unsere Gäste mit diesen unnützen Informationen anfangen?"

Mit einer empörten Kopfbewegung wirft Eleonore Beauford eine perlmuttblonde Strähne hinters Ohr: „Wieso unnütz? Die Rosen am Gürtel verweisen eindeutig darauf, dass Rosen eine besondere Leidenschaft für sie waren. Und ein paar Jahre später züchteten die Geschwister Lowe & Shawyer eine Rosensorte, die ihr zu Ehren „Lady Hillingdon" benannt wurde. Und die steht jetzt vor uns auf dem Tisch!"

Die Eingangstür wird geöffnet und aus der Halle sind nun eilige Schritte zu hören, die übertönt werden von einer fröhlichen Männerstimme: „Kramst du schon wieder in der Familiengeschichte und gibt's mit deinen berühmten Vorfahren an, Mum?"

Die Stimme gehört zu einem schlanken Enddreißiger mit Fünf-Tage-Bart, der genauso dunkel ist wie seine kurzen gelockten Haare. Nur die strahlend blau-grauen Augen des Mannes, der nun gerade seine Mutter herzlich umarmt, widersprechen dem ansonsten sonnengebräunten dunklen Teint. Doch das eigentlich Faszinierende findet Billie in dem schmalen Jackett, dass der Dunkelhaarige ganz selbstbewusst über seinen Jeans trägt. Gemusterter Samt in Nachtblau, Weinrot und Haselnuss, dunkelbraune Hornknöpfe und darunter eine hellbraune Tweed Weste. Wow, ein modebewusster Typ, der noch dazu aussieht wie ein Schauspieler, auf dessen Namen sie bei all der Aufregung gerade nicht kommt.

Billie ist begeistert, was offenbar deutlich in ihrem Gesicht abzulesen ist, denn Russel raunt ihr leise zu: „Nun krieg dich mal wieder ein, das ist nur mein kleiner Bruder Adrian, der mal wieder seinen großen Auftritt hat. Hi, Alter, wie geht's?" Russel steht auf und umarmt zuerst seinen deutlich kleineren und zierlicheren Bruder. Dann legt er seinen Arm auf die Schulter eines ebenfalls sonnengebräunten Mannes in einer schlichten dunkelbraunen Cordjacke, der hinter seinem Bruder steht: „Darf ich vorstellen, das ist Sebastian, der ist bestimmt viel mehr deine Kragenweite, Billie! Denn außer, dass er der Ehemann meines Bruders ist, hat er kaum Fehler, geht einer anständigen Arbeit als gefragter Landschaftsdesigner nach, trägt fast immer nur praktische Klamotten und Gummistiefel und hat ständig Erde unter den Fingernägeln."

Mit einem herzlichen Lächeln gibt der solcherart Vorgestellte Billie die Hand, wobei er sie mit seinen grau-blauen Augen aufmerksam mustert. Doch da wird er schon von Adrian beiseitegeschoben, der Billie an beiden Schultern festhält, um sie völlig unbritisch von oben bis unten zu taxieren.

„Hallo, du bist also jene sagenumwobene germanische Kriegerin, die meinen Bruder um den Verstand gebracht hat? Mach dir nichts draus, da war schon vorher nicht gar so viel zu verlieren! Und glaube seinem coolen Gerede ja nicht, der ist in Wirklichkeit der Einzige in unserer Familie, der ein Herz aus Gold und seinen kleinen Bruder auch von Herzen liebhat, oder?" Mit einem Seitenblick in die Runde fährt er, an seine Mutter gewandt, fort: „Aber ich habe dich ja vorhin unterbrochen, Mum. Du wolltest Billie doch bestimmt gerade von der wunderbaren Notiz aus Lady Hillingdons Tagebuch erzählen? Etwa nicht? Na, dann übernehme ich das doch gern für dich, Darling!" Der schöne dunkelhaarige Mann setzt sich auf einen Stuhl, schlägt die Beine übereinander und zupft seine Samtjacke zurecht, bevor er weiterspricht: „Also, es ist überliefert, dass ihr Ehemann der äußerst wohlhabende Bankier und Geschäftsmann Charles William Mills, der 2. Lord Hillingdon war. Die Hillingdons haben 1898 geheiratet, aber es war keine glückliche Verbindung und Lady Hillingdons Tagebuch aus dem Jahr 1912 enthält den folgenden berühmten Aphorismus, der ihre Gefühle gegenüber ihrem Ehemann verrät: ‚Ich bin jetzt froh, dass Charles mein Schlafzimmer seltener besucht als früher. So ertrage ich jetzt nur noch zwei Anrufe pro Woche und wenn ich seine Schritte vor meiner Tür höre, lege ich mich auf mein Bett, schließe meine Augen, öffne meine Beine und denke an England.'"

Billie entfährt ein Glucksen, das ganz tief aus ihrem gerade so angespannten Körper aufgestiegen ist. Sie beugt sich schnell über ihr Glas, um das Lachen zu verbergen, das sich unbedingt Bahn brechen will. Doch Russels Mutter rettet die Situation, indem sie nach ihrem Gin Tonic greift und einen großen Schluck davon nimmt, bevor sie völlig ungerührt und über das ganze Gesicht grinsend, weiterspricht: „Na und? Was lehrt uns das? Doch nur, dass Lady Hillingdon nicht nur schön, sondern auch recht klug und aufgeklärt gewesen ist! Soweit ich weiß, soll sie zum Beispiel auch Marie Stopes, die Aktivistin für Frauenrechte und Pionierin der Familienplanung, finanziell unterstützt haben. So hat die ihre erste Abtreibungsklinik in London eröffnen und verheirateten Frauen einen kostenlosen Service anbieten können. Ganz offenbar hat meine Tante eben die aufgeschlossene Haltung von Stopes über Familienplanung und Sex geteilt. Und daran dürftest doch gerade du nichts auszusetzen haben, Adrian Darling, oder?"

Ein Gong unterbricht das witzige Hin und Her ihres geistreichen Gesprächs und Maggie Smith bittet zum Lunch in das Esszimmer, das ganz in Salbeigrün gehalten ist. Billie seufzt leise, Clara wüsste bestimmt wieder den Namen dieser Farbe bei Farrow&Ball und dass sie in irgendeiner alten Abtei im Frühstücksraum entdeckt worden ist. Das matte Grün von Vorhängen und Stuhlbezügen wird aufgegriffen von den zarten Palmwedeln der Tapete und setzt wieder effektvoll die Mahagonimöbel in Szene.

Jetzt lässt Billies Anspannung etwas nach und wird abgelöst von großer Neugier auf diese interessanten Menschen, die sich gerade um den großen Holztisch versammeln. Es gibt Selleriecremesuppe, eine große Schüssel Salat und Käse. Während sie essen, erfährt Billie, dass Adrian Soziologie und Marketing in Oxford und Design in London studiert hat und als Geschäftsführer für eine Hotelkette weltweit neue Hotelkonzepte entwickelt, die Häuser einrichtet und etabliert. Stolz berichtet Adrian von Sebastian, dass der an der School of Biological Sciences in Edinburgh studiert hat und inzwischen ein gefragter Gartendesigner ist. Auf diese Weise leben die beiden Männer abwechselnd in London, Singapur, New York oder Bali. Doch, mit einem liebevollen Seitenblick zu seiner Mutter, am liebsten sei er natürlich im Homeoffice in seinem großen Büro hier über den Garagen bei seinen Eltern.

Dann soll Billie von sich erzählen. Zögernd berichtet sie von ihren verschiedenen Leben vor und nach der Wende, als Kosmetikerin, Baustatikerin, Hausmeisterin, Reinigungskraft und schließlich Teamleiterin Logistik im Autozulieferer-Business.

Als Eleonore bei Billies Erzählung einige Male erschrocken die Augen aufreißt, ruft ihr Adrian vom anderen Tischende grinsend zu: „Bleib ganz ruhig, Mum, das ist nichts Schreckliche oder Gefährliches, das ist nur die wirkliche Welt draußen!“ Und etwas ernster setzt er leise hinzu: „Aber die kennt ihr ja nicht so gut!“

Beschämt senkt die schmale Frau den Kopf, sodass Strähnen ihrer graublonden Haare ins Gesicht fallen. Da springt Russel seiner Mutter bei, indem er abrupt das Thema wechselt und nun seinerseits von den unglaublichen Fähigkeiten seiner Freundin schwärmt, die als Einzige in dem gesamten Laden die Abläufe beherrscht und die neue Software anwenden kann. Und da müsse man extra eine aus Deutschland holen, damit bei Forcia endlich alles läuft. Anerkennende Blicke kommen nun von Eleonore und Trevor, voller Stolz schaut Russel auf diese bemerkenswerte Frau, die da an seiner Seite sitzt und gerade ein Salatblatt zu Ende kaut.

Damit keiner sieht, dass sie so ungerührt gar nicht ist und gerade rot vor Freude wird, entschuldigt sich Billie, steht auf und lässt sich von Trevor den Weg zur Toilette zeigen. Was natürlich nur ein Vorwand ist, um endlich eine Zigarette zu rauchen. Kaum hat sie sich in einen der geräumigen Gartensessel auf der Terrasse gesetzt und sich eine angezündet, gesellt sich der schweigsame Sebastian zu ihr. Aus der Innentasche seiner abgeschabten Cordjacke zieht er einen verknautschten braunen Zigarillo hervor, zündet ihn an und macht einen tiefen Zug, bevor der aromatische Rauch aus seinem Mund quillt, während er Billie ernst anschaut und sagt: „Nun, Kulturschock verkraftet?“

Unentschlossen zuckt Billie die Schultern, eingedenk der Warnungen von Naomi und ihres Kollegen Paul über ihr oft allzu forsches Auftreten, versucht sie ausweichend zu antworten: „Ach so schlimm ist es gar nicht, ich lebe ja inzwischen lange genug auf der Insel, um schon einige Besonderheiten erlebt zu haben!“

„Aber solch versnobter konservativer Geldadel gehört bestimmt nicht zu deinem Alltag! Mir musst du nichts vormachen. Billie, ich komme auch nicht aus diesen Kreisen. Mein Großvater in Wales hat noch in den Kohlenminen gearbeitet, mein Vater war Polizist bis zu seiner Pensionierung. Ich habe mich also, wie würdet ihr es gleich nennen – „hochgearbeitet“? Frag nicht, wie mein erstes Mal hier in der Familie war! Denn bei mir kommt ja noch Schwulsein erschwerend hinzu!“

Ungewöhnlich vergnügt greift sich der sonst so ruhige Mann in die wirren dunkelblonden Locken, die ihm fast bis auf den Hemdkragen reichen: „Du musst wissen, unser Alltag unterscheidet sich eben auch grundlegend von diesem Leben hier! Wir verkehren in unseren Communities auf der ganzen Welt und wir hoffen auf Veränderung. Und hier ist alles wie aus der Zeit gefallen. Klar, ich kenne diese Welt durch meine Kunden, die sich von mir Gärten für zigtausend Pfund gestalten lassen, als wäre es gar nichts. Doch daneben kenne ich auch die Welt meiner Mitarbeiter, die zusehen müssen, wie sie jeden Monat das Essen bezahlen, die Studiengebühren ihrer Kinder aufbringen und am Ende des Jahres die Rate fürs Haus zusammenbekommen.“

Schon wieder huscht über Sebastians wettergegerbtes Gesicht ein Lächeln, als er weiterredet, während sein Zigarillo unbeachtet im Aschenbecher verglüht: „Aber mal ehrlich: So altmodisch und konservativ Trevor und Eleonore auch sein mögen, sie sind zugleich auch hart im Nehmen! Adrian hat ihnen schon einiges zugemutet, und nicht nur damals vor zwei Jahren, als er sich endlich geoutet hat. Und mich dann auch gleich noch als seinen Ehemann präsentiert. Sein Bruder Russel war damals der Einzige, der es natürlich schon lange vorher gewusst und ihn jederzeit unterstützt hat. Russel hat auch die Wellen geglättet, als Eleonore es mit einem kleinen Zusammenbruch probiert hat … Na ja, ist ja auch alles irgendwie zu verstehen, stell dir nur vor, wir gehen auf Flohmärkte und richten uns mit lauter Krempel ein, den Adrians Mutter nicht mal als antik akzeptieren würde. Ich komme mit ihr allerdings hervorragend aus, seitdem ich die Beete in ihrem Garten gestaltet habe. Sie schätzt meine Expertise in Sachen Gartengestaltung und hat ziemlichen Respekt vor meiner Kritik an ihren gärtnerischen Talenten."

Billie lächelt den Mann neben ihr offen an: „Weißt du, Sebastian, du und Adrian, ihr beide seid genau richtig für meine Freundin Clara aus Deutschland. Die hat genauso eine Meise wie ihr beide, liebt antiken Kram, arbeitet Möbel auf und hat seit Jahren eine Gartenkolumne im Radio. Ihr werdet euch hervorragend verstehen, da bin ich sicher!"

Im beginnenden Dämmerlicht der blauen Stunde wird das zufriedene Schweigen nur noch unterbrochen durch das letzte Aufleuchten der Zigarettenglut im Aschenbecher.

Später im Kutscherhaus lässt sich Billie nach dem Sex rücklings auf das riesige Bett fallen. Atemlos mustert sie das von stylisch grauen Schwemmholzbalken linierte offene Spitzdach. Der riesige Raum samt Kamin ist in Weißtönen und mit Möbeln aus gekälktem Holz gestaltet. Ganz anders als im Haupthaus strahlt hier alles eine moderne Gelassenheit aus. Immer noch verschwitzt von der alles verschlingenden Welle der Lust, die vor wenigen Minuten über ihre Körper hinweggerollt ist, massiert sie gedankenverloren ihre schmerzenden Finger: „Ich muss ernsthaft weniger Alkohol trinken, meine Gichtgriffel tun schon wieder furchtbar weh!"

„Das und vielleicht auch ein paar Zigaretten weniger, würde das Wohlbefinden mit Sicherheit erhöhen!" Anders als Billie hat sich Russel auf die Seite gelegt, mit der angewinkelten rechten Hand stützt er seinen Kopf ab, während die linke Hand Billies Brüste streichelt, die aber nun mit einem unwilligen Knurren beiseitegeschoben wird: „Ach leck mich doch!"

„Schon dabei, Ihr Wunsch ist mir Befehl!" Zärtlich fährt er mit seiner Zunge um Billies linke Brustwarze, was Billie ein kleines Stöhnen entlockt: „Oh My Lord, ich darf doch bitten, wenn das Ihre Vorfahren sehen, die geistern doch bestimmt hier rum!"

Russel unterbricht das Liebesspiel und stützt sich nun mit beiden Ellenbogen ab, während er Billie mit gespieltem Ernst und gerunzelter Stirn anschaut: „Hör ja auf mit ‚My Lord'! Aber das war ja zu erwarten, dass Mum's sinnbefreiter Stolz auf unsere Ahnengalerie bei dir nur Hohn und Spott hervorruft!"

Billies Lachen bestätigt seine Befürchtung: „Na das kannst du aber vergessen, den Spitznamen hast du nun weg, My Lord, ich habe noch nie mit einem fast echten Adligen Sex gehabt, es ist mir eine Ehre, ich öffne die Beine und denke an England …!"

Am nächsten Morgen wacht Billie wieder einmal viel zu zeitig auf, es ist ihre übliche Aufstehzeit, wenn sie in die Firma muss. Draußen kündigt ein rötlicher Streifen am Horizont die Dämmerung an. Vorsichtig befreit sie sich aus Russels Umarmung, der verschlafen murmelt: „… Meine Eltern mögen dich, das ist schön …", ein zufriedenes Lächeln huscht über sein Gesicht, er dreht sich auf die andere Seite und schläft weiter.

Billie kraucht fröstelnd unter der Bettdecke hervor. Auf dem Weg ins Badezimmer sammelt sie Hose, Tunika und Unterwäsche auf, die von ihr gestern Nacht hitzig auf dem Boden verteilt worden sind. Nach diesem wilden Abend mit Russels Familie hat sie wilden Sex gebraucht zur Entspannung ihres überforderten Hirns. Da war keine Zeit zum ordentlichen Zusammenlegen der Klamotten. Fertig angezogen, findet sie unten in dem kleinen Flur ein paar Gummistiefel und einen alten grauen Regenmantel. Leise öffnet sie die Tür vom Kutscherhaus und dann knirschen ihre Schritte auf dem Kiesweg in Richtung Garten. Auf den gepflegten Rasenflächen links und rechts vom Weg schweben vereinzelt Nebelschwaden, aus denen sich im morgendlichen Dämmerlicht eine dunkle Mauer aus Ziegelsteinen erhebt. Nasse Erde schmatzt nun unter den Gummistiefeln, als Billie unter einer bogenförmigen Öffnung aus Sträuchern eine schmale Holzpforte öffnet. Und dann begeistert die Luft anhält. Im zaghaften Schimmer der ersten Sonnenstrahlen breitet sich vor ihr ein Farbenrausch in Lila und Orange aus, durchsetzt mit Hellblau, Pink sowie Grau- und Brauntönen. Riesige Asternbüsche bilden Farbflecken in den breiten Beeten entlang des schmalen Gartenwegs, unterbrochen von abgeblühten Stängeln mit schwarzen Samenständen und mannshohen Büscheln von Ziergräsern, in deren filigranen Ähren und Rispen Wassertropfen funkeln. Billie stößt ein leises anerkennendes Geräusch aus, als die angestaute Luft durch ihre halb geschlossenen Lippen entweicht. Sie kennt nicht eins der hier angepflanzten Gewächse mit Namen, doch dieser Eindruck einer überdimensionalen Farbpalette ist überwältigend. Offenbar weiß Sebastian, was er tut, den muss ich unbedingt von meinem traurigen Stück Garten fernhalten, solange es nur irgend geht, denkt Billie und verzieht das Gesicht, während sie nach rechts abbiegt. Ein weiterer bogenförmiger Durchlass in der mannshohen Hecke lockt in den nächsten Gartenbereich. Der festgestampfte Weg führt zu einem viktorianischen Gewächshaus mit weißen geschwungenen Holzrahmen. An den Fundamentmauern lehnen Hochbeete, aus denen Kürbisse hinter üppigem Laubdickicht orange leuchten. Als Billie die verglaste Tür vom Gewächshaus öffnet, versperren ihr zwei Zitronenbäume in großen Steinkübeln den Weg. Dahinter entdeckt sie an der rückwärtigen Glaswand, eingebettet zwischen Kübelpflanzen, Eleonore, entspannt in die Polster eines Korbsessels versunken und – in ihrer Hand eine qualmende Zigarette mit pastellfarbener Banderole und goldenem Mundstück.

Lächelnd wendet sich Billie ab und will so leise wie möglich das Gewächshaus wieder verlassen, als sich hinter ihrem Rücken die Stimme von Russels Mutter vernehmen lässt: „Guten Morgen Billie, komm ruhig näher, ich habe dich doch schon kommen sehen. Da schaust du, nicht wahr? Das hier ist mein geheimer Rückzugsort, wo ich ungestört bin." Und sie weist auf eine Staffelei hinter der Sessellehne, wo die ersten Linien eines Aquarells auf Vollendung warten. „Ja, und hier rauche ich auch manchmal, heimlich natürlich. Du verrätst mich doch nicht?"

Immer noch lächelnd schüttelt Billie den Kopf und lässt sich auf einer schmalen Sitzbank nieder, die links und rechts von zwei Palmen flankiert wird. Eleonores perlmuttfarbenes Haar bildet einen interessanten Kontrast zu dem dunkelgrünen Dschungelmuster des Sesselpolsters.

Als sie weiterspricht, umschreibt sie mit einer Geste ihres rechten Arms das sie umgebende gläserne Gebäude: „Ich brauche das hier. Wahrscheinlich wirst du es mir gar nicht zutrauen, aber ich will das hier, diese Ruhe und die Abgeschiedenheit. Dass ich mal schweigen darf. Und natürlich zum Malen. Nicht die Zigaretten. Die brauche ich nur manchmal, wenn ich nachdenken muss. Und ich muss gerade viel nachdenken – über meinen Sohn. Und über dich …" Aus ihrem Gesicht sind jetzt alle Züge dieser hochnäsigen Arroganz verschwunden, die Billie tags zuvor so erschrocken haben. Eleonores dunkle Honigaugen strahlen nur noch menschliche Wärme aus: „Mir könnt ihr nichts vormachen, Billie! Das zwischen euch beiden, das ist ziemlich ernst. Das weiß ich. So habe ich meinen Sohn noch nie erlebt und ich habe schon einiges mit meinen Söhnen erlebt, das kannst du mir glauben, Liebes."

Verblüfft über die unerwartete Offenheit, kann Billie nur schweigend nicken.

„Russel ist immer auf der Suche nach etwas gewesen. Er wusste nie, wo er hingehört. Unser Leben hat er abgelehnt, zu konservativ, das war ihm immer ein Gräuel. Du musst gar nicht den Kopf schütteln, meine Liebe, ich bin blond, aber nicht blöd. Das weiß ich schon lange, dass unsere Vorstellungen nicht die unserer Söhne sind. Adrian hat uns das noch viel radikaler beigebracht. „Ich bin schwul und das ist übrigens mein Mann, nun friss oder stirb." Eleonore lächelt versonnen, bevor sie weiterspricht: „Mein Ehemann hat damals fast einen Herzinfarkt bekommen … Nein, Russel ist da von seinem Wesen her viel sanfter. Aber deshalb ist er auch immer irgendwie unglücklich gewesen, das habe ich gespürt. War nirgendwo zu Hause, hat sich nicht heimisch gefühlt. Das ist anders geworden, seitdem er mit dir zusammen ist. Er spricht mit mir ja nicht viel darüber, doch deine Stärke haut ihn um. Er bewundert sehr, was du alles in deinem Leben bewältigt hast, dass du einfach alles hinter dir gelassen und neu angefangen hast. In einem fremden Land, in einer fremden Sprache. Unvorstellbar für mich, ehrlich! Und offenbar auch für ihn. Weißt du, Russel ist sehr klug, das wirst du schon gemerkt haben, aber besonders mutig ist er nie gewesen. In dir hat er jetzt beides, glaube ich. Weißt du, wie er dich heimlich nennt? ‚Meine portugiesisch-germanische Amazone'! Warum portugiesisch, verstehe ich allerdings nicht, wegen deiner dunklen Haare oder haben etwa Portugiesinnen auch so einen … kräftigen Körperbau?"

Entgeistert starrt Billie die Frau im Sessel an. Dann muss sie lachen.

„Eleonore, mein Nachname ist Florez, verstehst du?"

„Ach so? Na dann, vielleicht erzählst du mir die Geschichte deines Nachnamens irgendwann einmal, ja? Du bist jedenfalls immer für eine Überraschung gut, das habe ich gleich gespürt. Vermutlich mag ich dich auch deshalb weil …, nun, man sieht es mir ja vielleicht nicht an, aber ganz tief drinnen …"

„… bist du auch 'ne Straßenkämpferin?!", vollendet Billie und schaut Eleonore amüsiert an.

„Nun, so würde ich es vielleicht nicht formulieren, aber egal! Wichtig ist nur, dass du ihm guttust, Billie! Und da bin ich mir ganz sicher!"

Eleonore legt ihre Hand auf Billies Hand und die beiden Frauen schauen versonnen durch die großen Glasscheiben, hinter denen inzwischen die Morgensonne die Beete leuchten lässt.

6. Kapitel – Der Besuch im Pub

Hi meine wunderbare (in Deutschland)Zurückgebliebene,
es reicht mir mit Lala! Dieser Zirkus aber auch! Erst will sie nach Broughton Castle umziehen. Das ist jenes Schloss, das Naomi und ich vor zwei Wochen besucht haben. Du weißt schon, die niedrige Hütte der Familie Fiennes. Mir persönlich hätte der dortige Tearoom als Besichtigungsobjekt völlig ausgereicht. Lala ist fast in Ohnmacht gefallen, als sie zwischen Karottenkuchen und Millionärs Shortbread die Fotos der Familientreffen an der Wand entdeckte. Mit Lord Voldemort in ihrer Mitte, was sogar mir durchaus einen anerkennenden Seufzer entlockt hat. Wobei Lala ja mehr auf Ralfs kleinen Bruder Joseph abfährt, von welchem es im Tearoom allerdings nur ein paar popelige Filmplakate von „Shakespeare in Love" gibt. Jedenfalls war sie dann kaum zu halten als es zur Besichtigung der Wohnräume von Broughton Castle ging und sie zudem noch erfahren hat, welche großen Geister dort durch die Hallen spuken. Immerhin stammt olle Oscar-Gewinner Ralph aus der weitverzweigten Adelsfamilie Twisleton-Wykeham-Fiennes. Dieser Familie gehört auch irgend so ein exzentrischer Forscher und Abenteurer an, mit dem würde sie dann gern die Welt erkunden, sagt sie. Soll sie es tun, ich spare mich ja, wie du weißt, immer noch für den britischen Thronfolger auf, darunter fange ich erst gar nicht an.
Aber der Garten der Edlen von Fiennes würde dir gefallen, ziemlich modern und mit schönen Sichtachsen. Doch zurück zur zerrigen Lala, von deren Streben nach Höherem unser Julius wirklich keine Ahnung hat. Denn Broughton Castle ist nun für sie Geschichte, seitdem ich das Wochenende bei Russels Eltern in Camphall Manor war. Das war echt heftig. Clara, ich sage dir, ich sage nichts mehr! Nur so viel noch: Die Haushaltshilfe heißt Maggie Smith. Da fällt dir doch nichts mehr ein, oder? Was habe ich mir nur dabei gedacht, etwas mit diesem Jungen anzufangen. Nun wohnt der auch noch bei mir. Und das Schlimmste ist, es ist alles richtig schön, kaum zu glauben. Lala behauptet ja, ich sei glücksbesoffen, doch das ist bösartig übertrieben.

Was Russels Eltern angeht, die Inhaber dieser Luxushütte, da dachte ich anfangs, dass sie den unvermeidlichen konservativen Stock im britischen A… hätten. Doch Russels Vater, Trevor, ist ein wenig maulfaul, aber ziemlich gescheit. Und irgendwie warmherzig.

Eleonore, seine Mutter, ist da schon ein anderes Kaliber. Sie trauert dem verlorenen Adelstitel nach und hält sich irgendwie wirklich für den Nabel der Welt. Aber das stimmt schon wieder nicht ganz, denn obwohl sie scheinbar ohne Punkt und Komma quatscht (da erinnert sie mich an dich, Teuerste!), kann sie zugleich gut zuhören und sehr genau beobachten (auch da erinnert sie mich an dich.).

Also irgendwie entsprechen diese wohlhabenden Oberschichtbriten so gar nicht irgendeinem Klischee. Sie sind anständige Leute, scheint mir, mit dem Herz auf dem rechten Fleck. Obwohl ich für sie durchaus eine Herausforderung bin, denke ich. Ich mit meinen Lebensumständen und der Welt, in der ich gelebt habe, könnte für die Beaufords ebenso von den äußeren Molukken kommen, so exotisch dürfte das auf sie wirken.

Russels Bruder Adrian und Sebastian, sein Mann, sind dagegen ein echter Gewinn. Du als alte Schwulenversteherin wirst sie lieben. Ihr werdet Euch ja kennenlernen, wenn ihr mich im Dezember besucht. Dann werde ich nämlich zu einem Adventsdinner einladen, wie findest du meine Idee? Dafür brauche ich aber unbedingt das Rezept für deine Cheddar Muffins und das für Oma Marthas Semmelknödel, die will ich für Russel am zweiten Weihnachtsfeiertag zubereiten, mit Wildschweingulasch. Du denkst doch noch an den Wildschweinbraten, den du in der Kühltasche tiefgekühlt mitbringen wolltest? Hier auf der Insel gibt es doch keine Wildschweine, also ist das etwas Besonderes als Festessen. Heiligabend und Boxing Day verbringen wir in einem 5Sterne Hotel in London, Russels Eltern laden ein. Da jammert mir Lala dann bestimmt wieder die Ohren voll, dass sie nichts Passendes anzuziehen hat. Hach, ist das aber auch aufregend, wenn man in die besseren Kreise aufsteigt, hihi …

Momentan ist sie aber noch ganz geschmeidig, abgesehen davon, dass Camphall Manor der Altersruhesitz für sie und Julius werden soll. Ansonsten führt sie in ihrer Kammer Selbstgespräche und freut sich auf euern Besuch und den kleinen dicken Westoverträger.

Beste Grüße B.

P.S. Hoffentlich wird in Calais der Kofferraum nicht genauer kontrolliert, ich bin mir nämlich nicht sicher, dass so ein echter Pflaumenbaum im Topf überhaupt eingeführt werden darf … Aber ich möchte doch nun einmal so gern irgendwann mein eigenes Pflaumenmus kochen können.

„Ach, nun zier dich nicht so, Naomi!“ Empört wirft die derart Angesprochene ihre wirren erdbeerfarbenen Haarlocken nach hinten und öffnet schließlich den Mund zur Erwiderung: „Aber …!“

„Kein Aber, meine Süße!“ Billie ist jetzt richtig in Fahrt gekommen, schnappt sich Naomis gefütterte Jacke vom Haken im Flur und streift sie ihr über: „Das ist schließlich keine Einladung zum Tee in Buckingham Palace, mal ehrlich. Ich treffe mich nur mit meinen Kollegen im Dorf Pub von Greatley und möchte, dass du mitkommst. Ja, ja, ich weiß schon, was du sagen willst, ich bin unhöflich und grob. Und du kennst niemanden von denen und überhaupt. Alles richtig und genau deshalb will ich ja, dass du sie kennenlernst! Außerdem, was ist denn schon dabei, der „Old Red Lion“ befindet sich nur 200 Meter von deinem Haus entfernt hinter unserem Dorfplatz, oh Verzeihung, hinter dem Cricket Field natürlich. Und du kommst mal wieder unter Leute. Also los jetzt schwing die Hufe!“

Ohne auf das leise Grummeln der Alten zu achten, schließt Billie Naomis Haustür, hakt die zierliche Frau unter und mit großen Schritten geht es hinüber zum Pub.

Dort ist der übliche Freitagabendbetrieb. Kein Wunder, denkt Billie, hat doch der alte rote Löwe wirklich alles, was so ein Pub haben muss. Die dunkle Holzvertäfelung an den Wänden und das schummerige Licht verbreiten jene gemütliche Atmosphäre, die eben nicht nur zum Trinken, sondern auch zum miteinander Quatschen animiert. Sogar das Essen ist erstaunlich gut und zum Sunday roast, dem traditionellen Sonntagsmenü im Pub mit Braten und Sauce, gebackenen Kartoffeln, Yorkshire Puddings, Karotten und Brokkoli, kommen die Leute aus den umliegenden Dörfern hierher nach Greatley.

Während sich Naomi zu dem einzig noch verfügbaren großen Tisch mit Eckbank durchschlängelt, geht Billie zum Tresen und bestellt für sie beide zwei große Gläser Cider. Dann durchstreift sie mit den Augen aufmerksam den dunklen Raum, ohne dass sie ihre Kollegen entdeckt. Geschickt balanciert sie die Gläser zum Tisch und Naomi empfängt sie mit einem abschätzigen Schulterzucken: „Weißt du, der Pub ist aber auch nicht mehr, was er mal war. Früher war der Old Red Lion unser Dorftreffpunkt, nach der Kirche der Ort, wo sich die Gemeinde getroffen hat, wo man die Sozialkontakte gepflegt hat, wie es neumodisch heißt. Jetzt sind so viele Zugezogene hier, fällt dir das nicht auf?"

Billie schaut sich um: „Na ja, ich fürchte, dass du da ein bisschen zu viel von mir verlangst, Naomi, wenn ich schon alle Einheimischen kennen soll. Und sie noch dazu von den ganzen wohlhabenden Londonern unterscheiden kann, die hier inzwischen ihre Landsitze fürs Wochenende gekauft haben."

Naomi stößt sie aufgeregt in die Seite: „Siehst du die da mit der braunen Burberry Wetterjacke? Steht am Tresen und plaudert mit Bürgermeister Leslie Snowdon!?"

„Die mit den schlammigen Gummistiefeln? Na, das wird wohl eine Eingeborene sein, denke ich."

Naomi lacht auf: „Nun, nicht ganz! Das ist Ethel Kerr, Richterin am Obersten Gerichtshof des Vereinigten Königreichs. Von der Queen gerade erst zur Dame Commander des Most Excellent Order des British Empire ernannt!"

Billie grinst verstohlen in ihr Glas: „Nun, wie schön für sie, noch schöner wäre nur, wenn sie in ihrem Wochenende auf dem Land nicht ganz so ungepflegt herumlaufen würde. Aber gut zu wissen, wer hier alles so unseren Pub besucht, wer weiß, wozu es gut ist, sich schon mal gemeinsam mit einer Richterin am High Court im Powder Room die Hände gewaschen zu haben. Vorausgesetzt natürlich, im Old Red Lion gäbe es überhaupt so etwas wie einen Powder Room", schließt Billie lachend.

Und Naomi stimmt mit ein, bevor sie nachdenklich sagt: „Aber weil wir gerade dabei sind, was es alles nicht gibt: Weißt du, was hier in Greatley und auch in den umliegenden Ortschaften wirklich fehlt? Ein hübscher traditioneller Tearoom mit Kuchen, Kaffee und Tee, Sandwiches natürlich. Altmodischer Musik. Und viel Atmosphäre!"

„Und wer soll da deiner Meinung nach hingehen? Hier arbeiten doch alle die Woche über. Und ihr Alten, Verzeihung, ihr Menschen in den besten Jahren, habt gar nicht die Kohle, dauernd ins Café zu gehen!"

Naomi schüttelt nachdrücklich ihre Erdbeerlocken: „Da irrst du schon mal wieder! Du siehst doch selbst, wie viele Londoner es inzwischen hierher aufs Land zieht. Greatley liegt nicht zu weit weg von London und doch eigentlich schon fast in den Midlands. Und die Midlands sind eindeutig wieder in als Wochenendziel für jedermann. Also Wanderer und Biker zum einen, die Wochenend-Cottage Besitzer zum anderen. Und dann die Ruheständler, die hier ihren Altersruhesitz gekauft haben. Alles potenzielle Kunden für Creme Tea mit Scones, clotted cream und hausgemachter Erdbeermarmelade!" Bei ihren letzten Worten leckt sie sich genießerisch die Lippen. Auch Billie ist jetzt ins Schwelgen geraten: „Und dazu vielleicht noch ein paar deiner wundervollen Mince Pie und nicht zu vergessen deine unnachahmlichen Sandwiches mit Kresse und Eiersalat … Ooch, hören wir auf damit, mein Magen knurrt schon!"

Doch bevor Billie Essen bestellen kann, öffnet sich die Tür des Pubs und ihre Kollegen treten ein. Sie schauen sich suchend um, bis sie Billie entdecken, die die Männer an ihren Ecktisch winkt. Nach einem kurzen Handschlag lässt sich als erster Wout auf einen Stuhl fallen, wie immer in seiner abgeschabten Lederjacke und in Jeans, an denen nicht mehr festzustellen ist, ob die Löcher und hellen Flecken im blauen Stoff nun modisch oder doch eher heruntergerissen sind. Der hochgewachsene Andrzej blickt schweigend in die Runde, zieht seinen gesteppten Anorak aus, bevor er, ganz galanter Pole, sowohl die verblüffte Naomi als auch Billie mit einem Handkuss begrüßt, um sich erst dann zu setzen. Und schließlich Paul, der nach einem kurzen Gruß über den Tisch, sich und seinen beachtlichen Bauch mühsam zwischen Tisch und Eckbank neben Billie zwängt.

Nachdem sich alle Naomi vorgestellt haben, setzt Billie zur Begrüßung an: „So, Kollegen, ich gebe euch hier und heute einen aus! Nicht, dass das zur Gewohnheit werden soll, aber jetzt ist es einfach mal fällig. Dir, Andrzej, danke ich für deine Hilfe bei den polnischen Lieferanten, ohne dich und deine Polnischkenntnisse wäre ich aufgeschmissen bei der Kontrolle der LKW, ehrlich! Wout, mein lieber belgischer Rauchgenosse, danke ich für die intensiven Gespräche in der Raucherecke auf dem Hof, verspreche allerdings, dich auch weiterhin liebevoll Hercule zu nennen! Vor allem aber muss ich mich bedanken bei meinem Paul, weil er sogar das Büro in Ordnung hält, wenn ich nicht da bin, alles in meinem Namen regelt, Bestellungen prüft, was wäre ich ohne dich!?"

Die letzte von Billie mehr rhetorisch gemeinte Frage geht fast unter im anschwellenden Lärmpegel in dem niedrigen Raum. Sie ist schon wieder aufgesprungen, um am Tresen die Bestellungen für ihre Kollegen aufzugeben. Paul ist ebenfalls aufgestanden, seine Halbglatze leuchtet im Licht der Deckenstrahler, er schaut Billie mit einem dankbaren Lächeln entgegen und nimmt ihr hilfsbereit die Gläser ab. Billie trinkt nun mit den Männern Lager, Naomi hat sie noch ein Glas Cider hingestellt, das sich diese mit einem beschwipsten Kichern sofort schnappt und allen am Tisch fröhlich zuprostet. Dann schimpfen sie gemeinsam ein wenig über die Lieferprobleme und dass alles unklar ist, immer noch gäbe es Gerüchte über Entlassungen.

„Na ja, Billie kann das ja jetzt fast egal sein, wo sie doch nun in die besseren Kreise aufsteigen wird! Wo ist er überhaupt, dein Upperclass-Sprössling?“ Mit einem unschuldigen Augenaufschlag dreht sich der Belgier zu Billie und schaut ihr direkt ins Gesicht.

Paul grinst schadenfroh, schweigt aber. Billie ist das unangenehm, kann sich aber beherrschen. Und während sie nachdenklich ihr Bierglas hin und her bewegt, antwortet sie betont ruhig: „Im Unterschied zu dir, lieber Hercule, macht MEIN Upperclass-Sprössling Überstunden und sitzt sich heute in London bis spät in die Nacht hinein den Arsch breit in irgendwelchen Meetings in der Firmenzentrale. Und außerdem mal für alle zum Mitschreiben: Punkt eins – Wenn ihr ein Problem mit Russel habt, solltet ihr das verdammt noch mal mit ihm klären! Und Punkt zwei: Nur weil Russel und ich zusammen sind, bin ich doch wohl immer noch dieselbe oder etwa nicht? Hey, Leute, ihr kennt mich doch! Schließlich bin ich noch lange kein Rupert Murdoch, nur weil meine beste Freundin beim Radio ist. Und ich werde deshalb auch ganz sicher nicht zu Oprah Winfrey eingeladen, oder was meint ihr?“

Vom langen Polen kommt ein zaghaftes, aber doch zustimmendes Nicken. Doch Wout hat offenbar noch nicht genug. Er stiert in sein Glas und seine Antwort klingt, wie die eines bockigen Kindes: „Ich meine ja nur, wer mit dem Teufel essen will, braucht lange Löffel!“

Nun reicht es Billie und sie wird etwas deutlicher: „Welcher Teufel denn? Von Russel droht euch sicher keine Gefahr. Was ich von unserem Arbeitgeber nicht so ohne weiteres behaupten würde, versteht ihr? Der wirkliche

Schwachsinn ist doch, dass ihr hier auf der Insel offenbar glaubt, ihr müsstet „unabhängiger werden“ und der Brexit würde euch dabei helfen. Und gleichzeitig arbeitet ihr für einen multinationalen Konzern! Das ist doch lächerlich!“

Mit vor Zorn gerötetem Gesicht wird Paul plötzlich laut: „Ach so, das ist also lächerlich? Was weißt du schon, schuld sind doch nur die ganzen Ausländer hier!“

Am Tisch herrscht erschrockenes Schweigen, bevor Naomi ihr Ciderglas mit Nachdruck zurück auf den Eichentisch stellt, bevor sie sich, zu dem korpulenten Mann neben ihr gewandt, einmischt: „Aber, Herr Paul, wenn ich sie alle vorhin richtig verstanden habe, sind doch hier am Tisch alle Ausländer, sie und ich mal ausgenommen. Nun, und wenn das so ist, könnte es da nicht sein, dass ihre Einschätzung ein wenig schwierig ist?“ Mit einem listigen Lächeln beendet die alte Dame ihre Rede und nimmt wieder einen Schluck Cider. Paul erwidert hastig: „Natürlich haben Sie recht, Miss Naomi! Ich habe das ja auch mehr so allgemein gesagt, die hier Anwesenden meine ich natürlich nicht.“

Billie schaut ihren Lieblingskollegen an. „Was regst du dich eigentlich so auf, ohne uns Ausländer könnte Forcia doch zumachen, das ist dir aber schon klar, oder?“ Und grinsend legt sie Paul die Hand auf die Schulter und streicht ihm über den kahlen Schädel. „Und vergiss mal nicht, für einige English man hier bist du als Schotte auch kein echter Brite, irgendwo sind wir eben alle Ausländer, nicht wahr?“

Als Billies Hand ihn berührt hat, ist Paul zusammengezuckt, als hätte er sich verbrannt. Sofort hat sich dann sein Gesicht entspannt und er prostet Billie lächelnd zu: „Ach Billie, du hast mich missverstanden, solche wie dich meine ich doch gar nicht, du schuftest für zwei, bist fleißig und zuverlässig!“

Woult, der schon das nächste Bier vor sich stehen hat, lehnt sich zurück und mustert den massigen Kollegen mit einem wolkenverhangenen Blick, bevor er mit bitterer Stimme zur Erwiderung ansetzt: „Weißt du, Paul, ich bin Flame, meine Heimat ist das platte Land, das ich hasse, weil aus seiner Plattheit so deutlich sichtbar die Bigotterie, die Verlogenheit und Bösartigkeit der Spießer aufragt. Und die kann ich nicht ertragen. Deshalb bin ich von dort fortgegangen. Aber weißt du, was ich nun feststellen muss? Diese

Bösartigkeit der Spießer folgt mir, wohin ich auch gehe. Ihr braucht immer einen Schuldigen für euer verkorkstes Leben oder eure eigene Unzufriedenheit!"

Wiederum erschrocken, dieses Mal aber über die Bitterkeit in Wouts Stimme, wechselt Billie abrupt das Thema: „So, mein lieber Hercule, nun bist du aber hoffentlich fertig mit dem Austeilen für heute? Was gesagt werden muss, wurde gesagt. Und nun haben wir uns alle wieder lieb, oder? Denn was mir gerade dazu einfällt: Wir sitzen hier im „Old Red Lion", aber wusstet ihr eigentlich, dass der rote Löwe traditionell die Nähe zum König bezeugen soll? Konkret handelt es sich hier nämlich um das „Lion Rampant", das königliche schottische Wappen! Habe ich gerade gelesen im Zuge meiner Geschichtsstudien für eine Einbürgerungsprüfung. Da soll ich sowas nämlich alles wissen! Ha! Wer hätte das gedacht, dass wir hier, mitten in England, dem schottischen König huldigen! So ist das halt mit dem Ausland und der Geschichte. Aber die eben offenbarte allgemeine Zuneigung zu fremden Kulturen hat mich auf eine Idee gebracht. Nächste Woche ist doch meine traditionelle Adventsparty, schaut in eure Emails, da gibt es die Einladung, falls ihr es noch nicht abgespeichert habt. Wie üblich bringt jeder etwas dazu mit. Und ich wandle das nun ein wenig ab und jeder bringt was typisch Weihnachtliches aus seiner Heimat mit!"

Billies Mitteilung hat großes Gemurmel ausgelöst und recht fröhlich, aber auch nachdenklich, verabschieden sich dann alle. Paul holt den Firmenwagen, einen dunkelblauen Chevrolet, mit dem er sich und die anderen nach Hause fährt.

Auf dem Weg zurück zu ihren beiden Cottages auf der gegenüberliegenden Seite des von ausladendenden Linden gesäumten Dorfangers ist Naomi recht mitteilungsbedürftig. „Also dieser Belgier ist ja ziemlich interessant, der erinnert mich irgendwie an einen dieser französischen Chansoniers, ich komme bloß nicht auf den Namen …"

„Jaques Brel", murmelt Billie, ohne dass Naomi ihren Einwurf versteht, denn die ist, beseelt vom Cider, schon beim nächsten Gast im Pub. „Ist aber schon erstaunlich, was du für eine beruhigende Wirkung auf deinen Kollegen Paul hast. Der kann ja echt böse werden, obwohl er doch eigentlich ein Netter, Hilfsbereiter ist, findest du nicht? Ein merkwürdiger Mensch jedenfalls."

Billie hat sich eine Zigarette angezündet und mit dem freien Arm hakt sie nun die etwas unsicher trippelnde Nachbarin unter. „Ach Unsinn, Naomi, du siehst Gespenster. Paul ist ein lieber Mensch, er hat nur momentan viel um die Ohren, hat wohl Probleme mit seiner Frau, wird jedenfalls behauptet."

Naomi streift sie mit einem aufmerksamen Blick aus ihren grünen Augen und zuckt mit den Schultern. „Nun, Liebes, du wirst schon recht haben. Du kennst ihn schließlich besser. Apropos kennen – wann kommen eigentlich deine deutschen Freunde an?"

„Morgen, irgendwann so gegen Nachmittag!" Als ob meine Nachbarin irgendeinen Hinweis braucht um mitzubekommen, was und wer bei mir aus- und eingeht. Spätestens ab morgen Mittag macht sie sich in ihrem Garten zu schaffen, um auch ja nichts zu verpassen, denkt Billie und lächelt milde. Laut aber sagt sie zu Naomi gewandt: „Denk du lieber an die Mince Pie, die du mir für meine Adventsparty versprochen hast, mit Sternchen als Deko, versteht sich!"

Mit einem fröhlichen „Ich denke an nichts anderes, Liebes!" trippelt die alte Frau dann, leise eine Melodie summend, zu ihrer Haustür.

Als Billie am nächsten Morgen in die Werkhalle kommt, sieht sie schon von weitem, dass in ihrem Drahtkäfig-Büro bereits Licht angeschaltet ist. An der hochgewachsenen Statur erkennt sie Russel, der mit dem Rücken zu ihr steht und mit jemanden diskutiert. Als Billie die Tür zum Büro öffnet, fährt er herum und gibt den Blick auf Paul frei, der mit einem gemurmelten Gruß an ihr vorbei aus dem Büro stürmt. Russel umarmt sie und gibt ihr einen Kuss.

„Netter Empfang, nicht wahr? Ich weiß auch nicht, was mit ihm los ist. Ich habe ihn nur um ein paar Lieferscheine gebeten, die ich für meine Statistik brauche, da faucht er mich gleich an, dass er genug zu tun hätte und ich nicht einfach hier so reinplatzen könnte. Keine Ahnung, was er damit meint. Aber wie geht es überhaupt meiner allerliebsten Bumblebee, war es nett im Pub gestern Abend? Und hast du mich wenigstens ein bisschen vermisst?"

Mit der letzten Frage sind seine Finger unter Billies Shirt gelandet, denen sie sich aber durch einen Schritt nach hinten entzieht. „Natürlich hast du mir gefehlt, Russel! Was meinst denn du, warum ich hier in der Firma bin, obwohl ich ja ab heute Urlaub habe? Okay, außerdem suche ich auch noch ein paar Akten, dass ich in den nächsten Tagen von zu Hause aus etwas erledigen kann. Jetzt muss ich aber wirklich los, muss noch Einkaufen für meine Gäste. Und du denkst dran, morgen Abend pünktlich zum Dinner bei mir? Dann lernst du meine deutschen Freunde kennen – und sie dich!"

„Aye, Aye, Käpt'n!" mit den letzten Worten geht Russell rückwärts aus dem Büro, lachend Kusshände in ihre Richtung verteilend.

7. Kapitel – Advent

Einige Blätter halten sich noch trotzig in den Bäumen und rascheln leise im Wind. Auf der Koppel, die nach einem Graben hinter ihrem Garten beginnt, wiehert in der Ferne ein Pferd. Kleine Schneeflocken haben sich wie eine dünne weiße Haut auf das Glasdach des Wintergartens gelegt. Billie atmet tief die kalte Luft ein, die durch die geöffnete Glastür dringt. Es riecht schon nach Winter. Mit angezogenen Beinen sitzt ihr Clara gegenüber auf dem braunen Chesterfieldsofa und schreibt konzentriert in dem Laptop, den sie auf ihren Knien balanciert. Wie üblich hat sie sich Arbeit mitgebracht, muss wohl den Text für einen Bildband fertigbekommen.

Plötzlich hebt Clara den Kopf und taucht unvermittelt auf aus ihrer Schreibwelt: „Ist schon bemerkenswert, wie gut sich Linus und dein Russel verstehen, findest du nicht? Nun gehen sie schon gemeinsam joggen, das wird noch eine ganz besondere Männerfreundschaft, das sage ich dir."

„Hm, frage mich nur, wie da die Kommunikation läuft zwischen den beiden, Linus mit seinem miserablen Englisch und Russel kann auf Deutsch nur ein paar Flüche und Ferkeleien!"

Jetzt schaut Clara grinsend vom Laptop auf. „Na ja, Männer meinen doch sowieso, dass Reden völlig überbewertet wird. Da haben sich schon zwei gefunden! Los jetzt, wir haben noch genug zu tun!"

Entschlossen erhebt sie sich und zerrt Billie aus dem Sessel in Richtung Küche. Auf dem Weg dahin legt Clara eine CD in Billies altmodischer Anlage ein und als die britische Tanzmusik der 30er Jahre den Raum erfüllt, lächeln die beiden Frauen bei ihren gemeinsamen Partyvorbereitungen in der Küche still vor sich hin. Denn ohne etwas sagen zu müssen, haben sie schlagartig die gleichen Bilder vor Augen. Billie hat sich die Platte gekauft, als sie gemeinsam in dem herrlich altmodischen Tearoom im zauberhaften Broadway gewesen sind. Der gesamte Laden war wie ein Traum aus der guten alten Zeit. Sündhaft Schokoladiges, Flap Jacks voller Mandeln, Karottenkuchen mit Frischkäseglasur und natürlich fluffige Scones haben sich in den gläsernen Vitrinen auf der Anrichte gestapelt. Die schlichten dunklen Holzmöbel, Spitzendecken auf den runden Tischen, in den Fächern des deckenhohen Regals lagern Reiseführer der Midlands und Postkarten mit alten Stadtansichten. Und eben CDs mit echter Tearoom Musik aus den 20er und 30ern. Musik wie gemacht für die Adventsparty in ihrem kleinen Cottage, findet Billie, während sie Sandwichscheiben mit Truthahn und Gurke belegt.

Als die beiden Männer dann verschwitzt und japsend ihre verdreckten Laufschuhe im Flur abstreifen, duftet es in Billies Küche bereits nach Glühwein, im Backofen brutzelt der Weihnachtsschinken seinem Gelingen entgegen und Clara drapiert Servierteller, gefüllt mit Honigkuchen und Zimtsternen, zwischen Tannenzweigen und silbern glitzernden Rentieren auf der Marmorplatte der kleinen Kücheninsel.

„Pfui, du stinkst!“ Billie rümpft die Nase, während sie Kerzen auf dem Kaminsims verteilt.

Russel hat sich neben sie an den riesigen Natursteinkamin gehockt, der die Hälfte von Billies Wohnzimmerwand einnimmt und ihr ganzer Stolz ist. Er richtet sich auf und kommt ihr noch ein Stück näher: „Echte Liebe muss auch so etwas abkönnen, Zuckerschnute, noch dazu, wenn dein Stinker dir gerade Feuer im Kamin anzündet!“

„Rede nicht so viel, geh lieber duschen!“ Lachend schiebt sie Russel von sich, der gehorsam in Richtung Treppe verschwindet. Von oben sind fröhliche Männerstimmen zu vernehmen, die „Last Christmas“ wechselweise furchtbar falsch singen oder pfeifen.

Dann klopft es und mit Andrzej und seiner Frau Kasia stehen bereits die ersten Gäste vor der Tür. Andrzej wuchtet einen riesigen gusseisernen Schmortopf auf den Herd. Er legt den Topfdeckel beiseite und zum Vorschein kommt ein Meer aus Teigtaschen, die gekrönt sind von karamellisierten Zwiebeln und vor zerlassener Butter glänzen. Sofort zieht ein unwiderstehlicher Duft nach Sauerkraut und Pilzen durch die Küche. Dann wischt er sich ungelenk die Hände an den Hosenbeinen ab, bevor er Billie an den Schultern fasst und nach Sitte seiner Heimat zur Begrüßung links und rechts auf die Wange küsst. Er schiebt seine Frau Kasia nach vorn, die schüchtern im Türrahmen gewartet hat. Billie mustert die Polin aufmerksam. Die aparte Frau hat ihre dicken blonden Haare zu einem Zopf um den Kopf gewunden und trägt ein langärmliges, dunkelblaues Kleid unter einem grauen Wollmantel. Sie sieht umwerfend aus, wie Billie neidlos feststellt.

Mit einem freundlichen Lächeln strahlt die Polin Billie an, während sie langsam und in fast akzentfreiem Englisch spricht: „Pani Billie, wir danken für die Einladung!" Dann überreicht sie ihr einen großen Strauß weißer Nelken.

Schritte knirschen auf dem Kiesweg und Clara öffnet wieder die Haustür. Paul balanciert eine in Aluminiumfolie gewickelte Auflaufform auf dem einen Arm, an der anderen Hand hängt ein Einkaufsbeutel, aus dem einige Flaschenhälse hervorragen. Er drückt Billie aufgeregt die große Auflaufform in die Hand und erklärt sichtlich stolz: „Das ist ein Shepherd's Pie, habe ich selbst gekocht. Ein traditionelles Gericht unserer britischen Küche, mit Hackfleisch und Kartoffelpüree, das Ganze wird mit Butter und Käse im Backofen gebacken. Und hier ist noch ein Dundee Cake", vollendet Paul seine ungeschickte Erklärung und zieht noch eine längliche Kuchenform aus seinem Einkaufsbeutel.

Billie kommt kaum dazu, sich bei ihm zu bedanken, da stürzt schon Wout grußlos an den verblüfften Frauen vorbei in die Küche: „Moment, meine Waffeln sollen nicht kalt werden." Dann legt er noch eine durchsichtige Schachtel mit Pralinen zwischen die glitzernden Rentiere auf die Kücheninsel, bevor er sich wieder zu Clara umdreht, sie zur Begrüßung charmant auf beide Wangen küsst und im fast akzentfreien Deutsch sagt: „Sie müssen die schöne Dichterin aus Deutschland sein!" Clara lächelt geschmeichelt und bietet dem Belgier freundlich einen Becher mit Glühwein an, während Billie sich kopfschüttelnd abwendet und erneut zur immer noch geöffneten Tür geht. Denn ganz so, als hätten sie hinter der Hausecke auf die Ankunft der anderen Gäste gewartet, erscheinen nun auch Billies Nachbarn am Eingang: Vorneweg Naomi mit zwei großen Schüsseln voller Mince Pie, kunstvoll mit fein ziselierten Teigsternen verziert. Hinter ihr treten Owain und Brenda Pincott ein. Die wie immer perfekt frisierte und geschminkte Brenda stellt eine Schüssel mit einer undefinierbaren rot-weißen Schichtspeise auf die Arbeitsfläche und erklärt diese umgehend als typisch britisches Weihnachts Trifle, wobei sie durch das breitgezogene „traiwel“ sofort wieder ihre schottische Herkunft verrät.

Owain, ihr Ehemann, wirkt bei der allgemeinen Begrüßung zerstreut. Er sieht müde und überarbeitet aus. Billie reicht auch ihm einen Becher Glühwein, den er dankbar entgegennimmt. Geschickt verwickelt sie Owain dann in ein scheinbar wichtiges Gespräch über seine Arbeit im Krankenhaus, was beiden die Möglichkeit gibt, nach hinten in den Garten zu verschwinden. Rauchend und den heißen Glühwein schlürfend, schweigen dann beide sehr zufrieden. Die Gäste haben sich bereits zwischen Küche und Wintergarten verteilt und stehen oder sitzen in kleinen Grüppchen, ganz ungezwungen wird geplaudert, man nimmt sich Häppchen oder Kekse vom Buffet, der Topf mit den polnischen Teigtaschen ist schon fast leer, sie bilden eine gute Grundlage für den vielen Alkohol, dem in guter britischer Tradition fleißig zugesprochen wird. Alles ganz so, wie es sich Billie für ihren ersten Adventsbrunch gewünscht hat.

Später setzt sie sich auf die dritte Stufe der nach oben führenden Holztreppe. Das ist ihr Lieblingsplatz, wenn sie Gäste hat. Von hier aus hat sie den Überblick, kann trinken und zuschauen, wie sich ihre Gäste unterhalten. Zudem ist ihr Cottage klein genug, sodass sie alles mithören kann, worüber man sich unterhält. Naomi und Kasia plaudern gerade über Malerei, Kasia erzählt, dass sie in Polen ein paar Semester an der Kunsthochschule studiert hat und sich hier in England mit Teilzeitjobs mal als Aushilfslehrerin für Kunst, mal als Putzfrau durchschlägt. Und Naomi berichtet von ihrer Tochter, die eigentlich Grafikerin ist und nun in London eine kleine Galerie führt.

Clara und Andrzej sind gedanklich gerade in Andrzejs Geburtsort im polnischen Schlesien und Clara erzählt begeistert von ihren Schulferien bei ihrer Tante in der Nähe von Opole, wohin DDR-Bürger nach den Reiseerleichterungen in den 70er Jahren fahren durften.

An dem kleinen Tisch in der Ecke hinterm Sofa mixt Paul fleißig seine roten Cocktails aus Gin und Cranberry Saft. Clara holt sich einen und muss sich dann die Erklärungen über den berühmten schottischen Weihnachtskuchen Dundee Cake anhören, der ja viel besser und leichter als der englische Christmas Cake sei. Und sogar die Queen ihn zur weihnachtlichen Teatime genießt. Schnell greift der beleibte Mann hinter sich auf die Kücheninsel, wo sein mitgebrachter Früchtekuchen auf einer mit Stechpalmenzweigen bemalten Porzellanplatte ruht. Ohne auf Claras leisen Protest zu achten, reicht er ihr einen kleinen Teller mit einem dicken Stück Dundee Cake. Original gebacken mit Orangenmarmelade, Trockenfrüchten und natürlich schottischem Whiskey, wie er versichert. Billie beißt sich auf die Lippen, um ihr Lächeln zu verbergen, als sie mit ansieht, wie ihre Freundin, die eigentlich Zucker meidet, jeden Widerstand gegenüber Pauls Hartnäckigkeit aufgeben muss und in den Kuchen hineinbeißt.

Russel kommt an der Treppe vorbei und wirkt ebenfalls ein wenig hilflos. Brenda hat sich in seinen Arm gekrallt und zieht ihn, unablässig plappernd, mit sich in Richtung Wintergarten. Das Klopfen an der Tür ist seine Rettung und er kann sich aus Brendas Umklammerung befreien, um die Tür zu öffnen.

„Hier kommen Jack Frost und sein Geselle!" Gut gelaunt stürmt Adrian an seinem Bruder vorbei und zieht eine silberne Schüssel unter seinem dunkelrot karierten Mantel hervor. Bis zum Rand mit Eis gefüllt prangt in der Mitte eine goldene Kaviardose mit kleinem Porzellanlöffel. Auf kleinen silbernen Untertellern leuchten mattgelbe Buchweizen Blinis. Hinter ihm trägt der als Geselle bezeichnete Sebastian einen ebenfalls eisgefüllten Champagnerkühler mit fünf Flaschen Champagner herein und platziert ihn neben dem Kaviar auf Billies Kücheninsel.

Russel durchbricht das verblüffte Schweigen der Anwesenden: „Großer Auftritt, kleiner Bruder, das muss man dir lassen!"

Nicht im Geringsten verunsichert, drückt Adrian seinem Bruder ihre Mäntel in die Hand, während er strahlend in die Runde sagt: „Bitte nicht zurückhalten – das sind nur die Reste, die heute bei einem kleinen Weihnachtsbrunch eines russischen Oligarchen in unserem Hotel übriggeblieben sind. Ist alles bezahlt. Und man soll doch Lebensmittel nicht verschwenden, oder?"

Erleichtert brechen alle in Lachen aus und stürzen sich auf die Köstlichkeiten. Bis auf Paul, der immer noch wie versteinert auf den Kaviar starrt und wütend die beiden gutaussehenden Männer mustert, bevor er mit dem etwas missglückten Versuch eines Lächelns weiter seine Gin Cocktails mixt.

Das alles hat aber nur Billie gesehen, die ihren Kollegen aufmerksam beobachtet. Paul wird ihr wohl immer ein Rätsel bleiben, einerseits so hilfsbereit und zauberhaft, doch dann wieder kann er seine Wut kaum zügeln. Nachdenklich schüttelt sie den Kopf.

„Deine Idee mit dem Essen als Völkerverständigung scheint ja aufzugehen!" Wout lässt sich neben Billie auf die Treppenstufe fallen, während er seinen Glühweinbecher neben sich stellt und ihr eine seiner noch lauwarmen Waffeln in den Mund steckt.

Kauend grinst Billie den Belgier von der Seite an und prostet ihm mit ihrem Gin Cocktail zu: „Wusste gar nicht, dass du so gut backen kannst. Ganz neue Seiten an dir! Deine Waffeln mit Karamellgeschmack sind der Hammer!"

Wout lächelt geschmeichelt. „Das macht der Hagelzucker im Teig, der karamellisiert so schön im Waffeleisen!"

Billie verdreht die Augen. „Und natürlich macht Hercule auch Pralinen selbst, aus feinster belgischer Schokolade, mit Marc de Champagne-Füllung, versteht sich!"

Sie will ihn freundschaftlich mit der Schulter anstoßen, verschätzt sich aber ein wenig in ihrem Körperradius, sodass ihre großen Brüste den Oberarm des Belgiers streifen.

Der lächelt erfreut über die unerwartete Intimität und etwas verlegen dreht er eine Zigarette zwischen den Fingern, bevor er leiser weiterredet: „Waffeln backen habe ich bei unserer Köchin gelernt. Schau nicht so verdutzt, nur weil ich heute herumlaufe wie ein Penner, heißt das ja nicht, dass das schon immer so war. In einem großbürgerlichen Fabrikantenhaushalt gibt es eben auch eine Köchin. Du liebst doch Klischees, oder? Ich erfülle jedes – Sohn aus gutem Hause steigt nach dem Studium in der Firma des Vaters ein, heiratet, zeugt zwei Kinder. Doch dann schmeißt er plötzlich alles hin, verlässt seine Frau und die Kinder, sein sicheres Erbe, lebt in ganz Europa, hat überall gejobbt und gevögelt …"

Schon zieht wieder das freche Grinsen über Wouts Gesicht und mit einem unbestimmten Nicken in Richtung Wintergarten setzte er fort: „Womit ich beim Thema wäre: da du ja absolut kein Interesse hast und diesen Oberschicht-Fuzzi vorziehst, erfülle ich doch gleich das nächste Klischee, hole zwei von Pauls teuflischen Gin Cocktails und kümmere mich mal um deine hübsche Nachbarin mit den roten Locken. Die scheint mir sexuell schwer unterzuckert zu sein, da muss ich einfach aushelfen."

Noch bevor die verblüffte Billie etwas erwidern kann, ist Wout aufgestanden und zu Pauls Bar gegangen, wo Brendas girrendes Lachen die Menge des bereits konsumierten Alkohols verrät.

Lächelnd schaut Billie dem dunkelhaarigen Herzensbrecher bei seinen Bemühungen zu. Dabei kreuzen sich ihr und Pauls Blick, der sie wie gebannt anstarrt, dann erschrocken zusammenzuckt und ihr von Weitem die Gin Flasche hochhält. Billie schüttelt ablehnend den Kopf und weist auf ihr noch halb gefülltes Glas. Wohlig lehnt sie sich an die Wand und nimmt einen großen Schluck. Das alles sind meine Freunde, wie schön. Fühlt sich so vielleicht schon Glück an? Wer weiß, jedenfalls bin ich hier angekommen, denkt sie.

Es ist lange nach Mitternacht, als Linus die letzten Gläser in den Geschirrspüler räumt und Clara Essensreste in Dosen im Kühlschrank verstaut, bevor sich beide ins Gästezimmer verabschieden.

Billie deckt noch den Tisch für das gemeinsame Frühstück in ein paar Stunden, bevor auch sie nach oben ins Bett geht. Russel schnarcht schon leise neben ihr und auch Billie dämmert bereits ins Traumreich, als plötzlich aus den Tiefen des Kopfkissens laut und deutlich Russels Stimme hervorklingt: „Wenn wir zum Weihnachtsdinner bei meinen Eltern sind, dann sagen wir es ihnen …"

Billies schläfriges „Was sagen wir, Schatz?" wird ergänzt von Russels gemurmelten: „… na, dass wir heiraten, was denn sonst…"

Danach ist Billie hellwach.

8. Kapitel – Der Unfall

Hi Sweetie,

wer soll denn nur dieses Gejammere von Lala ertragen? In Tränen erstickt, schwelgt sie dauernd in Erinnerungen, was sie wann mit Julius und so und dass das ihre beste Zeit gewesen und wieso sie jetzt wieder so allein gelassen wäre. Was soll man dazu sagen? Ich verstehe sie ja, das Haus ist wirklich verdammt leer so ganz ohne Euch.

Dabei ist mein Weihnachtsfest eine einzige Abfolge von Unglaublichkeiten gewesen: Erst das Weihnachtsdinner in London, mit Butler und so! Ich sage dir, da war alles derartig edel, da fehlen einem die Worte. Russel und ich haben in einem Himmelbett übernachtet, wo schon Heinrich VIII. mindestens eine seiner vielen Frauen beglückt haben soll. Am nächsten Tag waren wir bei Russels Eltern eingeladen. Beladen mit deutschen Köstlichkeiten wie Original Dresdner Christstollen und preisgekrönten Saale-Unstrut-Riesling bin ich der Hit gewesen, meine Liebe! Dank eurer Transportleistungen habe ich beweisen können, dass ich nicht aus dem hinterwäldlerischen Sibirien komme, sondern auch auf dem Gebiet der ehemaligen DDR gewisse zivilisatorische Leistungen bereits erreicht worden sind. Danke daher noch mal für die prompte Lieferung!

Einen ordentlichen Schluck zur Beruhigung habe ich dann auch gebraucht, denn Russel hat bei dieser Gelegenheit seine Drohung wahrgemacht und offenbar mit seinen Eltern über uns beide und die Zukunft unserer Beziehung gesprochen. Ich kann es mir jedenfalls nicht anders erklären, denn zum Tee (natürlich aus wunderschönen, fast durchsichtigen Porzellantassen von Royal Bone China!) hat mir Russels Mutter Eleonore ein paar traumhafte antike goldene Ohrringe mit kleinen Opalen als Anhänger geschenkt. Und das Ganze mit einer Erklärung garniert, dass die früher mal ihrer Urgroßtante Lady Hillingdon gehört hätten und ich doch so altmodisches Zeug mag und ich sie vielleicht gebrauchen könnte in naher Zukunft …!

Nun höre ich schon wieder, was du sagst: Die hat sie wohl nicht mehr alle, will die etwa ernsthaft wieder mal heiraten oder wie!? Nee, keine Angst, will ich nicht! Jedenfalls nicht sofort. Du kennst mich doch, oder?

Aber das mit Russel ist schon 'ne ziemlich große Nummer für mich. Und du hast ja selbst gesagt, dass du noch nie jemanden erlebt hat, der mit meinen Macken so gelassen umgehen kann wie er … Ach, ich weiß ja auch nicht, das ist alles so neu für mich.

Der letzte Kerl, der bei mir gewohnt hat, hat online auf meine Kosten irgendwelche Möbel oder Elektrogeräte bestellt, alles mit meiner EC-Karte, versteht sich. Das hat mir eigentlich für mein restliches Leben gereicht. Dachte ich jedenfalls. Bis der Lange seine Zahnbürste bei mir geparkt hat. Seitdem ist eben alles anders. Schauen wir mal, was das noch wird.

Jetzt in den Wochen nach dem Jahreswechsel hat uns der Alltag jedenfalls wieder fest im Griff. In meinem Drahtkäfig brennt die Luft, weil wir eine neue Produktlinie ausstatten müssen, zugleich unzählige Reklamationen bei den alten Modellen bearbeiten und die Lieferketten vom Festland mal wieder nicht funktionieren.

Frage mich nur, was das erst werden soll, wenn sich die Menschen hier auf der Insel für den Brexit entscheiden. Dann kann ich mir die Materialien für unsere Sitzpolster vermutlich selber häkeln.

Russel fährt diese Woche jeden Tag in aller Frühe nach London, wo die Konzernleitung über ihre neuesten zukunftsprägenden Entscheidungen informieren will. In den Abteilungen herrscht schon helle Aufregung deswegen, man munkelt von Schließungen und Entlassungen.

Alles nicht wirklich schön, dafür freue ich mich auf die Abende, wenn der große schöne Mann und die dicke Tante wie ein altes Ehepaar am Kaminfeuer sitzen und Rotwein schlürfen. Prost! Deine B.

Billie wühlt gerade in einer Kiste mit verschiedenen Lederbahnen und sucht nach dem verschollenen Typ E530 Rindsnappa, als im Büro das Handy klingelt. Ungehalten schaut sie sich nach Paul um, der nirgends zu sehen ist. Schließlich macht sie sich eilig selbst auf den Weg. „Unbekannt" steht auf dem Display. Sie hört Adrians Stimme, merkwürdig erstickt und weit entfernt. Dann hört sie „Unfall" und mit einem unangenehm schrillen Pfeifen rollt etwas bedrohlich Schwarzes auf Billie zu. Dann hört sie nichts mehr.

Als sie die Augen wieder öffnet, erkennt sie das Hallendach weit über ihr und Wouts erschrockenes Gesicht etwas davor. Direkt neben ihr nestelt ein Sanitäter an ihrem Arm. Der Mund des Belgiers bewegt sich, doch das Pfeifen in Billies Kopf übertönt das Gesagte ebenso wie die Hallengeräusche. Mühsam quetscht sie gemurmelte Worte über ihre Lippen, „Russel" ist dabei und „tot“, ein Schrei steigt in ihr auf, dann versinkt alles wieder in dem umfassenden Schwarz.

Später erzählt ihr Wout, dass er vom Rauchen gekommen ist, als er sie hinter dem Schreibtisch liegend entdeckt hat. Dank der kreislaufstabilisierenden Spritze durch den Notarzt ist Billie bald wieder aufgetaucht aus der schützenden Bewusstlosigkeit und weigert sich strikt, in ein Krankenhaus gefahren zu werden. Mit Hilfe des Sanitäters hebt Wout Billies massigen Körper in den abgeschabten Holzsessel neben ihrem Schreibtisch. Anders als sonst ist es ihr völlig egal, dass die Männer ihren Körper betasten und die Fettpolster spüren. Jetzt stürmt auch Paul eilig in ihr Büro, der Notarzt hat ihn wohl zu den Automaten geschickt, jedenfalls hat er Schokoriegel, Kekse und eine Coladose in den Händen. Mit erstarrtem Gesicht hält er seine Beute Billie hin. Gehorsam öffnet sie die Cola und trinkt, einen Müsliriegel stopft Paul ihr fast in den Mund, während er ihr mit einem schiefen Lächeln aufmunternd zuzwinkert. Langsam verhallt der Pfeifton in Billies Kopf, doch die Stimmen der Kollegen dringen immer noch nur durch Watte zu ihr.

In den nächsten Wochen funktioniert Billie nur noch. Sie kommt zur Arbeit, alles ist fast wie immer. Draußen auf dem Hof vor dem Werkstor sitzt sie neben Wout auf den Paletten und raucht, sie sprechen über Lieferprobleme und das Wetter.

Gemeinsam mit Adrian und Sebastian organisiert sie Russels Beisetzung. Am Wochenende besucht sie Russels Eltern. Die Ermittlungen der Polizei haben ergeben, dass er auf der M40 Richtung London die Gewalt über sein Fahrzeug verloren hat und gegen einen Brückenpfeiler gerast ist. Russel war sofort tot. Ein Zeuge, der hinter Russel gefahren ist, hat wohl beobachtet, dass ein anderes Auto an dem Unfall beteiligt gewesen sei, Fahrerflucht. Sicher ist das aber nicht.

Billie fällt auf, dass Trevors Haar innerhalb der wenigen Tage schlohweiß geworden ist. Eleonore vergräbt sich in ihrem Wintergarten, raucht, ist verstummt und untröstlich. Billie funktioniert weiter, die Welt um sie herum ist immer noch wie in Dämmwolle gehüllt und erreicht sie nicht.

Am Telefon hat sie Clara über das Geschehene informiert. Und sie gebeten, ihren Eltern Bescheid zu sagen. Danach stellt sie ihr Handy ab und meldet sich krank in der Firma. Russel ist nicht mehr.

Der Unfall ist im Januar gewesen. Jetzt ist März und in Billies Garten bedecken schon die blauen Blütenmatten der Hasenglöckchen die Beete.

9. Kapitel – Zusammenbruch

Es klopft an der Haustür in Matchbox Cottage. In der oberen Etage dreht sich Billie in ihrem Bett mit einem tiefen Atemzug zur Wand. Unten klopft es nachdrücklicher, immer wieder. Schließlich rafft sie sich langsam auf und schleicht die steile Treppe hinunter. Das wird wohl Naomi sein, diese aufdringliche alte Schachtel, denkt sie. Und sie muss sich nicht anstrengen, um eine finstere Miene aufzusetzen, bevor sie die Haustür entriegelt und öffnet.

„Also deine Hostas sehen ja einfach grauenhaft aus, Sweetheart, die stehen doch viel zu sonnig hier vorn!“ Empört rückt sich Sebastian das braune Brillengestell zurecht, bevor er an der sprachlosen Billie vorbei mit großen Schritten ins Wohnzimmer stapft.

Draußen am Türrahmen zuckt Adrian entschuldigend die Schultern, bevor auch er dann das Haus betritt.

Verlegen zupft sie an ihrem schmuddeligen Bigshirt, bei dem sie sich nicht erinnern kann, wie lange sie es trägt – war es eine Woche oder doch schon viel länger?

Ungerührt und mit einem strengen Unterton beginnt Adrian zu sprechen: „Sorry, dass wir hier so unangemeldet auftauchen. Doch auf unsere Anrufe reagierst du ja nicht, also haben wir einfach mal persönlich vorbeigeschaut!“

„Was wollt ihr hier? Und woher wisst ihr überhaupt …?“

„Deine Nachbarin Naomi, eine tolle Person übrigens, hat uns informiert, dass du lauter merkwürdige Sachen machst. Sitzt nachts halbnackt und weinend im Garten. Lässt keinen rein, wie wir ja eben selbst erlebt haben. Du isst nichts und am Gartentor stehen lauter leere Schnapsflaschen. Jetzt zieh kein Gesicht, Billie! Sie macht sich jedenfalls Sorgen und hat uns deshalb angerufen. Und nicht nur uns, auch deine Freundin Clara in Deutschland. Die hat den nächsten Flieger genommen und landet am späten Nachmittag. Ich fahre nachher gleich nach Luton und hole sie ab.

Ach ja, und morgen um 11 Uhr möchte dich Cynthia sehen. Jetzt gehst du aber erst einmal unter die Dusche! Denn, entschuldige bitte, Herzchen, aber du riechst ziemlich streng. Sebastian räumt derweil ein wenig die Küche auf und ich schaue oben mal nach dem rechten, beziehe dein Bett neu, Wäsche wird wohl auch dringend fällig sein, oder?“

Ohne auf eine Antwort zu warten, steigt Adrian die Stufen zum Obergeschoss hoch. Billie schaut ihm verwirrt nach: „Welche Cynthia?“

„Oh Darling, du wirst sie lieben! Cynthia hat aus mir diesen selbstbewussten und wunderschönen schwulen Mann hervorgeholt, den du hier vor dir siehst!“

Sebastians knurriger Kommentar kommt aus der Küche: „Sie ist die Psychotherapeutin von diesem Komiker! Und du verziehst jetzt nicht schon wieder das Gesicht, da gibt es keine Diskussion, du gehst da morgen hin und basta! Die kann dir helfen!“

Billies Einwand, dass sie sich keine Psychotante leisten kann, tut er mit einer wegwerfenden Handbewegung ab. „Das lass bitte mal unsere Sorge sein, Süße! So geht es jedenfalls nicht weiter!“ Mit dem Kopf weist Sebastian auf die Küche, wo sich Essensreste und schmutziges Geschirr in der Spüle stapeln.

Widerspruchslos wendet sich Billie nun zur Treppe und steigt langsam Stufe für Stufe in die obere Etage. Als endlich Wasserrauschen in der Dusche zu hören ist, atmet Adrian erleichtert auf und stopft weiter benutztes Bettzeug in die Trommel der Waschmaschine. Ein paar Minuten und einen gefüllten Geschirrspüler später ist Sebastians tiefe Stimme aus Billies Garten zu hören. Laut schimpft er in die verwahrlosten Beete hinein: „Hier sieht es ja noch schlimmer aus! Was haben dir nur die armen Pflanzen getan, alles voller Laub und alles überwuchert. Die armen Rosen sind voller Rußtau und geschnitten hat die auch schon jahrelang keiner mehr!“

Adrian geht zu seinem Mann in den Garten und umschlingt ihn zärtlich von hinten mit seinen Armen: „Danke, dass du mir hilfst! Du bekommst das schon alles hin, das weiß ich, aber schimpf nicht so viel. Ich fahre zum Flughafen, Clara abholen. Lass Billie bitte nicht aus den Augen, denk dir irgendetwas aus, koch ihr Tee oder so, aber lass sie besser nicht allein, ja?“

Sebastian nickt und brummt etwas, was wie Zustimmung klingt, dann dreht er sich um und küsst Adrian unerwartet zärtlich auf den Mund.

„Keine Intimitäten, Darling, ich darf doch bitten!", sagt Adrian und läuft kichernd Richtung Straße.

Am nächsten Tag sitzt Clara in Billies Chesterfieldsofa im Wintergarten und starrt ratlos auf einen Stapel geöffneter Briefe, der vor ihr auf dem kleinen Tischchen liegt. Billie hockt ihr gegenüber in dem riesigen Ledersessel, sitzt wie üblich auf einem Bein, das sie angewinkelt auf das Lederpolster gelegt hat. Um ihre Verlegenheit zu verbergen, reckt sie streitlustig das Kinn vor und schaut ihre Freundin grimmig an, während sie ihre Frage wie einen Pistolenschuss abfeuert: „Wie lange willst du eigentlich noch bleiben, ich habe dich nicht eingeladen!?"

Clara lehnt sich in die Polster und holt tief Luft. Billies Attacke kommt nicht überraschend, sie hat damit gerechnet, seitdem sie begonnen hat, die unzähligen herumliegenden Briefe zu öffnen. „Ach so, das ist also deine einzige Sorge, wann die aufdringliche dumme Kuh endlich wieder verschwindet? Und am besten all diese Kleinigkeiten hier auf dem Tisch einfach mal mitnimmt, die du so erfolgreich in den letzten Monaten verdrängt hast, oder? Bei aller Freundschaft, Billie, du hast wirklich größere Probleme als den Zeitpunkt, wann ich endlich wieder abreise!"

Erregt wedelt Clara jetzt mit einem Briefbogen aus grauem Papier vor Billies Gesicht, der mit Briefkopf und einigen Stempeln beängstigend amtlich aussieht: „Das ist ein Schreiben der Staatsanwaltschaft in H., meine Liebe, in dem sie dir mitteilen, dass gegen dich wegen Warenkreditbetrugs ermittelt wird!"

Clara ist jetzt richtig in Fahrt gekommen, greift willkürlich in den Papierberg und knallt ein nächstes Blatt vor Billie auf dem Beistelltisch. „Oder hier – deine Leasingfirma lässt in Deutschland bereits nach dir fahnden, weil seit Monaten die Leasingraten für dein Auto ausbleiben und, wer hätte das gedacht, sie auch nicht darüber informiert worden sind, dass sich dieses Fahrzeug erstaunlicherweise gar nicht mehr in Deutschland befindet! Glaubst du wirklich, dass alles hier wird sich einfach in Luft auflösen, wenn ich verschwinde?"

Während Claras wütender Ansprache gleitet ein Schatten über Billies blasses Gesicht und die Farbe ihrer Augen sind von einem warmen Braunton in tiefes Schwarz abgetaucht. Ihre Finger zittern, als sie sich eine

Zigarette anzündet und wie eine Ertrinkende daran saugt. Mit dem Nikotinqualm atmet Billie dann endlich auch eine Frage aus: „Was ist Warenkreditbetrug?“

Clara schüttelt leise den Kopf und wischt mit der Hand den ihr unangenehmen Zigarettenrauch beiseite: „Soweit ich weiß, nennt man es Warenkreditbetrug, wenn du eine bestimmte Ware erhalten und diese dann nicht bezahlt hast.“

Noch leiser, aber nun offenbar ehrlich erschrocken, kommt die Antwort aus dem Sessel: „Scheiße, das ist noch wegen Ingolf, das habe ich ganz vergessen …“

„Vergessen? Billie, ich fasse es nicht! Wie kannst du deinen Arschloch-Ehemann und seine Kaufsucht vergessen?“

Niemals zuvor hat es zwischen Clara und Billie so klare Worte gegeben. Beide haben sie immer die Vorsicht genossen, die unausgesprochen in ihren Gesprächen und Emails geherrscht hat. Allein mit ihren alter Egos Julius und Lala haben sie so unendlich viel mehr über die eigene Gemütsverfassung mitteilen und sich öffnen können als sie es beide jemals anderen gegenüber vermocht haben. Stets weiß die Eine um das tiefe Verständnis bei der Anderen. So ist es zumindest bisher gewesen, doch jetzt beschleicht Clara ein Gefühl, dass sich etwas verändert hat zwischen ihnen. Vielleicht hat sich auch nur Billie verändert?

Claras Ahnung wird bestätigt, als sie sieht, dass Billies Gesicht plötzlich nass vor Tränen ist. So verzweifelt hat sie Billie noch nie gesehen. Normalerweise wird ihre Freundin bei heftigen Attacken eher wütend oder störrisch wie ein Maultier.

Aber diese neue Billie ist in ihrem Ledersessel versunken, starrt blicklos in den verwahrlosten Garten und weint nur stumm und völlig hoffnungslos. Mit aller Kraft drängt Clara ihr Mitgefühl zurück, das sie förmlich zwingen will, hinüber zum Sessel zu gehen, die Freundin zu umarmen und zu behaupten, dass alles wieder gut werden würde. Das darf jetzt nicht sein, soviel weiß Clara gerade, wenn sie jetzt nachlässt, wird alles noch viel schlimmer. Und wie zur Bestätigung ihrer Sorgen kommt ein Laut aus den Sesseltiefen, ein Wort, ein Name: „… Russel …“

„Nein, Billie, deinen Russel lassen wir jetzt mal außen vor! Er ist tot, ja! Und das ist das Schlimmste, was es gibt, ja! Aber diese Schulden hier sind viel älter und haben mit Russel rein gar nichts zu tun. Genau wie die Nachforderungen des Finanzamtes!“

Mit einer heftigen Bewegung wischt Clara die losen Briefbögen zur Seite und ihre flache Hand klatscht auf die hölzerne Tischplatte. „Jetzt mal im Klartext: Was ist los mit dir, Billie? Ich erkenne dich nicht wieder! Du, die Korrektheit und Disziplin in Person, du kümmerst dich nicht um deine Finanzen, lässt einfach alles laufen? Wird schon alles gut gehen, Kopf in den Sand und einfach weitermachen? Das bist doch nicht du! Oder ist etwa alles Lüge, was ich von dir weiß?“

Wie um sich selbst zu beruhigen, steht Clara ruckartig von dem bequemen Sofa auf, wobei sie beinahe die Plastik umstößt, die auf der kleinen Schwelle zum Wintergarten steht.

Mit einem traurigen Blick zu Billie streicht sie dem nackten bronzenen Jüngling über den hochnäsig emporgestreckten Kopf und spricht nun mit ihm: „Bleib mal lieber stehen, vielleicht verstehst du sie ja besser, ihr habt ja beide ‘nen ziemlich harten Dickkopf! Ich mache jedenfalls einen Tee. Vielleicht kann man dann mit einem von euch beiden reden!“ Mit den letzten Worten marschiert Clara entschlossen in die Küche.

Sie weiß, dass sie soeben eine unsichtbare Grenze überschritten hat. Im stillen Übereinkommen haben sie beide diese Grenze gezogen, Billie wohl noch aktiver als Clara, der bisher gar nicht richtig bewusst war, was ihr die Freundin alles vorenthalten hat.

Das scheinbar Unsagbare zwischen ihnen hat Clara nun ausgesprochen. Nervös nestelt sie am Deckel der Teebüchse und als sie das kochende Wasser über die Teeblätter in die Kanne laufen lässt, zittert ihre Hand ein wenig. Clara ist nicht sicher, dass die Beziehung zwischen Billie und ihr so viel Nähe und Direktheit aushält.

Als sie mit dem Tablett zurück in den Wintergarten kommt, sitzt Billie unverändert in ihren Sessel versunken. Ihr trüber Blick ist in weite Ferne gerichtet.

Doch während Clara den duftenden Earl Grey in die großen Teepötte gießt, meldet sich plötzlich Billies Stimme aus den Tiefen der Sesselpolster: „Du hast in allem recht, Clara! Ich habe dich belogen, habe alle belogen, auch Russel. Aber vor allem mich selbst. Es sollte doch nun endlich mein sechstes Leben sein. Das richtige, das erfolgreiche!“

Und dann beginnt Billie zu reden. Die Worte brechen aus ihr hervor wie Wasser aus einem Aquarium, dessen Glaswand einen Riss hat, ihre Sätze sind wie eine gewaltige Brandung, die sich an den Wänden hinter Clara brechen und sie beim Zurückströmen in ihren Sog ziehen.

Billie spricht von den Jahren mit Ingolf, als die ersten Mahnungen kommen. Und dass sie doch eigentlich alles für ihn bezahlt hat, schwer genug sei es gewesen mit ihren geringen Honoraren als Kosmetikausbilderin. Dass er auch nach ihrer Scheidung immer noch weiter auf ihren Namen bestellt hat, bekommt sie erst viel später mit.

Da hat sie aber auch schon ein Problem mit dem Finanzamt, weil sie als gelernte DDR-Bürgerin das mit der Einkommenssteuer noch nicht so genau verstanden und ernst genommen hat. Doch mit dem Amt hat sie Ratenzahlung vereinbart, was auch durch ihre festen Jobs in L. und später in Großbritannien immer geklappt hat.

Bis zu Russels Unfall. Danach ist er nicht mehr. Und alles andere ist auch nicht mehr wichtig.

Später, als sie beide in Billies riesigem Bett liegen, redet sie stockend von ihrer Mutter. Die immer schon gewusst hat, dass aus Billie nichts werden kann, bockig und unangepasst, wie sie nun einmal ist. Und dass sie ihr so gar keine Stütze im Alter wäre.

Clara erinnert sich noch gut an das Gespräch mit der Mutter, als sie sich zufällig auf dem Markt in H. getroffen haben. Diese selbstgewisse Härte und diese unangenehme Opferhaltung hatte sie sehr an ihre eigene Mutter erinnert.

Trotzdem bittet sie damals die ältere Frau um Verständnis für den harschen Ton, den Billie ihr gegenüber oft anschlägt. Als sie dann aber miterlebt, wie die sofort und im leidenden Tonfall über ihre diversen Krankheiten und Schmerzenssituationen berichtet, kann Clara aber auch verstehen, warum ihre Freundin so gar keinen Weg zurück zu ihrer Mutter findet. Und scheinbar unbarmherzig zu ihr ist. Sie weiß genau, dass Billie nur kratzbürstig reagiert, wenn sie hilflos ist. Und so weit weg von ihrer alleinlebenden Mutter ist Billie oft hilflos. Also ist das alles nur Selbstschutz, denkt Clara.

Das trifft auch auf Jonas zu, den Billie in ihrem nächtlichen Redemarathon immer noch in Schutz nimmt. Immer noch ist Jonas der zuverlässige

Anker in Billies unsteten fünf deutschen Leben. Darauf beharrt sie, obwohl er ihr eindeutig die größten Probleme bereitet hat, indem er für sie keine Arbeitgeberanteile an Kranken- und Rentenkasse entrichtet hat. Das entschuldigt sie mit den finanziellen Belastungen, die Jonas am korrekten Handeln gehindert hätten. Wieder Selbstschutz, denkt Clara und spricht das auch in die Dunkelheit des Schlafzimmers hinein: „Hör auf mit diesem Selbstbetrug! Alle haben sie dich benutzt, Billie, ob nun deine Mutter oder deine Männer. Alle haben sie dich ausgebeutet, emotional oder finanziell, ohne sich mal dafür zu interessieren, was du selbst willst. Nun verstehe ich auch, warum du so dringend weg musstest aus H., von uns, deinen Freunden, weg aus deinem vertrackten Leben. Hier in England hast du dich selbst in den Mittelpunkt stellen können. Und in Russel hast du dann einen Partner gefunden, für den das ganz selbstverständlich gewesen ist. Für dich ist das aber das erste Mal gewesen …!"

Aus dem großen Kissen neben ihr kommt jetzt ein tiefes herzzerreißendes Schluchzen. Clara streicht ihrer Freundin sacht über den zuckenden Rücken. Der erstarrt plötzlich und aus den daunengepolsterten Tiefen kommt ein undeutlich geknurrtes: „Jetzt klingst du schon wie Cynthia, meine Therapeutin. Wisst ihr was? Ihr geht mir echt auf die Nerven!" Dann erschüttert ein letzter Schluchzer Billies massigen Leib und dann ist nur noch ein leises Schnarchen zu hören, was Clara ein erleichtertes Lächeln entlockt, bevor auch sie endlich einschläft.

Ein paar Stunden später beim Frühstück liegt ein großer beschriebener Zettel vor Clara, den sie nun Punkt für Punkt mit ihrer Freundin abarbeitet: „Während du unter der Dusche warst, habe ich noch einmal mit Hiltrud telefoniert. Und in Absprache mit ihr bin ich zu folgenden Schlussfolgerungen gekommen: Billie, du bist eindeutig pleite! Ich sehe, du nickst, also bedarf es dazu keiner weiteren Erklärungen! Nach unserer, also Hiltruds und meiner Auffassung, hast du nun genau drei Möglichkeiten, die ich dir hier auf dem Zettel mal notiert habe. Option 1: Du meldest Privatinsolvenz an. Das hat mir Hiltrud ausführlich erklärt: Bei einer englischen Privatinsolvenz wird über deine Restschuldbefreiung grundsätzlich bei Eröffnung der Insolvenz entschieden. Außerdem wird die Restschuldbefreiung in der Regel nach einem Jahr erteilt, denn die Wohlverhaltensphase in England erstreckt sich lediglich über 12 Monate. Dann bist du also mit einem Schlag alle Schulden und Sorgen los. Doch deine Hoffnung auf baldige Einbürgerung hier auf der Insel kannst du damit auch erst einmal ad acta legen!"

„Das kann ich doch sowieso", Billie rührt unwillig in ihrem Kaffee herum, „so eine Einbürgerung kostet derzeit mehr als 1200 Pfund und die habe ich nun ganz bestimmt nicht übrig, denn ich bin ja pleite!"

„Aber noch hast du deinen guten Namen und bist kein dahergelaufener deutscher Zahnarzt aus Bottrop, der sich auf diese Weise seiner Verantwortung entzieht! Aber es gibt ja auch noch Option 2: Du machst weiter wie bisher, dann landest du entweder im Knast oder bist mindestens vorbestraft, was die britische Einbürgerungsbehörde mit Sicherheit wieder nicht so toll finden würde. Außerdem: Möchtest du Lalas Gezeter und Julius Rumheulerei deswegen miterleben? Siehste, die zweite Option fällt also auch aus!"

Billies müde-trauriges Lächeln bestätigt Clara in ihrem etwas hektisch vorgetragenen Redefluss, sodass sie todesmutig weiterspricht, denn nun wird es heikel: „Also zu Option 3 – und verkneif dir bitte, gleich von Vornherein Nein zu sagen: Ich weiß, dass du das, was wir dir vorschlagen, auf keinen Fall willst. Aber wir haben es genau durchdacht, dir bleibt wirklich nur diese Variante – du zahlst deine Schulden! Sicher, nicht ganz aus eigener Kraft, das wissen wir auch. Hiltrud ist deshalb gerade bei deiner Leasingfirma und versucht dort, denen die Situation zu erklären und die ausstehenden Raten erst einmal aus eigener Tasche zu bezahlen, sodass die ihre Anzeige fallen lassen. Hiltrud hat außerdem deine Mutter kontaktiert. Keine Widerrede jetzt, sie will dir helfen und wartet nur auf deinen Anruf! Und, glaube mir, du brauchst sie und ihre Kohle dringend! Bei uns zu Hause hängt derzeit Linus am Laptop und klärt das mit den alten Rechnungen für den online bestellten Mist. Dieser Ingolf sollte ihm allerdings derzeit wohl besser nicht über den Weg laufen, dem würde er eine verpassen, wie er sich vorhin am Telefon ausgedrückt hat. Ich weiß gar nicht, wie er darauf kommt, der kennt diesen Typen doch gar nicht … Na ja, Spaß beiseite! Er zahlt jedenfalls gerade dessen Schulden und die Mahngebühren. Das müsste also alles klar gehen. – Du musst jetzt aber nicht denken, dass du das alles hier geschenkt und vor die Tür getragen bekommst. Nee, Fräulein, die ganze Knete wirst du hübsch abbezahlen, wie ein zinsloses Darlehen eben. Mit Hiltrud wirst du einen Haushaltsplan aufstellen, da werden Einnahmen und Ausgaben aufgelistet, also genau geschaut, wo du sparen kannst. Große Sprünge wirst du in den nächsten Monaten erst einmal nicht machen können, das ist klar. Das heißt zum Beispiel, dass du nur nach Deutschland fliegen kannst, wenn dir jemand den Flug sponsert! Auf diese Weise kannst du monatlich eine bestimmte Summe an uns zurückzahlen und dürftest in absehbarer Zeit schuldenfrei sein. Meint jedenfalls Hiltrud und die versteht schließlich was von Finanzen. – Und hier habe ich jetzt deine Aufgabenliste für die nächsten Monate, also unsere Forderungen an dich: Erster Punkt ist Gesundheit, das heißt zwei Mal pro Woche Cynthia, die Therapeutin, Adrian weiß Bescheid, der kontrolliert auch, dass du hingehst. Dann telefonierst du mit deiner Mutter, am besten heute noch. Sie will dir auch den Flug bezahlen, denn du wirst einiges vor Ort erledigen müssen, denke ich, Finanzamt, Krankenversicherung etc. Die brauchen alle dein persönliches Erscheinen, fürchte ich. Dann Haushaltsbuch führen, das kontrolliert Hiltrud wöchentlich per Telefon oder Email. Oder sie kommt vorbei. Das verlangt sie so. – Und nun zu meinen Forderungen an dich, Süße: Ab sofort absolute Offenheit zwischen uns. Und wohl auch zu deiner Umgebung. Zumindest Naomi sollte die Wahrheit über deine Situation kennen. Wie du das mit deinen Kollegen handhabst, musst du selbst entscheiden. Aber für mich gilt – Noch ein einziges Mal Lügen oder Wichtiges verschweigen, dann bin ich weg wie Schmidts Katze!“ Mit einem tiefen Seufzer lehnt sich Clara zurück: „So und nun warte ich demütig auf deinen Wutausbruch, deine Proteste, deine Flüche, ich bin auf alles gefasst!“

Doch im Zimmer bleibt es still. Bis sich die Katzenklappe in der Eingangstür bewegt und Bob, der Freibeuter, wie aufs Stichwort seinen dicken Fellkopf durch die Öffnung zwängt. Erschrocken zwinkert der Kater mit seinem intakten Auge, als die beiden Frauen laut loslachen, bis ihnen die Tränen über die Gesichter laufen. Billie wischt sie sich mit einem Tempotaschentuch weg und schickt einen langen Blick zu ihrer Freundin an der anderen Seite des Tisches: „Du weißt schon, dass ich dich liebhabe?“

Verlegen schüttelt Clara den Kopf: „Na ja, schon! Nur – warte erst einmal ab, bis du mit deiner Mutter oder der Krankenkasse gesprochen hast, wer weiß, wo da deine Liebe zu mir bleibt. Und wenn dir Hiltrud, die strenge Zuchtmeisterin, zum wiederholten Mal Vorschriften in Sachen Haushaltsführung macht oder dir aus Kostengründen den Theaterbesuch in London verbietet. Ich bin sicher, spätestens dann wirst du mich hassen! Aber das soll es mir wert sein!“

Clara schaut jetzt angestrengt in den Garten hinaus, damit Billie nicht sieht, dass ihre Augen schon wieder in Tränen schwimmen.

10. Kapitel – Der Verdacht

An Claras letztem Abend vor ihrer Abreise gehen sie rüber in den „Old Red Lion“. Billie hat sich das gewünscht, denn sie lädt Naomi ein mitzukommen. Sie denkt, dass die entspannte Atmosphäre im Pub eine gute Gelegenheit ist, um Naomi alles zu erzählen, über ihre finanziellen Probleme zu sprechen und wie es nun weitergehen wird. Mit Clara als Unterstützung hat sich Billie fest vorgenommen, alles offenzulegen, was ihre Freunde von ihr wissen müssen.

Was sie tief in ihrem Inneren noch bewegt, das kann sie nicht erzählen. Niemanden. Noch nicht. Es ist es nur so ein Gefühl, eine Unruhe, ein Gedanke eben. Über den sie momentan noch nicht sprechen will. Oder kann.

Nachdem sich die drei Frauen im Pub ganz hinten in ihre gewohnte Polsterecke gedrückt haben, geht Clara vor zum Tresen, um Getränke zu bestellen. Währenddessen berichtet Billie ihrer Nachbarin in kurzen Sätzen von ihrer verfahrenen Situation. Auch dass sie in Therapie ist wegen ihrer schweren Depression nach Russels Tod, erfährt Naomi nun.

Völlig unerwartet schlägt Naomi erschrocken die Hände vor den Mund, als ihr ein kurzes „Verdammt!“ entwischt.

Doch dann sitzt schon wieder ein verschmitztes Lächeln in ihren grünen Augen, sie schüttelt den Kopf, dass ihre erdbeerfarbenen Locken nur so fliegen, und tätschelt Billies Hand. „Grundgütiger, Billie, wir schaffen das, das wäre doch gelacht! Da habe ich schon ganz andere Sachen gestemmt! Ich habe meinen Ehemann verloren, von einem Tag auf den anderen musste ich als alleinstehende Witwe klarkommen, da hat meine Tochter gerade angefangen zu studieren. Unser Haus war noch nicht abbezahlt, ich habe es dann verkaufen müssen, um die Hypothek loszuwerden. Glücklicherweise habe ich hier in Greatley dieses kleine Cottage gefunden, zu klein eigentlich für Lucy und mich, aber es ging schon. Aber kaum sind wir hier angekommen, ging der Stress los mit der Schweinebacke da drüben!" Naomi weist hinüber zum Tresen, wo der bullige Wirt gerade die nächsten Gläser mit Lager zapft. Clara ist mit drei Gläsern Cidre zurück am Tisch und folgt verwundert Naomis Blick, setzt sich aber schweigend und hört nun ebenfalls Naomis Erzählung zu: „Ja, Randolf, der Bulle, den meine ich! Verzeiht bitte meine Ausdrucksweise, aber der ist eine Drecksau vor dem Herrn, kann ich euch sagen. Und ihr wisst, solche Worte kommen mir eigentlich nie über die Lippen, aber bei dem vergesse ich mich! Wir sind noch ganz neu hier im Dorf gewesen, fängt der doch an, meine Tochter zu bedrängen! Wir sind schon gar nicht mehr in den Pub gegangen, weil sein Verhalten, die Blicke und das alles wirklich unangenehm waren. Seine Frau muss wohl was geahnt haben – und hat doch allen Ernstes Lucy daran die Schuld gegeben. Das Theater, steht die doch eines Tages drüben vor unserer Tür und …, ich kann euch sagen! Na, und dann Macie Althorp, die Besitzerin von Postshop und Dorfladen gleich vorn an der Ecke, du kennst sie ja, eine bösartige Klatschbase! Für die war das alles ein gefundenes Fressen!" Nachdenklich sinnt Naomi dem eben Gesagten nach, bevor sie sich besinnt und weiterspricht: „Das ist alles nicht einfach gewesen damals. Also Macie darf jedenfalls nichts von deiner… Situation erfahren, soviel ist sicher!"

Mit einer energischen Geste wischt die alte Frau imaginäre Krümel von der dunklen Tischplatte, prostet Billie zu und nimmt einen tiefen Schluck aus ihrem Glas. Lächelnd prostet Billie zurück. Sie weiß, dass Naomis Neugier, der Hang sich überall einzumischen und die Schwatzhaftigkeit der Nachbarin ihr sehr bald ziemlich auf die Nerven gehen werden. Doch momentan überwiegt das Gefühl der Dankbarkeit, einen Menschen in der Nähe zu haben, mit dem sie reden kann, wann immer Billie das Bedürfnis dazu hat. Und das hat sich an diesem Abend im Pub wieder einmal bestätigt.

Billie fädelt sich mit ihrem kleinen grünen Japaner wieder einmal in den dichten Autoverkehr Richtung Oxford ein. Gerade versucht sie sich zu erinnern, wie viele Monate eigentlich seit Claras Besuch und ihrem letzten Abend im Pub vergangen sind. Sie weiß es nicht mehr, so sehr sie sich auch bemüht.

Hektisch zündet sie sich eine Zigarette an und pustet den Rauch durch das geöffnete Autofenster. Inzwischen raucht sie viel mehr als früher, das merkt sie selbst. Aber die Zigaretten sind so etwas wie Anker für sie, mit deren Hilfe sie sich durch ihren Alltag hangelt. Und dieser Alltag ist ja eigentlich schon fast wieder ganz normal, findet Billie.

Sie arbeitet wieder, auch da mehr denn je, macht Überstunden ohne Ende. Derzeit gibt es so viele Rückläufer in den Ordern, so viele Bestellungen, dass sie kaum noch nachkommen in der Firma.

Die Besuche bei der Therapeutin lassen sich nur noch mühsam in ihren Terminkalender quetschen. Außerdem möchte sie sich oft genug drücken, weil Cynthias Fragerei lästig ist. Und natürlich die Tränen, die die Fragen bei ihr auslösen, die hasst Billie am meisten.

Zur Entspannung will sie eigentlich regelmäßig schwimmen gehen. Doch dafür fehlt oft die Zeit. Außerdem, so grübelt Billie weiter, hat ja die Schwimmhalle in Banburry wegen Renovierung geschlossen. Und Hiltrud findet sowieso, dass sie sich den teuren Eintritt eigentlich nicht leisten kann.

Billie findet das zwar gar nicht, doch Hiltrud hat so oft recht und außerdem hat sie ihr so wunderbar zur Seite gestanden bei ihren Bittgängen in Deutschland. Schon im Vorfeld hat Hiltrud alles so weit geordnet und mit den zuständigen Leuten besprochen, dass Billie eigentlich nur noch reuevoll schauen und alles unterschreiben musste.

Viele „eigentlich“ sind da in ihren Überlegungen, zu viele, befürchtet sie. Seufzend parkt Billie ihr Auto auf dem Hof der Firma und zieht den Zündschlüssel ab. Beim Aussteigen entdeckt sie Wout in der Raucherecke an den Paletten. Sie geht in seine Richtung, doch Wout steht ungewöhnlich abrupt auf und macht ihr Zeichen, dass er zurück muss in die Polsterei. Dann stakst er seltsam steifbeinig wie ein aufgezogenes Spielzeug in Richtung Hallentor.

Nichts mehr von seinem üblichen raumgreifenden, fast hopsenden Schritt, mit dem er wie eine Naturgewalt auf sein Gegenüber zustürzt. Wout geht nach vorn gebeugt, Billie erkennt das sofort. Sie haben über seine Depressionen gesprochen, die ihn von Zeit zu Zeit fast erstarren lassen. Okay, vielleicht später, denkt Billie und nickt ihm zu.

Auf ihrem Schreibtisch im Bürokäfig stehen neben den Bergen von unerledigtem Papierkram ein Teller mit Muffins und eine Vase mit frischen Narzissen. Billie schaut sich suchend um, doch Paul ist nirgends zu sehen. Was sie verwundert, denn seitdem sie wieder arbeitet, weicht er kaum von ihrer Seite. Wie ein Schatten taucht er auf, erledigt schnell alles Notwendige. Erkundigt sich hilfreich nach ihrem Befinden und stellt ständig irgendwas zu essen oder Blumen für sie hin.

Dass das Billie nervt und dass ihr das zu viel an Zuwendung ist, hat sie ihm schon gesagt. Doch da streicht sich Paul nur verlegen über seine Glatze und wechselt schnell das Thema. Und eigentlich meint er es ja gut, ihr Paul. Und Billie findet es ja auch irgendwie ganz süß, wie sich Paul um sie bemüht, als sei sie krank und zerbrechlich.

Immer noch besser als dieser blöde versoffene Belgier, der sie nur von Weitem sehr ernsthaft mustert und manchmal sogar den Kopf schüttelt. Na, soll er doch, Billie hat jedenfalls keine Lust, ihn deshalb zur Rede zu stellen. Eigentlich hat sie ganz allgemein keine Lust mehr, sich überhaupt mit jemandem zu unterhalten, egal mit wem.

Schon wieder so ein „Eigentlich“, denkt Billie missmutig. Aber das Reden kostet wirklich zu viel Kraft. Und ihre Kraft braucht sie für Wichtigeres, sie will zu Russels Eltern fahren.

Entschlossen räumt sie die Papiere auf ihrem Schreibtisch zusammen, einige wandern, zusammen mit dem Laptop, in ihre große schwarze Umhängetasche, die wird sie am Abend zu Hause durcharbeiten. Billie beißt in einen Muffin, verzieht ihr Gesicht und legt das kleine Gebäck sofort wieder zurück auf den Teller. Viel zu süß für ihren Geschmack und dann noch dieses widerlich hellblaue Topping obendrauf. Da muss Paul noch etwas dran arbeiten, mit welchen Geschmacksexplosionen er bei ihr landen kann. Das süße Zeug ist es jedenfalls nicht. Lächelnd steht sie auf, Paul ist immer noch nicht zu sehen. Doch irgendwann muss sie ihn unbedingt mal wieder einladen, nimmt sich Billie vor. Und schon sitzt sie in ihrem kleinen grünen Japaner und lenkt ihn in Richtung Autobahn.

Als die roten Backsteinmauern von Camphall Manor hinter dem Hügel auftauchen, atmet Billie noch einmal tief durch. Seitdem sie selbst wieder einigermaßen auf den Beinen ist, besucht sie Trevor und Eleonore regelmäßig, eigentlich fast wöchentlich. Vor allem Eleonore hat sich von dem Verlust ihres Sohns nicht wieder erholt. Oft genug ist sie zu schwach, um überhaupt aus dem Bett aufzustehen. Die Ärzte sind ratlos.

Heute hat sich Billie kurzfristig zu ihrem Besuch entschlossen. Adrian hat sie angerufen und gefragt, ob sie nicht kommen kann. Er hat sich frei genommen und ist auch bei seinen Eltern.

An der altmodischen Eingangstür empfängt sie Maggie mit einem herzlichen Lächeln. Die beiden Frauen mögen sich, spätestens seitdem Billie der Haushälterin ihr Geheimrezept für die Füllung von Filet Wellington verraten hat.

Hinter Maggie taucht jetzt auch Adrian auf, dessen safrangelber Rollkragenpullover die ungesunde Blässe in seinem Gesicht unterstreicht, sodass Billie erschrocken herausplatzt: „Großer Gott, Adrian, du siehst ja aus wie ein Schluck Wasser in der Kurve!" Im selben Moment verflucht sie schon ihre vorlaute Art, immerhin macht Adrian einiges durch, erst der Verlust seines geliebten großen Bruders und nun kümmert er sich aufopferungsvoll um seine Eltern. Das zehrt bestimmt an den Kräften.

Doch Adrian lächelt sie nur frech an: „Vielen Dank für das freundliche Kompliment, das ich ohne Zögern zurückgeben kann, weil du derzeit auch nicht gerade einen Schönheitspreis gewinnst! Und nun zügele mal deine große Klappe und komm mit in die Küche, ich mache Tee und muss mit dir reden!"

Die Haushälterin will protestieren, doch Adrian legt ihr beruhigend den Arm um die Schultern und Maggie Smith rauscht ab, natürlich nicht ohne mit einem energischen Kopfschütteln ihre konträre Auffassung zu betonen.

In der Küche füllt Adrian Wasser in den Kessel und während Billie mit einem Löffel Teeblätter in die altmodische Teekanne schaufelt, beginnt er zu sprechen: „Ich muss noch heute zurück nach London, ein Kunde will mich für ein neues Hotel in Abu Dhabi haben, ich werde zwar absagen, doch das so höflich wie möglich, man weiß ja nie, wann man solchen Kontakt noch brauchen könnte. Außerdem will ich den Arzt meines Vaters treffen, seine Herztabletten sind alle und er redet ab und zu wirres Zeug seit... Nun, er soll jedenfalls herkommen und meinen Vater durchchecken. Im Prinzip hält er sich ja ganz gut, im Unterschied zu Mum. Der geht es gar nicht gut. Aber weil wir gerade dabei sind – wie geht es denn dir, Sweetheart?"

Billie konzentriert sich auf die antiken Porzellantassen, die sie gerade vom Küchenregal nimmt, bevor sie zögernd antwortet: „Ach Adrian, was soll sein! Mir geht es gut, wirklich! Ich arbeite viel, gehe ganz brav einmal pro Woche zu deiner Therapeutin. Und meine Finanzen habe ich auch wieder im Griff, glaube ich. Alles in Ordnung also!"

„Ach wirklich?"

Auf Adrians zweifelnden Blick reagiert Billie heftig: „Ja, wirklich, wenn ich es dir doch sage! Du brauchst gar nicht so zu schauen! Die Einzigen, die nicht in Ordnung sind, sind die Menschen in meiner Umgebung, die mich dauernd nach meinem Befinden fragen und ob ich das auch alles schaffen würde und solches Zeug. Oder Wout zum Beispiel! Du weißt schon, der komische Belgier aus der Firma, ihr habt euch damals auf meiner Christmas Party kennengelernt. Der ist wie ausgewechselt, sage ich dir. Keine Gespräche beim Rauchen, kein gemeinsames Lachen, manchmal denke ich fast, der verschwindet, wenn er mich sieht, nur um nicht mit mir reden zu müssen. Früher haben wir dauernd unsere Witze gerissen und heute?"

Adrian schaut sie lange an und senkt dann den Blick, bevor er leise antwortet: „Billie, bist du schon mal auf die Idee gekommen, dass DU es sein könntest, die sich verändert hat? Die nicht mehr lacht? Ich meine ja nur … Schau doch bloß mal in den Spiegel!"

Erschrocken legt Billie einen Keks zurück in die Packung und sieht ihr Gesicht, das sich in der verglasten Tür des Küchenschranks spiegelt: Ernste Augen blicken sie an, darunter zeichnen zwei dunkle Linien einen bitteren Zug um ihren Mund.

Schnell schaut Billie wieder auf die Kekspackung, deren Inhalt sie weiter auf ein Tellerchen stapelt. Dann stellt sie ihn zusammen mit den Tassen auf ein kleines Tablett, Adrian hat schon Teekanne und Milchkännchen in den Händen und drückt mit der Hüfte die Tür zum Garten auf.

Wortlos und jeder in seinen düsteren Gedanken gefangen, passieren sie bereits den zweiten Heckendurchgang in Richtung Gewächshaus, als es aus

Adrian herausbricht: „Billie, ich muss einfach mit jemanden darüber sprechen! Es geht um Russels Unfall!“

Billie sieht, wie die hellen Kieselsteine auf dem Weg plötzlich merkwürdige Kreise drehen. Vorsichtig geht sie weiter, das Tablett fest umklammernd.

„Die Polizei hat mir mitgeteilt, dass sie den Fall zu den Akten legen. Sie gehen von Selbstmord aus, Billie! Ich habe das bisher niemanden erzählt, außer Sebastian natürlich und jetzt eben dir. Unsere Mum darf das auf keinen Fall erfahren, das würde sie umbringen!“

Von der weiß umrandeten Tür am Gewächshaus meldet sich eine dünne Stimme: „Was darf ich nicht erfahren, Liebes?“ Eleonore steht im Türrahmen und ihre braunen Augen schauen hilfesuchend. Fast schwarze Schatten unter den Augen heben das perlmuttblonde Haar hervor, das ihr in wirren Strähnen ins Gesicht fällt, als die schmale Frau plötzlich zu schwanken beginnt. Billie, die vorneweg gegangen ist, macht einen großen Schritt zu ihr, stellt das Tablett auf den kleinen Tisch am Eingang und greift ihr beherzt unter die Arme. Vorsichtig führt Billie die fast gewichtlose Frau zu ihrer Liegestatt ganz hinten in dem Glasbau.

Auf dem kleinen Rattan Sofa türmen sich große weiche Kissen, bedruckt mit exotischen Blumen in leuchtenden Farben. In die sinkt Eleonore Beauford jetzt tief ein. Ihr weißes Gesicht wirkt zwischen den Rot- und Orangetönen der Kissen wie ein Fremdkörper. Fürsorglich deckt Billie sie mit einer gesteppten grünen Decke zu, doch die blasse Frau schlägt aufgeregt die Decke zurück und dreht den Kopf zu ihrem jüngeren Sohn, der ungerührt Tee einschenkt und dann in aller Ruhe den kleinen Tisch samt Teegeschirr näher an das Sofa heranrückt.

„Ich habe euch doch gehört! Selbstmord? Niemals! Das glaube ich niemals!“ Unerwartet heftig reißt Eleonore ihm die Tasse aus der Hand, sodass der dampfende Tee auf die Untertasse schwappt: „Niemals, sage ich dir, niemals hätte sich Russel umgebracht. Das ist galoppierender Schwachsinn! Billie. du glaubst das doch nicht etwa?“

Billie steht immer noch viel zu sehr unter Schock von diesen Neuigkeiten, als dass sie Russels Mutter antworten könnte.

„Dagegen müsst ihr etwas unternehmen, diese Lüge darf nicht …“

Völlig entkräftet fällt Eleonore zurück in die Kissen, Tränen rinnen ihr über das schmale Gesicht. Dann schließt sie erschöpft die Augen und schläft ein. Vorsichtig nimmt ihr Billie die Teetasse aus der erschlafften Hand und stellt alles auf den Beistelltisch, bevor sie zusammen mit Adrian leise das Gewächshaus verlässt. Zum Abschied nickt sie ihm dann noch zu und steigt wortlos in ihr Auto.

Nur weg hier, schreit etwas in ihr und Billie tritt das Gaspedal durch, sodass der Motor aufheult. Ein paar Minuten später hält sie in einem Waldstück an, legt Arme und Kopf auf das Lenkrad, während sie versucht, tief und ruhig ein- und auszuatmen. Gar nicht so leicht diese Übung, die Cynthia ihr empfohlen hat, wenn sie mal wieder von ihren Gefühlen überschwemmt wird.

Billie richtet sich auf und zündet sich eine Zigarette an, deren Rauch sie durch das geöffnete Autofenster pustet. Ganz langsam kann sie wieder einen klaren Gedanken fassen. Doch mit welcher Katastrophe nun beginnen?

Verzweifelt fährt sich Billie mit der freien Hand durch die kurzen dunklen Haare, die auch mal wieder einen Schnitt vertragen könnten, wie ihre Finger erbarmungslos feststellen.

Aber was spielt der Friseur schon für eine Rolle, wenn sie ihr ganzes Leben nicht in den Griff bekommt? Billie seufzt und langsam begreift sie das Ausmaß ihres Scheiterns.

Wenn Adrian recht hat, und es sieht ganz danach aus, dass er recht hat, dann ist SIE es selbst, die nicht mehr lacht. Ihre Umwelt spiegelt sie nur wider. Das erschrickt Billie sehr, zeigt es doch, dass noch lange nichts in Ordnung ist.

Noch während sie dieser Erkenntnis nachgrübelt, drängt sich ein ganz anderer Gedanke immer nachdrücklicher nach vorn – die zweite und viel wichtigere Katastrophe: Russel und Selbstmord! Billie drückt ihre Zigarette in den Aschenbecher und steigt aus, um ein paar Schritte zu gehen.

Doch die Erregung bleibt und nimmt ihr die Luft. Sie muss unbedingt mit jemandem darüber reden, muss es selbst aussprechen, um den Wahnsinn in dieser Behauptung zu begreifen.

Dazu fällt ihr nur Naomi ein. Auch wenn ihr die Nachbarin mit ihrer Neugier gerade in den letzten Wochen oft auf die Nerven gegangen ist, sie braucht die alte Frau jetzt, mit all ihrer Lebenserfahrung und ihrer aufgeschlossen-lebenspraktischen Art.

Zuhause angekommen, kann sie Naomi zuerst nirgends entdecken. Dann sieht sie, dass die kleine Gartenpforte offensteht. Klar, es ist ja schon lange Frühling, erinnert sich Billie. Also wird sie wohl in dem winzigen Gewächshaus werkeln, das sich hinten in ihrem Garten an eine Garagenwand schmiegt.

Achtlos läuft Billie auf dem schmalen Pfad vorbei an den blauen Anemonen und gelben Wildtulpen, schließlich sieht sie die erdbeerfarbenen Locken über dem schmalen Arbeitstisch hüpfen. Flink sortiert Naomi ein Büschel abgeblühter Schneeglöckchenpflanzen, die sie offenbar gerade in ihrem Garten ausgegraben hat und jetzt die winzigen Zwiebelchen mitsamt dem Grün einzeln in kleine Tontöpfe pflanzt.

„Hallo, meine Liebe, schön, dass du vorbeischaust, das trifft sich gut. Ich habe hier ein paar meiner Galanthus Berkley für dich, die musst du gleich wieder einpflanzen. Die anderen bereite ich für die Schneeglöckchenausstellung vor. Du hast doch hoffentlich nicht vergessen, dass wir am Samstag in zwei Wochen mit dem Gardeners Club dorthin fahren?“ Natürlich hat es Billie vergessen, doch Naomis listiges Lächeln erspart ihr das Geständnis, denn die Nachbarin plappert schon munter weiter: „Schau nur, die hübschen grünen Flecken auf den inneren Blütenblättern, die Galanthus Berkley ist ein Hybrid der Galanthus elwesii, der größten und kühnsten aller Schneeglöckchen. Die Art ist in einem Garten in Staffordshire entdeckt worden, ich habe sie von einem Züchter von dort. Und ich denke, inzwischen werde ich wohl um die 70 Pfund bekommen – pro Pflanze!“, schließt Naomi und schickt ein zufriedenes Grinsen zu ihrem Gegenüber, was aber sofort erstarrt, als sie Billies ernstes Gesicht sieht.

„Schon klar, meine Galanthus gehen dir gerade kalt am duweißtschonwo vorbei, also los, ich höre!“

Naomi setzt sich auf einen kleinen dreibeinigen Hocker, den sie sich unter dem Arbeitstisch hervorzieht. Billie setzt sich zwischen Blumenerde und alten Pflanztöpfen auf die verzinkte Arbeitsplatte und erzählt in kurzen Sätzen, was sie von Adrian über die Ermittlungsergebnisse der Polizei zu Russels Tod erfahren hat.

Als Billie fertig ist, folgt ein langes Schweigen. Gedankenverloren malt Naomi mit ihrem schmutzverkrusteten Zeigefinger Kreise in die von den Blumenzwiebeln abgefallene Erde, bevor sie schließlich eine Frage stellt: „Wie lange warst du mit Russel zusammen?"

„Knapp ein Jahr, genauer elf Monate und … dreizehn Tage …"

Die letzten Worte flüstert Billie und schluckt schwer. Naomi räuspert sich: „Schluck die Tränen runter, Liebes! Dafür ist jetzt keine Zeit! Ich denke, du hast deinen Russel gut genug gekannt um mir jetzt die nächste Frage ehrlich beantworten zu können: Bist du wirklich sicher, dass er niemals sich selbst …?"

Ein kleiner Blumentopf rollt vom Tisch und zerbricht auf dem Steinfußboden, als Billie blitzschnell von der verzinkten Platte rutscht und Naomi empört anfaucht: „Mann, was glaubst du denn? Warum sollte er? Und außerdem – hat jemand ein paar Stunden vorher noch Sex, um sich dann wenig später um einen Brückenpfeiler zu wickeln? Glaubst du das, ja?"

Die alte Frau wird rot und schüttelt erschrocken den Kopf. „So genau wollte ich das gar nicht wissen! Doch das ist ein Punkt für dich und gegen diese Selbstmordthese, das muss ich zugeben! Also müssen wir was unternehmen!"

„Ja, aber was? Für die Polizei ist die Sache erledigt, sie hat den Fall zu den Akten gelegt. Was bleibt da noch?"

In ihrer Verzweiflung sieht Billie wieder das erschöpfte Gesicht von Eleonore vor sich. Adrian hat recht, mit diesem Wissen fehlt seiner Mutter jede Kraft zum Gesundwerden.

„Nun, es müssen einfach neue Fakten her! Fakten, die sie zwingen, die Ermittlungen wieder aufzunehmen!", erwidert Naomi störrisch.

„Und wo bekommen wir die her, deine neuen Fakten? Einen Privatdetektiv kann ich mir nicht leisten. Ich bin pleite, wie du weißt. Und Hiltrud lässt so eine Sonderausgabe sowieso nicht zu. Die mischt sich doch in alle meine Finanzen ein und hat immer das letzte Wort, wenn ich Geld ausgeben will."

„Und das aus gutem Grund, Herzchen, das wissen wir beide, oder?" Naomi zwinkert Billie aufmunternd zu. „Aber ich denke, ich habe da eine bessere und vor allem kostengünstigere Idee! Zu diesem Zweck sollten wir aber heute Abend den Pub vom dicken Randolf besuchen. Also, hopp,

hopp, flinke Füße, meine Beste. Du solltest dich umziehen und vielleicht auch mal wieder duschen, entschuldige, aber du riechst etwas!"

Widerspruchslos geht Billie zurück in ihr Haus, wo sie verlegen erst einmal an ihren Klamotten schnuppert und sofort die Nase rümpft. Naomi hat recht, seit dem Unfall und ihrem Zusammenbruch wird ihre persönliche Hygiene oft genug auf das Allernotwendigste reduziert. Aus Zeitgründen, wie sie sich immer wieder einredet.

Doch die Wahrheit ist – sie achtet nicht mehr auf sich. Auch diese Erkenntnis muss Billie erst einmal verdauen. Alles ein bisschen viel auf ein Mal, wie sie findet. Unter der Dusche mischen sich dann Tränen in das herabrinnende Wasser, wieder einmal, doch dieses Mal fehlt die völlige Antriebslosigkeit, die Billie sonst bei ihren Grübeleien befällt.

Mit frisch gewaschenem Haar und etwas Rot auf den Lippen betritt Billie dann den „Red Old Lion", grüßt Francis, die Thekenhilfe, versucht erfolgreich, den gierigen Blicken des dicken Randolf auszuweichen, während sie ihren Ecktisch ansteuert, an dem Naomi schon aufgeregt auf sie wartet.

„Dachte ich es mir doch, dass die heute Abend wieder hier ist. Ist ja Wochenende. Du erinnerst dich noch an Dame Ethel Kerr? Richterin am High Court? Du weißt schon, die damals mit ihren schlammigen Gummistiefeln im Pub gestanden hat? Und genau die werde ich jetzt ansprechen!"

Bevor Billie noch protestieren kann, ist die alte Frau schon aufgesprungen und geht zielgerichtet auf eine hochgewachsene hagere Frau mit kurzgeschnittenen grauen Haaren zu, die, mit einem Ale in der Hand, entspannt an der Theke lehnt. Sekunden später sind sie im Gespräch, die Frau schaut zu Billie und dann wieder zu der vor ihr stehenden Frau mit der auffälligen Haarfarbe. Sie sagt etwas und kommt schließlich zu Billie an den Tisch.

Billie springt erschrocken auf: „Hallo Madam …, äh Dame Kerr!"

„Na das lassen wir mal! Ich bin im Wochenende und damit Ethel! Und sie sind Billie aus Deutschland?", fragt die Frau mit einer angenehm warm klingenden Stimme und streift ihre braune Wetterjacke ab, während sie neben Billie auf der schwarzen Lederbank Platz nimmt.

„Oh ja, sie haben ihren wohlverdienten Feierabend! Verzeihen sie bitte meine etwas aufdringliche Freundin, sie meint es gut."

„Nun, halten wir uns nicht mit solchen Nebensächlichkeiten auf, meine Liebe! Sie scheinen ein schwerwiegenderes Problem als mein gestörtes Wochenende zu haben?! Erzählen sie, ich höre zu!“

Verblüfft von so großer Direktheit, die nach ihrer Erfahrung ganz und gar unbritisch ist, berichtet Billie alles. Wo sie und Russel arbeiten, beschreibt Russels Aufgaben, wie ihr privates Verhältnis zueinander gewesen und wie der Tag seines Unfalls abgelaufen ist. Und schließlich, was sie von der Polizei erfahren hat.

Ganz professionell hört die Richterin zu, ohne eine Miene zu verziehen, stellt ab und zu eine Frage, vor allem zu den Ermittlungsbemühungen der Polizei, von denen Billie ja nicht allzu viel weiß.

Schließlich nippen beide schweigend an ihren noch halbgefüllten Gläsern, bevor die Richterin ihr Glas und ihre Jacke nimmt und aufsteht: „Sie werden verstehen, dass selbst ich nicht so ohne Weiteres in die Belange einer örtlichen Polizeidienststelle eingreifen kann. Und Behörden schätzen es überhaupt nicht, wenn sich jemand von außen einmischt. Das wird in Deutschland nicht anders sein, oder? Eben! Doch ich werde sehen, was ich für sie tun kann. Ich melde mich!“

Sie tauschen noch die Handynummern aus und schon ist die Frau wieder auf dem Weg an den Tresen, wo sie von einem eindeutig jüngeren Mann mit einem etwas zu zärtlichen Lächeln erwartet wird.

„Nun, wie war's? Wird sie uns helfen?“ Wie aus dem Nichts sitzt Naomi plötzlich wieder neben ihr und ordnet mit beiden Händen ihre erdbeerfarbenen Locken.

Endlich hat Billie Gelegenheit, ihre Verblüffung in Worte zu fassen. „So was machst du nicht wieder mit mir, Naomi! Ich habe fast ‘nen Herzkasper bekommen, als die Frau plötzlich vor mir steht! Hey, die ist Richterin am HighCourt und dazu noch Dame! Was muss die von dir und mir denken, wenn sie einfach so angequatscht wird? Wo sind deine guten Manieren?“ Und nach einer kurzen Pause, die Naomi dazu nutzt, eine unschuldige Schnute zu ziehen, sagt Billie schließlich: „Aber sie will helfen, sagt sie. Na, schauen wir mal!“

Naomis selbstzufriedenes Grinsen übersieht Billie ebenso geflissentlich wie sie ihren gemurmelten Satz überhört.

„Na, dann macht sie wenigstens was Vernünftiges. Hat ja auch sonst nichts weiter zu tun als mit ihrem viel zu jungen Macker rumzumachen!"

Da kann Billie dann doch ein Kichern nicht mehr unterdrücken.

11. Kapitel – Ermittlungen und Zweifel

Die Richterin muss Wort gehalten haben. Denn keine zwei Wochen nach ihrem Gespräch im Pub läuft Billies Abteilungsleiter, der dicke Barnes, in Begleitung von einer Frau und einem Mann in der Werkhalle herum und klopft schließlich an Billies Käfig Tür. Hier seien zwei Kriminalpolizisten in Zivil, die mit ihr sprechen wollen, sagt er. Ohne den neugierigen Barnes zu beachten, gehen die beiden Fremden an ihm vorbei und schließen vor seiner Nase die Bürotür.

Sie stellen sich vor als Detectiv Chief Inspector Harriet Jefferson und Detectiv Sergeant Miles Davis. DCI Jefferson ist eine dickliche verlebte Frau in schwarzen Männerhosen und einem zeltartigen Mantel von undefinierbarer Farbe. Sie erinnert Billie an Vera aus der gleichnamigen britischen Krimiserie. Und bei dem hübschen dunkelhäutigen DS Davis mit dem etwas dümmlichen Blick bezweifelt Billie spontan, dass der Trompete spielen kann oder überhaupt weiß, wer sein berühmter Namensvetter war.

Seine Vorgesetzte, DCI Jefferson, übernimmt die Führung und Billie muss nach Luft schnappen, als sie mit einer ebenso piepsigen Stimme wie die der Fernseh-Vera erklärt, dass sie von der Thames Valley Police in Oxford kämen und mit Ermittlungen zum Tod des Russel Beauford betraut seien. Kein Wort dazu, wer sie beauftragt hat. DCI Jefferson erklärt nur, dass sie sich für den Auftrag interessieren würden, der Russel nach London geführt hat. Und dass sie bereits mit der Firmenleitung darüber gesprochen hätten und dass sie auch deren Genehmigung hätten, Angestellte zu befragen.

Billies Herz macht einen Hüpfer vor Freude und sogleich springt auch sie auf, um den Gästen Kaffee zuzubereiten. Jefferson schickt derweil ihren DS Davis nach draußen, wo er weitere Kollegen befragen soll. Auf ihre Bitte hin hat Billie Namen von Kollegen genannt, die Russel gut gekannt oder mit ihm zusammengearbeitet haben. Andrzej ist dabei und einige andere, auch Wout und natürlich Paul.

Während DCI Jefferson genüsslich ihren heißen Kaffee schlürft, mustert sie Billie aufmerksam über den Rand ihrer Tasse. „Ich darf doch Billie sagen, ja? Also Billie, wie sie wohl wissen, geht die Polizei von Southlondon bei dem Unfall von Selbstmord aus?!" Billie nickt abwartend. „Und soweit ich informiert bin, sind sie mit diesem Ergebnis überhaupt nicht einverstanden, richtig?"

Die Polizeibeamtin seufzt und starrt in ihre Tasse. „Ganz offensichtlich werden ihre persönlichen Zweifel an der Unfallursache wohl von einigen, sagen wir mal, ziemlich einflussreichen Leuten geteilt. Nun gut, dann überzeugen sie bitte jetzt auch mich, Billie! Warum glauben sie nicht, dass Russel Beauford Selbstmord begangen hat?"

Billie macht komische Kehllaute, um über den Kloß in ihrem Hals hinweg antworten zu können: „Ganz einfach, Harriet, weil ich ihn kenne …", sie zögert und leise verbessert sie sich, „… gekannt habe! Verstehen Sie? Russel war kein Feigling. Und warum sollte er sich umbringen? Gerade jetzt? Wir waren …" Sie will ‚glücklich' sagen, zögert aber wieder und sagt stattdessen: „… uns einig!"

Die Polizistin sieht ernst aus, als sie ihre Tasse zurück auf die Untertasse stellt. „Nun gut, Ähnliches habe ich auch schon von anderen Befragten gehört, seinen Eltern und seinem Bruder zum Beispiel. Also sagen wir mal, ich habe inzwischen auch so meine Zweifel an der Selbstmordthese meiner Kollegen. Doch wenn es das nicht gewesen ist, wieso dann der Unfall? Auf gerader Strecke? Technisches Versagen schließt unsere Kriminaltechnik aus. Aber was ist dann die Ursache gewesen? In den Akten habe ich eine Zeugenaussage gefunden von einem Autofahrer, der hinter Mister Beaufords Wagen gefahren ist und den Unfall gesehen hat. Und der meinte wohl beobachtet zu haben, dass ein anderes Fahrzeug Mister Beaufords Auto gerade überholt hat, als dieses dann von der Spur abgekommen ist und frontal …!" Billies von Schmerz gepeinigtes Gesicht lässt die Beamtin verstummen. Sie räuspert sich und setzt erneut an: „Dieser Zeuge ist sich allerdings nicht sicher über seine Beobachtung. Aber momentan ist seine Aussage das Einzige, woran wir anknüpfen können. Eine letzte Frage noch, Billie, dann sind sie mich auch schon los: Der Zeuge meint, dass das besagte Fahrzeug wohl irgendwie blau gewesen sei, so seine Worte. Welche Farbe haben doch gleich ihre Dienstwagen hier von Forcia?"

Billies Antwort ist nur noch gehaucht: „So ein dunkles Blaugrau."

DCI Jefferson scheint mit ihrer Antwort zufrieden zu sein und mit dem Versprechen sich zu melden, wenn es neue Erkenntnisse gibt, verlässt sie Billies Bürokäfig.

Wenige Sekunden später taucht Wout hinter der Glasscheibe auf und macht ihr aufgeregt Zeichen, dass er sie draußen in der Raucherecke erwartet. Erleichtert folgt Billie seiner Aufforderung. Genau das braucht sie jetzt – eine Zigarette.

Der Belgier sitzt schon auf einer Palette und zieht fahrig an seiner Zigarette. Noch bevor sich Billie neben ihn setzen kann, bricht es aus ihm heraus: „Was wollen die Bullen hier? Als der Schwarze mich eben befragen wollte, habe ich behauptet, meine gesetzlich vorgeschriebene Mittagspause machen zu müssen. Er hat mir zehn Minuten gegeben, dann muss ich zu ihm rein. Allez, vite, vite, dis-moi, ils sont là à cause de moi? Que leur as-tu dit sur moi? Sind die wegen mir hier? Was hast du ihnen über mich erzählt?" Vor lauter Nervosität fällt Wout wieder zurück in seine Muttersprache, worauf Billie ein erstauntes Lächeln nicht unterdrücken kann.

Als sie sich ihre Zigarette angezündet hat und mit dem ersten Atemzug den beruhigenden Rauch einatmet, mündet dieses Lächeln plötzlich in ein derbes Lachen und sie kann nicht anders, als sich über den ängstlichen Belgier mitsamt seinem Akzent lustig zu machen: „Da sieht man es mal wieder, der äschte Hercule Poirot hatte ja gar keine Kinder, für die er hätte zahlen müssen. Doch du sein eben doch nur Walter und nicht Hercule! Und wenn du nischt zahlst den Unterhalt für deine Kinder – wieviele sind es doch gleich? Dann du leben immer in Angst und Schrecken, dass man nach dir fahndet!"

Billie pustet Wout ein wenig Zigarettenrauch in sein Gesicht und lacht ihn nun ganz direkt an: „Mein Gott, Walter, nun beruhige dich mal und schau nicht so panisch, ich verarsch dich doch nur! Diese Polizisten interessieren sich nicht im Geringsten für dich, glaub mir!"

Dann erklärt ihm Billie die Ziele der Polizisten und dass es um Russels Unfall geht. Wout hört ihr aufmerksam zu. Als sie ihm von der Selbstmordthese berichtet, schüttelt Wout heftig den Kopf: „So ein Käse, die

Bullen spinnen doch wohl! Dein Russel war ein Kämpfer, meiner Meinung nach zwar auch ein Kapitalisten-Arschloch, aber er wusste genau, was er will. Warum sollte er also? Mit Depressionen kenne ich mich aus, das weißt du ja. Und ich sage dir, der hat ganz sicher keine gehabt! Schließlich hatte er dich und das Meer aus süßer Sahne!“, setzt er frech grinsend noch hinzu, während er sacht Billies Schulter streichelt, was sie ihm heute ausnahmsweise mal gestattet. Wegen der besonderen Situation, wie sie sich einzureden versucht.

„Wout, du bist so merkwürdig gewesen in den letzten Tagen, hast kaum mit mir geredet, keine Scherze auf meine Kosten, ich wollte dich sowieso fragen, was los ist?“

„Ich und merkwürdig? Na, dann schau mal in den Spiegel, Darling! Du läufst rum wie ein Zombie, dass es ‘nen Hund jammern kann mitsamt seiner Hütte!“

Billie schüttelt unwillig den Kopf: „Ja doch, das weiß ich selbst! Aber das ist doch nicht alles, ich kenne dich!“

Aus dem Gesicht des Belgiers ist nun jeder Spott verschwunden und ganz gegen seine Gewohnheit antwortet er jetzt sehr ernst, fast verbissen: „Wenn du recht hast und es den Bullen gar nicht um mich geht, dann bin ich eigentlich ganz froh, dass die hier mal alles ein wenig durcheinanderwirbeln. Weißt du, ich traue in dieser Bude schon eine Weile keinem mehr so richtig. Irgendetwas stimmt hier nicht, da sollte man wirklich nachhaken.“ Wout zögert bei den letzten Sätzen und beginnt dann plötzlich wie wild zu gestikulieren: „Im Ernst, Billie, bist du schon mal auf die Idee gekommen, dass da bei Russels Unfall jemand aus der Firma nachgeholfen haben könnte? Vielleicht ist dein Typ ja bei seinen Analysen auf irgendwelche Unregelmäßigkeiten gestoßen, die man vielleicht vertuschen will? Sachen aus der obersten Heeresführung, die wir Arbeitssklaven nicht erfahren sollen, vielleicht Firmenentscheidungen im Zusammenhang mit dem Brexit, weiß man’s? Ich halte das jedenfalls für möglich, habe nur Sorge, dass vielleicht meine polnischen Kumpels mit drinhängen, aus Angst vor der unsicheren Zukunft eine Art politische Verschwörung im Kleinen, da wird in letzter Zeit so viel geredet und geflucht.“ Der Belgier hat sich jetzt so in Rage geredet, dass sein fuchtelnder Arm versehentlich die stumm und ratlos neben ihm sitzende Billie trifft.

Die zuckt zusammen und findet endlich ihre Sprache wieder: „Nun komm mal wieder runter, Wout! Du siehst Gespenster, ehrlich! Nicht hinter jeder Schweinerei muss gleich eine politische Verschwörung stecken! Aber alles andere, was du da sagst … Diesen Verdacht habe ich genauso, kann es bloß nicht in Worte fassen. Und es eben auch nicht beweisen. Deshalb die Polizei, verstehst du?“

Wout legt nun wieder seine Hand auf Billies Schulter, während er sie mit seinen traurigen braunen Augen lange anschaut, bevor er ihr schließlich freundschaftlich zuzwinkert. „So, der versoffene Walter, wie Gnädigste mich ja zu nennen pflegen, wird jetzt jedenfalls zu seinem neuen schwarzen Bullen-Freund gehen, um ihm Bescheid zu stoßen über dein Oberschichtjüngelchen!“

Und schon ist der schlaksige Belgier in der Werkhalle verschwunden und überlässt Billie sich selbst und ihren finsteren Grübeleien.

Also hat Adrian recht gehabt. Wouts deutliche Ansage bestätigt ja nur, was Billie endlich akzeptieren muss – es ist noch lange nicht alles in Ordnung. Und was viel schlimmer ist – sie selbst ist noch lange nicht wieder in Ordnung. Gedankenverloren reibt sie sich ihre Wade, die seit ein paar Tagen schmerzt. Sie muss sich irgendwo gestoßen haben, zwischen den Regalen wahrscheinlich, als sie und Paul auf der Suche nach den bestellten Teilen auf ihrer Liste waren.

Als sie durch die stählerne Tür in die Werkhalle zurückkommt, steht Paul schon im Gang und erwartet sie: „Du musst noch die Monatsabrechnungen überprüfen, ich habe dir alles Nötige auf den Schreibtisch gelegt. Und außerdem sollst du die Buchhaltung anrufen und der Abteilungsleiter wollte auch irgendwas, aber das hat sicher noch Zeit. Hast du schon was gegessen? Ich habe dir Steak pie mitgebracht. Steht auch auf deinem Schreibtisch.“

Kein Wort über Polizei oder seine eigene Befragung, die Paul, anders als Wout, offenbar völlig gelassen hingenommen hat. Dankbar lächelt Billie ihren Kollegen an. Sie hasst zwar den Fleischbrei in diesen Pasteten, aber er hat es doch gut gemeint. Stets kümmert er sich um sie, achtet darauf, dass sie regelmäßig isst, was sie gern mal vergisst in der Menge der Arbeit. Eigentlich müsste sie sich bei Paul bedanken. Mit einer Einladung zum Abendessen vielleicht. Irgendwann einmal, bestimmt, nimmt sie sich vor.

Dann tauchen ihre Gedanken wieder in die Papierberge der Monatsabrechnung auf ihrem Schreibtisch ein.

Als Billie endlich nach Hause fährt, ist es schon fast dunkel und die Fasanenfamilien schlafen schon lange in den dichten ineinander verflochtenen Hecken entlang der Straße. Gut so, denn sie ist zu müde für ein konzentriertes Fahren. Außerdem ist sie mit ihren Gedanken unentwegt woanders.

Als sie ihr Auto wie üblich am Manor von Trudy und John parkt und um die Ecke zu der kleinen Pforte kommt, von wo aus der schmale Kies Pfad zu ihren Häusern führt, sieht sie, dass bei Naomi noch Licht brennt. Sie freut sich, dass sie ihrer Freundin noch schnell die gute Nachricht vom Erfolg ihrer Idee überbringen kann. Doch vorher muss sie noch zur Toilette, denn gewöhnlich dehnt sich so ein abendliches Treffen bei ihrer Nachbarin lange aus und ist auch ziemlich durchsetzt mit sehr gutem Sherry.

Voller Vorfreude schnappt sich Billie dann noch die prall gefüllten Mülltüten. Auf dem Weg zu den Abfalltonnen zeigt ihr ein glühender Lichtpunkt hinter den Garagen, dass sich ihr Nachbar Owain mit der Müllentsorgung offenbar mal wieder vor anderen häuslichen Pflichten drücken kann. „Hi Eug… ähh Owain, wie stehen die Aktien? Wie geht es Brenda? Und dem Kronsohn?“

Mr. Pincotts dunkler Strubbelkopf fährt herum. „Oh, hi, Billie, welche Freude! Danke der Nachfrage, William ist gesund und auch Brenda geht es gut. Sie freut sich schon auf den Besuch morgen mit euerm Gartenclub bei der Schneeglöckchenausstellung.“

Verdammt, die Schneeglöckchen! Unzufrieden verzieht Billie das Gesicht. Sie muss Naomi noch beibringen, dass es mit ihrer gemeinsamen Fahrt morgen wohl nichts wird. Billie hat Wichtigeres vor.

„Aber wie geht es ihnen, Billie? Sie sehen etwas blass aus. Schlafen Sie genug?“ Im Dämmerlicht der blauen Stunde schaut der Mediziner Billie forschend und besorgt an.

Die reagiert prompt und wie immer wahrheitswidrig: „Ach, Owain, keine Sorge, mir geht es gut, das wirkt bestimmt nur so durch dieses fahle Licht von den Straßenlaternen. Ich habe mich bei der Arbeit am Bein gestoßen, das wird bestimmt ein blauer Fleck, aber sonst ist bei mir alles in Ordnung, wirklich, absolut alles!“ Billie kann sogar noch routiniert lächeln, als Owain Pincott seine Zigarette ausdrückt und davongeht.

Naomis grüne Augen glänzen, als Billie ihr von den beiden Polizisten in der Firma erzählt: „Nun wird alles gut, Liebes, ich habe es dir doch gesagt!“

Nach dem zweiten Glas Sherry gesteht ihr Billie auch noch das Problem mit dem Ausflug zur Schneeglöckchenausstellung. „Ich kann wirklich nicht mit, ich muss nach Camphall Manor zu Eleonore und Trevor! Die warten jede Woche auf meinen Besuch. Adrian und Sebastian sind gerade in Dubai, wo Adrian nun doch ein neues Hotel übernimmt. Also bin ich die Einzige, die sich kümmern kann. Noch dazu mit diesen guten Nachrichten!“

Prompt zieht Naomi ein enttäuschtes Gesicht. „Du kommst nicht mit? Oh, wie schade. Du bist jetzt immerhin schon mehr als ein Jahr Mitglied im Gardeners Club, die Frauen mögen dich, du hast so eine unkonventionelle frische Art, das tut dem Verein gut, wie sie meinen. Einige würden es sogar gut finden, wenn du Vorsitzende würdest… Sie haben ja keine Ahnung, dass du immer noch kein Gänseblümchen von einer Clematis unterscheiden kannst und dass du meine wertvollen Schneeglöckchen immer noch nicht eingepflanzt hast! Aber das muss ja auch keiner wissen. Nun schau nicht so erschrocken, die Schneeglöckchen habe ich schon lange gerettet und unter die Kastanie hinter deinem Schuppen gesetzt. Und wegen der anderen Sache, nun Liebes, du solltest einfach mal darüber nachdenken!“

Dann besprechen sie noch, mit wem aus dem Gartenclub sie mitfahren könnte zur Ausstellung.

„Also, die Brenda Pincott freut sich glattweg ein zweites Loch in den Hintern, wenn sie dich mitnehmen darf. Und wenn dir ihr Gequatsche zu viel wird, tust du einfach so, als ob du eingeschlafen bist!“

Kichernd wie die Schulmädchen verabschieden sich die beiden Frauen voneinander. In dem kleinen Flur greift Naomi einen dicken braunen Umschlag, der auf einem kleinen Tischchen liegt. „Hier, den habe ich vorhin für dich entgegengenommen. Kommt aus Deutschland!“

Natürlich hat die alte Frau schon lange den Absender entziffert und Claras Adresse entdeckt. Kopfschüttelnd über so viel Neugier, bedankt sich Billie und geht nach drüben in ihr Matchbox Cottage.

Als sie den großen gepolsterten Umschlag öffnet, gleiten ein weiches in Seidenpapier gehülltes Päckchen und eine Karte mit Claras Handschrift heraus: *Habe ich im Internet geschossen. Etwas für deine angeknackste britische Seele. Und dein wunderbares Chesterfieldsofa. Many Hugs C. P.S. Keine Sorge, die Postgebühren waren teurer als mein Geschenk. God save the Royal Mail!*

Im Seidenpapier eingewickelt sind zwei Kissenhüllen im klassischen William Morris-Design. Grüne Disteln mit violetten Blüten auf dem einen, goldene Ranken, Paradiesvögel und Granatäpfel auf dem anderen. Als Billie die beiden neuen Kissenhüllen über die vorhandenen Kissen auf dem Sofa im Wintergarten zieht, schüttelt sie verwundert den Kopf. Clara hat wieder einmal recht gehabt, mit den antiken Tischen, dem dunklen Ledersofa und nun auch diesen Kissen wirkt der kleine in die Jahre gekommene Glasanbau tatsächlich nobel wie ein altes Bibliothekszimmer. Dann lässt sie ein Geräusch aufschrecken und Billie muss feststellen, dass sie offenbar im Sessel eingeschlafen ist und die Zeitung aufgeschlagen auf den Teppich geglitten ist. Seufzend steht sie auf und geht nun doch lieber zu Bett.

Schon sehr früh am Samstagmorgen fährt Billie bereits los. Sie hat Maggie Smith versprochen, vom Farm Market ein paar Meilen hinter Greatley ein ordentliches New Hampshire-Huhn mitzubringen. Der Preis für das Suppenhuhn ist deftig, doch Billie will den Beaufords ein echtes deutsches Hühnerfrikassee vorsetzen und sie hat diese Woche kaum Geld ausgegeben, also kann Hiltrud nichts gegen diese Sonderausgabe haben. Billie packt noch Lauch, Karotten und Petersilie in den Korb, auf Kohlrabi für das Suppengrün muss sie verzichten, der ist hier in Großbritannien kaum zu bekommen. Aber braune Champignons findet sie, die kommen genauso in den Korb wie ein Glas mit Kapern und eine Zitrone.

Als sie in Camphall Manor ankommt, geht sie gleich in die riesige Küche mit den dunklen Deckenbalken. Wie erwartet, ist die Haushälterin dort und Billie präsentiert ihr stolz ihren Einkauf. Beim Anblick des stattlichen Vogels zieht Maggie Smith anerkennend die Brauen hoch. Flink bückt sie sich und zieht einen riesigen Topf vom Regal unter der Kücheninsel, den sie mit kaltem Wasser füllt. „Das reicht für ein paar Tage, aus der Brühe mache ich eine feine Suppe mit Nudeln." Dann schnippeln sie schweigend Pilze und Suppengrün, bis es Billie nicht mehr aushält: „Maggie, geht es Mrs. Beauford inzwischen besser?"

Die Haushälterin schüttelt traurig den Kopf und antwortet mit ihrer akzentuierten Oberlehrerinnenstimme: „Tut mir leid, aber ich fürchte, dass Mrs. Beauford ein wenig der Lebenswille abhandengekommen ist. Sie isst kaum etwas. Aber sie hat wieder angefangen zu malen, immerhin!" Maggie Smith verstummt, als Trevor Beauford in der Küchentür auftaucht. „Oh, Billie, du bist schon da? Habe ich mich also nicht verhört!"

Er geht zum Herd und nimmt den Deckel von dem leise brodelnden Kochtopf: „Mm, das duftet ja schon köstlich. Was gibt es denn?"

Eilig antwortet Billie: „Hühnerfrikassee mit Reis, das gibt Kraft und hilft beim Gesundwerden."

„Bestimmt, Billie. Und es ist zauberhaft von dir, dass du für uns alte Leute so etwas Feines kochst! Ähh, was ich fragen wollte, Billie, entschuldige, wenn ich so direkt bin, aber wie geht es dir? Also ich meine …, deine finanzielle Situation, läuft alles zur Zufriedenheit?"

Erschrocken blickt Billie zu dem Topf mit dem vor sich hin kochenden teuren Huhn, bevor sie ein entwaffnendes Lächeln aufsetzt. „Alles gut, Trevor, keine Sorge, ich habe alles im Griff."

Das Zeitalter der neuen Ehrlichkeit hat es erforderlich gemacht, dass Billie auch Trevor und Eleonore gegenüber offen über ihre Probleme sprechen musste. Das haben ihr Adrian und Sebastian sehr deutlich zu verstehen gegeben. Schließlich gehört sie zur Familie und Familie nervt zwar, doch sie ist auch ein Anker, so ähnlich hat es Adrian ausgedrückt. Und Billie hält sich daran, auch wenn es schwerfällt. Wenigstens hat Trevor nicht versucht, ihr seine finanzielle Hilfe anzubieten. Das wäre unerträglich gewesen für Billie. Aber heute hat sie ja wirklich Positives zu berichten, denkt sie ungewöhnlich fröhlich und hackt weiter Petersilie auf dem alten Holzbrett.

Inzwischen ist Trevor hinter sie getreten und schiebt sich ein Stückchen Champignon in den Mund, während sich sein Arm warm auf Billies Schulter legt. „Es wird alles gut, Billie, du wirst schon sehen! Zu gegebener Zeit wirst du es mir bestimmt glauben, dass alles gut wird!" murmelt er rätselhaft, während er mit fahrigen Bewegungen Billies Schulter tätschelt, bevor er die Küche wieder verlässt.

Zuvor erhält er allerdings von Maggie Smith noch den Auftrag, den Tisch für das Essen zu decken. Was der alte Mann mit dem weißen Haar zwar diensteifrig, aber auf seine Weise erledigt. Ächzend und schnaufend zerrt er einen eisernen Tisch aus dem Garten bis zu dem viktorianischen Glashaus, in dem seine Frau auf dem Sofa schläft, tief in die Kissen gesunken. Sie schreckt durch den Lärm auf, den die metallenen Füße verursachen, als Trevor den schweren Tisch auf die Bodenfliesen knallen lässt. Eleonore will protestieren, doch ihr Ehemann schneidet ihr ungewohnt entschlossen das Wort ab: „Wir haben Besuch, Liebes, Billie ist gekommen. Und wir essen zusammen. Und zwar genau hier, wo das Licht den Frühling hereinlässt!"

Leicht hinkend, aber vergnügt wie ein Teenager, eilt Trevor zurück ins Haus und holt ein Tischtuch aus dem Schrank im Esszimmer. Das wird ihm allerdings von der aufmerksamen Haushälterin sofort aus den Händen genommen: „Das lassen wir mal lieber, Mr. Beauford! Ich mache das besser selbst. Holen sie doch inzwischen den Wein, ja?"

Wenig später sitzen sie dann zu dritt um einen wunderschön gedeckten Tisch und als Billie den Deckel von der großen Terrine mit dem Frikassee hebt, mischt sich der appetitliche Geruch unversehens mit dem Duft der Orangenbäume, die im Gewächshaus gerade ihre Blüten geöffnet haben.

Trevor hat einen süffigen Weißwein dazu serviert, sie stoßen an und Billie kann endlich von der Richterin des High Court berichten, die sie Ethel nennen darf und dass diese Ethel wirklich Wort gehalten hat. Und dass die Polizei nun wieder ermittelt.

Eleonore hat bis dahin kaum einen Happen gegessen. Nun atmet sie tief aus und sagt plötzlich: „Na dann, guten Appetit euch allen! Das duftet ja köstlich!" Und dann beginnt sich die schmale Frau, Reis und Huhn auf ihre Gabel zu häufen. Als sie sich sogar ein zweites Mal aus der Terrine bedient und inzwischen ihr drittes Glas Weißwein getrunken hat, schaut sie zufrieden in die kleine Runde und sagt verschmitzt: „Ich glaube, jetzt geht es mir schon viel besser!"

Billie genießt das Wochenende bei den Beaufords. Sie schläft in dem großen Bett im Kutscherhaus. Davor hat sie sich anfangs etwas gefürchtet, wegen der Erinnerungen. Schließlich stören sie aber nicht einmal mehr die Schmerzen in ihrer linken Wade und sie schläft schnell ein.

Am Sonntag gehen sie und Eleonore im Garten spazieren. Billie stützt die in einen flauschigen Kaschmirmantel gehüllte Frau. Immer noch sehr zerbrechlich, aber doch schon wieder etwas fröhlicher, hängt sie sich in Billies Arm, während sie gemeinsam die riesigen Matten mit den violetten Wildkrokussen bewundern, die jetzt überall unter den großen Laubbäumen blühen, nur ab und zu unterbrochen vom Gelb der winzigen Narzissen.

Als Billie am Nachmittag nach Hause kommt, ist es dieses Mal die Nachbarin von links, Brenda Pincott, die sie schon erwartet.

„Sorry, Billie, dass ich dich so überfalle! Ich habe doch Theaterkarten für kommenden Samstag in London. Aber mein Mann hat leider an diesem Wochenende den Dienst für einen erkrankten Kollegen übernehmen müssen. Und es ist doch Judi Dench und Kenneth Branagh in Shakespeares „The Winter's Tale"! Da wollte ich fragen, ob du nicht mit mir ins Theater gehen willst?"

Billie überlegt nicht lange: „Klar doch, liebend gern komme ich mit. Danke für das Angebot!"

Dass sie spätestens bei dem Namen Judi Dench gar nicht mehr nein sagen kann, verschweigt sie lieber. So eine Gelegenheit würde sie sich niemals entgehen lassen. Die Karten sind sündhaft teuer und Hiltrud hätte ihr bestimmt niemals erlaubt, dass sie sich welche kauft. In ihrer schwierigen finanziellen Lage sind solche Dinge wie Theaterkarten reiner Luxus und verzichtbar, sagt Hiltrud immer. Außerdem ist Billie nun schon nicht mit beim Ausflug des Gardeners Club gewesen, also hat Brenda etwas gut bei ihr.

Beim Türaufsperren sagt Billie daher: „Ich freue mich sehr, also bis nächsten Samstag dann!" Und verschwindet in ihrem kleinen Flur.

In der Woche danach erwarten sie wieder Berge von neuem Papier auf ihrem Schreibtisch in ihrem Drahtkäfig in der Firma. Seufzend lässt sie sich auf den Drehstuhl fallen und fängt an, Rechnungen und Bestellungen zu sortieren, während sie sich gedankenverloren ihre schmerzende Wade massiert.

Das einzelne Blatt mit den wenigen gedruckten Worten will sie schon in den Papierkorb werfen, als sich die achtlos gelesenen Worte plötzlich zu bedrohlichen Sätzen formen:

Was hat die Polizei hier zu suchen? Russel Beauford hat Selbstmord begangen! Er hat genug Gründe dafür! In der Firma hat er Entlassungen vorbereitet, hat über das Leben der anderen entschieden, hat die einfachen Arbeiter in den Dreck getreten, war arrogant und rücksichtslos im Umgang! Sein Ende ist nur gerecht. Er hat das bekommen, was er verdient!

Keine Unterschrift.

Billies Hand zittert, als sie die unscheinbare Notiz wieder und wieder liest. Dann springt sie hoch und reißt die Bürotür auf. In der Halle herrscht voller Betrieb, Gabelstapler fahren durch die hohen Regalreihen, hinten in der Polsterei steht Andrzej über das Gestell eines Sitzes gebeugt. Mitten hinein in den Lärm und die Betriebsamkeit wiederholt ihr Gehirn stumpf immer wieder die gleichen Fragen: Wer hat das geschrieben, wer will unbedingt die Selbstmordthese bestätigen und warum?

Sie verdächtigt jeden, fragt Paul, ob er jemanden in der Nähe ihres Büros gesehen hat. Der will Wout gesehen haben. Sie fragt Andrzej, der ihr verwirrt ausweicht und einfach weiterarbeitet. Als Wout vorbeiläuft, konfrontiert sie auch ihn.

„Klar war ich heute früh schon in deinem Büro, hab dich gesucht, ob du eine Rauchpause machen willst!“, lautet seine verwunderte Antwort.

Doch viel schwerer wiegt – der Zettel bestärkt in Billie dieses dumpfe Gefühl, dass mit Russels Tod irgendetwas nicht stimmt. Sie traut niemandem mehr in der Firma. Was geht hier vor, was hat sie nicht gesehen, was wollte sie nicht sehen?

Hastig kramt sie auf ihrem Schreibtisch nach der Visitenkarte der Polizistin. DCI Hastings quietschende Stimme klingt erfreut, als Billie ihr den Text vorliest: „Na bitte, es bewegt sich was! Das haben wir gehofft, Billie! Viel haben wir nämlich bisher nicht gefunden, leider. Die Spur mit dem blauen Auto scheint nichts zu bringen. Laut Computerliste ist am Tag des Unfalls keiner der Firmenwagen benutzt worden. Und sie werden regelmäßig gewartet, dabei ist angeblich kein Lackschaden oder Ähnliches bemerkt worden. Schicken Sie mir den Text des Zettels bitte? Der muss zu den Akten.“

12. Kapitel – Das Ende?

Nur noch schnell duschen, denkt Billie, während sie in die Wanne steigt. Ihr Fuß bleibt hängen und sie knallt mit der linken Körperseite halb auf den Wannenrand, halb auf die Fliesen. Fluchend rappelt sie sich wieder hoch und reibt ihre schmerzende Hüfte.

Es ist Samstagnachmittag, sie will am Abend mit Brenda nach London ins Theater fahren. Auf der Spiegelablage glänzen die kleinen Opale in den antiken goldenen Ohrringen im Licht der späten Nachmittagssonne, das durch das geöffnete Badezimmerfenster fällt. Das schwarze lange Kleid hängt am Treppengeländer.

Ächzend hievt sie ihren massigen Körper in die Wanne und lässt den Duschkopf mit dem heißen Wasser über ihr linkes Bein laufen. Das dumpfe Pochen, das seit Tagen in ihrem Unterschenkel sitzt, lässt nach. Erleichtert hebt Billie den Arm und will sich das Wasser über Gesicht und Schultern laufen lassen. Doch dann schießt da plötzlich dieser neue Schmerz durch ihren Körper und verhindert das Atmen.

‚Also das soll's jetzt gewesen sein? So eine Scheiße!', denkt sie und ihre Wut taucht unter in diesem furchtbaren Brennen in der Brust. Billie schnappt nach Luft. Der Duschschlauch fällt aus ihrer Hand und windet sich wasserspuckend auf dem Wannenboden. Verwundert starrt sie auf die tanzenden Buchstaben des Duschvorhangs, den sie im Fallen mit sich reißt. Unten an der Haustür ist klägliches Mauzen zu vernehmen von Bob, dem roten einäugigen Kater. Doch das hört Billie schon nicht mehr …

Billie sieht Russel auf sich zukommen. Sie sitzt auf einem großen Felsen zwischen kleineren Steinen, die von Feldern aus nebelgrauen und gischtweißen Kieseln eingerahmt sind. Sie sind am Strand, denn Wellen toben an das steinige Ufer. Russel stolpert und fällt auf einen Kieselstreifen. Als er den Kopf hebt, ist sein Gesicht blutüberströmt und sein Mund öffnet sich zu einem Schrei, den die Wellen aber übertönen. Dann greift das tosende Wasser nach Russel und zieht seinen Körper mit sich in die Tiefe. Billie stürzt nach vorn und will ihn festhalten, doch die Wellen schlagen nun auch über ihrem Kopf zusammen. Sie ruft Russels Namen, doch nichts ist zu hören außer dem ohrenbetäubenden Rauschen des Wassers, das Billie nun die Brust zusammendrückt und das Atmen unmöglich macht. Während sie verzweifelt versucht, Luft zu holen, treiben Fische an ihr vorbei, die seltsame Pieps-Geräusche produzieren. Und Gesichter, fremde und ein bekanntes, das von ihrem Nachbarn. Und dazwischen nur der Lärm des Wassers, unterbrochen von diesen Maschinenlauten. Ich … will … nicht … sterben …

Ein Gesicht taucht aus dem Wasser auf, unscharf erst, dann klarer in den Umrissen. Wieder dieser Nachbar, denkt Billie. Und während sie nach seinem Namen sucht, ruft er sie immer lauter: „Hallo, Billie, bleiben Sie bei mir! Wach werden!“ Aus den dunkelgrünen Tiefen des Wassers tastet eine kühle Hand nach ihrem Arm. Das piepsende Maschinengeräusch wird wieder lauter und sendet rhythmische Laute an die Oberfläche. Billie sucht nach der Melodie hinter dem Piepen, während sie nun ruhiger schwimmt. Und leichter atmet. Wieder sagt das Gesicht etwas, doch Billie versteht nicht und wendet sich dem dahinter schwimmenden Wesen zu. Das ist ein düster blickender Mann mit brauner Haut und schwarzem Schnurrbart, der ihr grimmig zuzwinkert. Unter größten Anstrengungen schließt Billie die Augen, um sie dann noch mühsamer wieder zu öffnen. Was ihr beim ersten Mal misslingt.

Verbissen versucht sie es wieder und wieder, bis schließlich grelles Licht durch einen Spalt ihrer Lider fällt. Geblendet kneift sie die Augen zu, um sie sofort wieder aufzureißen.

Der grimmige braune Mann mit dem schwarzen Schnurbart klebt etwas entfernt vor ihr an einer hellblauen Wand. Er zerfließt gerade und wird zu einer Pinnwand aus Kork, was Billie lustig findet. Sie will lachen, doch stattdessen löst sich nur ein Krächzen aus ihrer Kehle.

Nun ist wieder der Nachbar mit dem komischen Namen über ihr. „Nicht sprechen! Sie werden beatmet. Ich gebe Ihnen jetzt etwas und sie werden einschlafen.“

Als Billie das nächste Mal ihre Augen öffnet, scheint die Sonne durch einen Spalt aus hellblauem Vorhangstoff. Sie schaut sich im Zimmer um. Sie ist im Krankenhaus, so viel ist klar. Sie ist allein im Zimmer, auf dem

Schränkchen neben ihrem Bett steht ein Strauß mit blauen Hasenglöckchen. Ihrem Bett gegenüber hängt eine Pinnwand aus Kork, die sie irgendwo schon gesehen hat, doch sie kann sich nicht erinnern, wo das gewesen ist.

Verwirrt schaut Billie an sich herunter, seltsame Schläuche und Kanülen ragen aus ihrer Armbeuge und unter der Bettdecke entdeckt sie einen Sandsack, der auf ihrer Brust liegt. Also nicht tot, denkt sie noch, bevor sie wieder einschläft.

Das nächste Mal wird Billie von einem Geräusch geweckt. Als sie die Augen öffnet, sieht sie Naomi auf einem Stuhl neben ihrem Bett sitzen. Die bemüht heiteren Worte wollen so gar nicht zu ihrer tiefbesorgten Miene passen: „Grundgütiger, endlich bist du wach! Wird ja langsam Zeit, dass du dich endlich entschieden hast, doch lieber weiterzuleben. Wäre ja auch noch schöner, du bringst die ganze Ordnung durcheinander. Schließlich bin erstmal ich dran mit sterben, verdammt noch mal!"

Der ungewohnt deftige Ausdruck wird begleitet von Tränen, die Naomi nun über ihre faltigen Wangen laufen. Billie räuspert sich, trotzdem ist ihre Antwort mehr ein genuscheltes Krächzen. „Nisch weinen, bitte. Welschr Tag isch heute?"

Naomi will antworten, doch sie wird unterbrochen, weil die Tür zum Krankenzimmer geöffnet wird und Billies Nachbar Owain hereinkommt, ungewöhnlich anzusehen in einem grünen OP-Kittel mit passender Mütze auf dem Kopf. Er hat Billies Frage offenbar gehört, denn er sagt mit einem strahlenden Lächeln in seinem rundlichen Gesicht: „Oh, heute ist Mittwoch, Billie, ja, sie haben ein paar Tage verschlafen. Wir haben sie in ein künstliches Koma versetzen müssen, damit sich ihr Körper erholen kann. Wie schön, dass sie nun wieder wach sind. Ich muss gleich in den OP, wollte nur noch einmal nach ihnen schauen. Den Sandsack können wir jetzt entfernen, denke ich. Ich gebe gleich der Schwester Bescheid. Das ist nur nötig gewesen nach meinem Kathedereingriff, wissen sie, damit es keine Nachblutungen gibt. Aber alles ist ja gut gegangen, ich habe den Thrombus in ihrer Lunge erwischt. Also dann, ich schaue nachher noch einmal nach ihnen!"

Und schon ist er wieder aus dem Zimmer geeilt. Zurück bleibt nur eine schwache Wolke von einem Duft, den Billie an etwas oder jemand erinnert, bis sie ihn endlich und mit vor Anstrengung gerunzelter Stirn als den Geruch des Rasierwassers ihres Nachbarn identifizieren kann.

Naomi mustert die Jüngere und stirnrunzelnd meint sie zu ihr: „Nun schau deinem Lebensretter gefälligst nicht so grimmig hinterher! Jaja, Liebes, dieser Mann ist ein Held, glaube mir. Wäre er nicht da gewesen, tja, ich fürchte …“ Und dann berichtet sie der verständnislos dreinblickenden Billie, was eigentlich geschehen ist: „Beschwere dich jedenfalls nie wieder über die nervige und aufdringliche Brenda! Nur, weil die dich noch etwas fragen wollte, ist sie überhaupt zu dir rübergekommen! Dadurch hat sie dich im Badezimmer gefunden. Die hat so laut um Hilfe gebrüllt, das hat die gesamte Straße gehört! Einschließlich ihres Ehemanns, der gerade zur Spätschicht ins Krankenhaus wollte. Der wusste sofort, was mit dir los gewesen ist. Hat dich wiederbelebt und hat irgend ‘ne Dialyse oder so was eingeleitet, wie er mir erklärt hat, aber das habe ich bestimmt vor Aufregung falsch verstanden, das ist ja was für die Nieren. Jedenfalls hat er den Krankenwagen alarmiert und ist mit dir hierher in sein Krankenhaus gefahren.“ Hastig holt Naomi nach ihrer atemlosen Erzählung erst einmal Luft, bevor sie weiter spricht: „Für mich wird es jetzt auch wieder Zeit, du siehst immer noch völlig fertig aus. Schlaf jetzt. Und ich muss erst mal allen die gute Nachricht verkünden, dass du wieder am Leben bist. Clara ruft dauernd an und dein Kollege, dieser ziemlich traurige Belgier, kommt fast täglich hier im Krankenhaus vorbei und fragt nach dir.“

Entkräftet schließt Billie die Augen. In ihrem Kopf dreht sich alles von den vielen Informationen, die sie kaum verstehen und vor allem nicht einordnen kann. Sie schläft wieder ein.

Ein paar Tage später betrachtet Billie lustlos die beiden Toastscheiben, die etwas gräulich vor ihr auf dem Teller liegen. Dazu diese merkwürdige Streichwurst in der winzigen Plastikverpackung. Mit einer Handbewegung schiebt sie ihr trauriges Abendessen entschieden von sich weg.

„Stimmt, bei unserer Krankenhausverpflegung vergeht einem der Appetit!“

Mit dem üblichen ruhigen Lächeln kommt Owain in ihr Zimmer, eine gut gefüllte Plastiktüte baumelt an seinem Arm. „Und weil das unsere gemeinsame Nachbarin Naomi wahrscheinlich ahnt, hat sie mich beauftragt, diese köstlich duftende Hühnersuppe hier abzugeben. Ich habe heute Nachtdienst, muss mich gleich umziehen. Wenn ich damit fertig bin, komme ich noch einmal vorbei. Und wenn ich dann feststelle, dass Sie brav aufgegessen haben, können wir reden. Ich denke, Sie werden einige Fragen haben, oder?“

Er lächelt Billie noch verschwörerisch an und ist schon verschwunden. Ein paar Minuten später steht er im Arztkittel wieder in ihrem Krankenzimmer und schaut kritisch auf Billies Essenstablett. „Mögen Sie Ihren Nachtisch nicht?“

Billie schüttelt verneinend den Kopf und schiebt den Becher mit dem eklig süßen rosa Pudding samt einen kleinen Löffel zu ihrem Retter hin, der sich auf einen Stuhl gesetzt hat und sofort das Zeug in sich reinschaufelt.

„Ist schon klar, schrecklich ungesund, ich weiß, aber ich brauche das! Aber nun zu Ihnen, Billie!“

Mit einer Handbewegung unterbricht sie ihren Arzt: „Moment mal, ich hätte da erst einmal einen Vorschlag. Da ich Ihnen ja offenbar mein Leben zu verdanken habe und es ein ziemlich intimer Vorgang ist, jemanden das Leben zu retten, wäre es da nicht angebracht, dass wir uns duzen, Owain? Sonst muss ich dich ab sofort Herr Doktor Pincott nennen, versprochen!“ Dieses Mal ist es an Billie, ihr Gegenüber verschwörerisch anzugrinsen.

Owain zögert erstaunt, fährt dann aber zielstrebig mit seiner Erklärung fort: „Okay, Billie, nun also zu dir! Du hattest eine beidseitige Lungenarterienembolie. Das Blutgerinnsel entsteht meist in den Venen der Beine oder des Beckens. Erinnerst du dich, ob du in letzter Zeit irgendwelche Schmerzen hattest?“

Siedend heiß fallen Billie das dauernde Pochen in der Wade ein und sie nickt.

„Dachte ich mir. Irgendwann, vielleicht durch einen Sturz oder so etwas, wird der Thrombus mit dem Blutstrom fortgeschwemmt und gelangt hoch in die Lunge. In den Lungenarterien bleibt er stecken und verschließt sie. Aus meiner alltäglichen Praxis als Notarzt kenne ich solche Fälle zuhauf. Was ist los, Billie, geht es dir gut?“ Besorgt fasst der Arzt nach ihrem Handgelenk, um den Puls zu fühlen.

Aschfahl im Gesicht und mit rasendem Herzschlag überkommen Billie gerade die Erinnerungen an dieses Brennen in der Brust und an die furchtbare Atemnot. Sie ächzt: „Ist gut, es geht schon wieder. Wie habt ihr mich denn überhaupt gefunden?“ Sie legt die Hand auf ihre Brust, wo immer noch ein Druckverband sitzt und atmet nun wieder ruhiger.

„Nun, das Gebrüll meiner Frau hat mich alarmiert und ich bin hoch gerannt in dein Badezimmer. Da hatte dich diese beinharte Schottin, was meine Nervensäge von Frau ist, schon wiederbelebt und deinen Oberkörper mit allen möglichen Handtüchern hochgelagert. Aber du bist immer noch ohnmächtig gewesen, nicht ansprechbar. Ich habe mehr gespürt als gewusst, was mit dir passiert ist. Also habe ich dir gleich einen Zugang gelegt und dann im Krankenwagen etwa eine Stunde lang die Lyse-Substanz in eine oberflächliche Vene gespritzt.“

Billie runzelt verständnislos die Brauen.

„‘tschuldige, ich weiß – Medizinerkauderwelsch, also ich spreche von einer Thrombolyse.“

Plötzlich lächelt Billie und murmelt: „Klar, das ist die Dialyse, die Naomi verstanden hat.“

Jetzt schaut Owain verunsichert, fährt aber mit seinen Erklärungen fort: „Also ein Verfahren, welches das Ziel hat, das bestehende Blutgerinnsel aufzulösen. So eine Lyse muss so schnell wie möglich eingeleitet werden und da dein Kreislauf instabil und du ohne Bewusstsein warst, habe ich dir noch im Krankenwagen mit dem Perfusor, also einer Dosierpumpe, die aktivierte Alteplase intravenös verabreicht. Dieses Enzym baut das Gerüst des Thrombus ab und zersetzt ihn so.“ Das inzwischen völlig ratlose Gesicht von Billie ignoriert der Arzt, zu sehr ist er in seinem geliebten Fachgebiet unterwegs: „Die einzige Möglichkeit, eine Lungenembolie sicher zu erkennen, ist eine kontrastmittelgestützte Computertomografie. Sie zeigt, ob eine Lungenarterie durch ein Gerinnsel verstopft ist, sodass das Blut einen Teil der Lunge nicht mehr erreichen kann. Also haben wir im Krankenhaus zuerst das und danach ein Echokardiogramm des Herzens gemacht. Und gleichzeitig großes Labor der D-Dimäre in deinem Blut. Die weisen darauf hin, dass im Körper Blutgerinnsel abgebaut werden. Die folgende Blutgas-Analyse hat dann meinen Verdacht bestätigt, dass in der Lunge ein Sauerstoffmangel vorliegt. Ja, und dann haben wir dieses Miststück von Gerinnsel mittels Katheder aus deiner Arterie entfernt, mal einfach gesprochen."

„Owain, entschuldige, wenn ich deinen medizinischen Vortrag unterbreche, der ist ja wirklich sehr interessant! Aber ich habe eigentlich nur eine Frage: Wann komme ich hier endlich raus aus diesem Krankenhaus?"

Fassungslos starrt der kräftige Mann die Fragestellerin nun an. Dann erhebt er sich langsam von diesem für ihn viel zu schmalen Stuhl und beugt sich etwas über den Tisch, in seinen Augen funkelt heftiger Ärger. „Sag mal, du begreifst es wohl immer noch nicht? Hast du überhaupt eine Ahnung, wie knapp das Ganze für dich gewesen ist? Wir haben dich in deinem Badezimmer insgesamt fast zehn Minuten reanimieren müssen, weil du nicht mehr geatmet hast! Später im Krankenhaus haben wir dich in ein künstliches Koma versetzt, damit dein Körper genug Zeit hatte, sich zu regenerieren. Drei ganze Tage hast du auf Intensivstation gelegen, zwei davon im künstlichen Koma! Und da fragst du ernsthaft, wann du ENDLICH hier rauskannst?" Owain Pincotts Worte klingen nun fast verzweifelt: „Billie, begreifst du das denn nicht: Es hat wirklich nicht viel gefehlt und du hättest dir … – Wie sagt ihr das gleich auf Deutsch? – … die Kartoffeln von unten anschauen müssen!?"

„Radieschen!" Billies Erwiderung ist tonlos und geflüstert: „Die Radieschen von unten betrachten, heißt das bei uns." Sie weicht nun dem Blick ihres Arztes aus und knetet verlegen die Finger ihrer linken Hand.

Dann folgt ein längeres Schweigen und schwer atmend setzt sich Owain wieder auf den unbequemen Holzstuhl.

„Also, wie ich das sehe, wirst du wohl noch etwas Geduld brauchen. Vor allem mit deinem Körper. Du wirst es merken, dass der viel Zeit und Erholung braucht, bevor er wieder einwandfrei funktioniert. Kurzatmigkeit, schnelles Erschöpft Sein – das bleibt erst einmal. Da wirst du noch oft auf Hilfe angewiesen sein und die hast du nun einmal hier im Krankenhaus!"

Während der eindringlichen Worte des Arztes ist Billie förmlich in sich zusammengesunken. Ihre verdammte Ungeduld! Billie weiß nur zu genau, dass Owain absolut recht hat. Als sie vorhin aus ihrem Bett aufstehen wollte, hat sie drei Anläufe dafür gebraucht und sich dann immer noch zitternd vor Anstrengung am Bettrahmen entlang getastet.

Doch der Arzt ist noch immer nicht fertig mit seinen mahnenden Worten. „Und noch etwas müssen wir besprechen, Billie! Du hast es gerade noch einmal geschafft. Aber dafür, dass das nicht noch einmal passiert, kannst nur du allein sorgen! Ich weiß, dass das ausgerechnet aus meinem Mund ziemlich anmaßend klingen muss. Aber die medizinischen Fakten sprechen nun einmal für sich: Deine Risikofaktoren sind Rauchen und Übergewicht! Da musst du was machen, Billie, das meine ich sehr ernst!"

Owains trauriger Blick unterstreicht seine Worte, die nun wie eine dunkle Wolke im Raum hängen.

13. Kapitel – Alles auf Anfang

Hi Sweetie,

es ist Sommer geworden! Mein erster übrigens in diesem siebenten Leben! Ja, da guckst du, das ist die neue Billie-Zeitrechnung. Die dicke Tante hat sich nämlich entschlossen, nicht nur einfach so weiterzumachen, sondern neu anzufangen. Mal wieder, wirst du jetzt sagen und recht hast du. Aber ich finde, wann, wenn nicht jetzt, soll ich beginnen mit dem Alles-anders-machen?

Aber erst einmal von vorn: Habe ich dir eigentlich schon gesagt, wie gut mir dein Besuch im Krankenhaus getan hat? Alle anderen sind mir mit ihren gut gemeinten Ratschlägen wahnsinnig auf die Nerven gegangen, was man mir vermutlich auch angesehen hat, wie ich mich kenne! Und ich kenne mich inzwischen ziemlich gut, habe ja in der Reha genug Zeit, über mich nachzudenken. Und in den Therapiesitzungen erspart mir die liebe Cynthia auch nichts, das kann ich dir versichern.

Jedenfalls hast du mir, wie so oft, ausgesprochen gutgetan.

Das hättest du jetzt nicht erwartet, oder?

Vor allem nicht nach unserer letzten Auseinandersetzung über meine Lebensweise.

Tja, ich bin eben immer für Überraschungen gut. Dem Tod bin ich zwar von der Schippe gehopst, doch das heißt schließlich noch lange nicht, dass sich mein Sturnischel gebessert hätte.

Clara, du hast es doch selbst so treffend in Worte gefasst: Dass ich ohne Schwierigkeiten mit beiden Augen gleichzeitig durchs Schlüsselloch schauen könnte, so engstirnig wie ich manchmal bin! Bei mir dauert es eben, bevor ich was merke.

Eben habe ich Sebastian mein Geschreibsel vorgelesen. (Es hat sich zufällig so ergeben und wird bestimmt nicht zur Gewohnheit) Da ich meine vom Arzt verordnete Ruheliege im Garten eingenommen habe, kann ich gerade zuschauen, wie der Lavendel blüht, die Rosen auch. Und auch die Hortensien haben nach deiner Umpflanzaktion in den Mauerschatten wieder Unmengen an Blüten angesetzt. Alles ist so herrlich durchflutet von Freude und Helligkeit. Na, und da hat es mich eben so überkommen. Sebastian versucht gerade, die Berberitze zu bändigen und repariert mir die Gartenpforte. Er und Adrian sind mir in den Wochen seit dem Krankenhaus echt ans Herz gewachsen. Sebastian gestaltet gerade den Garten für einen Kunden hier in Oxfordshire, das nutzt er und kommt bei mir vorbei, wann immer es möglich ist. Adrian kommt nachher aus London und bringt uns etwas zum Abendessen mit. Sie sind echt zauberhaft und kümmern sich fast wie Brüder um mich.

Jedenfalls habe ich Sebastian meine E-Mail an dich vorgelesen. Und er hat schallend gelacht. Über die Sache mit dem Schlüsselloch. Und dann meint er noch, dass du der einzige Mensch bist, der so mit mir sprechen darf.

Und ich dir auch zuhören und manchmal sogar gehorchen würde. Da habe ich geantwortet, dass außer dir auch Russel bei mir so etwas wie vernünftiges Handeln hervorrufen konnte.

Und dann haben wir nur dagesessen und in den Lavendel gestarrt. Eigentlich eine gute Gelegenheit, um eine zu rauchen. Aber ich bleibe eisern, was meinen neuen Lebenswandel angeht. Keine Zigaretten und gesunde Ernährung, du siehst, deine Botschaft ist angekommen!

Und ob du es glaubst oder nicht, Sebastian pafft jetzt nur noch diese USB-Sticks, du weißt schon, die furchtbaren E-Zigaretten. Er sagt, er will mein Vorbild nutzen und sich auch das Rauchen abgewöhnen. Mit nebelnden USB-Sticks Geschmacksnote Maracuja, wie widerlich! Aber jeder wie er kann und mag.

Ich scheine derzeit sowieso eine merkwürdige Wirkung auf meine Umwelt zu haben. Nachbarin Brenda besteht darauf, mich zum Schwimmen zu begleiten. Und ich kann mich nicht wehren, schließlich hat sie mir ja das Leben gerettet! (Übrigens nur mit ihrer Unentschlossenheit, welche Schuhe sie zum Theaterbesuch tragen sollte, kannst du dir das vorstellen? Denn genau deshalb ist sie ja zu mir rübergekommen, was sich für mich letztlich als ganz nützlich und lebenserhaltend erwiesen hat.)

Nun hat sie jedenfalls ihre Lebensaufgabe gefunden und fühlt sich berufen, meine Fitness in Ordnung zu bringen!

Ich sage dir, ein Drill-Sergeant ist ein alter Scheiß dagegen: jeden Morgen, wenn Klein-Willie in der Schule ist, steht sie bei mir vor der Tür und will Yoga mit mir machen. Danach gehen wir eine halbe Stunde Walken und wenn ich protestiere, droht sie doch ernsthaft mit ihrem Ehemann, der das alles verordnet hat.

Sie weiß leider, dass das die Bedingung gewesen ist, damit er auf eine stationäre Reha für mich verzichtet.

Und erste Erfolge bestätigen sie auch noch – inzwischen komme ich schon wieder ohne Pause meine Treppe rauf und vorhin habe ich ein ganzes Beet im Garten von Unkraut befreit. Zumindest fast.

Am Samstag haben mich Andrzej und seine Frau besucht. War ganz nett, auch wenn wir nicht so recht wussten, worüber wir reden sollen. Andrzej berichtet die Neuigkeiten aus der Firma und ich muss mich echt anstrengen, um wenigstens so zu tun, als ob es mich interessieren würde. Das ist alles so weit weg von mir, als wären es Meldungen aus einer anderen Welt und einer anderen Zeit, ehrlich!

Mir ist das so gegen den Strich gegangen, dass ich ihn unterbrochen und nach den Ermittlungen der Polizei gefragt habe. Da hat er zuerst etwas herumgedruckst, aber mir dann doch erzählt, dass sie wohl was Verdächtiges in der Servicewerkstatt gefunden haben, wo unsere Poolwagen gewartet werden. Er weiß das von einem der polnischen Kollegen, der dort arbeitet.

Natürlich würde ich sehr gern Genaueres darüber hören, doch irgendetwas hält mich davon ab, meine Freundin Harriet von der Thames Police anzurufen. Verstehst du das?

Das ist eine andere Welt, die mir momentan immer noch zu bedrohlich und furchteinflößend erscheint. Ich möchte diese Tür einfach noch nicht öffnen.
Morgen will Paul vorbeikommen. Er besucht mich regelmäßig und bringt mir Essen vorbei. Lauter so fettiges Zeug, was ich dann später in den Müll werfe. Immerhin berichtet auch er mir die Neuigkeiten aus der Firma und aus der Welt.
So wie er sie sieht, natürlich.
Und da muss sich bei ihm seit einiger Zeit vieles verhärtet haben, er wird jetzt richtig aggressiv, wenn er über ‚die da oben' und vor allem über die Ausländer bei Forcia wettert. Vergisst dabei völlig, dass in dem Moment eine Ausländerin vor ihm sitzt!
Andererseits gibt er sich große Mühe, er putzt für mich und wäscht ab. Es ist schon irgendwie niedlich.
Aber manchmal, wenn er mir gegenüber auf dem Sofa sitzt und mich unverwandt anstarrt oder wenn er seine Hand unvermittelt auf meine legt und dabei so einen Hundeblick hat, dann wird mir ganz anders und ich bekomme fast ein wenig Angst.
Klar, ich sehe derzeit bestimmt nicht sonderlich lecker und einladend aus (Ich muss unbedingt zum Friseur, frage nicht!!), also von der Seite her droht bestimmt keine Gefahr.
Ich denke, ich sollte Paul bei Gelegenheit eindeutig klar machen, dass er für mich ein guter Freund und Kollege ist. Nicht mehr und nicht weniger.
Aber weißt du, wer mich wirklich überrascht hat? Mein versoffener Belgier! Nicht nur, dass er von den Schwestern mehrfach im Krankenhaus gesichtet worden ist (ich weiß davon nichts, bin zu dem Zeitpunkt ja noch abgeschaltet gewesen). In den Wochen danach in meiner Matratzengruft im Matchbox Cottage hat er Naomis Nerven strapaziert mit seinen unverhofften Anrufen. Bis es ihr gereicht hat und sie ihm schlicht geraten hat, mich doch einfach mal bei einem Besuch persönlich zu fragen, wie es mir geht. Und das hat er sich dann genau einmal getraut. Stell dir vor: Dann haben wir wie ein altes Ehepaar nebeneinander auf der Bank gesessen (du weißt schon, die hinten im Garten an der Rückwand von meinem roten Pimms-Schuppen), er hat sein Zigarettchen geraucht, ich, gierig wie eine Ertrinkende, den Geruch davon eingeatmet und gemeinsam haben wir dann über die Felder geschaut und über das Leben im Allgemeinen und im Speziellen geplaudert. Einfach herrlich.

Okay, ist ja gut, du hast recht, vielleicht würde ich mich sogar freuen, wenn er öfters vorbeischaut. Tut er aber nicht, ist wohl zu schüchtern, dieser Frauenheld. Unglaublich, oder?
Weißt du, was auch herrlich ist? Der Anblick, der sich mir gerade von meiner Liegestatt aus bietet: ein lila Meer aus blühendem Lavendel und dazwischen Sebastians in Cord gehüllter Hintern! Nun reg dich bitte ab, ich weiß durchaus, dass mich dieses Hinterteil überhaupt nichts angeht! Aber es ist doch ein gutes Zeichen, dass ich den immerhin schon wieder als gut durchtrainiert und lecker wahrnehme, oder?
Dass der Prozess meiner Gesundung zufriedenstellend voranschreitet, merke ich nicht nur an dem stetig breiter werdenden Interesse an allem Lebendigen. Auch sonst ist wohl zunehmend alles fit im Schritt, sozusagen. Und je besser es mir körperlich geht, desto mehr packt mich hier zu Hause die große grau-grüne Langeweile. Ich brauche dringend Beschäftigung und auch wenn mein Leibarzt und Kerkermeister Dr. Owain Pincott so gar nichts von dieser Idee hält, werde ich wohl bald wieder meinen Käfig in der Firma beziehen. Ich habe zwar nicht wirklich Lust dazu, aber so furchtbar viele Alternativen bieten sich ja nun mal nicht, wenn ich endlich wieder meinen ganz normalen Alltag leben will.
Schließlich muss der sich auch irgendwie finanzieren, da ja nun aus meiner Hochzeit mit dem britischen Thronfolger eindeutig nichts werden kann. Inzwischen ist mir Camilla fast schon ans Herz gewachsen, obwohl sie natürlich immer noch meine ärgste Konkurrentin ist! Meine Güte, bin ich nachsichtig und milde geworden, das sind bestimmt die Nebenwirkungen meiner Medikamente …

„Du weißt schon, dass deine Blicke auf diesen Lavendel-Hintern unter den derzeitigen Me-too-Bedingungen meldepflichtig sind?“

Ertappt klappt Billie ihren Laptop zu und wendet den Kopf zum Eingang ihres kleinen Anbaus, den sie großsprecherisch Wintergarten nennt.

Wie aus dem Nichts lehnt da plötzlich Adrian im Türrahmen und deutet mit einem frechen Grinsen zu den Lavendelbüschen, aus denen Sebastian gerade ächzend aufsteht und sich die erdverkrusteten Hände an seinen Hosenbeinen abwischt. Dann macht er einen großen Schritt aus dem Beet zurück auf den Kiesweg, während er knurrt: „Ich verstehe ja, dass Männerärsche eindeutig ihren Reiz haben. Und ich sehe auch ein, dass ihr beide aus unterschiedlichen Gründen sexuell unterversorgt seid. Aber warum zum Geier müsst ihr einen ehrlich arbeitenden Menschen damit belästigen?“

Dabei hat ein breites Lächeln von Sebastians Gesicht Besitz ergriffen, während er sich nun zu Billie und Adrian umwendet.

Peinlich berührt, muss Billie feststellen, dass dieser so harmlos wirkende Sebastian offenbar auch hinten Augen und ein exzellentes Gehör hat. Für Adrian scheint das keine neue Erkenntnis zu sein, denn lachend umarmt er seinen Mann. „Nun, Darling, gegen meine Unterversorgung können wir ja später etwas unternehmen, jetzt brauchen wir dich und deine fleißigen Hände erst einmal in der Küche zum Schnibbeln. Und Hände waschen nicht vergessen, mein Arbeitstier!“

Mit einem zärtlichen Klaps auf Sebastians gerade öffentlich kommentierten Hintern wendet er sich wieder ab und seinen zwei prall gefüllten Einkaufstüten zu, die er im Wintergarten abgestellt hat: „Es gibt heute Gemüsepfanne, ohne Kohlehydrate und voller Ballaststoffe. Genau das Richtige also für uns. Billie, du schneidest die Champignons und die Tomaten.“

Ganz Chef de Cuisine verteilt Adrian für alle drei Holzbretter und scharfe Messer auf der Kücheninsel in Billies winziger Küche und holt dann die entsprechenden Papiertüten aus seinen Einkaufsbeuteln.

„Die Paprikaschoten möchten von dem Herrn mit dem adretten Hintern gewürfelt werden. Und ich kümmere mich um den Rest!“

Dann hantiert Adrian am Herd, auf dem wenige Minuten später schon Zwiebeln und Knoblauch in einer großen Pfanne leise vor sich hin schmurgeln.

Genussvoll atmet Billie den Duft ein und sie spürt plötzlich so etwas wie echten Hunger, ein Gefühl, dass sie schon sehr lange nicht mehr gekannt hat. Zufrieden lächelnd holt sie Teller, Besteck und das Tischtuch mit der Lochstickerei aus der alten Anrichte und deckt den Tisch. Vorbei an Sebastian, der immer noch sorgfältig die roten und grünen Paprikaschoten in Würfel teilt, greift sie in das Regal unter der Spüle und holt zwei kleine Weckgläser hervor, in die sie ein paar Blüten ihrer gelben Kletterrose füllt.

„Ihr habt doch sicher nichts dagegen, dass Lady Hillingdon als Familienmitglied an unserem Dinner teilnimmt?“

Später beim Essen schaut Sebastian über seinen Teller hinweg zu Billie und spricht sie mit ziemlich ernstem Gesicht an: „Sag mal, Süße, wie soll es denn nun mit dir so weitergehen? Hast du dir darüber schon mal Gedanken gemacht?“

Nach minutenlanger Stille hängt die Frage immer noch zwischen den dunklen Eichenbalken an Billies Wohnzimmerdecke, bevor Adrian das Schweigen mit einem Lächeln zu vertreiben sucht. „Wieso, Billie hat sich entschieden, weiterleben zu wollen. Das ist doch fürs Erste Zukunft genug, finde ich!“

Billie nimmt sich ein Stück Brot, mit dem sie die letzten Saucenreste von ihrem leer gegessenen Teller wischt, bevor sie antwortet: „Nee, lass mal, Sebastian hat völlig recht mit seiner Frage. Der muss ich mich wohl oder übel stellen. Und das tue ich auch schon seit einiger Zeit. Aber leider bisher ohne jegliches Ergebnis. Es ist eben kompliziert.“ Billie lehnt sich in ihrem bequemen Lehnstuhl zurück und nippt nachdenklich am Rotwein in ihrem Glas: „In meinem Kopf ist wirklich alles ziemlich verworren. Einerseits gibt es da meine gewohnte Arbeit bei Forcia, mein gesichertes Einkommen.“

Billie verstummt und Adrian nutzt die Pause: „Apropos Forcia, gibt es Neues bei den Ermittlungen der Polizei?“

„Das genau ist es doch, Adrian! Meine Antwort lautet nämlich: Ich weiß es nicht! Weil ich mich davor fürchte, mich wieder damit auseinandersetzen zu müssen. Ich traue mich nicht, DCI Hastings anzurufen. Weil ich nicht weiß, ob ich schon wieder bereit dafür bin, stark genug, wisst ihr, was ich meine? Meine Ärzte, also Owain und auch Cynthia, sie haben mir deutlich zu verstehen gegeben, dass meine Krankheit mit all dem zu tun hat, mehr noch – Russels mysteriöser Unfall und die merkwürdigen Umstände dazu in der Firma, das alles …“ Billie schnieft und putzt sich die Nase. „Keine Angst, ich heule nicht, nicht in meinem neuen Leben! Jedenfalls kann ich offenbar nicht mehr unbelastet bei Forcia arbeiten, aus vielerlei Gründen sicherlich. Aber was dann?“

„Na ganz einfach, du kündigst und suchst dir was Neues!“

Der offene Blick, der Billie aus Adrians hellen Augen trifft, beweist ihr, dass der das Gesagte genau so meint.

„Freilich, für einen, der mit einem goldenen Löffel im Mund geboren wurde, ist das alles gar kein Problem! Aber ich bin nicht wohlhabend!" Sie will ‚wie ihr' hinzufügen, unterlässt es aber. Stattdessen umfasst sie mit einer ausladenden Armbewegung den Raum zwischen den balkendurchzogenen Hausmauern: „Das alles hier habe ich mir mühsam aufgebaut. Mein Leben lang war ich auf der Suche, hier bin ich das erste Mal wirklich angekommen. Und das will ich nicht verlieren."

Sebastian zieht nun ärgerlich die Augenbrauen hoch: „Hast du Angst um deine Laura-Ashley-Postkartenidylle hier, oder was?"

Verärgert schüttelt Billie den Kopf: „Sebastian, eines bin ich ganz sicher nicht – nämlich naiv! Freilich mag ich ein wenig britisch verschroben sein und ich liebe auch die gute alte Zeit, die hier auf der Insel wie nirgendwo sonst zelebriert wird. Aber ich weiß trotzdem nur zu genau, dass sich auch hier die Zeiten geändert haben. Und sich noch viel mehr ändern werden. Ohne Moos nichts los, so heißt es bei uns. Und das gilt hier genauso. Aber dieses Füreinander-da-sein hier im ländlichen Raum, das Verantwortlich fühlen für die Gemeinschaft, das hat sich immer noch erhalten und das gefällt mir so, deshalb kann und will ich hier nicht weg!" Sie schaut Adrian zu, der in der Zwischenzeit den Tisch abgeräumt hat und das schmutzige Geschirr im Geschirrspüler verteilt. Immer wieder erinnert sie dieser braungebrannte männliche Typ mit der weiblichen Grazie in seinen Bewegungen an einen Schauspieler, dessen Name ihr aber immer noch entfallen ist. Mit seinem weiß blauen Ringelshirt über einer Navy blauen Jeans sieht Adrian eher aus wie ein Model als ein vielbeschäftigter Hotelmanager und diesen entspannten Eindruck verstärkt er noch, als er es sich auf Billies Chesterfieldsofa im Glasanbau bequem macht, bevor er sich wieder an ihrem Streitgespräch beteiligt. „Wenn ich noch einmal auf den goldenen Löffel zurückkommen dürfte, Sweetheart? Bei mir mag dein vernichtendes Urteil ja zutreffen, doch bei Sebastian liegst du absolut schief, stimmts, Darling?"

„Das stimmt schon", bestätigt der, während er ein Tablett mit Gläsern an der Bronzeplastik vorbeibalanciert, die im Durchgang auf dem Boden steht. Vorsichtig stellt Sebastian das Tablett auf einen der niedrigen Tische, bevor er sich in dem danebenstehenden Sessel fallen lässt. „Aber bevor ich es wieder vergesse, Billie, und was ich dir immer schon mal sagen wollte: die gefallen mir beide sehr!“

Billie ist den beiden Männern gefolgt, hat sich ihr Rotweinglas vom Tablett geschnappt und schaut nun verwundert zu der Bronzefigur des nackten jungen Mannes, in dessen Richtung Sebastians ausgestreckter Arm zeigt.

„Richtig, die Plastik meine ich, aber nicht, was ihr denkt, der Knabe gefällt mir, weil er so eine herrlich arrogante, snobistische Haltung hat!“

Billie lächelt: „Wundervoll, nicht wahr? Der Junge ist mein ganzer Stolz, ein Geschenk von Clara. Ihr Vater war Bildhauer.“

„Aber zum anderen gefällt mir das Ganze hier, dein kleines Haus! Dieses schmale Fenster neben dem Durchgang zum Anbau zum Beispiel, mit der in Stein gefassten Fensteröffnung, das dürfte meines Erachtens uralt sein, Tudorstil vielleicht. Jedenfalls ist dein Matchbox Cottage wirklich ein kleines Juwel und ich kann verstehen, dass du hier nicht wegwillst! Musst du doch aber auch nicht, wer verlangt das denn? Glaub mir, ich weiß, wovon ich spreche. Ich musste mein Studium in Edinburgh mit allen möglichen und unmöglichen Jobs finanziert. Ich habe so ziemlich alles verkauft, was möglich war, außer meinem Körper, den wollte damals keiner …!“ Verstohlen grinst Sebastian zu Adrian und seine breiten Schultern wirken in dem abgetragenen grauen T-Shirt plötzlich gar nicht mehr so kraftvoll. Wieder einmal nimmt Billie die tiefe Zuneigung wahr, die zwischen diesen beiden Männern zu spüren ist. Und wieder einmal versetzt ihr die ruhige Selbstverständlichkeit dieser Liebe einen Stich in der Herzgegend. Schnell senkt sie den Blick und nimmt einen großen Schluck Rotwein.

Sebastian beugt sich nun zu ihr hinüber und legt seine breite Hand auf ihren Unterarm: „Was ich sagen will, Billie: Es erscheint immer unmöglich, bis man es gemacht hat! Das stammt nicht von mir, sondern von Nelson Mandela, ist aber wahr! Glaubst du etwa, die Leute hätten mir das Haus eingerannt, als ich mich als Gartengestalter selbständig gemacht habe? Das hat Jahre gedauert, in der Zwischenzeit habe ich in den Hotels gejobbt, die Adrian gerade aufgebaut hat. Habe dort die Außenanlagen in Ordnung gehalten, den Rasen im Golfclub gemäht.“

Adrian gähnt und kuschelt sich in eines der Sofakissen: „Außerdem brauchst du doch nur abzuwägen: in der Firma irgendwelchen Pfeifen um den Bart gehen zu müssen oder vielleicht nicht zu wissen, was der nächste Tag bringt, aber zufriedener und unabhängig zu sein! Was sagt dir dein Bauchgefühl? Glaub mir, Billie, irgendwas geht immer, man muss sich nur trauen!“

14. Kapitel – Zweifel und Entschlüsse

Adrians Worte klingen noch lange in Billie nach und einige Tage später traut sie sich DCI Jefferson anzurufen. Die ist gerade bei Forcia und kann oder will nicht offen am Telefon reden. Stattdessen schlägt die Polizistin vor, am Nachmittag bei Billie in Greatley vorbeizukommen.

Als sie sich dann im Garten Billie gegenüber auf einen der eisernen Gartenstühle setzt, sieht sie müde und abgekämpft aus. Billie hat darauf bestanden, draußen zu sitzen, mit Hinweis auf ihre Rekonvaleszenz und den erhöhten Frischluftbedarf. Die Ermittlerin rafft den olivgrünen Wettermantel enger um ihren konturenlosen Körper und schaut sich unzufrieden um: „Sind sie sicher, dass uns hier niemand belauschen kann?“

Billie denkt sofort an ihre Nachbarinnen. „Nein, bin ich natürlich nicht. Aber die eine ist zu weit weg und die andere ist auf dem Golfplatz! Was ist denn überhaupt so geheim, dass es niemand hören soll?“

DCI Jefferson schüttelt hastig den Kopf. „Geheim sind unsere Ermittlungsergebnisse sicher nicht, aber, ehrlich gesagt, ich komme gerade gar nicht mehr aus dem Staunen heraus, was sich inzwischen in diesem Fall alles so entwickelt hat … Und da meldet sich eben mein berufliches Misstrauen!“

Ihre Quietschstimme ist nun deutlich tiefer und damit auch leiser. Billie spürt, wie sich ihr Puls erhöht und eine unbestimmte Angst aus der Magengegend in den Brustkorb steigt. Es sind genau jene Informationen, die sie einfach gar nicht erfahren will. Informationen über Zusammenhänge und Verbindungen zu Russels Tod, von denen Billie befürchtet, dass mit diesem Wissen nichts mehr so sein wird wie vorher. Menschen, denen sie vertraut hat, Kollegen, denen sie ohne Arg begegnet ist – nichts davon wird nun übrigbleiben.

Das alles geht Billie durch den Kopf, während sie am Automaten in ihrer Küche zwei große Kaffeepötte für sich und Harriet Jefferson füllt. Die Ermittlerin mit dem entsetzlichen Klamottengeschmack hat inzwischen einige Zettel mit ihren Notizen auf dem Tisch ausgebreitet und nachdem Billie den Kaffee und eine Flasche Milch auf den Tisch gestellt hat, wird sie von der Polizistin konzentriert und ohne jede Gefühlsregung auf den neuesten Stand der Ermittlungen gebracht.

„Also, was haben wir bisher herausgefunden: Zum einen hat sich bestätigt, dass einer der Poolwagen von Forcia im besagten Zeitraum in der Werkstatt repariert worden ist. Genaueres lässt sich aber nicht mehr feststellen, denn die Reparatur ist laut Werkstattleiter inoffiziell, also ohne schriftlichen Auftrag durchgeführt worden. Es hat wohl am linken Kotflügel Lackschäden und eine Beule gegeben, die sind aber eben unter der Hand repariert worden und angeblich kann nach dieser langen Zeit keiner mehr nachvollziehen, wer mit dem Wagen an jenem Tag gefahren ist oder wer den Auftrag zur Reparatur erteilt hat." Billie schüttelt unwillig den Kopf und schaut die Polizistin finster an, die kraftlos mit den Schultern zuckt. „Ja, Billie, ich weiß, das ist unbefriedigend, auch für uns. Aber wir müssen das erst einmal so akzeptieren, da wir Anderes schlicht nicht beweisen können! Zumal der betroffene Kollege aus der Werkstatt angeblich nur polnisch spricht, offenbar Angst vor der Polizei hat und sich demnach an überhaupt nichts erinnern kann. Eben eine Sackgasse für unsere Ermittlungen!"

Billie schüttelt immer noch den Kopf. „Tut mir leid, Harriett, aber damit kann ich mich nicht zufrieden geben! Ich bin mit Andrzej, einem meiner polnischen Kollegen, ganz gut befreundet. Und der ist so etwas wie Vorarbeiter und Vertrauensperson für die Polen in unserem Laden. Vielleicht würde es ihnen ja helfen, wenn ich mit dessen Hilfe noch einmal mit dem Kollegen aus der Werkstatt spreche. Irgendetwas scheint mir an der Geschichte nämlich oberfaul zu sein, wissen sie! Über unsere Poolwagen wird normalerweise ordentlich Buch geführt. Und auch irgendwelche Reparaturleistungen und Arbeitsstunden müssen doch verbucht werden. Nach dazu von einem Typen, der wirklich obergenau ist! Und ich weiß aus eigener Erfahrung, wovon ich da spreche, glauben sie mir!“

In ihrer Erinnerung taucht Pauls vor Schweiß glänzender Glatzkopf auf, der sich gerade über die unzähligen Wartungs- und Meldelisten beugt und sie akribisch auf das korrekte Ausfüllen kontrolliert. Wer, wenn nicht Paul, wird doch verdammt noch mal wissen, was damals in der Werkstatt vor sich gegangen ist.

DCI Jefferson nickt zustimmend. „Nun, warum nicht? Versuchen Sie Ihr Glück. Wir konzentrieren uns gerade auf eine andere Spur, die erfolgversprechender zu sein scheint. Wir haben uns nämlich inzwischen Mister Beaufords E-Mail-Account in der Firma vorgenommen. Und da haben wir eindeutige Drohungen entdeckt und zwar im Stil des Zettels, den sie auf ihrem Schreibtisch gefunden haben. Die Mails sind zwar von jemandem gelöscht worden, aber unsere IT-Experten haben sie wiederherstellen können. Außerdem hat einer ihrer Geschäftsführer ein anonymes Schreiben erhalten, das er uns gezeigt hat. Darin werden Behauptungen über Mr. Beaufords angebliches Doppelleben in London, seine ausschweifenden sexuellen Interessen und seine finanziellen Eskapaden erhoben. Ich habe diese Vorwürfe von DS Davis überprüfen lassen. Er hat seine finanzielle Situation durchleuchtet und nach zweifelhaften Hotelaufenthalten gesucht. Und die gute Nachricht ist, es gibt keinerlei Anhaltspunkte für diese Behauptungen, alles ist erlogen und aus der Luft gegriffen! Das sollte sie doch erst einmal beruhigen!“ Jetzt stiehlt sich sogar so etwas wie ein zufriedenes Lächeln auf das müde Gesicht der Ermittlerin.

Mit dieser Mitteilung will sie mich wahrscheinlich aufmuntern, denkt Billie und starrt stumm vor sich hin. Doch das Gegenteil ist der Fall. Sie ist schockiert über diese Unmengen an menschlichem Schmutz, der da um sie herum existiert. Und sie absolut nichts gemerkt hat von den Untiefen an Neid, Hass, Feindschaft und Boshaftigkeit, die sich in der Firma aufgetan haben. Nichts davon hat sie wahrgenommen. Oder hat sie es einfach nicht wahrnehmen wollen?

Über Billies Gesicht huscht plötzlich ein grimmiges Lächeln. Denn in ihrem inneren Zwiegespräch meldet sich nun auch die neue Billie zu Wort. Vielleicht sind ja die Therapiestunden bei Cynthia doch ganz nützlich, sinniert sie weiter. Denn bei aller Trauer, kann die neue Billie die Dinge auch positiv sehen. In Bezug auf DS Miles Davis zum Beispiel, der zwar vielleicht nicht Trompete spielt, aber offenbar ein echter Bluthund ist, wenn es um das Recherchieren von Informationen geht.

Jedenfalls hat der Polizist keinerlei Bestätigung für die Anschuldigungen gegen Russel gefunden. Und damit hat er auch für die Öffentlichkeit letztlich das bestätigt, was Billie sowieso nie bezweifelt hat. Russel ist der anständigste Kerl der Welt gewesen. Und das Gesicht von DC Davis wird sie nie wieder dümmlich nennen können. Aus Dankbarkeit.

„Hallo Billie? Ist alles in Ordnung, geht es ihnen gut?“

Erschrocken zuckt Billie zusammen, als DCI Jefferson sie an der Schulter berührt. „Sorry, Harriett! Ist alles gut, ich bin nur etwas in Gedanken gewesen. Aber weiter im Text: Verraten sie mir noch, wen sie mit diesen Sauereien in der Firma in Verbindung bringen? Wen verdächtigen Sie? Oder dürfen sie mir das nicht sagen?“

Die Polizistin schaut nachdenklich in ihre große Tasse, in der noch ein Rest Kaffee schwimmt: „Aber sie wissen schon, dass das erst einmal nur meine persönlichen Überlegungen sind, ja? Das ist nichts Amtliches, verstehen sie? Dafür reichen die Verdachtsmomente noch nicht aus. Aber ihr Abteilungsleiter Barnes zum Beispiel, einige Zeugenaussagen sind sich einig darin, dass der wohl irgendwann im Pub öffentlich unter Zeugen gesagt haben soll, dass er Mr. Beauford am liebsten umbringen würde. Diesbezüglich werden wir ihn sicherlich noch einmal befragen müssen. Und dann gibt es einen gewissen Mister Peeters, ein Vorarbeiter aus der Polsterei, gebürtiger Belgier, der bei den belgischen Kollegen wegen verschiedener Delikte wie öffentliche Ruhestörung, Trunkenheit am Steuer und Drogenbesitz aktenkundig ist. Den schauen wir uns natürlich auch genauer an.“

Es dauert eine Weile, bevor Billie versteht, wen die Polizistin mit diesem Peeters meint. Sekunden später begreift sie endlich, dass es sich um Wout handeln muss. Dann lacht sie laut. „Nee, also wirklich, Harriett! Da seid ihr aber auf dem völlig falschen Dampfer! Ich kenne Wout ziemlich gut, der kann das bestimmt nicht sein! Warum sollte der so etwas abgrundtief Böses tun? Außerdem kennt er sich mit Computern null aus. Und ehrlich, ja, er hat vermutlich schon öfters mal Mist gebaut in seinem Leben. Und er ist auch dem Schnaps mehr zugetan als ihm guttut. Aber so etwas? Dafür ist Wout nicht der Typ, das weiß ich!" Billie hat sich ziemlich in Rage geredet und DCI Jefferson kann sich ein kleines Lächeln nicht verkneifen: „Wenn Sie diesen Belgier so vehement verteidigen, dann werde ich ihnen mal glauben! Danke für den Kaffee und ich melde mich." Mit einer entschlossenen Bewegung stopft sie ihre Notizen wieder in die schmale Aktentasche, steht auf und verabschiedet sich. Dabei hat sie immer noch dieses fröhliche Lächeln im Gesicht, das sie plötzlich fast attraktiv wirken lässt.

Nachdem Billie die Polizistin zur Tür begleitet hat, kehrt sie in den Garten zurück und setzt sich wieder an ihren angestammten Platz mit Blick auf die Lavendelbüsche. Und schon klopfen sie wieder an, ihre trüben Gedanken. Einerseits spürt sie, dass sie nach diesem aufwühlenden Gespräch ziemlich froh darüber ist, dass ihr noch ein paar Tage der Krankschreibung bleiben und sie die Abgeschiedenheit ihres kleinen Gartens genießen kann.

Doch andererseits ist sie sich durchaus bewusst, dass diese Zeit bald vorüber sein wird. Und was dann?

Billie zweifelt jetzt immer stärker daran, weiter in dieser Firma arbeiten zu können. Aber was stattdessen tun? Womit soll sie als Ausländerin in Großbritannien ihr Geld verdienen? Wenn sie keine Arbeit hat, verliert sie irgendwann das Aufenthaltsrecht, kann die teure Miete für ihr geliebtes Cottage nicht mehr zahlen. Und was noch viel schwerer wiegt, sie verliert womöglich all die Menschen, die ihr inzwischen so ans Herz gewachsen sind. Tief versunken in ihre Grübeleien räumt sie die benutzten Tassen in den Geschirrspüler.

Ein paar Tage später klingelt Billies Handy und Trevor meldet sich. Nach den üblichen Begrüßungsfloskeln und seiner Nachfrage nach Billies Gesundungsprozess kommt er rasch zu seinem Anliegen: Er und Eleanore möchten zu ihr nach Greatley kommen. Dabei tut er ziemlich geheimnisvoll. Ein Besuch, nichts weiter, und sie müssten etwas mit ihr besprechen, mehr will er nicht sagen.

Seit Billie aus dem Krankenhaus gekommen ist, haben sie regelmäßig miteinander telefoniert, allerdings ist Billie in dieser Zeit noch zu schwach für längere Autofahrten, daher hat sie die Beaufords nicht besuchen können.

Doch sie merkt schon länger, dass ihr die stillen und oft auch regnerischen Nachmittage in Eleonores Dschungelwildnis in der Orangerie von Camphall Manor fehlen.

Trevor erklärt ihr, dass es auch Eleonore immer besser geht, sodass sie sich stark genug fühlt für die lange Fahrt zu Billies Haus. Zum Ende des Gesprächs hin beschwört Trevor sie noch, sich wegen ihres Besuchs nicht gleich wieder zu verausgaben. Was bei ihr natürlich auf taube Ohren stößt. Denn dieser Anruf macht etwas mit Billie, löst in ihr Gefühle aus, die sie schon sehr lange nicht mehr erlebt hat. Lauter positives Zeugs geht ihr durch den Kopf. Urplötzlich hat sie wieder Lust, etwas in der Küche vorzubereiten. Kuchen zu backen vielleicht? Als sie die zündende Idee hat, lacht Billie laut auf.

Kater Bob, der Freibeuter, zieht erschrocken seinen dicken struppigen Kopf zurück, den er gerade durch den schmalen Spalt der geöffneten Haustür gesteckt hat. „Alles gut, mein roter Liebling, komm ruhig herein!"

Billie ist schon am Kühlschrank und holt das gehackte zarte Rindfleisch, um es dem halbblinden Streuner in den Futternapf zu füllen.

Ihre Beziehung zueinander ist durch Billies Krankenstand viel enger geworden. Unzählige Male hat der Kater sie im Garten besucht und während sie im Liegestuhl vor sich hindöst, hat er, um ihre Füße gewickelt, ebenfalls sein Schläfchen gemacht.

„So, mein Herr, ich hoffe es schmeckt. Aber Mutti muss jetzt dringend was erledigen!"

Und schon stürmt sie ganz aufgeregt hinüber in den Garten zu Naomi. Die sitzt an ihrem kleinen Teich, vor sich auf dem runden eisernen Tisch eine Schüssel, aus der sie gedankenversunken Johannesbeeren von ihren Stielen befreit, bis Billie vorsichtig ihre Schulter berührt und sie zusammenfährt.

„Grundgütiger, ich habe dich gar nicht kommen hören! Aber schön, dass du hier bist, Liebes! Ich habe gerade die letzten Erdbeeren abgenommen, der Johannisbeerstrauch trägt auch ganz gut. Und schau nur, die Brombeeren sind von der Hecke bei dir hinten an der Pferdekoppel!" Stolz weist Naomi auf einen stattlichen Berg aus Beeren, die schwarz und rot aus der weißen Porzellanschale leuchten.

Etwas außer Puste, greift sich Billie schnaufend einen Stuhl und zieht ihn zu sich an den Tisch. „Puhh, allzu schnell will die dicke Tante aber immer noch nicht unterwegs sein!"

Naomi wackelt empört mit ihren erdbeerfarbenen Haarsträhnen und knurrt Billie mit einem kurzen Seitenblick an. „Nichts ist mit ‚dicker Tante', wenn du so etwas laut sagst, hört es dein Gehirn – und glaubt es schließlich, obwohl es überhaupt nicht stimmt!" Und mit einer Geste weist sie auf Billies schwarzes Hauskleid, das inzwischen viel zu weit um ihren Körper herum schlackert.

Billie seufzt mit gespielter Verzweiflung und schaut an ihren eindeutig geschrumpften Rundungen herunter: „Ja, ja, das muss wohl auch mal ein anderes Gewand werden. Hatte keine Ahnung, dass so ein neues Leben ganz schön ins Geld geht. Und das habe ich ja nun, wie du weißt, überhaupt nicht! Aber nun lass mal meinen Delikatesskörper in Ruhe, ich will dir doch von meiner tollen Idee berichten!" Und sie erzählt von Trevors Anruf und der Besuchsankündigung: „Und genau aus diesem Anlass habe ich mir gedacht, dass ich für die beiden so etwas wie eine deutsch-britische Teaparty vorbereite!"

Naomi schaut sie fragend an: „Einen cream Tea also, wie er in meiner Cornishen Heimat genannt wird?"

„War ja klar, dass du mir jetzt sofort wieder mit deiner edlen Abstammung kommen musst – natürlich aus dem von Engeln wie auch vom Klima geküssten Cornwall! Wundere mich sowieso schon lange, dass du nicht auch gleich noch behauptest, die Stiefschwester von Rosamunde Pilcher zu sein …

Aber zurück zum cream Tea, so einfach mache ich es mir wirklich nicht – Scones, Clotted cream und Konfitüre – das kann doch jeder! Dagegen werden in meiner persönlichen Teatime deutsche und britische Köstlichkeiten eine Union eingehen – mit deiner Hilfe, versteht sich! Wie findest du das?"

Naomis Locken glänzen in der Sonne, als sie Billie ihr nunmehr vor Begeisterung strahlendes Gesicht zuwendet. „In der Tat, Darling, diese Idee ist recht hübsch! Und es ist mir eine Ehre, daran mitwirken zu dürfen! Womit fangen wir an?" Aufgeregt rutscht sie auf ihrem Gartenstuhl hin und her, offenbar hat sie eine Riesenfreude an dem Vorhaben und diese spontane Begeisterung spornt nun auch Billie zusätzlich an.

„Also, Earl Grey als Tee ist gesetzt, denke ich. Und natürlich will ich nicht nur Süßes kredenzen. Es soll deine herrlichen Gurken-Kresse-Sandwiches geben, aber statt dem pappigen Toast aus dem Supermarkt backe ich Dinkelweißbrot mit Sauerteig dafür!"

Naomi nickt zustimmend: „Stimmt, da ist schon was dran, Brot könnt ihr Deutschen, da kann man nicht meckern!"

„Und unter die Gurkenscheiben kommt meine selbstgemachte Wasabimayonaise!"

„Huch, wie exotisch, das klingt ja toll!" Naomis grüne Augen leuchten. „Und dann brauche ich dein fundamentales Wissen über britische Backtraditionen! Gibt es neben Mince Pie, Shortbread und Scones irgendeinen Kuchen, der typisch ist? Vielleicht sogar typisch für diese Gegend hier?"

„Klar doch – Banbury Cakes natürlich! Das ist ein gewürztes und gefülltes flaches Gebäck und eine britische Spezialität. Sogar der Queen schmecken sie zum Tee. Banbury Cakes sind handlich und passen daher gut auf den Tafelaufsatz für einen Afternoon-Tea. Und Banbury Cakes wurden wirklich in Banbury erfunden, im 16. Jahrhundert erstmals von einem Edward Whoknowshim zubereitet, der seinen Laden in der Parsons Street in Banbury betrieben hat. Und seit Jahrhunderten werden sie aus Banbury in alle Welt exportiert."

Als sie Billies staunendes Gesicht sieht, kommt sie der Frage zuvor: „Das weiß ich alles von meiner Mutter, sie hat in Banbury gelebt, bevor sie mit meinem Vater nach Cornwall gezogen ist, wo sie dann ihren kleinen Laden für Malbedarf und Rahmen eröffnet haben. Aber meine Mutter hat Banbury Cakes auch später oft gebacken, weil sie so einfach zu machen sind."

Naomi weist auf die glänzenden roten Johannisbeeren in ihrer Schüssel: „Traditionell brauchst du nur Johannisbeeren dafür – und puff pastry natürlich!"

Billie lacht: „Klingt lustig, aber was ist ‚puff pastry'? Manchmal reicht mein Englisch eben doch noch nicht aus…"

„Na, du weißt schon, dieser Teig mit wahnsinnig viel Butter, gibt es tiefgekühlt im Supermarkt!"

„Ach, du meinst Blätterteig!"

Aber das hört Naomi schon nicht mehr. Sie ist so heftig aufgesprungen, dass Billie die Schüssel mit den Beeren festhalten muss.

Eilig verschwindet die alte Dame in ihrem Häuschen, um ein paar Minuten später mit einem Buch in der Hand wieder aufzutauchen. Strahlend legt sie es vor Billie auf den Tisch. Das Buch ist in grünliches Leinen gebunden und in goldenen Lettern ist „Recipes“ auf die Vorderseite geprägt.

„Hier findest du, was du suchst. Alle Rezepte unserer Familie. Vom Lardy Cake bis Victoria sponge und carrot cake. Die Banbury Cakes habe ich in der Version von Jamie Oliver aufgeschrieben. Warte, ja, hier ist das Rezept, für 10 Stück! Der hat die Füllung natürlich modernisiert, neben Butter und Honig nimmt er Rosinen, Korinthen und Zitronat, aber ich nehme immer noch Johannisbeeren mit dazu, die sind weniger süß. Wichtig sind die Gewürze, Zimt, Muskatnuss. Und natürlich der Rum, der muss unbedingt in die Füllung. Dann etwas von der Füllung auf ein Teigrechteck, anderes Rechteck drauf, die Ränder mit gequirltem Ei zukleben. Den Blätterteig oben ein paar Mal einschneiden, mit Ei bepinseln und mit Rohrzucker betreuen. Backen und that’s it!“

Billie runzelt nachdenklich die Stirn: „Ich denke, die gibt es auch bei uns, wir nennen die Dinger nur Blätterteigtaschen. Oder gefüllte Teilchen. Aber es klingt lecker, Naomi. Danke! Und hättest du für meine ersten Banbury Cakes eventuell noch ein paar von deinen Johannisbeeren? Im Gegenzug darfst du dann meine deutsch-britische Überraschung kosten, mein groß-britisches Tiramisu!“

Wie kugelrunde Knöpfe leuchten nun Naomis erstaunte grüne Augen: „Stammt Tiramisu nicht eigentlich aus Italien?“

„Ja, wohl angeblich aus Venetien, aber ich habe schon immer den Verdacht, dass in Wahrheit italienische Gastwirte in Deutschland das Tiramisu für die Deutschen erfunden haben!“

Billie nascht schnell ein paar Beeren aus der Schale, bevor sie weiterspricht: „Ist doch auch völlig egal, nach diesem bescheuerten Austritt aus Europa kann uns hier auf der Insel ein wenig Völkerverständigung bestimmt nur guttun! Außerdem spreche ich von einem groß-britischen Tiramisu und das stammt von Tim Mälzer, einem unserer deutschen Köche. Übrigens gut befreundet mit euerm Jamie Oliver. Und dieses

Tiramisu besteht aus Shortbread, Whiskeylikör, Erdbeeren, Creme fraiche und Minzzucker. Und ich werde es als Törtchen wie ein petit four anrichten."

Naomi unterbricht Billies Redefluss, doch ihr Schmunzeln verrät, dass in ihren Worten ganz bestimmt kein Vorwurf versteckt ist: „Sorry, Billie, aber was ist eigentlich plötzlich los mit dir? Monatelang wird dir jeder Handschlag zu viel und du hast zu gar nichts Lust. Und nun machst du Pläne für ganze Festbankette, ich erkenne dich kaum wieder!"

Billie streckt entspannt die Beine unter dem kleinen Gartentisch aus und nascht eine weitere Erdbeere, bevor sie mit einem verträumten Blick auf die bauschigen Wolken im sommerblauen Himmel antwortet: „Ach, ich weiß auch nicht, was mit mir gerade passiert. Aber ist es nicht ein gutes Zeichen, wenn ich plötzlich wieder Pläne mache? Ich weiß ja, dass ich es nicht schon wieder übertreiben darf, aber was soll's. Mir ist eben so, ich möchte backen und kochen und andere bewirten. Außerdem brauche ich dringend was zu tun, sonst drehe ich noch durch. Ich bin sogar davon überzeugt, dass ich nur richtig gesund werden kann, wenn ich den Buckel voll Arbeit habe und die dazu noch einigermaßen sinnvoll ist. Das ist bei mir nun mal so!"

„Aber du weißt noch, was der Doktor über deine Reha-Maßnahmen gesagt hat – viel Bewegung, Schwimmen gehen, nicht Rauchen, gesund essen. Und keinesfalls Stress!"

Billie verdreht die Augen: „Ja und? Ich halte mich doch wirklich an alles, was wollt ihr denn von mir? Hätte selbst nicht geglaubt, dass ich mal ohne Zigaretten auskomme! Einmal pro Woche gehe ich schwimmen und mache dank Brenda sogar Sport. – Und außerdem: Was zu tun, was mir Spaß macht, ist ganz sicher kein Stress für mich, im Gegenteil! Keine Sorge, Naomi, ich denke, ich habe meine Lektion gelernt. Und zwar gründlich!" Und mit einem Lächeln umarmt sie ihre besorgte Freundin, der sofort ein paar Tränen über die faltigen Wangen laufen. „Och nee, nicht weinen, Naomi! Ist doch alles gut!"

Die alte Frau schnieft und kramt in ihrer Schürzentasche nach einem Taschentuch. „Das weiß ich doch, du Schaf! Aber ab und zu muss ich dich eben auch an unsere Abmachung erinnern: Auf keinen Fall wirst du vor mir gehen, das hast du mir im Krankenhaus versprochen, weißt du noch?"

Dann putzt sie sich entschlossen ein letztes Mal die Nase, bevor sie ihr Taschentuch wieder in die Schürzentasche stopft und Billie heftig in die Seite boxt. „Soweit also das, Liebes! Und nun darf ich dich an unseren nächsten Ausflug mit dem Gardeners Club am Samstag in zwei Wochen erinnern. Jetzt stöhne nicht schon wieder, dein übliches Gejammer von wegen, keine Zeit und zu viel Stress kannst du nun jedenfalls vergessen! Als Entschuldigung gilt nur der eigene Tod und da du ja überlebt hast, gibt es nun offenbar gar keine Ausreden mehr! Außerdem bist du ja immer noch krankgeschrieben und so eine Bustour ist sozusagen Teil deiner Rehabilitation!“

Naomi kann kaum noch ein albernes Kichern unterdrücken. Begeistert von ihren respektlosen Worten, ist sie bereits mitten im Satz aufgestanden und eilt schon den Kiesweg zum Haus hinauf, ohne dass Billie auch nur zu einer Erwiderung ansetzen kann.

Deshalb murmelt sie nur noch kopfschüttelnd irgendetwas, das wohl wie „Frechheit“ klingen soll, lässt ihre Freundin aber ohne Widerrede ziehen.

15. Kapitel – Verwirrung und Suche

Am nächsten Morgen hat Billie dann noch eine Entscheidung getroffen. Entschlossen schnappt sie sich Time Planer, Handy und Geldbörse und verstaut alles, zusammen mit Badeanzug und Handtuch, in ihrem geliebten schwarzen Ledersack mit dem praktischen langen Schulterriemen.

Zwischen dem morgendlichen Schwimmen und ihrer nächsten Therapiestunde bei Cynthia bleiben gut drei Stunden. Genug Zeit also, um in der Firma vorbeizuschauen. Sie hat Andrzej eine Whatsapp geschrieben, dass sie mit ihm reden will. Wenn sie das erledigt und wie geplant außerdem noch ein paar weitere Gespräche geführt hat, verschwindet vielleicht auch der Felsbrocken in ihrem Magen, den sie in letzter Zeit immer dann spürt, wenn es um die Ermittlungen geht. Sie muss mit ihren Kollegen reden, ihnen dabei in die Augen schauen, dann wird sich vieles klären, auch ihre Zweifel. Da ist sich Billie sicher.

Und danach kann sie zu Tesco fahren, um die Zutaten für ihre deutsch-britische Teaparty einzukaufen. Ein guter Plan, findet Billie und seufzt zufrieden, während sie die Autotür öffnet.

Als sie dann mit ihrem kleinen grünen Japaner durch das geöffnete Werkstor rollt, ist alles fast wieder Alltag. Andrzej wartet schon am Hallentor, den polnischen Kollegen im Schlepptau. Der ist Werkstattmechaniker, heißt Jan und spricht wider Erwarten ziemlich brauchbares Englisch. Offenbar hat sich dieser Jan wirklich nur ahnungslos gestellt, um nicht mit der Polizei reden zu müssen.

Er bestätigt Billies Zweifel zumindest insoweit, dass er sich sehr genau an die Schäden an einem der Poolwagen erinnern kann. Einige Beulen und tiefe Lackkratzer an der Fahrerseite. Wann und durch wen die Reparatur beauftragt worden ist, weiß er allerdings wirklich nicht. Das Fahrzeug hat plötzlich auf der Hebebühne gestanden und Jan erinnert sich, dass er daraufhin zu Paul, dem zuständigen Disponenten, gegangen ist und ihn gefragt hat, was mit dem Auto geschehen soll. Von der wie üblich ziemlich unfreundlichen Antwort hat Jan nur verstanden, dass er gefälligst seinen Job machen und nicht so dämliche Fragen stellen soll. Also hat Jan getan, was ihm aufgetragen wurde.

Mit diesem neuen Wissen macht sich Billie auf die Suche nach Paul. Sie findet ihn in der Halle zwischen den Lagerregalen. Freudig lacht er Billie von oben auf der Leiter zu, kommt sofort herunter und sie machen sich im Büro einen Tee.

Als Billie ihm von Jan und dessen Erinnerungen berichtet, lacht Paul wieder, dieses Mal ist es aber ein böses Lachen.

„Sollten mal besser nicht so ihr Maul aufreißen, diese Polen, sind sonst schneller draußen als sie gucken können, jetzt nach dem Brexit! Was weiß denn ich, an was der sich erinnert, wahrscheinlich war er mal wieder nicht ganz nüchtern, kann doch sein, oder? Ich habe jedenfalls in den Werkstattbüchern nichts gefunden. Weder eine Reparatur noch eine Anmeldung im Dienstwagenbuch. Das habe ich damals auch schon der Polizei gesagt. Aber ich könnte mir schon vorstellen, wer da was gemauschelt hat. Die Polen wahrscheinlich! Haben heimlich das Auto benutzt, einen Unfall gebaut und alles vertuscht. Aber mich fragt ja keiner! Oder dieser Belgier, der scheint ja sowieso einiges auf dem Kerbholz zu haben, Jessy aus der Personalabteilung hat mir erzählt, dass er …"

Billie verspürt kein Bedürfnis, sich mit Paul zu streiten und verabschiedet sich, ohne auf das Ende seiner Schimpftirade zu warten.

Im Hof sitzt Wout an seinem üblichen Platz in der Raucherecke und seine finstere Miene hellt sich ein wenig auf, als er sie sieht. Ein spöttisches Grinsen lässt seine Pferdezähne hell aufblitzen. „Ist ja zauberhaft, dass Gnädigste sich auch mal wieder hier blicken lassen! Hast dir ja genug Zeit gelassen, reicht es nun nicht bald mit der Erholung? Hier geht sonst langsam alles drunter und drüber – kein Schwein kümmert sich mehr um den Kaffeeautomaten und im Büro ist auch seit Wochen nicht mehr feucht durchgewischt worden. Aber wie ich hörte, haben Mylady ja nun dem prallen Leben abgeschworen, es wird nicht mal mehr geraucht. Und abgenommen hast du auch, ist ja kaum noch was dran an dir!" Mit einer theatralischen Geste drückt der Belgier Billies Oberarm.

Ihre Haut kribbelt an der Stelle, wo sie von dem Mann berührt worden ist. Genau diese frechen Sprüche haben ihr gefehlt, denkt sie. Und ein warmes Gefühl der Wiedersehensfreude steigt in ihr hoch. Wout hat sie im Krankenhaus besucht, als sie noch im künstlichen Koma gelegen hat. Und er hat dauernd bei Naomi nachgefragt. Aber zu einem Krankenbesuch vorbeikommen, das war ihm nicht möglich. Dazu ist er zu schüchtern, das ahnt Billie. Stattdessen hat irgendwann einmal ein Beutel mit einer Plastikdose voll frischer Waffeln an ihrer Haustür gehangen, an einen der Henkel war ein Strauß frisch gepflückter Margeriten gebunden.

Sie lächelt wieder. Schon lange hat sie diesen großspurigen Frauenaufreißer durchschaut, unter dessen rauer Schale ein warmes und empfindsames Herz schlägt. Wout, der traurige Romantiker, denkt sie und antwortet endlich: „Schön, dich zu sehen, Wout! Und danke übrigens für die Blumen, die waren doch von dir?" Der Belgier wird ein wenig rot vor Freude und nickt. Jetzt muss ich genau hinschauen, denkt Billie. Und während sie weiterredet, beobachtet sie aufmerksam die Veränderungen in der Mimik des Belgiers. „Was die Ermittlungen zu Russels Unfall angeht, da hast du zwar nicht gefragt, ich sage es dir aber trotzdem: Du weißt schon, dass du für die Polizei zu den Verdächtigen gehörst? Immerhin kennen die jetzt deine Akte aus der Heimat …"

Auf Wouts Gesicht breitet sich Verärgerung aus, nur seine erschrockenen Augen sagen etwas anderes, während er sich hastig verteidigt: „Das ist ja mal wieder so klar gewesen! Einmal bei den Bullen aufgefallen und schon soll man auch für so eine Schweinerei herhalten! Ist ja schön einfach. Es ist immer wieder dasselbe, das kenne ich schon aus Belgien oder aus Frankreich, die haben mich immer auf dem Zettel! Die sollten mal lieber woanders genauer hinschauen, da gibt es wirklichen Grund für Misstrauen! Dein Paul zum Beispiel, der so gern den unverzichtbaren Assistenten mimt!"

Billie stöhnt unwillig auf und rückt ein Stückchen von Wout ab: „Oh nee, jetzt nicht das schon wieder! Ihr könnt euch wirklich absolut nicht leiden, du und Paul, oder? Er verdächtigt dich, du verdächtigst ihn …"

„Tja, das würde ich an seiner Stelle auch tun, um von mir selbst abzulenken! Aber ich habe gesehen, was ich gesehen habe, nämlich dass der vor ein paar Wochen irgendwelche Papiere im Schredder vernichtet hat. Und als ich zufällig dazu kam, war ihm das ziemlich unangenehm und er musste mir unbedingt erklären, dass das nur alte Lieferscheine gewesen seien. Nur dass ich dummerweise genau weiß, dass unsere Lieferscheine hellblau sind. Und diese Papiere, die Paul vernichtet hat, waren leider weiß! Aber egal, mir wird ja sowieso nicht geglaubt. Aber ihr werdet euch alle noch an meine Worte erinnern! Habe ich dich nicht immer gewarnt? Man möchte den ganzen Laden mit einer Bombe hochjagen!"

Ganz der Anarchist, für den ich ihn ja auch halte, denkt Billie. Und spontan erzählt sie ihm, dass sie inzwischen daran zweifelt, weiter bei Forcia arbeiten zu wollen, unabhängig davon, was die Ermittlungen ergeben.

Sie sagt ihm auch, dass sie mit dem Gedanken spielt, wegzugehen, bloß noch nicht weiß, wohin sie gehen soll. „Für dich ist das ja nie ein Problem gewesen, das habe ich immer an dir bewundert, Wout! Wie du einfach dein bürgerliches Leben hinter dir gelassen hast und nach Paris gegangen bist, sowas hätte ich mich nie gewagt!"

Wout schaut sie mit großen Augen an. „Was redest du da für dummes Zeug? Gerade du hast dich doch schon getraut, Alte! Du bist ausgewandert, genau wie ich, hast alles hinter dir gelassen. Sogar mehrfach, wie ich aus deinen Erzählungen weiß. Nur dass du damit niemanden vor den Kopf gestoßen und verraten hast, so wie ich meine ganze Familie … Nee, wirklich, du bist viel mutiger als ich, schon immer gewesen. Das beweist du gerade wieder mit deinen Nachforschungen zu Russel. Was bin ich dagegen für ein mickriges Exemplar Mensch, nur mit mir selbst beschäftigt, versuche ich seit Monaten trocken zu bleiben, was genug Kraft kostet. Und nun sagst du mir so einfach, dass du wegwillst! Was hält mich dann noch hier? Nun fange ich bestimmt wieder mit dem Saufen an!" Wouts Gesicht ist jetzt unendlich traurig, fast schmerzverzerrt. Er schüttelt verzweifelt den Kopf und flüstert fast unhörbar, dass er auch wegwill, genau wie sie, und ohne sie hält ihn gar nichts mehr, ihm reicht es, er will sich etwas anderes suchen, will endlich mehr Zeit haben für wirklich Wichtiges, wie Schreiben oder Musik machen. Bei seinen letzten Sätzen richtet er sich wieder auf und schreit sie Billie fast entgegen: „Aber eines noch zum Schluss und das musst du mir einfach glauben: Ich habe dich zwar oft vor der Stimmung in der Firma gegen Russel gewarnt. Aber ich selbst habe nichts gegen ihn gehabt. Gar nichts! Schon deshalb nicht, weil du ihn gemocht hast! Deshalb habe ich ihn vielleicht als Nebenbuhler gesehen, aber das hast du mir ja auch ziemlich nachdrücklich und deutlich genug ausgetrieben!" Da grinst Wout schon wieder und zeigt kurz sein Pferdegebiss.

Billie verabschiedet sich schnell, nun endgültig verwirrt von Wouts Gefühlsausbruch.

Im Auto ruft sie DCI Jefferson an und berichtet über ihre Gespräche. Jefferson hört ihr aufmerksam zu und unterbricht nur für kurze Nachfragen. Schließlich bedankt sich die Ermittlerin für die neuen Informationen und beendet das Telefonat.

Auf der schwarzen Ledercouch in Cynthias Therapeutenzimmer drängt es Billie, von den Erlebnissen beim Besuch ihrer Arbeitsstelle zu sprechen: „Ob sie es glauben oder nicht, inzwischen misstraue ich meinen Kollegen und habe bei Forcia so ziemlich jeden im Verdacht, er könnte etwas mit Russels Tod zu tun haben. Ist das nicht verrückt, Cynthia?"

„Wie sie wissen, mag ich das Etikett „verrückt" sowieso nicht. Und in diesem Fall trifft es nun ganz gewiss nicht zu, denn was sie beschreiben, Billie, sind – wie sagt ihr auf Deutsch dazu – Bauchgefühle, nicht wahr! Dieser Begriff trifft es ganz gut, denn ihr Instinkt sagt ihnen, dass da etwas nicht stimmt oder irgendwer auf ihrer Arbeitsstelle nicht echt ist. Und diese Instinkte sind uns von unseren Vorfahren in der Steinzeit vererbt worden, was ziemlich genial ist, denn Instinkte können schlicht lebensrettend sein.

Also hören sie einfach auf ihren Bauch, Billie! Aber die Frage, die sich aus ihren Bauchgefühlen ergibt, ist meines Erachtens eine ganz andere: Wie lange wollen sie dort noch arbeiten?"

Billie schnauft empört: „Nun fangen Sie auch noch so an! Andauernd wollen mich Leute in meiner Umgebung überzeugen, zu kündigen! Und was ist dann? Wo soll ich hin, was soll ich dann machen?" Sie springt vom Sofa hoch und ihre Stimme ist nun deutlich lauter geworden.

Cynthia dagegen bleibt ruhig in ihrer entspannten Position im Sessel sitzen, sehr bedacht und leise folgen ihre Worte: „Nein, ich will und kann sie nicht überzeugen, Billie! Das ist auch gar nicht mein Job. Ihre Fragen sind aber nun einmal da und sie sind mehr als berechtigt. Also werden sie sich ihnen wohl stellen müssen. Denn so wie ich das sehe, gibt es viele Hinweise darauf, dass sie ein falsches Leben im richtigen führen! Ihre Seele leidet seit Monaten und ihre Lungenembolie ist schon so etwas wie der letzte Hilfeschrei ihres Körpers gewesen. Ich kann ihnen nur empfehlen: Hören sie endlich auf diese Signale und handeln sie! Ich weiß, dass sie das können. Ihr persönliches Navigationssystem funktioniert ganz gut, denke ich. Denn alles, was sie dafür brauchen, haben sie bereits in sich! Sie müssen es dort nur finden und die entsprechenden Kräfte mobilisieren. Und dabei helfe ich ihnen!"

Das falsche Leben im richtigen – während Billie diesen Satz kopfschüttelnd vor sich hinmurmelt, ordnet sie sich auf der Heimfahrt in die Fahrzeugschlange auf der Autobahn ein.

Ihr Auto rollt im Schritttempo weiter und sie denkt über ihr neues Leben nach. Ihr siebentes, wie sie im Krankenhaus nachgerechnet hat. In dem sie nun unbedingt das Richtige tun wird, das hat sie sich selbst versprochen. Aber bitte doch immer schön einen Schritt nach dem anderen, wozu sich jetzt unnötig Gedanken um ungelegte Eier machen.

Als der Kirchturm von Greatley hinter der Anhöhe auftaucht, hat Billie ihre Grübeleien beiseitegeschoben und schenkt der untergehenden Sonne hinter den Feldern schon wieder ein fröhliches Lächeln.

Zwei Tage später entdeckt sie auf ihrem Smartphone eine Whatsapp von Wout: „Schau mal in deinen Briefkasten. Der Text ist leider nicht von mir, sondern von Jaques Brel, meinem Landsmann. Er drückt meine Gedanken aus, so wie ich es wahrscheinlich nie könnte. Grüße. Dein Freund Wout“

Neugierig geht Billie zum Briefkasten und zieht ein zusammengefaltetes weißes Blatt Papier aus dem schwarzen Metallkasten, auf dem mit Tinte „Für B.“ geschrieben steht. Dieser Feigling hat sich wieder einmal nicht getraut, bei ihr zu klingeln und lieber seine Botschaft heimlich in ihren Briefkasten gesteckt, denkt sie und beginnt den Text auf der Innenseite zu lesen:

Nein, verlass mich nicht (Ne me quitte pas)

Nein, verlass mich nicht und was war vergiss.
Wenn du kannst, vergiss.
Wer läuft denn schon fort?
Und vergiss die Zeit
unserer Irrungen, und Verwirrungen,
Wer weiß schon warum?
Und vergiss die Stund, die fragt nach dem Grund,
warum sterben muss, ein Herz bereit zum Kuss.

Nein, verlass mich nicht, und ich sag nichts mehr,
und ich klag nicht mehr. Ich versteck mich dort.
Will dich nur noch sehn, lächeln, tanzen sehn,
deine Lieder hörn, dein Lachen soll mich betörn.
Lass mich an der Wand nur dein Schatten sein,
Schatten deiner Hand, des Hundes Schatten sein.

Doch, verlass mich nicht, verlass mich nicht,
verlass mich nicht. Nein, verlass mich nicht.

Wieder und wieder liest Billie die Zeilen des Liedtextes. Die Worte sind kaum noch zu erkennen, weil Tränen ihr den Blick verschleiern. Panisch wirbeln ihre Gedanken im Kopf. Verdammt, was soll das jetzt wieder? Hat sie Wout irgendwelche Hoffnungen gemacht mit ihrer Ehrlichkeit?

Aber halt, dieser Text ist ja gar keine platte Liebeserklärung mit Herz, Schmerz und all diesem Kram!

Billie atmet mehrfach tief und ruhig ein und aus. Cynthias Atemtrick hilft ihr, Angst und Hilflosigkeit in ihrem Kopf werden von rationalen Überlegungen beiseitegeschoben.

Dieser Text, also Wouts Botschaft an sie, das ist doch vielmehr ein Zeichen tiefen Verständnisses, ehrlicher Freundschaft! Sie hat von ihren Zweifeln, ihrem Verlust gesprochen. Er bittet sie, Vergangenes endlich hinter sich zu lassen. Was Cynthia ihr ja auch ständig vorschlägt.

Billie hat Wout erzählt, dass sie wegwill. Und er bittet sie nun, nicht ohne ihn zu gehen. Das ist doch wundervoll. Hier fühlt einer genau wie sie, versteht ihre Nöte, will unterstützen. Ihr Hercule Poirot, ihr Walter, was für eine Wundertüte!

Vielleicht hat sie in ihm ja wirklich mehr gefunden als einen lieben Kollegen? Vielleicht endlich einen Seelenverwandten?

16. Kapitel – Die Teaparty

Entspannt gleitet Billies Blick über die weiträumige Gartenanlage, die sich elegant über drei Ebenen erstreckt und ringsherum immer wieder fantastische Ausblicke in die offene Landschaft gestattet. Säuleneiben stehen wie Ausrufungszeichen in den weiträumigen Anpflanzungen und geben den wie zufällig dort blühenden Staudenwolken in Violett, Weiß und zarten Gelbtönen Struktur und eine gewisse Ordnung.

„Unter diesem Aspekt gesehen, kann ich sogar die albernen Formschnittgehölze akzeptieren!“ Scheinbar völlig zusammenhanglos murmelt Billie diesen Gedanken halblaut vor sich hin, was bei Brenda nur ein verständnisloses Schulterzucken hervorruft.

Brenda sitzt neben ihr auf einer wettergrauen Holzbank und schiebt sich unaufhörlich Möhren- und Apfelscheiben in den Mund, die sie aus einer Plastikdose nimmt, die zwischen ihnen auf den hölzernen Streben liegt. Mit vollem Mund nuschelt sie: „Damit wilscht du doch wohl nischd schagen, dasch du etwasch an der Gestaltung von Broughton Grange Garden auszusetzen hast?“ Und während sie hastig das letzte Stück Möhre hinunterschluckt, fährt sie fort, nunmehr wieder einwandfrei verständlich: „Immerhin ist das hier alles von niemand Geringeren als Tom Stuart-Smith gestaltet worden, dem einflussreichsten Landschaftsdesigner, den wir momentan in Großbritannien haben!“

„Ach sag bloß, das hast du aber fein auswendig gelernt“ Jetzt greift sich auch Billie eine Apfelscheibe aus der Plastikdose: „Du willst mir doch wohl nicht einreden, dass du dich neuerdings unter den Gartengestaltern auskennst, Brenda Darling! Na, lass mal, ich bin ja auch schon ganz stolz auf mich, dass ich inzwischen diese hochgewachsenen schlanken Sträucher da hinten als Säuleneiben erkenne. Es wird also langsam mit uns als Gartenenthusiasten, wird auch Zeit, immerhin sind wir ja schon mal hier in Broughton Grange Garden gewesen. Wann war das denn bloß, sag mal, sollte das wirklich schon fast zwei Jahre her sein? Damals waren wir mit dem Club im Frühling hier, ich weiß noch, wie wundervoll die vielen blühenden Tulpen zwischen den sanften Buchsbaumhügeln im Knotengarten gewirkt haben. Viel mehr ist damals aber bei mir auch nicht hängengeblieben von der Gartenkunst. Heute ist das schon etwas Anderes. Vermutlich werden wir beide wohl niemals echte Gärtnerinnen. Trotzdem sehe ich inzwischen genauer hin – und erkenne einfach mehr. Dass mich diese Formschnittgehölze zum Beispiel an Parfumflakons erinnern, die haben auch so eine Kugel als Deckel. Und ich sehe jetzt, dass sie hier ihren Zweck erfüllen, als Strukturelement, wie wir Gartenfachleute zu sagen pflegen. Oder ich erkenne, dass diesem Tom Stuart-Smith mit der schlichten Wasserachse hier auf der obersten Gartenebene, die die weiche Bepflanzung durchschneidet, echt ein Hingucker gelungen ist. An dem offenen Ende ergießt sich das Wasser dann in ein großes Becken auf der mittleren Ebene, in dem sich dazu auch noch der Himmel spiegelt – echt cool, bloß eben auf meinen 50 Quadratmetern Wind hinterm Haus nicht wirklich umsetzbar!“

Brenda prustet los: „Nee, wohl eher nicht! Also bleibt uns beiden nur, brav mit dem Gardeners Club mitzureisen, vielleicht finden wir ja doch mal etwas, was wir auch in unseren Gärten hinkriegen. Nun komm, der Bus wartet schon!“

Und während sie beide von der Bank aufstehen, stopft sie sich lachend noch das letzte Stück Möhre in den Mund.

Später im Bus sitzt Billie nun nicht mehr allein, wie selbstverständlich hat sich Brenda auch hier neben ihr platziert. Und Billie hat es stumm zugelassen, immerhin hört sie Naomi in der Reihe hinter ihr kichern, die kann einspringen und helfen, sollte Brenda mal wieder zu sehr nerven.

Gemütlich schaukelt der Bus über die Landstraße, die sich zwischen Feldern und grünen Bricks entlangschlängelt. Hier, am Rand der East-Midlands, scheint die Zeit stehengeblieben zu sein. Vergnügt schaut Billie aus dem Fenster in die friedliche Landschaft, über der sich ein blank geputzter blauer Himmel sommerlich wölbt. Erste Häuser, verkleidet mit dem typischen honigfarbenen Naturstein dieser Gegend, verweisen links und rechts der Straße auf den Beginn eines Dorfes. Billie mustert versonnen die Häuserreihe in einer Nebenstraße, in die der Bus jetzt abgebogen ist.

„Hier sind wir aber bei der Hinfahrt nicht vorbeigekommen, warum fährt der Bus jetzt anders?"

Billies neugierige Frage wird von einem Knurren beantwortet, an das sie sich samt der zu einem Stiernacken gehörenden grauen Kräusellocken nur zu gut erinnern kann. Mrs. Bentleys Bassstimme dröhnt jetzt durch den Bus: „Diane Fortescue, würdest du bitte unserem lieben Clubmitglied Billie Florez erläutern, dass du hier in Schmallcliff wohnst und es so üblich ist, dass wir die auswärtigen Clubmitglieder bei unseren Ausflügen nach Möglichkeit bis vor die Haustür fahren?"

Die derart Angesprochene, eine ältliche Dame mit praktischem blonden Kurzhaarschnitt, ist von ihrem Platz in der hinteren Reihe aufgesprungen und während sie sich mit einem „Sorry, Liebes!" ihren Weg zwischen Picknickkörben und schwitzenden Frauenkörpern bahnt, lächelt sie Billie freundlich zu.

Die sieht das allerdings gar nicht, denn sie schaut wie gebannt aus dem Busfenster. „Was ist das denn da?" Und sie weist auf eines der alten Reihenhäuser am Straßenrand. Eine imposante hölzerne Eingangstür neben dem in gläserne Kassetten unterteilten Schaufenster, dessen Rundung wie ein gewaltiger Bauch in den Bürgersteig hineinragt. Hinter den weißen

Holzrähmchen schimmert dunkles Nichts, das einen merkwürdigen Kontrast zum warmen Goldton der Fassade bildet.

Die blondierte Frau schaut in die von Billie gewiesene Richtung und nickt. „Ach das? Das ist Paul Wellers alter Bookshop. Zumindest ist er das gewesen, bis Paul den Laden verkauft hat und zu seiner Tochter nach Brighton gezogen ist, wegen der guten Seeluft, versteht man ja."

Wie zur Bestätigung der gesundheitsfördernden Wirkung einer Meeresbrise nicken nun an Mrs. Fortescue sämtliche Körperteile, während sie sich vorsichtig die Stufen am Buseinstieg hinunter tastet, um danach die ihr vom Busfahrer gereichte Handtasche zu nehmen und sich mit einem fröhlichen Winken zu verabschieden.

Auch das bekommt Billie nur am Rande mit, da sie noch völlig verzaubert das alte Haus mit dem Schaufenster anstarrt. „Erstaunlich, der Stein scheint fast immer zu leuchten!"

Während Billie mehr mit sich selbst spricht, schaut sie weiter verträumt zu dem Haus, als plötzlich Naomi hinter ihr raunt: „Das ist der sagenumwobene Coltwolds stone, Darling! Eigentlich nur simpler Kalkstein…" Billie hat sich erstaunt zu ihrer Freundin umgedreht, „was schaust du so ungläubig, mein James war schließlich Steine Sammler, also Hobbygeologe. Und ich musste immer mit zum Steine klopfen, da bleibt zwangsweise das eine oder andere hängen!"

Naomis Vortrag wird nun von Mrs. Bentleys Whiskeystimme ergänzt: „Unzerstörbar und dauerhaft ist dieser Coltwolds stone, absolut ausbruchsicher sozusagen! Deshalb hat man im Mittelalter ein paar Kilometer weiter in Bradford on Avon nicht nur die Brücke, sondern mitten auf der Brücke auch gleich noch ein Gefängnis aus diesem Stein errichtet!"

Angestachelt von dem Einwurf der Club-Vorsitzenden fährt nun auch Naomi mit ihrem Exkurs fort: „Schon der Schriftsteller J. B. Priestley hat den Coltwolds Stein in seiner ‚Englischen Reise' ungefähr so beschrieben: ‚Die Wahrheit ist, dass er keine Farbe hat, die man beschreiben könnte. Selbst wenn die Sonne verdunkelt und das Licht kalt ist, sind diese Mauern immer noch schwach warm und leuchtend, als ob sie das Kunststück beherrschten, das verlorene Sonnenlicht von Jahrhunderten um sie herum schimmern zu lassen.' Und ich finde, das trifft es ganz gut, nicht wahr?"

Staunend schaut Billie die 80Jährige an und ihre Ehrfurcht wird größer, je länger Naomi das Zitat so einfach aus dem Gedächtnis wiedergibt und dabei auf das Haus zeigt: „Du hast recht, das ist wirklich ein besonders hübsches Exemplar!"

Nun herrscht ehrfurchtvolles Schweigen im Bus, das nur von der respektlosen Brenda unterbrochen wird: „Mann, euch Klugscheißer kann man ja als Joker bei ‚Who wants to be a Millionaire' nehmen!"

Dann schaut sie zu der neben ihr sitzenden Billie: „Was ist denn nun schon wieder mit dir los, du siehst ja aus, als hättest du gerade 'ne Erscheinung!"

Brenda stößt Billie an, die aber völlig unbeeindruckt weiter vor sich hinträumt und sie stattdessen nur fragt: „Hörst du die Musik auch?"

Brenda schüttelt verständnislos den Kopf: „Welche Musik denn, ich höre nur das asthmatische Schnaufen unserer Frau Vorsitzenden!"

Der Stiernacken in der Sitzreihe vor ihnen erstarrt und dreht sich empört um, während Billie ihre Nachbarin aufgeregt anschnauzt: „Na, diese schöne altmodische Swingmusik, 30er Jahre vermute ich. Sie kommt aus dem Haus dort, aus dem alten Buchladen von Paul, hinter dem Schaufenster muss ein Plattenspieler laufen …"

„Jetzt bist du wohl völlig durchgeknallt, Teuerste! Nun hörst du schon Musik, wo es keine gibt. Bald hörst du auch noch Stimmen und dann hast du es in die Klapse geschafft. Aber erstmal lebst du noch bisschen bei mir im Nachbarhaus, ja? Wen soll ich denn sonst mit meinen Yogaübungen quälen?"

Billie nimmt die Frotzeleien ihrer Nachbarin stoisch hin. Viel zu sehr beschäftigt sie dieses merkwürdige Haus.

Als der Bus wieder anfährt, wirft sie einen letzten Blick auf das Schmuckstück. Paul Wellers alter Buchladen also, mit zwei Kasettenfenstern in der ersten Etage, dem dunklen Spitzdach und einem warmen Strahlen der Natursteinfassade. Long Primrose Lane in Smallcliff lautet die Adresse, die sich Billie einprägt. Voller Sehnsucht und Hoffnungen? Sehnsucht wonach, Erwartungen worauf? Sie weiß es nicht. So sehr sie sich auch bemüht, sie kann es nicht sagen, was sie an diesem Haus so fasziniert.

Zufrieden streicht Billie eine winzige Unebenheit in der weißen Tischdecke glatt. Die altmodische Lochstickerei lässt das dunkle Holz unter den farblos umrandeten Blüten und Schnörkeln effektvoll durchschimmern. Ihr schlichtes weißes Porzellan bietet einen schönen Kontrast zum opulent gedeckten Tisch, von dem sie nun zwei Etageren nimmt.

„Weißt du eigentlich, dass Lochstickerei auch Broderie Anglaise, also englische Stickerei, genannt wird? War bei euch im 19.Jahrhundert eine Mode für Damenblusen und Kinderkleidung. Passt doch wieder haargenau zu meinem Thema – deutsch-britische Teaparty!"

Naomi lässt aus der Küche nur ein Knurren vernehmen, was Billie als Zustimmung deutet und munter weiter plappert, während sie die Etageren mit dreieckigen Sandwichscheiben und matt glänzenden Banbury Cakes füllt. „Meine Uroma Johanna wäre jedenfalls stolz wie Bolle, wenn sie sehen könnte, dass die von ihr eigenhändig wunderschön verzierte Weißwäsche nach fast 100 Jahren immer noch benutzt wird. Ich habe ganze Berge von Tischdecken, Servietten und kleine Platzdeckchen von ihr geerbt. Die liegen in meiner Truhe im Schlafzimmer und ich weiß nicht, was ich damit anfangen soll. Ist doch echt schade drum!"

Von Naomi ist ein weiteres Knurren zu hören, während sie vorsichtig die Papierförmchen mit Billies Tiramisu-Törtchen aus den Muffin Mulden nimmt und auf der anderen Etagere platziert: „Deine Groß-Britischen Törtchen sehen echt hübsch aus – rote Erdbeeren und darüber die weiße Schicht mit dem grünen Minzzucker." Blitzschnell schiebt sich die kleine Frau eines der Kuchentürmchen in den Mund und schmatzt genießerisch. „Ja, und lecker sind die Dinger auch noch!" Schon dreht sie sich um, dass ihre Locken nur so fliegen. Und während sie noch kaut, verschwindet Naomi flink durch den kleinen Wintergarten in Richtung ihres eigenen Hauses.

Billie schmunzelt über den schnellen Abgang und ist dankbar dafür. Denn am Küchenfenster kündigen schon vorbeihuschende Doppelschatten ihre Gäste an, noch bevor diese klopfen können.

Als Billie öffnet, tönt ihr Eleonores warme Stimme entgegen: „Mein Gott, wie wunderbar, der Duft deiner Lady Hillingdon hat uns schon begrüßt, als wir an der Ecke aus dem Auto gestiegen sind! Ich wusste gar nicht, dass die so lange blüht! Und was sieht sie gesund und kräftig aus!"

„Na ja, dank Sebastians Eingreifen! Er hat sie im letzten Frühjahr ordentlich gestutzt und gedüngt, das ist ihr wirklich gut bekommen. Kein Rosenrost mehr. Und sie blüht wirklich unermüdlich. Und durch ihn weiß ich nun auch, dass sie ja eigentlich keine ausgesprochene Kletterrose ist und sich nur hier so besonders wohl fühlt, sodass sie inzwischen bis in mein Schlafzimmerfenster hineinrankt."

Billie umarmt Eleanor, die in ihrem Hosenanzug aus muschelfarbener Seide fast zu versinken scheint. „Schau nicht so genau hin, ich nehme gerade wieder zu, denn mir geht es gut, wirklich! Mir würde es noch besser gehen, wenn du mir etwas versprechen könntest, aber dazu später … Du gestattest doch, dass wir eintreten?"

Mit verschwörerischer Miene schreitet Eleonore an Billie vorbei ins Wohnzimmer, den etwas überforderten Trevor hinter sich herziehend. Der macht sich nun von seiner Frau los, um Billie ebenfalls herzlich zu begrüßen. Als sie endlich auf ihren Plätzen sitzen, loben sie verwundert den üppig gedeckten Tisch, sodass Billie voller Stolz ihre besondere Teatime erklären kann.

Als der Tee durchgezogen und eingegossen ist, füllt sie die bereitstehenden Champagnergläser und erhebt ihres zu einem Trinkspruch: „Auf uns und auf jene, die nicht mehr bei uns sind! Ich freue mich unendlich, dass ihr hier seid. Und dass es dir, Eleonore, endlich wieder besser geht. Was sollte ich dir eigentlich versprechen, Eleonore?"

Billies Frage bleibt unbeantwortet, da Trevor sich mit der Serviette die Lippen abtupft, bevor er mit einem Räuspern zu sprechen beginnt: „Ähem! Moment noch, Darling! Ich denke, wir sollten erst erledigen, was uns hierhergeführt hat, oder meinst du nicht?"

Sein fragender Blick geht hinüber zu seiner Frau, die zustimmend nickt. Und bevor er sich wieder Billie zuwendet, greift er nach einer schmalen schwarzen Ledermappe, die er nach dem Hereinkommen neben sich auf den Tisch gelegt hatte. Er öffnet den Reißverschluss und zieht ein paar Seiten mit einem goldgeprägten Briefkopf heraus. „Also Billie, es geht um Russels Erbe!"

„Trevor, ich verstehe nicht? Sorry, aber was bitte geht mich euer Geld an? Was hat das mit mir zu tun?"

Nur mäßig interessiert, rührt Billie in ihrem Tee. Sie hat sich so auf diesen Besuch gefreut, ihn deshalb auch generalstabsmäßig vorbereitet. Und nun kommen ihr Russels Eltern mit so einem unwichtigen Zeug. Missmutig zerreibt sie ein paar Sandwichkrümel zwischen den Fingern. Da spürt sie Eleonores schmale Hand auf ihrem Arm: „Nicht so eilig, Sweetie, nicht so eilig! Mein Mann hat das vielleicht etwas missverständlich ausgedrückt, denn es geht dich durchaus etwas an: Genauer gesagt geht es nämlich um dein Erbe, Liebes!" Eleonores honigfarbene Augen strahlen Billie liebevoll an und erinnern sie schmerzhaft an jenen Mann, den sie vor langer Zeit verloren hat. Das war in einem anderen Leben, das glücklich und angefüllt von Licht gewesen ist.

Und das sich jetzt offenbar wieder in ihre Gegenwart hineinschieben will.

Trevor rückt seine obligatorische Krawatte gerade, die heute, passend zu seinem leichten Leinenanzug, in einem hellen Sandton gehalten ist.

Er schiebt seine auf die Nasenspitze gerutschte Hornbrille wieder nach oben auf den Nasenrücken, bevor er erneut zu seiner Rede ansetzt: „Danke, Sweetheart, du hast natürlich wie immer recht! Also die Sache ist die: Die Urgroßtante meiner Frau, eben jene Lady Hillingdon und ihr Ehemann, Baron Hillingdon, sind selbst leider kinderlos geblieben. Deshalb haben sie einen großen Teil ihres nicht unbedeutenden Vermögens mit einer Klausel vererbt. Die besagt, dass jeweils nur der oder die männlichen Nachkommen ihrer Familie in den Genuss jenes Erbteils kommen sollen. Damit der Stammbaum nicht ausstirbt. Nun, das hat zwar nicht ganz geklappt, also ich meine das mit dem Namen und nicht aussterben … Doch im Laufe der Jahre und durch recht geschickte finanzielle Transaktionen ist da neben einigen Immobilien und einigem Grundbesitz auch ein ganz hübsches Sümmchen zusammengekommen. Und das steht jetzt, laut der Klausel, unseren Söhnen Adrian und Russel zu." Trevor räuspert sich wieder, bevor er, nun noch etwas umständlicher, weiter spricht: „… Ähm, also dieses Erbe stand Russel zu, wie ich es ja nun bedauerlicherweise ausdrücken muss. Unsere Söhne wissen natürlich von dieser Klausel und der Erbschaft, die nach Vollendung des 21. Lebensjahres ihr Eigentum geworden ist. Beide haben das Vermögen bisher nicht benötigt. So kommt es, dass es weiterhin durch unsere Anwälte verwaltet wird. Und diese Anwälte haben uns vor einigen Wochen in Kenntnis gesetzt, dass sie von

Russel kurz vor seinem Tod mit einer schriftlichen Verfügung beauftragt worden sind. Und die habe ich jetzt hier vor mir liegen. Denn hier steht geschrieben, dass nach Russels eventuellem vorzeitigem Ableben sein Anteil an dieser Erbschaft an eine gewisse Wilhelmine Babette Florez gehen soll. So, das war's, was wir dir mitteilen wollten. Und ich brauche jetzt dringend einen Drink! Am besten einen doppelten!"

Schnaufend lehnt sich Trevor in seinem Polsterstuhl zurück.

Wortlos und wie ferngesteuert steht Billie auf und geht zu dem kleinen Teewagen im Wintergarten, von wo sie nach einer angebrochenen Flasche Brandy und drei Cognacschwenkern greift und, immer noch wie in Trance, zurück an den Tisch kommt.

Draußen jagen ein paar Melhschwalben im Tiefflug zwitschernd zwischen den niedrigen Häusern. Am gemauerten Schornstein auf dem Strohdach vom Matchbox Ccottage streiten sich zwei Dohlen mit lautstarkem Krächzen. In der Küche ist das Brummen des Tiefkühlers zu hören, das nur vom Klirren der Teetasse unterbrochen wird, die Eleonore nun geräuschvoll auf den Unterteller setzt.

„Billie, hast du überhaupt verstanden, was mein Mann eben gesagt hat? Kindchen, du bist jetzt reich!"

Verdutzt schaut die eben Angesprochene auf, ihr Blick kommt von weit weg und spiegelt immer noch kein Verstehen. Stattdessen füllt Billie die bauchigen Gläser für ihre Gäste und sich und stürzt sofort den braunen Schnaps hinunter, der ihr in der Kehle kratzt. Gleich danach noch ein zweites Glas, nun gehorcht auch ihr Sprachzentrum wieder: „Aber ... wieso hat Russel das überhaupt ...?"

Der weißhaarige Mann hat sein Glas ebenfalls geleert und atmet noch einmal tief durch. „Nun, darüber haben wir auch schon nachgedacht und das Ganze lässt wohl nur den einen Schluss zu: Er muss irgendwie geahnt haben, dass ihm etwas passieren könnte!"

Empört unterbricht Eleonore ihren Mann: „Irgendwie geahnt? Das ist ja wohl wieder eine deiner sprichwörtlichen Untertreibungen, mein Lieber!" Ihre leise Stimme wird nun lauter und auch ein wenig schrill: „Ich habe sie schließlich gelesen, diese grauenhaften Drohungen, diese hasserfüllten Worte! Adrian hat sie mir gezeigt, er hat sie unter Russels Sachen gefunden, Computerausdrucke und auch Briefe, die mit der Post gekommen sein müssen. Er ist bedroht worden, das ist eindeutig. Deshalb habe ich keine Sekunde lang an Selbstmord geglaubt!" Ihre letzten Worte sind wieder sehr leise und gehen im unterdrückten Schluchzen unter.

„Habt ihr das auch der Polizei gezeigt?" Billies Stimme ist heiser.

Trevor nickt. „Haben wir natürlich, was denkst du denn! Und dank deiner Hilfe werden sie den Schweinehund jetzt auch finden, da bin ich sicher." Seine riesige Rudererhand liegt wie ein Schutzschild auf der schmalen Hand seiner Frau: „Und nun lass uns wieder von dir reden. Hast du eigentlich eine Ahnung, was es mich gekostet hat herauszufinden, wer zum Geier diese Wilhelmine Babette Florez ist?"

In Billies immer noch völlig verwirrten Gesichtsausdruck stiehlt sich nun doch ein kurzes Lächeln und sie murmelt: „Mein Vater hat immer behauptet, dass der Name Florez wahrscheinlich von einem Fußkranken der Völkerwanderung stammt. Aber meine Freundin Clara hat das mal genauer recherchiert und vermutet, dass es ein portugiesischer Söldner in den Truppen Napoleons gewesen sein könnte, die ja im 19. Jahrhundert Mitteldeutschland ein paar Jahre lang besetzt hatten."

„Okay, das ist noch irgendwie einzusehen. Aber Wilhelmine? Wer hat dich denn mit diesem Namen bestrafen wollen? Hieß so nicht mal ein deutscher Kaiser?"

„Und meine Großmutter, nach der ich meinen Vornamen habe!"

Billies trotzige Antwort wird von Trevor ignoriert, er beugt sich nach vorn und reicht ihr die Papiere aus der schwarzen Ledermappe. „Hier, lies es am besten selbst. Du scheinst mir ja nicht so ganz auf der Höhe zu sein. Oder ich habe mich missverständlich ausgedrückt, dann bitte ich um Nachsicht in Anbetracht meines Alter und dass ich seit Stunden nichts zu essen bekommen habe. Ich darf doch?" Fragend schaut Trevor zu Billie, während er sich schon Gurkensandwiches und mehrere der Blätterteigtaschen auf seinen Teller häuft.

Billie schaut hoch, lächelt abwesend und liest weiter. Was allerdings gar nicht stimmt, denn die gedruckten Seiten hat sie nur kurz überflogen, ohne deren Inhalt zu entschlüsseln. Ganz unten am Schluss der Seite hat sie Russels handschriftliche Unterschrift entdeckt, auf die Billie nun gedankenverloren starrt. Sie sieht das schwungvolle „B" am Anfang des Nachnamens, davor das lässig im Nirgendwo verlaufende „L" am Ende des

Vornamens. Sie streicht vorsichtig mit dem Zeigefinger über den Namenszug und spürt die Tintenspuren, die sein Füller auf dem Papier hinterlassen hat. Jenem schwarz-goldenen Montblanc, den sie ihm zu seinem Geburtstag im Oktober geschenkt hat. Weil sie findet, dass mit Tinte zu schreiben ungeheuer sexy ist, wie sie ihm erklärt hat.

Er hat hier mit Tinte unterschrieben.

Er hat dabei an sie gedacht, als er unterschrieben hat.

Für sie unterschrieben.

„Also, liebste Billie, deine Tiramisu-Törtchen mit dem Minzzucker sind ja wirklich deliziös!" Vorsichtig spießt Eleonore ein weiteres Kuchenstückchen von ihrem Teller auf die silberne Kuchengabel und schiebt es in den Mund: „Was hast du da für einen Boden drunter?"

„Shortbread", murmelt Billie. Dann schaut sie ihrem eleganten Gegenüber entschlossen ins Gesicht. „Jetzt lassen wir den Kuchen mal beiseite, Eleonore! Ich verstehe immer noch nicht, was das alles zu bedeuten hat. Euer Besuch, dieses Schreiben hier. Was meinst du damit, ich sei jetzt reich? Adrian hat es euch vielleicht nicht detailliert erzählt, aber meine finanzielle Situation ist mehr als schwierig!"

Eleonore zieht erstaunt die sorgfältig gezupften Augenbrauen hoch: „Nun, das ist uns durchaus noch geläufig, Adrian hat so etwas angedeutet. Eigentlich waren wir ja etwas traurig darüber, dass du uns nicht selbst von deiner Misere berichtet hast. Doch ich denke, dass du nur aus Rücksicht auf meine angeschlagene Gesundheit darauf verzichtet hast, oder?"

Eleonore legt eine angemessene Pause ein und Billie hätte darauf wetten wollen, dass sie sich gerade liebend gern eine Zigarette anzünden würde. Verständnisvoll lächelt sie Russels Mutter an und schüttelt unmerklich den Kopf, was Eleonore mit einem einverständlichen Schulterzucken beantwortet.

„Sagt mal, soll das schon über ein Jahr her sein? Nein, also die Zeit rast ja wirklich dahin, unglaublich. Jedenfalls war ich ja damals nicht so recht … ansprechbar, so nennt man es doch? Um es einmal mit Billies Worten zu sagen, mir ging es echt beschissen! Und in deinem Fall sind wir damals beide ziemlich – nun sagen wir mal – erschrocken gewesen! Das trifft es recht gut. Erschrocken und ratlos, denn du hast ja wohl gleichzeitig ziemlich deutlich gemacht, dass du keine Hilfe annehmen würdest und dein

Dilemma ganz allein bewältigen willst. Und so wie ich dich einschätze, hättest du unser Geld sowieso niemals angenommen. Oder irre ich mich diesbezüglich?“

Auf Billies entschiedenes Kopfschütteln hin setzt Eleonore erneut zu sprechen an: „Na siehst du. Aber diese Entscheidung hat dir Russel ja nun abgenommen. Dass wir erst jetzt damit kommen, liegt an den ganzen Umständen und zuallererst wohl an mir! Da kann ich dich nur um Verständnis bitten. Bei deinen lieben Besuchen hast du ja sehen können, dass mit mir wirklich nicht mehr viel los war. Obwohl mir gerade diese Gespräche mit dir in der Orangerie immer viel Kraft gegeben haben, wirklich! Ich weiß durchaus, dass ich euch allen einiges zugemutet habe. Ich bin ein Totalausfall gewesen, da braucht ihr gar nicht abzuwinken, das ist schon so!“ Sie lächelt in die Runde, bevor sie sich zu ihrem Mann zuneigt und weiterspricht: „Und mein Trevor hat sich ganz wunderbar um mich gekümmert in dieser schweren Zeit. Aber ihm hat wohl ganz einfach die Kraft gefehlt, sich daneben auch noch um Russels Nachlass zu kümmern. Wie du weißt, hat das ja alles Adrian erledigt. Er hat Russels Wohnung in Oxford verkauft, seinen Hausstand aufgelöst, seine Sachen weggegeben.“ Eleonores Stimme verliert zusehends an Kraft und wird brüchig.

Jetzt mischt sich Russels Vater ein. „Das hat er wunderbar gemacht und wir sind auch sehr dankbar, dass er uns das abgenommen hat. Diese unzähligen Nebensächlichkeiten, die es zu regeln gilt, wenn ein Mensch plötzlich nicht mehr da ist …“ Nun zittert auch die Stimme von Russels Vater, er atmet durch und trinkt den Rest Brandy aus, der noch in seinem Glas ist. Mit neuer Kraft spricht er weiter: „Außer diesen Nebensächlichkeiten war ja auch nichts groß zu regeln. Haben wir jedenfalls geglaubt. Bis einem aufmerksamen Mitarbeiter unserer Anwaltskanzlei bei der Sichtung der Akten aufgefallen ist, dass es da noch diese neue Verfügung von Russel gibt. Tja, und die hast du ja nun endlich in den Händen!“

Trevor atmet geräuschvoll aus und lehnt sich entspannt zurück, ganz so, als hätte er gerade ein schweres Stück Arbeit erfolgreich bewältigt.

Billie starrt auf das Stück Papier, das unschuldig weiß neben dem Kuchenteller liegt. Und nun wohl ihr Leben nachdrücklich verändern soll. In welchem Maße das geschehen wird, das muss ihre nächste Frage klären: „Entschuldigt bitte, wenn ich jetzt vielleicht mal wieder schrecklich direkt bin: Aber von welcher Summe sprechen wir hier eigentlich, die mir Russel zukommen lassen wollte?“

Augenscheinlich etwas genervt von Billies andauernder Skepsis, hebt der Mann mit dem weißen Haar in einer hilflosen Geste beide Hände: „Also beim besten Willen, darum haben wir uns nie gekümmert. Das regeln alles unsere Anwälte für uns. Ich glaube, da gibt es einige Immobilien in London, etwas Grundbesitz in den Midlands und natürlich ein paar Wertpapiere und Aktien. Einige Hunderttausend Pfund an Privatvermögen dürften da schon zusammenkommen. Wahrscheinlich etwas mehr, rechnet man die Immobilien dazu. Aber Genaueres weiß ich wirklich nicht. Danach fragst du am besten unsere Anwälte, die können dir alles bis auf den Cent genau erläutern. Sie erwarten deinen Besuch schon!“

Ach, tun sie das, eure Anwälte, denkt Billie. Mein Besuch wird also schon erwartet. Was zieht man da eigentlich an, wenn man, lässig wie Graf Koks, einfach so vorbeischaut, um sein Vermögen zu begutachten? In Billie steigt mal wieder ein ebenso irres wie albernes Lachen auf, was sie kaum zu unterdrücken vermag. Sie leert ihre Teetasse, um das unwiderstehliche Glucksen herunterzuspülen, das ihr da irgendwo tief in der Kehle sitzt und unbedingt herauswill. Jetzt bloß nicht die Fassung verlieren vor Russels Eltern, denkt sie. Sie hat ja diese beiden älteren Leute wirklich in ihr Herz geschlossen, aber das finden Mylord und Mylady bestimmt shocking, wenn sie sich jetzt kreischend auf dem alten Wohnzimmerteppich wälzen würde. Geht also nicht. Also doch lieber weiter stumm in die leere Teetasse starren oder Sandwichkrümel zu kleinen Teigkugeln rollen?

Eleonore nimmt ihr die Entscheidung ab, indem sie sich die geöffnete Champagnerflasche aus dem Kühler nimmt und allen noch einmal die langstieligen Gläser nachfüllt. „Also ich finde ja, dass das jetzt unbedingt der Moment für Champagner sein sollte! Oder seht ihr das etwa anders? Auf das neue Mitglied der begüterten Upperclass, welches wir standesgemäß mit allen Ehren in unserer Mitte begrüßen möchten. Nicht ohne allerdings dringendst darum zu bitten, dass du unbedingt so bleiben sollst, wie du bist, so bodenständig und authentisch, so praktisch und stark, wie Russel es an dir zutiefst geliebt hat. Und …“, nun folgt eine dramatische Pause, die Eleonore nutzt, um mit ihrem Glas ganz dicht an Billies Gesicht heranzurücken, „… was wir, seine Eltern, ebenfalls ungeheuer zu schätzen wissen. Ach was rede ich da, alles Nonsens, wir lieben dich, Billie, du bist so etwas wie eine Tochter für uns! Oder mehr eine Schwester? Für mich jedenfalls! Und deshalb sollst du mir auch versprechen, dass du uns wieder häufiger besuchen wirst. Jetzt, wo es deine Gesundheit zulässt, meine ich. Und auch wenn du jetzt reich bist, wartet doch dringend unsere Orangerie auf dich, weißt du? Ach was weiß ich, ich habe einen Schwips und damit Prost!"

Nachdem Trevor und Eleonore gegangen sind, räumt Billie sehr ordentlich den Tisch ab. Die übriggebliebenen Törtchen füllt sie vorsichtig in eine kleine Plastikdose, eine andere Dose nimmt die Banbury Cakes auf und beide wandern in den Kühlschrank. Sorgfältig und als gäbe es nichts Wichtigeres auf der Welt, wäscht sie das Geschirr und die Gläser mit der Hand ab, mit einem Leinentuch poliert sie in aller Ruhe die Champagnerkelche, bevor sie zurück in die dunkle Anrichte gestellt werden.

Am liebsten würde sie gleich noch eine Waschmaschinenladung mit der weißen Tischdecke samt den Servietten starten, doch da hat sie die Rechnung ohne ihre Nachbarin gemacht.

Irgendwann hält es Naomi vor Neugier nicht mehr aus und ihr erdbeerfarbener Zottelkopf taucht in der Glastür von Billies Wintergartenanbau auf. Ohne auf eine Einladung zu warten, huscht sie herein und setzt sich demonstrativ in eine Ecke des braunen Chesterfieldsofa. „Ich habe doch vorhin ein Motorengeräusch gehört, deine Gäste sind also bestimmt wieder weg, stimmt's? Was hat es denn nun so Wichtiges gegeben, weshalb sie dich unbedingt und dringend besuchen wollten!"

Normalerweise geht Billie diese unverfrorene Aufdringlichkeit ihrer Freundin ziemlich gegen den Strich. Aber heute ist sie heilfroh, dass Naomi ihre Neugier nun einmal nicht zügeln kann. Denn sie muss dringend jemandem erzählen, was sie vor ein paar Stunden erfahren hat. Sonst platzt sie womöglich.

Hastig und in ziemlich kurzen Sätzen stürzen Billie die Worte aus dem Mund. Von dieser bemerkenswerten Erbklausel in der adligen Familie der Kletterrose, die ja eigentlich eine Strauchrose ist. Und von Russels mit schwarzer Tinte geschriebenen Namen unter seiner Verfügung. Und von irgendwelchen Anwälten in London, für die Billie nun ein neues Kostüm benötigt, weil sie doch in die Kanzlei muss, damit die ihr dort ausrechnen können, ob sie nun eventuell wirklich reich sein könnte.

Billie erwartet nach ihrer Zusammenfassung einen gewaltigen Gefühlausbruch bei Naomi. Jubel, Glückwünsche, vielleicht sogar eine herzliche Umarmung. Doch sie wird enttäuscht. Ganz gelassen streicht die alte Frau ihre wild gemusterte weite Palazzohose über den Oberschenkeln glatt, bevor sie mit einer ebenso ruhigen Bewegung den Kopf hebt und sehr ernsthaft zuerst Billie und dann den Himmel anschaut und sagt: „Na endlich! Es gibt sie also doch noch, die höhere Gerechtigkeit! Das wurde aber auch Zeit, nach der ganzen Scheiße, die du erleben musstest!“ Als Naomi nun wieder zu Billie schaut, strahlt sie über das ganze Gesicht: „Ich freue mich so für dich!“

Während ihr die Tränen über das lachende Gesicht laufen, springt Naomi auf und umarmt Billie. Bei der nun auch endgültig Schluss ist mit der Beherrschung. Nachdem sie sich ein Weilchen schweigend und schluchzend umarmt haben, schiebt Billie ihre Nachbarin schließlich sanft von sich weg zurück auf das Sofa. Sie setzt sich daneben, ihre Hände zittern, genau wie ihr gesamter Körper. Was gäbe sie jetzt für eine Zigarette! Verdammte Krankheit, nicht einmal ordentlich freuen darf man sich, denkt es in Billie und sie atmet tief durch.

„Wird jetzt alles anders, Naomi, sag, wird jetzt alles gut?“

Schon wieder füllen sich Billies Augen mit Tränen und die alte Frau tätschelt ihr beruhigend die Hand. „Das hängt von dir ab, ob es gut wird, Liebes! Nur von dir!“ Und nach einer Weile setzt sie hinzu: „Wahrscheinlich wirst du nun von hier wegziehen, ein größeres Haus suchen …?“

„Quatsch, warum sollte ich? Dann würde mich ja deine aufdringliche Neugier nicht mehr nerven und da würde mir doch echt was fehlen.“ Grinsend boxt sie Naomi den Ellenbogen in die Seite und erntet dafür einen ebensolchen Rempler. Kichernd lehnen sich die beiden Frauen in die weichen Lederpolster: „Nee, im Gegenteil, ich kann es mir jetzt endlich leisten, hier mal zu renovieren, die ollen Wände zu streichen …“

„… Und dir endlich anständige Klamotten kaufen!“ Prompt und wortlos folgt wieder ein Rempler von der Seite: „Ein neues Bett! Und diese herrliche überbreite Daunendecke. Und ich kann mir endlich wieder Theaterkarten für London leisten. Und wahrscheinlich reicht es sogar, damit ich allen das geliehene Geld zurückzahlen kann …“

Plötzlich setzt sich Naomi kerzengerade hin und schüttelt dann heftig ihre rötlichblonden Löckchen. „So wie ich das verstanden habe, scheinst du ja wohl ein echtes Vermögen zu besitzen. Und sachlich betrachtet, bedeutet das letztlich, dass wir wohl größer denken müssen, Liebes. Ich meine, was deine Zukunft angeht!“ Naomis graugrüner Blick trifft Billie jetzt mitten ins Herz: „Du kannst nun kündigen und dir etwas Neues suchen, Billie!“

Wie ein Blitz schlägt die Erkenntnis bei Billie ein. Damit sind gerade all die bequemen Ausflüchte abhandengekommen, die bisher ihren Bestrebungen nach Veränderung ein schnelles Ende bereitet haben. Aber wie soll das gehen und was wird dann und ich kann ja gar nicht, weil es geht ja nicht, weil …

All das ist nun vorbei, gilt nicht mehr. Jetzt gilt nur noch – es einfach wagen. Aber was?

Naomi ist schon lange gegangen und es ist Nacht geworden. Im Garten zieht die Dunkelheit zwischen die Lavendelbüsche und hinter dem ochsenblutroten Pims Schuppen schwimmt hellgrauer Dunst über der Pferdekoppel. Billie sitzt immer noch auf dem Sofa im Wintergarten und schaut durch die geöffnete Tür in die Landschaft. Lange hat sie diese Umgebung nicht mehr so schön und friedlich wahrgenommen. Nach dem Krankenhaus hat sie zwar viel im Garten gesessen. Doch das ist wegen der frischen Luft gewesen. Oder als Trainingsplatz für Yogaübungen. Jetzt, mit diesem Blick aus ihrem Wintergarten, überkommt sie ein ruhiges Gefühl von Heimat.

Billie schaut auf die Uhr und greift zum Handy. Durch die Sommerzeit ist es zwar in Deutschland schon eine Stunde später, doch das macht nichts. Clara ist bestimmt noch wach, sie ist Nachtarbeiterin. Billie drückt auf die gespeicherte Nummer.

Genau 92 Minuten später legt sie sich müde, aber insgesamt extrem zufrieden, in ihr Bett. Und schläft sofort ein.

17. Kapitel – Ende und Neubeginn

Hi Teuerste,
natürlich Schwarz! Nach unserem doch wieder einmal recht ausführlichen Telefonat fällt mir gerade noch diese Farbwahl für deinen Londoner Anwaltsbesuch ein: schwarze Hose, schwarzes Rollkragenshirt, ohne Ärmel, versteht sich, in dem verdammten London ist es, trotz Regen und Nebel oder gerade deswegen, immerzu irgendwie schwül, wie wir nur zu gut wissen, oder?! Und natürlich einen leichten schwarzen Trenchcoat, du hast doch da diese überlange schwarze Jacke, die geht auch. Dann trittst du auf wie Simone de Beauvoir, also als Existentialistin. Da du ja jetzt schweinereich bist, ist diese Intellektuellen-Uniform der 50er genau das passende Outfit für dich. Understatement, verstehst du? Natürlich die Ohrringe mit den Opalen nicht vergessen, als kaum sichtbares Zugeständnis an diesen Scheißkapitalismus, der nun also auch dich in seinen gierigen Fängen hat.
Habe ich dir eigentlich schon gesagt, wie cool ich das alles finde und wie sehr ich dir das alles gönne? Ach ja, schon mehr als 26-mal? Na und? Da du ja meistens ziemlich schwer von Begriff bist, kann man es dir nicht oft genug sagen, finde ich!
Der Einzige, der das wohl nicht so sieht, ist leider Julius. Heulen und Zähneklappern ist aus seiner Behausung unter der Treppe zu vernehmen, irgendwas von Chancenlosigkeit und Geld, das den Charakter verdirbt, war zwischen den Schluchzern zu hören. Nun, wie ich die Sache sehe, wird ihn wohl nur ein Besuch bei der mageren Ziege in deinem Wandschrank beruhigen können. Linus weiß noch nichts davon, er schläft schon seit Stunden, während ich hier unseren Gesprächsfaden von vorhin weiterspinnen muss. Nachher beim Frühstück werde ich ihn von seinem Glück unterrichten, dass er mit mir zwecks Zukunftsberatungen zu einem dringenden Kurzbesuch auf die Insel reisen muss. Im Sender sage ich bescheid, dass ich auf Recherchereise bin, brauche in Zukunft sowieso etwas Abstand von dem Verein…
Was Pläne für die Zukunft angeht, bleibe ich bei meiner Empfehlung: Lieber langsam angehen. Erstmal wollen wir doch hören, was die Londoner Rechtsverdreher zu sagen haben. Hach, wie ist das alles nur aufregend, also ehrlich! Gruß und Kuss
Dein Julius + C.

Billie ist Claras modischem Rat gefolgt. Ein wenig außer Übung, hat allerdings ihr morgendliches Make-up viel länger gedauert als gedacht. Allein der saubere Lidstrich war eine Mammutaufgabe. Das darfst du auch keinem erzählen, dass du mal Kosmetikerin gelernt hast, denkt Billie und streckt ihrem Spiegelbild die Zunge raus.

Nachdem Adrian sie in aller Herrgottsfrühe angerufen hat, um ihr mitzuteilen, dass er sie auf Bitten seines Vaters selbstverständlich zu den Anwälten begleiten werde, fällt ihr der Besuch in dieser stinkvornehmen Anwaltskanzlei in der City of London schon wesentlich leichter. Trotzdem schüchtert sie das prachtvolle viktorianische Stadthaus ein, was Adrian natürlich sofort bemerkt.

„Darling, Hemmungen sind hier nicht angebracht, diese Pracht zahlen die alles von unserem Geld!" Adrian ist heute wieder ausnehmend extravagant gekleidet, graue Glencheck Hose zu graugrünem Sakko, ein moosgrünes Hemd, darüber eine weinrote Weste mit rosa Perlmuttknöpfen, deren Farbton von einem seidenen Einstecktuch aufgegriffen wird. Immerhin hat er ihren existentialistischen Aufzug von oben bis unten taxiert, um dann hochachtungsvoll seine sorgfältig gezupften Augenbrauen hochzuziehen und ein anerkennendes „Na, geht doch!" hervorzubringen, bevor sie der messingglänzende Fahrstuhl in die Kanzleiräume transportiert. Hier riecht es nach altem Holz und noch älterem Whiskey, dicke Teppiche schlucken so ziemlich jedes Geräusch.

Gleich drei der Angestellten bemühen sich um Billie, bringen Kaffee und irgendwelches Wasser in einer Flasche mit goldgeprägtem Etikett. Nach scheinbar nicht enden wollenden Erklärungen der Juristen unterschreibt Billie irgendwelche Papiere, von den vielen Informationen und Klauseln schwirrt ihr der Kopf und sie findet, dass sie eigentlich kurz vor einer kleinen Ohnmacht ist. Ein wenig hilft es, dass Adrian ihr aufmunternd zuzwinkert.

Als sie dann endlich wieder die Stufen der Außentreppe erreicht haben, atmet Billie tief aus. „Danke, dass du mich begleitet hast. Allein hätte ich das wohl kaum geschafft. Bei diesem ganzen Juristenkauderwelsch habe ich doch noch Verständnisprobleme!"

„Wieso, ich finde, dass du das alles ganz professionell absolviert hast. Vor allem deine Kaltschnäuzigkeit, mit der du den blöden Lackaffen da oben erklärt hast, dass du es dir noch überlegen musst, ob du ihre weitere finanzielle Beratung brauchen wirst! Herrlich, mach ihnen ruhig ein wenig Angst, ist ja schließlich deine Kohle!"

Billie zögert und schaut Adrian direkt an. „Genau, meine Kohle! Was sagst du eigentlich zu dieser Verfügung deines Bruders? Ich könnte mir vorstellen ..."

Mit einer abwiegelnden Handbewegung stoppt Adrian Billies Redefluss: „Das vergisst du besser gleich mal wieder, was du jetzt sagen wolltest! Was soll ich dazu sagen, außer ‚Bravo' oder vielleicht noch ‚Hast ja doch was in deinem Leben richtig gemacht, Bruderherz'?! Also ehrlich, Billie, ich habe absolut kein Problem damit, dass er für dich vorgesorgt hat, im Gegenteil! Schließlich kenne ich deine wirtschaftlichen Schwierigkeiten nur zu gut. Sebastian und ich haben uns schon Gedanken gemacht, wie wir dir helfen könnten, ohne dich zu kränken. Aber das hat sich ja nun erledigt, denn du wirst wohl nun niemals wieder irgendeine fremde finanzielle Unterstützung brauchen. Falls du nicht alles verzockst. Oder mit gutaussehenden Loverboys an der Cote d'Azur verprasst. Wobei ich mich an Letzterem eventuell sogar beteiligen würde!" Adrians verschmitztes Lächeln geht nun in ein offenes Lachen über, mit dem er seiner offensichtlich sehr gerührten Freundin den Arm um die Schulter legt: „Sweetie, wir freuen uns wirklich sehr, dich nun in jeder Hinsicht in der Familie begrüßen zu dürfen. Und falls du womöglich die Bodenhaftung verlieren solltest, keine Sorge, Sebastians starke Arme und seine unbarmherzigen Worte holen auch dich zurück, darauf kann man sich verlassen!"

Etwas erleichtert lächelt nun auch Billie. „Das wollte ich hören, denn ich brauche euch doch alle, wisst ihr das eigentlich? Mann, ich habe das Gefühl, dass mein Leben gerade von einem mittleren Tsunami getroffen wird!"

Sie verabschieden sich mit einer letzten Umarmung. Adrian muss zurück in sein Hotel, nicht ohne sich allerdings bei der ‚Neureichen', wie er sie nun boshaft nennt, zu einem Abendessen einzuladen.

Als Billie mit ihrem kleinen grünen Japaner die Londoner Vororte erreicht hat, ändert sie kurzentschlossen ihre Pläne und fährt Richtung Banbury. Als sie auf den Werks Hof von Forcia rollt, sind die Paletten in der Raucherecke verwaist. Sie öffnet das Tor zur Halle und wird sofort von den geschäftigen Geräuschen eines Produktionstages empfangen.

Suchend schaut sich Billie zwischen den deckenhohen Lagerregalen um. Kollegen grüßen sie freundlich bis erstaunt, in der Polsterei stößt sie auf Andrzej, der seine Arbeit liegen lässt, um sie herzlich zu umarmen.

„Wie schön, dass du da bist und geht gut wieder!"

Billie entzieht sich seinen Armen. „Du bist zwar mein Lieblingspole, Andrzej, trotzdem muss ich dich enttäuschen. Mir geht es gut, aber ich bin nicht wirklich wieder da. Ich suche Wout, weißt du, wo er ist?"

Der Pole zieht verwundert die Augenbrauen hoch und antwortet in den für ihn typischen Satzkürzeln: „Findest du zu Hause, ist krank, schon seit Wochen. Genau wie Paul. Der aber schon länger weg. War komisch zuletzt."

Beim Hinausgehen bedankt sich Billie für die Auskunft, flüchtig denkt sie an Paul, der noch nie krank war und plötzlich nicht zur Arbeit kommt. Doch dann steht sie schon vor dem Büro des Abteilungsleiters. Sie klopft und tritt ein, ohne auf Antwort zu warten. Der dicke Barnes hat die Füße auf dem Schreibtisch, während er in sein Handy zetert, irgendwas von hohem Krankenstand und zu wenig Leute.

Billie grüßt ihn mit einer Handbewegung, während sie in aller Ruhe an ihm vorbeigeht und den unteren Schub des Aktenschranks aufzieht. Noch bevor der völlig verblüffte Abteilungsleiter reagieren kann, hat Billie die Personalakte des Belgiers aus dem Hängeregister gezogen und prägt sich rasch seine auf dem Deckblatt vermerkte Meldeadresse ein.

Ächzend nimmt Geoffrey Barnes endlich seine kurzen Beine vom Schreibtisch, erhebt sich und, wie ein Maikäfer vor seinem ersten Flugversuch, pumpt sich der übergewichtige Mann nun empört vor ihr auf.

„Was tun sie hier?"

Bei Billie ruft die barsche Frage nur ein müdes Lächeln hervor. Ungerührt steckt sie die Akte wieder zurück in den Hängeordner und schließt den stählernen Schrank. Dann dreht sie sich zu dem immer noch glotzenden Mann um und zieht seinen Bürostuhl mit einem kräftigen Ruck zu sich heran. Sie beugt sich so weit herunter, dass sein schwitzendes Gesicht ganz dicht unter ihrem ist, bevor sie antwortet: „Was ich hier tue, wollen Sie wissen? Nichts, was Sie etwas angehen würde! Und um es ganz präzise zu formulieren: Ab sofort tue ich hier überhaupt gar nichts mehr, Geoffrey Barnes! Ansonsten wünsche ich noch einen guten Tag. Und grüßen Sie Ihre bedauernswerte Frau von mir!“

Mit den letzten Worten hat Billie schon die Bürotür erreicht und knallt sie wirkungsvoll hinter sich zu.

Ihr Bürokäfig im Lager wirkt eigentümlich verlassen. Sie schaut sich um in dem Raum, der fast zehn Jahre so etwas wie ihr zweites Zuhause gewesen ist. Schließlich greift sie nach dem kleinen Radio und nach ihrer Lieblingstasse, dem Kaffeepott mit dem Bild der Queen. Ein dunkler Rand klebt noch am Tassenboden, achtlos stopft sie die beiden einzigen persönlichen Gegenstände in diesem Käfig in die schwarze Umhängetasche.

Dann nimmt sie den kleinen Keramiktopf mit Russels Kaktus in die Hand, streicht vorsichtig über die gefährlichen Stacheln und trägt ihn wie eine Reliquie vor sich her unter den neugierigen Blicken der Kollegen bis zu ihrem Auto. Dann fährt Billie vom Hof, ohne sich noch einmal umzuschauen.

Immer noch ganz in Schwarz gekleidet, ist ihr nächstes Ziel ein Haus in der Highstreet in Banbury. Ein Wohnblock der Marke „Tristesse“, wie es sie vor allem in den weniger betuchten Gegenden der britischen Großstädte so häufig gibt. Das ganze Gegenteil zum antiken Charme der alten Stadthäuser, wie sie das Englandbild der Touristen prägen. In den 70er Jahren sind sie als sozialer Wohnungsbau auch hier lieblos in die Landschaft gesetzt worden. Grau, hässlich und stapelbar, denkt Billie, so haben sie diese fast baugleichen Monster in den Betonsiedlungen ihrer Geburtsstadt H. in der ehemaligen DDR genannt. Aber dort sind sie inzwischen saniert, von viel Grün umgeben und damit wieder gefragte Mietwohnungen.

Anders bei jenem Exemplar, vor dem Billie nun steht. Eine heruntergekommene Fassade, eingefasst von dunklen Laubengängen auf den Etagen. Als sie endlich den Eingang mit der Nummer 23 findet, atmet sie auf und sucht vergeblich die Klingel. Erst auf ihr drittes Klopfen hin ist hinter der Tür, von der die dunkelblaue Farbe abblättert, ein Geräusch zu hören.

Gleich danach wird die Tür geöffnet und Wout starrt sie völlig verwirrt und mit glasigen Augen an.

„Ich darf doch?“ Ohne auf eine Antwort zu warten, marschiert Billie an dem schlaksigen Belgier vorbei in das Wohnzimmer, das sich übergangslos an den winzigen Flur anschließt. Links davon türmt sich schmutziges Geschirr in einer Spüle, was auf die Küche schließen lässt. „So wohnst du also. Nun, jetzt, wo ich das weiß, kann ich dich nie wieder Hercule nennen, denn Agatha Christies Poirot hätte sich wohl lieber erschießen lassen, als in so einer … Ödnis zu leben!“

„Was willst du hier?“ Der Belgier räuspert sich, seine Stimme klingt heiser und beim Sprechen entlässt sein Atem Alkoholdünste in die sowieso schon ungelüftete Atmosphäre des Wohnzimmers.

„Ich darf doch?“ Wieder wartet Billie nicht auf die Antwort, sondern reißt die Flügel des Wohnzimmerfensters weit auf. Feuchte Luft dringt von draußen in den kleinen Raum und sie setzen sich nun beide auf ein verschlissenes Sofa von unbestimmter Farbe.

Wouts Anblick schmerzt Billie. Sie hat den Liedtext in der Manteltasche, in dem er sie bittet, nicht aus seinem Leben zu verschwinden. Doch stattdessen will er jetzt aus ihrem verschwinden oder was soll das? Er säuft wieder, obwohl er ihr versprochen hat, damit aufzuhören.

Einen tiefen Atemzug der frischen feuchten Luft nehmend, mustert Billie ihren Kollegen von oben bis unten. Der nackte sehnige Oberkörper bildet in seiner fahlen Blässe kaum einen Kontrast zur fleckigen grauen Jeans, die sich der Belgier offenbar nur eilig übergestreift hat, denn der auf den knochigen Hüften sitzende Hosenbund verbirgt nur zur Hälfte eine verknautschte Unterhose, von deren restlicher Beschaffenheit Billie gern auf weitere Informationen verzichtet. Ihre Reaktion kommt prompt, indem sie mit der Hand in jene Richtung weist, in der sie das Badezimmer vermutet. „Geh duschen, du müffelst wie ein Abfallsack! Und wasch dir auch die Haare, die stehen ja vor Dreck!“

Stumm und mit schuldbewusst eingezogenem Kopf befolgt Wout die Anweisungen.

Während das Wasser im Bad rauscht, sammelt sie leere Flaschen vom Wohnzimmerboden und wirft sie in den Abfalleimer in der Küche. Mit schnellen und konzentrierten Bewegungen räumt sie die winzige Küche auf und wäscht das verkrustete Geschirr ab.

Als der Kaffee in die gläserne Kanne der Filtermaschine tropft, steht plötzlich Wout neben ihr, frisch geduscht, sorgfältig gekämmt und ein wenig nach Sandelholz duftend. Immer noch wortlos nimmt er zwei Tassen vom Regal über der Spüle.

Sie schlürfen den heißen Kaffee auf dem Sofa sitzend und Billie übernimmt erneut das Reden: „Ich denke, ganz so schlecht verdient man nicht bei Forcia, dass man in diesem Loch wohnen muss! Warum also lebst du so, Wout?"

Der Belgier wendet sich ab und schaut aus dem Fenster: „Weil es mir egal ist! Das musst du doch jetzt von mir denken, oder? Und es stimmt irgendwie auch. Aber wenn man Unterhalt für drei Kinder zahlt, bleibt vom Gehalt auch nicht so wahnsinnig viel übrig."

Billie horcht auf: „Du zahlst für deine Kinder? Das wusste ich nicht."

„Seit ungefähr einem Jahr … Nachdem du mir in der Raucherecke einen Vortrag über Verantwortung und so gehalten hast … Du weißt eben so einiges nicht von mir …"

Billie schluckt unsicher: „Eben! Du hast völlig recht. Und das ändern wir jetzt. Komm, wir beide machen einen kleinen Ausflug. Ich hoffe, du bist nun wieder aufnahmefähig? Denn ich will dir etwas zeigen."

Entschlossen steht Billie auf und stellt ihre beiden leeren Kaffeetassen in die Spüle, dann nimmt sie Umhängetasche und Autoschlüssel in die eine Hand. Mit der anderen schiebt sie den Belgier vor sich her zur Wohnungstür, der sich immer noch widerstandslos ihren Befehlen fügt.

„Auf der Fahrt habe ich dir auch noch eine Kleinigkeit zu erzählen!"

18. Kapitel – Cloud Castle – Tearoom and much more

„De duivel schijt altijd op de grootste stapel!"

Billie schaut verwundert zu dem Mann neben ihr auf dem Beifahrersitz. „Was murmelst du da Unverständliches vor dich hin?"

„Ist nur so ein altes Sprichwort aus meiner Heimat, fiel mir eben gerade ein, als du mir von der Kohle erzählt hast, die du so unverhofft bekommst.

Übersetzt bedeutet es wohl ungefähr ‚Der Teufel scheißt immer auf den größten Haufen'."

Ärgerlich runzelt Billie die Stirn. „Das Sprichwort gibt es auch bei uns in Deutschland. Aber ist das wirklich alles, was dir dazu einfällt? Wieso überhaupt ‚größter Haufen', gönnst du es mir nicht?"

„Ach Unsinn, ich meine die reiche Familie Beauford, die immer noch ein wenig dazu bekommt … Ach, vergiss es, ist doch alles Blödsinn, was dieser Alkoholiker so faselt, nimm mich bitte nicht so ernst, bin wahrscheinlich immer noch dun! Ich gönne dir das von Herzen, wem, wenn nicht dir!"

Mit einem schüchternen Lächeln zeigt Wout ein wenig von seinen großen Zähnen, was ihm schon wieder die übliche Mischung aus Trauer und Unverschämtheit ins Gesicht zaubert. „Da weiß ich doch wenigstens, von wem ich mir beim nächsten Mal im Pub das Bier bezahlen lasse!"

Wenn du wüsstest, denkt Billie und grinst in sich hinein. Leise summt sie eine Melodie, die ihr seit Tagen nicht mehr aus dem Kopf gehen will. Irgend so ein altmodischer Song von Vera Lynn, erinnert sie sich.

Wout lässt das Fenster herunter und der Fahrtwind zerzaust seine schwarzen Haarsträhnen, während er aufmerksam die vorbeifliegende ländliche Gegend und das dunkeloliv farbene Ortseingangsschild von Schmallcliff mustert: „Wo fahren wir eigentlich hin?"

Ohne zu antworten, biegt Billie aus dem kleinen Kreisverkehr in die abzweigende Long Primrose Lane ab, die nach ein paar Metern breiter wird und in der Straßenmitte Platz für ein paar Parkplätze bietet. Dort macht sie den Motor aus und lehnt sich zurück, während sie auf die vertraute Hausfassade genau gegenüber schaut.

„Erst einmal eine Gegenfrage: Erinnere ich mich richtig, dass du in deinem abwechslungsreichen Leben auch mal einige Zeit in einem Café in Paris gejobbt hast?"

Der Belgier nickt und schaut nun auch nach draußen auf die Häuserreihe, sein zufriedenes Lächeln verrät, dass er sich ganz offensichtlich auf einer sehr angenehmen Erinnerungstour befindet. „Nicht nur mal gejobbt, eigentlich habe ich den Laden da geschmissen, weil die Besitzerin lieber mit ihren jeweiligen Beschälern durch die Welt gegondelt ist. Und so habe ich eben nicht nur Kaffeemaschinen bedient und Snacks serviert, sondern letztlich auch die Buchhaltung gemacht. Madame hat sehr schnell herausgefunden, dass meine paar Semester Betriebswirtschaft dafür ganz nützlich sind. Das ist immerhin mehr als zwei Jahre lang so gegangen. Am allerliebsten aber bin ich in der Küche bei Louis gewesen, einem alten Patissier und Chocolatier, von dem habe ich viel gelernt. Ab und zu habe ich auch gekocht, wenn es nötig gewesen ist. Aber warum fragst du mich das überhaupt?"

„Deshalb!" Billie greift in ihre Manteltasche und zieht das zusammengefaltete Blatt mit dem Text hervor, den Wout ihr vor ein paar Wochen in den Briefkasten gesteckt hat. „Wie ernst hast du das gemeint?"

Nun wird der Belgier rot wie ein Schuljunge und auf seinem übermüdeten Gesicht zeigen sich ein paar Schweißtropfen, es kostet ihn sichtlich Überwindung ihr zu antworten: „Todernst! Billie, ich weiß, dass du unantastbar bist, unerreichbar für mich, aber deshalb sind wir doch so etwas wie Freunde, oder?" Ohne sein übliches freches Grinsen schaut er ihr nun direkt in die Augen.

Also das mit dem unantastbar könnte ich mir vielleicht noch mal überlegen, denkt sie. Wenn du dich wieder regelmäßig duschst, setzt sie im Geiste hinzu und muss leise lächeln. „Okay, das wäre geklärt, bleibt also nur noch Paul Wellers alter Buchladen!" Billie macht eine Bewegung mit dem Kopf in Richtung des Hauses mit den Kasettenfenstern in der ersten Etage und dem dunklen Spitzdach. Und mit diesem zauberhaften warmen Strahlen, das wie ein Bühnenbild das bauchige Schaufenster neben der Ladentür in Szene setzt: „Also, mein sehr verehrter Monsieur Poirot, dank ihres unverlangt eingesandten Liedtextes bin ich mir sicher, dass sie verstanden haben, dass ich mein Leben ganz allgemein und ganz speziell mein Arbeitsleben ändern will. Und wenn ich ihre zugegebenermaßen doch recht verworrenen Äußerungen richtig deute, beabsichtigen sie Ähnliches. Richtig? Richtig!" Billie atmet noch einmal tief durch, bevor sie ihre etwas übertrieben verschnörkelte Ansprache fortsetzt: „Nun hat diese neben ihnen sitzende, manchmal wohl ausgeflippte und nicht mehr ganz junge Frau mit den portugiesischen Vorfahren und einigen Dellen an Körper und Seele vor Wochen eine spontane Eingebung gehabt! Und einige Zeit später dann zufällig auch noch jenes Gebäude da drüben entdeckt! Und seitdem bin ich spontan falling in love! Sodass sich langsam aus Eingebung und Entdeckung eine Idee geformt hat. Eine Idee, die eigentlich viel zu verrückt und weit hergeholt ist, als dass es die nicht mehr ganz junge Frau mit den Dellen je gewagt hätte, sie überhaupt laut auszusprechen …"

Der Belgier schnauft entnervt, während er sich missmutig eine Zigarette anzündet und den Rauch aus dem geöffneten Seitenfenster pustet: „Och, Billie, nun brich dir doch bitte keinen ab und komm endlich auf den Punkt. Ich verstehe überhaupt gar nichts, welche Eingebung, welche Idee? Und was ist mit dem alten Kasten da drüben? Und vor allem: warum zur Hölle erzählst du mir das alles?"

Billie blickt auf ihre Hände, die auf dem Lenkrad liegen. Wieder einmal verflucht sie ihren Schwur, niemals mehr eine Zigarette anzurühren. Jetzt einen tiefen Lungenzug, der so herrlich benommen macht und danach wäre die Konzentration auf das Wesentliche ein Kinderspiel. Doch es muss eben auch ohne Nikotin gehen. Entschlossen dreht sie sich noch einmal zu dem Belgier um und spricht ihn nun mit direktem Augenkontakt an: „Hast du überhaupt verstanden, was Russels Verfügung bedeutet? Wout, dadurch habe ich nicht mal eben so ein paar Pfund mehr auf dem Konto, nein, ich bin reich, Alter! Diesen Lackaffen von Anwälten heute in London zufolge offenbar richtig reich! Und das ändert wohl alles, denke ich! – Aber erst einmal will ich deine Fragen beantworten: Meine Eingebung ist durch einen Besuch von Russels Eltern entstanden, für die ich eine Teaparty vorbereitet habe, allerdings ziemlich ungewöhnlich und anders als man das hier so kennt. Und das Ganze hat mir plötzlich eine so unglaubliche Befriedigung verschafft, das Backen, das Vorbereiten, das Dekorieren. Das hat Spaß gemacht, verstehst du? Und dann sitze ich im Bus unseres Gardeners Club und der hält durch Zufall hier in dieser Straße vor diesem Haus. And just like that und einfach so ist diese Idee plötzlich da. Und danach denke ich an deine belgischen Waffeln, die du für meine Christmas Party gebacken hast. Und dass du in einem Café gearbeitet hast. Und dass du auch weg willst von Forcia … Und dann habe ich einfach bei den Immobilienmaklern angerufen, die dieses wunderbare Haus samt Paul Wellers Buchladen verkaufen sollen. Da drüben das Zu-Verkaufen-Schild, siehst du es? Die Assistentin schickt mir noch heute die Pläne per Email, aber ich weiß zumindest schon so viel, dass es drei Räume im Erdgeschoss, einen kleinen Garten hinten und oben eine kleine Wohnung gibt." Immer hastiger hat Billie jetzt ihre Sätze gebildet, deutlich spürt sie die zunehmende Angst, der Belgier könnte ihr einfach nur einen Vogel zeigen. Zu wichtig ist ihr jetzt seine Reaktion.

Aber nichts passiert, ihr Gegenüber reagiert scheinbar überhaupt nicht. Abgesehen von dem völlig verständnislosen Gesichtsausdruck, der wie eingemeißelt in seinem Gesicht geschrieben steht.

Nervös trocknet sich Billie ihre vor Aufregung schwitzigen Hände an der Hose ab, sie schwitzt auch am Hals, der vom schwarzen Rolli umschlossen wird. Dann räuspert sie sich entschlossen und spricht nun noch etwas lauter: „Wout Peeters, so frage ich dich also, ob du bereit bist für wirkliche Veränderungen in deinem Leben? Im Erdgeschoss dieses wunderschönen Hauses will ich einen Tearoom eröffnen. Mit allen Schikanen, verstehst du? Die Kohle dafür habe ich ja nun, wie es aussieht. Also Wout Peeters, willst du mit mir, Wilhelmine Babette Florez, dieses Wagnis eingehen und an diesem irren Projekt beteiligt sein? – Ach ja, fast hätte ich es vergessen, das da oben in der ersten Etage könnte ja deine Wohnung werden, falls du nicht allzu sehr an deinem Wohnloch da in der Highstreet hängst!?"

Im Auto ist es jetzt völlig still, mit langgezogenen Pfiffen jagen draußen ein paar Mauersegler über die Straße.

Dann findet der Belgier plötzlich seine Sprache wieder: „Die het onderste uit de kan wil hebben, krijgt het de deksel op de neus!" Und nach ein paar Sekunden erinnert er sich und fügt hinzu: „Heißt sinngemäß ‚Wer den letzten Tropfen aus dem Krug herausholen will, kann am Ende den Deckel auf die Nase kriegen'. Das sagt man so bei uns in Flandern als Erinnerung daran, das Leben mit Mäßigung und Demut anzugehen und vor übermäßiger Gier oder der Verfolgung unrealistischer Ziele zu warnen. Ist mir eben einfach so in den Sinn gekommen." Und nach einer erneuten Pause fügt er hinzu, nun allerdings sehr laut: „Aber ansonsten: JA und nochmals Ja! Natürlich mache ich bei diesem Wahnsinn mit! Wäre doch bekloppt, wenn ich mir eine Chance entgehen lassen würde, mit dir zu arbeiten. By the way – wie stellst du dir das eigentlich konkret vor …" Wout strahlt glücklich über das ganze Gesicht, „… aber warte, bevor du mir das erklärst, muss ich mir erst noch eine anstecken. Sorry, geht jetzt nicht anders, wenn ich schon keinen Schnaps bekommen kann, dann wenigstens das!" Er pustet den Rauch wieder durch das geöffnete Seitenfenster.

Auch Billie lächelt Wout jetzt an. „Womit wir schon bei einer meiner Bedingungen wären, aber dazu komme ich gleich. Erst einmal zum Finanziellen: Mein Vorschlag ist, dass ich dich einstelle, über dein Gehalt werden wir verhandeln, doch da sehe ich keine größeren Probleme. Du hilfst mir bei dem ganzen betriebswirtschaftlichen Scheiß, der für unseren Tearoom nötig ist, also Buchhaltung, Bestellungen etc. Damit hast du ja Erfahrungen. Obwohl, Bestellungen und Lagerwirtschaft, davon verstehe ich selbst genug, aber vier Augen sehen besser als zwei. Außerdem brauche ich deine Expertise in der Küche. Pralinen und so. Oder Sandwiches, was du willst. Werden wir noch sehen. Eigentlich hätte ich ja lieber einen richtigen Partner für das Projekt, aber ob du das wirklich sein kannst, da habe ich noch so meine Zweifel, nach dem, was und wie ich dich vorhin erlebt habe…Was nun allerdings zu meiner Bedingung führt, die an dieses Angebot geknüpft ist: Kein Alkohol mehr für Walter, dem friesischen Krieger! Oder noch einfacher für dich zum Mitschreiben: Schluss mit der Sauferei. Endgültig. Für immer. Nun, was meinst du dazu?"

Wouts Antwort kommt ohne ein Zögern: „Klingt nach 'nem Plan, Chefin! Kurze Frage noch: Darf man in deiner Küche auch naschen? Oder wenigstens die Besitzerin des Tearooms mal unsittlich berühren? Das möchte ich nämlich jetzt gerade ganz dringend!"

Die halb aufgerauchte Zigarette fliegt achtlos aus dem Fenster. Dann schlingt er ungeschickt seine Arme um Billie. Sie schmiegt sich an seine knochige Brust und spürt an ihrer Wange den geprägten Schriftzug irgendeines Bandnamens auf seinem T-Shirt.

„Hörst du auch diese Musik? So altmodische englische Jazzschlager, gemischt mit ein wenig Swing?"

Als Wout sie verwundert anschaut, befreit sich Billie aus seiner Umarmung und rückt ihr schwarzes Outfit wieder zurecht. Über sein Gesicht fliegt nun ein erleichtertes Lächeln: „Ach du meinst die Musik, die von dem Haus drüben kommt? Ich dachte die ganze Zeit, dass ich mir die nur einbilde … Meinst du auch, dass so unser Tearoom klingen sollte?"

Nun ist es an Billie, den Typ da neben ihr verwundert anzuschauen. Mit seiner wiedergewonnenen jugendlich frechen Ausstrahlung erinnert er in nichts mehr an jenen schlaffen und antriebslosen Menschen, den sie vor wenigen Stunden aus seiner Rauschhöhle geholt hat. „Und was passiert nun als nächstes?“

„Ordentlich viel Stress, denke ich. Und es wäre cool, wenn ich den mit dir teilen könnte. Gesundheitlich bin ich zwar eigentlich wieder auf dem Damm, aber eben auch nur eigentlich und ich habe Angst, gleich wieder in die alten Verhaltensmuster zu fallen.“

„Ach du meinst deine Anfälle von Wahnsinn, nervöser Hektik und Betriebsamkeit? Och, nur keine Sorge, mein angeborener Gleichmut, du kannst es wegen mir auch Trägheit nennen, jedenfalls holt dich das mit Sicherheit wieder auf den Boden der Tatsachen. Ich habe dir doch immer schon gesagt, dass wir ein ziemlich gutes Team wären!“

„Abwarten, Hercule, damals hast du damit was gänzlich anderes gemeint, an dein ewiges Anbaggern kann ich mich nur zu gut erinnern! Also lass uns erst einmal die ersten Hürden in diesem Projekt gemeinsam nehmen, dann werden wir ja sehen, ob aus uns ein Team werden kann!“

Wenn ich mir da nicht ziemlich sicher sein würde, hätte ich dich doch gar nicht erst gefragt, du Blödmann, denkt Billie und lächelt nun zum wiederholten Mal in sich hinein. „Zum Anfang muss ich unser Objekt der Begierde überhaupt erst einmal kaufen und den ganzen Haufen von Genehmigungen und Verträgen und all das erledigen. Dabei sollen mir die Londoner Lackaffen helfen, sie wollen sich ja angeblich um meine ganzen finanziellen Angelegenheiten kümmern, für teuer Geld, wie ich annehme. Vorher wird aber erst einmal besichtigt und da hätte ich dich schon ganz gern dabei, um zu sehen, ob sich das Objekt überhaupt eignet und was ein entsprechender Umbau kosten würde.“

Wieder wirft sie einen sehnsüchtigen Blick auf das hellgelbe Natursteinhaus, als sie Wouts Frage aus ihren Gedanken reißt: „Hast du eigentlich schon bei Forcia gekündigt?“

„Nun, ja und nein! Nein, weil ich den Anwaltstermin heute in London abwarten wollte. Habe ich mir zumindest eingeredet. Wahrscheinlicher ist aber, dass ich noch einmal eine offizielle Bestätigung gebraucht habe, dass das alles hier wirklich passiert. Und ja, weil ich gleich danach beim dicken Barnes vorbeigefahren bin, eigentlich ja nur, um deine Wohnadresse herauszufinden. Aber bei der Gelegenheit und weil der Typ mich mit seinem arroganten Benehmen sofort wieder auf Betriebstemperatur gebracht hat, na ja, da habe ich ihm wohl nicht nur deutlich gemacht, was ich von ihm als Menschen halte, sondern dass die von Forcia mich in Zukunft mal können, und zwar kreuzweise! Aber keine Angst, sowie ich nachher nach Hause komme, setze ich das offizielle Kündigungsschreiben auf und auch das wird mir ein Fest sein, glaube mir! Aber Wout, du hältst diesbezüglich mal lieber noch die Füße still! Mit deiner Kündigung solltest du warten, bis hier in Smallcliff alles in trockenen Tüchern ist. Also schere dich gefälligst zurück in die Raucherecke. Außerdem brauche ich dich bei Forcia, mich interessiert immer noch brennend, ob die Ermittlungen der Polizei Neues ergeben haben. Und auch, was so zwischen den Lagerregalen gequatscht wird von den Kollegen."

Wout zuckt zusammen und schlägt sich mit einer Hand an die Stirn. „Ach, das hätte ich ja fast vergessen zu erzählen! Am letzten Tag, bevor ich …, na, du weißt schon, eben bevor mich der kalte Ostwind wieder in den Pub getrieben hat, da habe ich in der Umkleide so einen merkwürdigen Zettel an meinem Spind gepinnt gefunden. Darin hat sinngemäß gestanden, dass ich ein Verräter und Bullenspitzel wäre. Und meine klebrigen Finger soll ich von ‚unseren' Frauen lassen. Und mich wieder zu meinen Schneckenfressern verpissen – so ähnlich lautete die nette Botschaft."

„Hast du sie der Polizei gezeigt?"

„Nee, wie gesagt, hatte andere Sorgen. Immerhin bist du immer noch krank gewesen und dann bist du auf einmal in die Firma gekommen und hast mir von den Verdächtigungen der Polizei gegen mich erzählt und dass du dieses Misstrauen und das alles nicht mehr aushältst und unbedingt fortwillst. Das hat mir alles echt die Beine weggehauen. Und dann der Mist auf diesem Zettel, es hat alles gepasst – und schon geht es wieder abwärts in den dunklen Tunnel, wo meine hochprozentigen Freunde ja immer auf mich warten …"

„Ach so, dann soll ich also schuld sein, dass du wieder getrunken hast? Alter, vergiss es, so einfach machst du es dir nicht! Aber das mit dem Zettel musst du unbedingt der Polizei mitteilen, das sind Beweise, du verdammter Traumtänzer, belgischer!" Verärgert boxt Billie ihn in die Seite, bevor sie den Motor startet und den kleinen grünen Japaner vorsichtig aus der Parkbucht manövriert.

Als ob er nichts von dem eben Gesagten gehört hätte, klopft Wout unbeeindruckt mit dem Handrücken auf die schwarze Plastikverkleidung vom Armaturenbrett. „Von diesem niedlichen Fahrzeug wirst du dich aber auch verabschieden müssen, denn wir brauchen was Größeres, Praktisches. Für den Tearoom, meine ich, was mit Ladefläche wäre gut!"

Während der gesamten Rückfahrt schweigen sie, beide versunken in ihre hoffnungsvollen Zukunftspläne.

Erst als sie wieder vor dem tristen Wohnblock in Banbury anhalten, fällt Billie etwas Wichtiges ein. „Was ich dir noch unbedingt sagen muss: Wenn wir zukünftig zusammenarbeiten wollen, wirst du deine Schüchternheit wohl überwinden müssen. Regelmäßige Besuche bei mir im Matchbox Cottage sind nun unabdingbar und für dich Pflicht, hast du verstanden?"

Wouts Knurren geht schon im Aufheulen des Motors unter und im Rückspiegel sieht Billie nur noch sein unsicheres Grinsen.

Sorry Honey, aber was hast du denn gedacht? Natürlich komme ich mit in dieses… wie heißt das Nest noch mal? Ach ja, in dieses Smallcliff – so selbstverständlich hat Adrian bei ihrem Anruf auf die Bitte reagiert, sie bei der Besichtigung zu begleiten. Typisch für ihn setzt er aber noch eine kleine Gemeinheit hinzu, dass er ja schließlich wissen müsse, wohin das Geld seines Bruders verschwindet.

Ein paar Tage später steht er wie verabredet vor Paul Wellers Bookshop und hat auch noch Sebastian im Schlepptau. Der hätte sowieso gerade keinen Großauftrag und würde sich sonst nur gelangweilt auf dem heimischen Sofa lümmeln.

Billie sieht wie Sebastian genervt die Augenbrauen hochzieht und sagt zu ihm gewandt: „Ist eine Spitzenidee von dir mitzukommen, denn ich glaube, dass sich ein kleiner Garten hinten am Haus anschließt, wenn ich die Pläne richtig gelesen habe. Und da ist dann eindeutig dein fachmännischer Rat gefragt."

Inzwischen hat Wout seine langen Beine aus Billies kleinem Auto gefädelt und die Männer begrüßen sich, wobei der Blick des Belgiers an Adrians auffälligem Outfit hängen bleibt. „Wusste gar nicht, dass wir zum Golf verabredet sind?!"

Mehr oder weniger geschmeichelt, streicht Adrian über sein helles Sweatshirt, das auf der Vorderseite den Ralph-Lauren-Polo-Bären in rosa Hosen samt Sonnenbrille und Golfschläger zeigt. Mit den Worten: „Ich weiß schließlich, was ich als Vertreter der britischen Upperclass den Vorurteilen des Pöbels schuldig bin!“ marschiert Adrian mit einer herausfordernden Kopfbewegung an Wout vorbei über die Straße zu dem Haus. Halb kopfschüttelnd, halb grinsend folgt Sebastian seinem Ehemann.

„Wenn ihr dann fertig seid mit dem Schwanzvergleich, könnten wir ja mal zu ernsthaften Dingen kommen!“ Mit diesen Worten schließt Billie das Auto ab und begrüßt den Makler, der sie, in der geöffneten Ladentür stehend, erwartet.

Billie überholt ihre Freunde und stürmt voran durch den kleinen Windfang in den ersten Verkaufsraum, an den sich, verbunden durch eine Stufe, gleich ein zweiter Raum anschließt.

Ziemlich gelangweilt überreicht der Makler ihr nun die Schlüssel und verabschiedet sich, er würde im Auto warten, aber sie sollten sich alles in Ruhe anschauen. Mit völlig ernster Miene versichert ihm Adrian, dass sie das in Anbetracht des sehr stolzen Kaufpreises ganz sicher tun würden und komplimentiert ihn aus dem Haus.

Dann reibt er sich die Hände und dreht sich zu Billie und den anderen um. „So, das hätten wir! Also was meint ihr? Auf den ersten Blick gefällt es mir hier ausgesprochen gut.“ Als ihm niemand antwortet, geht der Hotelmanager achselzuckend in den nächsten Raum.

Immer noch wortlos hat sich Billie auf das breite Fensterbrett im runden Schaufenster gesetzt und mustert aufmerksam die dunkelbraunen Verkaufsregale aus Eiche, die deckenhoch die Wände der beiden Verkaufsräume verkleiden. Ihr Blick fällt auf einen fast schwarzen Balken, der, ähnlich wie in Matchbox Cottage, den oberen Abschluss der riesigen Kaminumrandung aus gelbgrauem Naturstein bildet. Der Kamin nimmt die gesamte Stirnseite des Hauses ein. Und wie üblich steht auch hier in der Mitte ein schwarzer gusseiserner Ofen, der wohl in den letzten Jahrzehnten die beiden Ladenräume beheizt hat.

Sebastian ist jetzt zu ihr gekommen, er folgt ihrem Blick zum Kamin und setzt sich neben sie, bevor er zu sprechen beginnt: „Weißt du, ältere englische Häuser bestehen traditionell aus Holz, bis auf die Außenmauern aus

Naturstein. Die Frontseite und die Rückwand gehen oft nur bis zum Erdgeschoss, darüber ist dann ein Fachwerk aus Holz. Holz ist aber für Kamine ungeeignet. Da bleiben eben nur die Giebelwände, also die Stirnseiten der Häuser für die Kamine. Deshalb hast du die Kamine in England eigentlich immer links oder rechts im Haus."

„Mann, ich bin wieder einmal verblüfft darüber, was du so alles weißt." Billie schaut den breitschultrigen Schotten angemessen ehrfurchtsvoll in das sonnengebräunte Gesicht.

Da schiebt sich plötzlich Adrian in ihr Sichtfeld. „Bei allem Respekt vor den britischen Bautraditionen, mein lieber Sebastian, aber mit einem modernen Heizsystem für das gesamte Haus ist Billie wohl doch besser beraten. Und was wird mit den Regalwänden, die müssen doch wohl alle raus?"

Billie schüttelt heftig den Kopf und steht von ihrem Fensterplatz auf, um zu der gegenüberliegenden Wand zu gehen. „Im Gegenteil, Adrian, die meisten bleiben schön drin! Hier, schau mal, das sind alles solide Bücherregale, also nicht so tief wie normale Regale, dadurch nehmen sie kaum Platz weg. Mit vertikalen Trennwänden in den Fächern werden das prima Präsentationsmöglichkeiten. Und nach unten oder ganz oben könnte man sie dann doch tiefer werden lassen und Türen oder Glasscheiben davorsetzen, dann haben wir Platz für Geschirr und Gläser oder meine vielen hundert handgestickten Servietten und Tischdecken." Sie lässt ihren prüfenden Blick jetzt durch alle Räume schweifen. „Wenn ich mich hier so umschaue, ist da noch einiges mehr an Holzarbeiten zu tun. Hier im Schaufenster muss eine Sitzbank in die Rundung vom Fenster und Platz für einen Tisch geschaffen werden. Und dort am Durchgang zum zweiten Verkaufsraum wäre doch an der Wand Platz für ein Klavier und so eine Art Bühne für Livemusik. Ich kenne da auch schon so einen langen dünnen Typen, der hier singen und Gitarre spielen könnte!" Mit einem Seitenblick zu Wout, der gerade aus dem dritten Raum zurückgekommen ist und sie nun völlig verblüfft anstarrt, spricht Billie weiter: „Wir brauchen also dringend einen Schreiner, wo ich den herbekommen soll, weiß ich allerdings noch nicht!"

„Keine Sorge, ich denke, da habe ich schon eine Idee", kontert der Belgier, immer noch um Fassung ringend. Er steht nun auf dem hölzernen

Absatz, beide Hände trotzig in den Taschen seiner Jeans. „Ich fürchte aber, wenn der Raum da hinten unsere Küche und Backstube werden soll, haben wir dort größere Probleme als die Einrichtung einer Bühne, Billie! Der Raum ist zwar recht groß, aber Gas, Wasser, Abluft – alles muss neu installiert werden. Und einen Elektriker brauchen wir auch, für den Herdanschluss. Und als Toilette gibt es nur einen winzigen Raum, da ist sogar in meinem Kleiderschrank mehr Platz!"

Billies Stimme klingt jetzt ungeduldig: „Erstens hast du, soweit ich mich erinnern kann, gar keinen Kleiderschrank, sondern nur eine Kleiderstange. Außerdem wissen wir schließlich, worauf wir uns hier einlassen, oder etwa nicht? Wichtig ist nur: Ist der Raum für eine Küche geeignet, was meint ihr?" Hilfesuchend schaut sie jetzt zu Adrian, der immer noch neben Sebastian an der Fensternische lehnt. Der zuckt unschlüssig die Schultern und geht in den hinteren dritten Raum, an dessen Ende eine verglaste Tür den Ausgang zum Garten markiert.

Dann taxiert Adrian auch hier die Raummaße und prüft das Fenster neben der Tür. An der Seitenwand öffnet er die Tür zu der kleinen Toilette, angewidert schließt er sie sofort wieder.

Schließlich wendet er sich zu den anderen: „Also, was ich hier auf den ersten Blik feststellen kann – es sollte machbar sein. Für den Toilettentrakt muss ein Stück von der zukünftigen Küche geopfert werden. Das muss sich natürlich noch ein Fachmann ganz genau anschauen. Ich denke, ich habe da eine gute Adresse für dich. Außerdem fällt mir gerade ein, wir mussten in unserem Hotel in London gerade eine andere Küche installieren, der neue Besitzer wollte das unbedingt. Die alte ist noch keine fünf Jahre alt und Geräte und Möbel sind noch irgendwo eingelagert, ich denke, da lässt sich Einiges für euch finden."

Nun nimmt Sebastian Billie bei der Hand und zieht sie durch die geöffnete Hintertür zu dem Gelände hinterm Haus. „Grundgütiger!", entfährt es ihr beim Anblick der völlig verwilderten Ödnis, „einen grünen Daumen hat der Buchhändler jedenfalls nicht gehabt!"

„Och weißt du, es schreibt sich besser auf leerem Papier und das hier ist für mich eben so ein leeres Blatt!"

„Ach ja, wenn es mal schon leer wäre!“, seufzt Billie und hebt das Gerippe eines Sonnenschirms auf, das vor ihr in einem dichten Gebüsch aus blühender Goldrute und Brennnesseln liegt.

Nachsichtig lacht Sebastian und weist auf die beiden hohen Mauern aus Coltwolds-Stein, die links und rechts das langgezogene Grundstück begrenzen. „Das ist ein schöner ummauerter Garten, Billie, da würden sich viele die Finger lecken, um so etwas zu bekommen. Und da die Mauern direkt an das Haus anschließen, kannst du hier einen Wintergarten von Wand zu Wand bauen, der sich im Sommer mit Schiebetüren zum Garten hin vollständig öffnen lässt. Dann hast du noch einen Gastraum mehr und draußen lege ich dir etwas Pflegeleichtes mit Mixed Borders zwischen den Tischen an. Ich verspreche dir, das wird großartig. Ich setze mich heute Abend gleich hin und entwerfe dir meine Vision.“

„Und bitte auch einen Kostenvoranschlag!“

Auf Billies mahnende Worte hin lacht der Schotte wieder und legt ihr freundschaftlich den Arm um die Schulter. „Das werden wir noch sehen, ob ich von meiner Lieblingsschwägerin Geld nehme.“

Aus Billies Gesicht ist plötzlich jedes Lächeln verschwunden. „Du, das meine ich total ernst! Das gilt im Übrigen für euch beide: Ich bin lange genug auf eure Unterstützung angewiesen gewesen und das ist auch alles sehr lieb von euch, aber für mich ist das auch immer irgendwie beschämend gewesen. Nun bitte ich euch, seid noch einmal lieb zu mir und behandelt mich wie einen ganz normalen Kunden, mit Rechnung, versteht ihr?“

Entschlossen ist Billie zurück ins Haus gegangen, wo Adrian noch den letzten Satz von ihr mitgehört hat und sie nun mit verschränkten Armen erwartet. „Solche zickige Kundinnen zum frühen Morgen, das mag ich ganz besonders! Hör mal jetzt gut zu, Sweetie, mein Mann sieht vielleicht nicht so aus, aber er ist nicht nur ein begnadeter Gartengestalter, sondern auch ein ziemlich guter Geschäftsmann, der weiß, was er tut. Und wenn der meint, er macht dir einen Freundschaftspreis für seine Arbeit, dann wirst du das gefälligst akzeptieren. Und wenn er gar kein Geld von dir haben will, dann ist das eben auch so, obwohl ich das nicht wirklich glaube, schließlich ist Sebastian Schotte und damit geizig.“

„Nachhaltig und sparsam heißt das heutzutage, Darling!“

Sebastian ist hinter Billie in die zukünftige Küche gekommen und gibt Adrian einen Kuss, der lachend abwehrt. „Jetzt lenk mich nicht ab, ich bin gerade so schön in Fahrt! Denn, teuerste Billie, in meinem Fall verhält sich die Angelegenheit völlig anders: In meiner glanzvollen, einmaligen Art bin ich ja überhaupt nicht mit Geld aufzuwiegen! Wenn du mich bezahlen wolltest, würde ich mir vorkommen wie in einem von diesen … diesen … Etablissements! Und für so einen Job bin ich wohl doch inzwischen etwas zu alt, auch wenn ich noch immer rasend gut aussehe, vor allem mit diesem Shirt und dem Golf-Teddy mit rosa Hosen!“ Nach dieser amüsanten Ansprache schließt er die verblüffte Billie plötzlich fest in seine Arme. Direkt an ihrem Ohr hört sie seine tränenerstickte Stimme: „Ich habe nur diesen einen Bruder gehabt und den habe ich verloren. Also tue ich das alles hier für ihn, verstehst du? Denn das hätte er so gewollt!“ Dann schnieft Adrian ein wenig, schiebt Billie wieder von sich und setzt seine goldgeränderte Sonnenbrille auf.

Alle drei zucken erschrocken zusammen, als sich Wout räuspert. „Also, ich für meinen Teil habe jetzt genug von diesem Gesülze, Freunde, ich würde gern mal nach oben gehen, wenn es erlaubt ist!?“ Seltsam steif stakst er dann mit seinen langen Beinen an Billie und den beiden Männern vorbei zu der Holztreppe, die vom mittleren Raum aus in die erste Etage führt. Die hölzernen Stufen knarren, als Billie ebenfalls nach oben geht.

Strähnen aus Staub schillern in den Sonnenstrahlen, die durch die beiden Fenster des geräumigen leeren Zimmers fallen. Wout ist an eines herangetreten und schaut nun auf die Straße. Sein Blick wird gebremst vom saftigen Grün der ausladenden Kronen der alten Lindenbäume, die den Fußweg in der Long Primrose Lane säumen.

„Weißt du, wie himmlisch das im Juni riechen wird, wenn das Fenster offensteht und der Duft der Lindenblüten hier hochsteigt?“

Billie ist hinter den Belgier getreten, der immer noch aus dem Fenster schaut und nun abrupt das Thema wechselt: „Du kannst dir nicht vorstellen, was in den letzten Tagen bei Forcia los gewesen ist! Fast jeder hat mich wegen dir angequatscht, ob ich wissen würde, wie es dir geht und ob das mit deiner Kündigung stimmt. Das muss sich wie ein Lauffeuer herumgesprochen haben! Du hättest mal Paul erleben sollen, der war wie vom Donner getroffen als ich ihm deine Kündigung bestätigt habe. Dann ist er fast ausgetickt, sage ich dir. Dass das doch gar nicht sein kann, dass du ihm doch gar nichts gesagt hättest. Wo er doch alles für dich getan hätte, ich sage dir, der hätte fast geheult. Aber mehr vor Wut als vor Trauer. Ehrlich, ich hätte Eintritt nehmen sollen, so viele Kollegen waren bei mir in der Polsterei und haben sich nach dir erkundigt. Ich hatte sogar den Eindruck, dass einige richtig erschrocken sind, so nach dem Motto ‚Jetzt geht also noch eine, von der wir das niemals erwartet hätten.' Aber keine Angst, ich habe den blöden Suffkopp gespielt, der gerade aus seiner letzten Ziehung aufgewacht ist und von nichts weiß. Ach ja, eine Ausnahme habe ich bei Andrzej gemacht, der fragt, ob er dich mit seiner Frau besuchen darf, er hätte dir etwas Wichtiges zu sagen. Den habe ich auf die nächste Woche orientiert, ist doch okay, Chefin?" Mit den letzten Worten hat sich Wout umgedreht und geht nun hinüber zu einer Tür an der Stirnseite, hinter der eine schmale Küche zu sehen ist.

Als der Name ihres polnischen Kollegen genannt wird, runzelt Billie kurz die Stirn, doch gleich danach dreht sie sich lächelnd um und schaut, entspannt am Fensterbrett lehnend, Wout bei seiner Besichtigungstour zu. „Was hältst du davon, die Wand könnte weg und dann hast du eine offene Küche?"

Wout nickt und geht in das hintere Schlafzimmer, vorbei am Badezimmer, in dem Billie ein Waschbecken und eine Dusche erkennen kann. „Wenn wir unten sowieso die Klempner für die neuen Installationen haben, könnten hier oben gleich noch Bad und Küche auf Vordermann gebracht werden, das ist ein Abwasch." Und dann nach einer Pause: „Ey, Hercule, isch spreche mit ihnen! Was ist los? Sag was! Wenn du die Wohnung nicht magst, kein Problem, ist ja nur so eine Idee gewesen!"

Etwas betreten schaut Wout sie an, seine dunklen Augen schimmern im warmen Sonnenlicht, das immer noch in die Wohnung flutet. „Nicht mögen? Chefin, du verstehst wirklich gar nichts! Das hier ist so ziemlich das Beste, was mir seit Jahren passiert ist. Nicht mal Sex mit dir könnte sehr viel besser sein, fürchte ich!"

„Na dann ist doch alles klar. Eins noch: Nenn mich bitte nicht immerzu Chefin, das nervt! Und keine sexuellen Anspielungen mehr, wenn ich bitten darf!"

Im Runtergehen kann Billie ihr zufriedenes Grinsen nicht mehr verbergen. Aber immerhin sieht niemand, dass ihr die freche Andeutung des Belgiers die Hitze auf die Wangen getrieben hat. Draußen angekommen vereinbart sie mit dem Makler den Termin für den Kaufabschluss für das Haus mit der leuchtenden Natursteinfassade in der Long Primrose Lane in Smallcliff.

19. Kapitel – Die Attacke

Es ist schon spät am Abend und Billie hantiert gerade am Kühlschrank, um sich einen kleinen Imbiss als Abendbrot zuzubereiten. Da klopft es an der Haustür.

Als Billie sie einen Spalt breit öffnet, erkennt sie trotz der Dunkelheit ihren Besucher sofort. Es ist Paul, der mit seinem breiten Ringerkreuz fast den gesamten Türrahmen ausfüllt. Bitte jetzt keinen Besuch aus der Vergangenheit nach diesem aufregenden Tag, denkt sie und bedauert wieder einmal, dass ihre Eingangspforte keinen Türspion hat.

Sie kommt nicht mehr dazu, ihren Gedanken zu ende zu denken. Bevor Billie reagieren kann, hat der Mann seinen Fuß in den Türspalt gesetzt und die schwere Eichentür mit kurzem Schwung seines massigen Körpers aufgestoßen.

Instinktiv weicht Billie zurück und stolpert dabei über ihre Gartenclogs, die sie in dem kleinen Flur stehen gelassen hat. Schon ist das schwammige Gesicht des Mannes über ihr. Da ist keine Spur mehr zu sehen von dem einst so freundlichen und immerzu hilfsbereiten Kollegen. Die kleinen engstehenden Augen sind rot unterlaufen und schwimmen in Pfützen aus Wut und Selbstmitleid. Er stinkt nach Bier und billigem Whiskey.

Unwillkürlich steigt Billie ein kleines Lachen in die Kehle. „Hi Paul, siehst aber gar nicht gut aus!“

Noch bevor sie dem Mann besänftigend die Hand auf den Unterarm legen kann, stößt der sie ins Wohnzimmer und herrscht sie an: „Halts Maul, Striopach!“ Der letzte Laut steht wie ein Zischen über ihrem Gesicht.

Im Pub hat sie von angetrunkenen Typen oft genug solche Schimpfwörter gehört und ahnt daher, dass es dieser kleine Schotte vor ihr ziemlich ernst meint. Doch Billie spürt immer noch keine Angst vor Paul, der früher einmal ihr Freund sein wollte und ihr dann das wohl Wertvollste in ihrem Leben genommen hat. Diese Erkenntnis wächst plötzlich wie ein fürchterliches Monument in ihr und lässt nun keinerlei Zweifel mehr gelten.

Das Einzige, was Billie jetzt noch fühlt, ist eine tiefe und eiskalte Ruhe. „Sprich gefälligst Englisch mit mir, Paul! Deinen schottischen Slang verstehe ich sowieso nicht. Es wird wohl auch nichts Nettes gewesen sein, denn nett bist du ja jetzt gar nicht zu mir!"

Ein Fausthieb trifft Billies Gesicht, der sie rückwärts in die Kissen des Sofas schleudert. Wieder sieht sie die kalten schwarzen Augen über sich und Pauls Stimme schwankt zwischen hasserfüllt und weinerlich. „Nett? Ich bin mehr als nett zu dir! Jeden Wunsch erfülle ich dir, helfe dir, wo es nur geht. Ich bin da, wenn du mich brauchst. Aber du? Nie merkst du, welche Mühe ich mir gebe. Wer hat dir denn den Arsch gerettet bei den Ordern, wenn mal wieder Lieferschwierigkeiten sind oder die Inventur ansteht? Wer erträgt deine Unhöflichkeit, deine komischen Späße, deine Unverschämtheiten? Ich bin das! Aber du siehst mich ja nicht, der blöde Paul ist ja unsichtbar, bei dem braucht man nicht danke zu sagen. Und jetzt willst du dich so einfach davonstehlen, hast gekündigt, ohne mich zu fragen. Wie immer!"

Billie versucht sich aus ihrer ausweglosen Rückenlage zu befreien und rollt ein wenig auf die Seite, um Pauls nach Schnaps und ungewaschener Haut stinkenden Atem auszuweichen. Irgendwo in den Tiefen ihres fieberhaft arbeitenden Hirns findet sich eine samtige Stimmfarbe, mit der sie den bedrohlich über ihr hockenden Mann besänftigend anspricht: „Ach Paul, du hast ja recht, so oft hast du mir geholfen. Wir waren doch eigentlich immer ein tolles Team, oder? Und nach jenem Abend hier bei mir vor ein paar Wochen habe ich sogar angenommen, dass du mich ein wenig magst. Nun verstehe ich aber nicht, warum du jetzt so wütend auf mich bist?" Sie spielt auf Zeit, um diesem bedrohlichen Besuch irgendetwas entgegenzusetzen.

Doch vergebens. Für seine Fülle unerwartet wendig, wirft sich Paul blitzschnell noch weiter über die Sofalehne und liegt jetzt mit seinem ganzen Gewicht auf ihrem wehrlosen Körper. Grob umklammert seine linke Hand Billies zur Abwehr erhobenen Arm und zwingt ihn mit ungeheurer Kraft zurück auf das Sofa, während die Finger seiner anderen Hand zitternd und gierig über Billies Brüste streichen. Durch seinen halb geschlossenen Mund schleudert er ihr Worte zusammen mit kleinen Speicheltropfen ins Gesicht: „Gib's schon zu, das willst du doch! Du Schlampe brauchst es doch derb und schmerzhaft, das weiß ich! Ich habe dich gesehen, wie du nicht genug kriegen konntest, wenn er dich umarmt hat. Aber das, was du gleich von mir bekommen wirst, das hat dir dein Oxfordjüngelchen niemals geben können, das verspreche ich dir!"

Mit beiden Händen schiebt er ihr Hauskleid bis zum Kinn hoch und reißt ihr die Unterhose herunter. Billie hat die Augen geschlossen, mit letzter Kraft holt sie mit dem freigewordenen Arm aus und ihr Faust trifft den über ihr liegenden Mann mit voller Wucht aufs Jochbein, die Haut platzt auf und sie spürt, wie sein Blut auf ihren halbnackten Körper tropft.

Paul jault auf wie ein verwundetes Tier und lässt irritiert von ihr ab, um sich an die blutende Stelle im Gesicht zu fassen. In der nächsten Sekunde spürt Billie seine Hände an ihrem Hals und Paul rammt ihr sein Knie in den Unterleib. Ihr Körper krümmt sich vor Schmerz und Billie wird schwarz vor Augen. Wie stählerne Schraubzwingen drücken die Finger ihren Hals immer fester zu und machen das Atmen unmöglich. Billie kämpft nicht mehr und staunt über die Sterne, die im Dunkel ihrer geschlossenen Augen immerzu aufblitzen.

Pauls vor Hass triefende Stimme hört sie nur noch aus sehr weiter Ferne: „Du denkst, dass ich wütend bin? Du weißt nicht, was wirkliche Wut ist. Dich zu sehen mit diesem Kerl, der alles hat, der reich ist, gut aussieht, der dich anfassen darf, das hat mich wahnsinnig wütend gemacht. Aber diese ganze Wut gibt Kraft. Und als ich ihn endlich eingeholt hatte auf der Autobahn, war alles ganz leicht. Bei Tempo 120 einfach das Lenkrad mal kurz nach links gesteuert und seinem Wagen an der richtigen Stelle einen Schlenker verpasst und ab ging er in Richtung Brückenpfeiler … Das kann wirkliche Wut!"

Ein dumpfes Krachen unterbricht seinen Redefluss und in Billies Kopf bleibt nur noch ein Dröhnen. Die Last, die ihr das Atmen verweigert, hat sich jetzt auf ihren Körper verlagert.

Sie öffnet die Augen und schaut auf die fettige Glatze ihres Mörders, der auf ihren nackten Brüsten zu schlafen scheint. Darüber sieht sie Brenda, die eine große Bronzefigur schwingt.

Der Jüngling, der sonst den Eingang zum Wintergarten bewacht, in den vor Anstrengung zitternden Armen ihrer Nachbarin – dieses komische Bild lässt in Billie schon wieder ein Lachen aufsteigen. Das allerdings mehr ein hysterisches Krächzen wird, während sie sich mühsam von dem auf ihr liegenden tonnenschweren Fettwanst befreit und sich das hochgeschobene Hauskleid wieder schützend über ihren nackten Körper streift.

„Ist er tot?“ Brendas Kleinmädchenstimme ist vor Anspannung noch piepsiger als sonst und sicherheitshalber umklammert sie immer noch ihre Bronzewaffe mit beiden Händen.

Mit kaltem Blick und ohne großes Interesse mustert Billie den reglosen Mann, der bäuchlings und mit heruntergelassener Hose auf ihrem Sofa liegt. Sie massiert ihren Hals, auf dem sich sichtbar Würgemale röten.

Das Sprechen fällt ihr schwer und sie spricht sehr langsam: Nein … wohl … nur … bewusstlos … glaube ich … Leider! Wir … brauchen … Seil oder Kabelbinder … um dieses Stück Scheiße zu fixieren … bis die Polizei kommt …“

Brenda lässt jetzt endlich die Bronzeplastik fallen und fällt Billie schluchzend in die Arme: „Wie oft muss ich dir eigentlich noch das Leben retten? Das reicht aber jetzt mal! Ob du es willst oder nicht, nach chinesischem Brauch bin ich jetzt verantwortlich für dich.“

Scheinbar völlig ungerührt befreit sich Billie aus der Umklammerung ihrer Nachbarin, geht zum Anbau und greift sich die Wäscheleine, die wie immer an einem Haken in der Hauswand gleich hinter der Wintergartentür hängt. Mit wenigen Schritten ist sie wieder im Wohnzimmer und verknotet ein Stück des Hanfseils um die Handgelenke ihres Peinigers.

Erstaunt stellt sie fest, dass ihre Hände plötzlich zu zittern beginnen. Geistesgegenwärtig hat Brenda inzwischen ein großes Fleischmesser aus der Küche geholt, mit dem sie jetzt die Leine in passende Stücke schneidet, mit denen sie beide dann den Körper des bewusstlosen Fettsacks gleichmäßig verschnüren.

An das Sofa gelehnt, verschnaufen sie dann schwer atmend. Während Billie sich ihre immer noch zitternden Hände massiert, betrachtet sie den bäuchlings auf ihrem Sofa liegenden Mann, der sie vor wenigen Minuten mindestens vergewaltigen, wenn nicht gar ermorden wollte. So wie er Russel ermordet hat. Paul stöhnt leise und versucht die Augen zu öffnen.

„Moment, ich habe eine Idee. Hilfst du mir bitte noch einmal, ich will den Mistkerl in meinen Teppich einwickeln!"

Mit letzten Kräften schieben die beiden Frauen den verschnürten Körper vom Sofa herunter und rollen ihn unter Verwendung heftiger Flüche und Verwünschungen in Billies abgenutzten Orientteppich.

Inzwischen nur noch krampfhaft nach Luft schnappend, beruhigt Billie ihre Nachbarin: „Keine Angst … der Teppich … ist nicht echt … konnte ich noch … nie leiden!"

Die Teppichrolle gibt ein Geräusch von sich und blitzschnell und mit fliegenden roten Locken beugt sich Brenda hinunter zu Pauls Kopf und zischt ihn an: „Wenn du nicht sofort die Schnauze hältst, trete ich sie dir in dein hässliches Gesicht, verstehst du? Mögen dich die Würmer fressen! Möge dich die Katze fressen und der Teufel dann die Katze fressen, du Schande unseres stolzen Schottlands!" Sie hat plötzlich eine Rolle Paketband in der Hand und klebt dem zappelnden Mann breite Klebestreifen über den sabbernden Mund.

Erleichtert und immer noch nach Luft ringend, lassen sich die beiden Frauen dann auf zwei Esszimmerstühle fallen, als Billies Eingangstür mit einem Tritt von schweren Männerschuhen aufgestoßen wird und Detectiv Sergeant Miles Davis in Zivil, aber mit entsicherter Pistole in der Hand hereingestürmt kommt.

„Keine Bewegung! Sind sie in Ordnung, Billie? Sorry, dass ich so spät bin, aber schneller ging's nicht, ich musste erst ihr Haus suchen!"

Beim Anblick des besorgt dreinschauenden und offenbar etwas überforderten Polizisten mit der schönen dunklen Haut und dem kleinen goldenen Ring im linken Ohr muss Billie schon wieder lachen und sie prustet mit heiserer Stimme los: „DS Davis, wie schön, sie zu sehen! Sie kommen ja wie auf Bestellung! Aber woher wissen sie überhaupt …?" Dann bricht sie schnell ihre Begrüßung ab. Lachen und gleichzeitig reden funktioniert nicht, dafür schmerzt ihr Brustkorb zu sehr und erinnert sie nachdrücklich an das eben Erlebte.

Nachdem der Polizist kurz nach dem auf dem Boden im Teppich fixierten Mann geschaut hat, zerrt er eilig einen der Ledersessel aus dem verglasten Anbau und stellt ihn nun neben Billies Stuhl, während er mit einer Stimme antwortet, die keinen Widerspruch duldet. „Jetzt setzen sie sich erst einmal in ihren Sessel und legen die Füße hoch auf den Stuhl! So, sehen sie, ist doch gleich viel besser, oder?“ Fürsorglich legt ihr der junge Polizist noch eine Decke über die Füße.

Dankbar schließt Billie die Augen, denn jetzt scheint das Adrenalin nachzulassen, das es ihr in den letzten Minuten ermöglicht hat, so eiskalt zu reagieren. Nun aber greift das Zittern der Hände auf ihren ganzen Körper über und plötzlich laufen ihr Tränen über die Wangen.

Brenda gibt ihr ein Papiertaschentuch, während sie selbst, nun ebenfalls schluchzend, mit der anderen Hand vergeblich in den Taschen ihrer Jeans nach einem weiteren Exemplar sucht und sich kurzerhand eine Papierserviette schnappt, die auf Billies Esstisch herumliegt.

Unter Tränen setzt Billie wieder zum Sprechen an: „Ich bin euch verdammt dankbar, dass ihr zur Stelle gewesen seid! Wer weiß, was sonst passiert wäre. Aber wie hast du mich überhaupt …?“

Brendas Stimme ist jetzt wieder mädchenhaft hell und überschlägt sich fast vor Aufregung: „Owain hat doch Nachtdienst im Krankenhaus, mein Sohn ist im Basketballferiencamp und ich habe mich eben gelangweilt. Deshalb habe ich im Garten hinter unserer Mauer durch das Loch in der Hecke geschaut, ob du schon zu Hause bist. Und da habe ich diesen hässlichen dicken Mann an deiner Tür gesehen und ihn wiedererkannt. Irgendwas an dem hat mir damals bei deiner Christmas Party schon nicht gefallen. Und als du ihm dann die Tür vor der Nase zuknallen wolltest und er einfach seinen Fuß dazwischen gestellt hat – ja, da habe ich kurz überlegt, ich weiß ja, wie du es hasst, wenn man sich in deine Angelegenheiten einmischt. Trotzdem schien es mir ratsam, den Notruf der Polizei anzurufen.“

Billie will etwas erwidern, doch der Polizist unterbricht sie: „Nur gut, dass sie sich so entschieden haben! Denn genau diese Meldung habe ich über Polizeifunk gehört. Deshalb bin ich überhaupt hier. Die Kollegen müssen auch gleich kommen, ich habe Verstärkung angefordert und vorsichtshalber auch den Notarzt gerufen."

Fragend schaut Billie zu diesem Miles Davis ohne Trompete, doch bevor der weitersprechen kann, sind auf dem Kiesweg wieder schnelle Schritte zu hören und Billies Haustür wird erneut aufgerissen. Dieses Mal sind es drei Polizisten in Uniform und zwei Rettungssanitäter in ihren leuchtend gelben Westen. Und hinter ihnen kommt die wütende DCI Harriet Jefferson ins Wohnzimmer – in einem abgetragenen grauen Jogginganzug und mit Birkenstocksandalen an den Füßen.

Unwillig wehrt Billie die besorgten Fragen der Sanitäter ab, die ihr eine Blutdruckmanschette anlegen und ihren Hals sowie die Oberarme untersuchen, auf denen inzwischen deutliche Druckstellen dunkel schillern. Billie räuspert sich, trotzdem klingt ihre Stimme weiter kratzig. „Ich bin in Ordnung, der da unten im Teppich könnte wohl eher ihre Hilfe gebrauchen!"

DCI Jefferson weist wortlos mit einer Kopfbewegung auf den am Boden liegenden Mann und die Uniformierten rollen den hilflos zappelnden Mann aus dem Teppich und befreien ihn vom Paketband über seinem blutverschmierten Mund. Nachdem einer der Sanitäter seine Platzwunde mit einem Pflaster versorgt hat, wird er nach draußen zu den blau blinkenden Einsatzfahrzeugen transportiert. Sein undeutliches Lallen über irgendwas von wegen Körperverletzung und seinen Bürgerrechten geht unter in den Geräuschen der startenden Motoren.

Inzwischen hat sich DCI Jefferson vor ihrem wesentlich größeren Kollegen aufgebaut und herrscht ihn ungewohnt laut und immer noch sehr verärgert an: „Wo zum Teufel sind sie gewesen, Miles? Hatte ich nicht eindeutig angewiesen, dass sie Paul Frazer keine Sekunde aus den Augen lassen sollen? Wieso kann er dann völlig ungehindert hierherfahren? Meine Anweisungen zur Observierung sind doch wohl sehr klar gewesen!"

DS Davis schaut verlegen auf den Boden, seine kleinlaute Antwort kommt sehr leise: „Yes, Chefin, ihre Anweisungen waren eindeutig! Ich weiß auch nicht, wie das passieren konnte, ich habe meinen Observationsstandort keine Sekunde verlassen, das schwöre ich! Der ist in den Pub gegangen, fast drei Stunden lang hat er sich volllaufen lassen. Dann ist er wohl durchs Klofenster abgehauen … Habe ihn irgendwie verpasst, Chefin!" Und er nickt zu Brenda hinüber. „Dann habe ich über Polizeifunk von dem Notruf dieser Lady da und den Namen von Mrs. Florez gehört. Da habe ich zwei und zwei zusammengezählt und bin sofort hierhergefahren!"

„Darüber reden wir noch!" Etwas besänftigt lässt sich Harriet Jefferson neben den beiden anderen Frauen auf einen Stuhl fallen. Dabei sieht sie Brendas verächtlichen Blick auf ihren abgetragenen Jogginganzug und schaut selbst an sich herunter bis zu den Korksandalen.

Ihre Kinderstimme klingt nun ein wenig resigniert: „Ich muss mich für meinen Aufzug entschuldigen, aber eigentlich wollte ich den verdienten Feierabend genießen, mit Chipstüte auf dem Sofa und drei Folgen Downton Abbey am Stück. Doch dann kommt der Anruf aus der Zentrale. Und als es heißt, der Notruf käme aus ihrem Haus, da klingeln bei mir alle Alarmglocken und ich bin einfach losgestürzt … Das war ja alles nicht so geplant. Wir hatten den Kerl schon lange im Verdacht, aber eben keine echten Beweise."

„Ach so? Und mir mal was davon erzählen, mich zu warnen, auf die Idee sind sie gar nicht gekommen?"

Billies empörte Zwischenfrage quittiert die Ermittlerin mit einem Kopfschütteln. „Nein, das ist für uns tatsächlich nicht in Frage gekommen. In den Vernehmungen haben mehrere Kollegen angegeben, dass sie sehr eng mit diesem Frazer zusammenarbeiten. Er ist sozusagen ihre linke Hand, meinten die. Deshalb haben wir angenommen, dass sie ihn warnen könnten oder, natürlich ohne Absicht, Details unserer Ermittlungen an ihn weitergeben würden. Wenn wir geahnt hätten …!"

„Ja, ja, schon klar. Ich habe ja selbst keine Ahnung gehabt, wie der Typ in Wahrheit tickt. Wie habe ich mich nur so in diesem Menschen täuschen können? Lange Zeit habe ich doch wirklich geglaubt, dass er so etwas wie ein Freund wäre. Manchmal habe ich sogar das Gefühl gehabt, dass er regelrecht verschossen in mich war, so wie der mich oft angestarrt hat …"

„Mit Sicherheit wird der Gefühle für sie hegen, Billie! Welcher Art diese Gefühle aber sind, sei noch dahingestellt. Genau deshalb ist er offenbar auch zum Mörder geworden! Und was das Bemerken angeht – du könntest 20 Jahre lang mit einem Psychopathen verheiratet sein, ohne je zu wissen, wie er wirklich tickt", fügt die dickliche Frau mit dem verlebten Gesicht resignierend hinzu, „Psychopathen wie er entwickeln in der Regel einen starken Minderwertigkeitskomplex. Er ist ein Niemand, ein unauffälliger Zeitgenosse, der sich aber gern unverzichtbar macht, da die Hilfsbedürftigkeit des anderen ihn selbst größer werden lässt. Anerkennung und Dankbarkeit machen ihn wichtig. Zugleich verhält er sich aggressiv und abwertend vermeintlich Schwächeren gegenüber, jede Kritik an seinem Handeln betrachtet er als Bedrohung, ist nie selbst schuld. Andererseits vermögen es Psychopathen ausgezeichnet, ihre dunkle Seite hinter Lügen, Charme und Manipulation zu verbergen. Schritt eins: Sie entschlüsseln Mimik und Körpersprache und wissen dadurch instinktiv, wie sich ihr Gegenüber fühlt. Dementsprechend handelt er dann, sodass du ihm ohne Zögern auf den Leim gehst. Und eins darf man nie vergessen – um seine Interessen durchzusetzen, ist Mord für ihn die normalste Sache der Welt! Er hat keinen Konflikt damit, jeden zu töten, der ihm in die Quere kommt und ist absolut resistent gegen jede Form von menschlicher Emotion! Er macht eben seinen Job und kann danach ohne Probleme schlafen! In meiner Praxis habe ich ein paar solcher Leute kennengelernt, die cool, arglos und intelligent waren und keine Angst vor ihrem eigenen Tun hatten."

Aus Billies heiserer Stimme ist neben Erschöpfung nun auch Anerkennung herauszuhören. „Du liebe Zeit, Sie scheinen sich ja mit solchen Verbrechern ziemlich gut auszukennen?"

„Nun, das kommt wohl daher, dass das Studium des Verhaltens von psychopathischen Tätern Thema meiner Promotion in Cambridge war. Ach, nun schauen Sie nicht so verwundert, ich bin nicht immer Polizistin gewesen, habe Psychologie studiert. Zur Thames Police Oxford bin ich als Profilerin gekommen. Deshalb habe ich auch diesen Fall übernommen. Also noch einmal, Billie, mit ihnen hat das alles nicht viel zu tun. Und Sie dürfen sich um Gottes Willen auch keine Schuld geben! Dieser Typ ist schwer gestört, krank, verstehen sie? Ziemlich schlau zwar, denn ich muss zugeben, dass er wirklich alles sehr gerissen geplant und seine Spuren verwischt hat, sodass wir eigentlich nur Indizienbeweise gegen ihn in der Hand haben."

Bis jetzt hat Brenda völlig fertig neben der ebenfalls schweigenden Billie gesessen. Doch beim letzten Satz der Polizistin kehrt plötzlich ihre alte Energie wieder zurück und sie rutscht aufgeregt auf ihrem Stuhl hin und her. „Aber das hat sich ja jetzt erledigt! Vor Ihnen sitzt nämlich nicht nur das Opfer eines Mordanschlags, sondern wir sind auch zwei glaubwürdige Zeugen! Nach dem Anruf bei der Polizei bin ich doch gleich rüber gerannt, um Billie beizustehen. Und beim Hereinschleichen habe ich ganz Furchtbares gesehen und gehört und das kann ich jederzeit bezeugen!" Und sie berichtet DCI Jefferson von Paul Frazers hasserfülltem Geständnis, wobei die letzten Sätze schon wieder in ein Schluchzen übergehen und sie sich noch einmal geräuschvoll mit der Papierserviette die Nase putzen muss.

Nun stemmt sich Billie ächzend aus ihrem Sessel hoch. „Ich denke, irgendwas Hochprozentiges würde uns jetzt nicht schaden!" Während sie sich den durch den brutalen Angriff immer noch schmerzenden Oberarm massiert, schaut sie sich suchend die Flaschen auf ihrem Servierwagen an: „Hier habe ich aber nur noch Sherry, für Gin müsste man erst Eis und Tonic holen. Dafür fehlt mir aber echt die Kraft." Seufzend setzt sie sich wieder und stellt eine Flasche und Gläser auf den Tisch. Dann gießt sie sich und den anderen beiden Frauen den goldfarbenen Sherry ein.

Brenda erhebt dramatisch ihr Glas. „Auf alle Psychopathen dieser Erde, mögen sie in der Hölle schmoren, aber vorher sollen ihnen riesige eitrig juckende Beulen auf dem Rücken wachsen, wo sie zum Kratzen nicht rankommen!"

Kichernd erhebt auch die Polizistin ihr Glas und schüttet den Inhalt mit einem Schluck hinter. Dann verabschiedet sie sich: „Es wird Zeit für mich. Ich fürchte, ich sollte dann auch mal wieder. Mein Sofa ruft." Und als sie die erstaunten Blicke der Frauen sieht, erklärt sie bereitwillig ihr weiteres Vorgehen: „Den Mister lassen wir mal schön eine Nacht im Gewahrsam schmoren, er hat vorhin gestunken wie ein Whiskeyfass, also muss er ausnüchtern, sonst ist seine Befragung nichts wert. Morgen früh werde ich ihn mir dann vornehmen. Mal sehen, wie er reagiert. Sie beide muss ich bitten, morgen bei uns vorbeizukommen, um ihre beiden Zeugenaussagen zu Protokoll zu geben. Ich will sie jetzt auch nicht weiter strapazieren, Billie. Der Abend muss schlimm genug für sie gewesen sein. Und den eigentlichen Tathergang kenne ich ja nun in groben Zügen, das reicht mir für die erste Vernehmung. Kommen sie bitte möglichst früh, wir benötigen dringend ihre Aussagen, wirklich!“

Nachdem sie die Ermittlerin bis zur Haustür begleitet haben, schauen sich die Frauen einen Moment schweigend an. Dann rafft sich Brenda auf: „Ich müsste jetzt auch mal rüber, aber ich kann dich doch hier nicht allein lassen?!“

Der Gedanke, die restliche Nacht Brendas Kleinmädchengeplapper aushalten zu müssen, lässt Billie erschaudern. Bei aller Dankbarkeit, aber dafür fehlt ihr jetzt die Kraft. Um größtmögliche Freundlichkeit bemüht, sagt sie zu ihr: „Alles gut, Brenda! Du hast mehr als genug für mich getan, wirklich! Scher dich zu deinem Mann, der wird bald vom Nachtdienst zurück sein. Aber warte, eine Bitte habe ich doch noch: Würdest du nebenan bei Naomi klopfen und ihr sagen, dass alles in Ordnung ist? Die hat wahrscheinlich fast einen Herzinfarkt bekommen wegen dem ganzen Polizeiaufgebot hier. Du sollst sie nur etwas beruhigen. Und wenn wir beide morgen aus Oxford zurück sind, treffen wir uns alle drei im Garten, sagst du ihr das bitte?“

„Geht klar!“ Eine letzte Umarmung zum Abschied und ihre Nachbarin verschwindet endlich im samtigen Dunkel der Sommernacht. Erleichtert schließt Billie die Haustür.

Aber die plötzliche Stille im Haus lässt sie aufschrecken. Sie schwankt gegen die Wand im Flur und spürt auf einmal den Stoff ihres Hauskleids auf der Haut. Von ungeheurem Ekel erfasst, reißt sie es sich hastig vom Körper und stopft es zusammen mit der zerfetzten Unterhose in einen Müllsack.

Gerade will Billie den Sack in den Abfalleimer werfen, da kommt ihr ein Gedanke und sie zieht den Plastiksack wieder aus dem Eimer, verknotet ihn ordentlich und legt ihn dann in den Flur. Schließlich sind das DNA-Spuren für die Kriminaltechnik, denkt Billie, so hat sie es oft genug in den Fernsehkrimis gesehen.

Völlig nackt setzt sie sich auf die Treppe und spürt deutlich, wie diese beängstigende Stille von ihr Besitz ergreift. Wie befürchtet, folgt eine Panikattacke, die sie schwer atmen und fast bewegungsunfähig werden lässt. Mit letzter Kraft schnappt sie sich ihr Handy und tippt Wouts Nummer ein. Der nimmt sofort ab und Billie atmet tief ein.

„Wout, kannst du bitte herkommen? Jetzt gleich?" Und in kurzen abgehackten Sätzen schildert sie ihm die letzten Stunden.

Dann schleicht sie mühsam nach oben unter die Dusche und lässt viele Minuten lang heißes Wasser über ihren geschundenen Körper rinnen. Vielleicht ist es das Wasserrauschen oder die Erleichterung darüber, dass die Spuren von Gewalt und Schmutz endlich von ihrem Körper abgespült werden. Jedenfalls wird Billie zusehends ruhiger und der Druck im Brustkorb lässt nach.

Kaum, dass sie sich in ihren überlangen Bademantel gewickelt hat, klopft es auch schon unten an der Haustür. Während sie sich noch mit einem Handtuch ihre Haare trocken rubbelt, öffnet sie.

Mit vor Schreck geweiteten Augen macht Wout einen Schritt auf sie zu und schließt sie sofort in seine Arme. „Mann, was machst du aber auch immer für Sachen, Chefin!"

Die spontane Umarmung lässt Billie ihre Erwiderung vergessen, stattdessen brechen bei ihr nun alle Dämme und tränenüberströmt schmiegt sie sich an diesen großen schlaksigen Kerl. Heftig schluchzend bringt sie nur noch unzusammenhängende Satzfetzen hervor: „… Dieses Schwein hat ihn wirklich … kannst du dir das …? Ermordet! Und mich wollte er …!"

Statt zu antworten, umfasst der Belgier sie noch fester und mit einem leisen „Schschsch!" streichelt er ihr mit seinen riesigen Händen beruhigend den Rücken, der immer noch von Schluchzern geschüttelt wird.

Als Zeichen, dass sie sich endlich etwas beruhigt hat, schnieft Billie noch einmal und reibt sich mit dem Ärmel ihres Bademantels über die Augen.

„Wisch dir deine Hände ruhig an meiner Jacke, die ist robuster als du denkst." Wout grinst, als Billie ihn mit verheulten Augen anstarrt. „Das ist so 'ne Textzeile von euerm genialen Sven Regener, fiel mir gerade ein. Aber nun mache ich dir erst einmal was zu essen, ich fürchte, so wie du gerade drauf bist, dürftest du wohl völlig unterzuckert sein. Und dann erzählst du mal der Reihe nach, was passiert ist."

Als sie den würzigen Duft von Salami und Tomaten wahrnimmt, fällt Billie ein, dass sie ja wirklich seit vielen Stunden nichts gegessen hat. Plötzlich meldet sich nun auch der Hunger in ihrem Bauch. Während Wout in ihrer Küche hantiert, berichtet ihm Billie von den Ereignissen des

Abends, unterbrochen nur von Wouts ungläubigem „Dieser Dreckskerl!“ und wütendem „Wenn ich den noch mal in die Finger kriege!“.

Dankbar verschlingt sie die Sandwichscheiben, die Wout abwechselnd mit Salami, Käse, Tomaten und Salat belegt hat und dann schließt sie ihren Bericht mit den Worten: „Nach all dem habe ich es hier dann alleine einfach nicht ausgehalten. Und ich bin dir so dankbar, dass du gleich gekommen bist, einfach so! Aber wie warst du überhaupt so schnell hier, bist du geflogen?“

Der Belgier grinst zufrieden, während er das benutzte Geschirr abspült: „Nee, geflogen sind eher die Tiere des Waldes, die ich mit Tempo 150 von der Landstraße geschossen habe. Ich habe mir nämlich das Motorrad von meinem Nachbarn geliehen, es schien mir ein dringender Notfall zu sein“, setzt er erklärend hinzu. Nach einer Weile, in der Billie weiter ihre Sandwiches kaut und Wout schweigend an einer Flasche alkoholfreiem Bier nippt, nimmt er nachdenklich den Gesprächsfaden wieder auf: „Da hat sich also mein Verdacht in Bezug auf diesen Frazer bestätigt. Schau einer an, was für ein Drecksack, feige und hinterhältig. Und gefährlich bösartig! Obwohl mir mein Bauchgefühl eigentlich schon immer gesagt hat, dass mit dem Kerl was nicht stimmt!“

Inzwischen hat Billie wieder genug Energie, um sich mit Wout auf eines ihrer üblichen Wortgeplänkel einzulassen. „Ja klar, dein berühmtes Bauchgefühl! Das hatte ja auch Russel eindeutig als Kapitalistenarschloch identifiziert, nicht wahr?“

„Na, entschuldige nur, mal wird man sich doch wohl noch irren dürfen, oder?“ Belustigt zeigt der Belgier wieder seine großen Zähne.

Daraufhin fasst Billie all ihren Mut zusammen und spricht endlich das aus, was sie schon eine ganze Weile beschäftigt: „Okay, du bist entschuldigt, wenn du mir noch eine Bitte erfüllst, ja? Kannst du heute Nacht hier schlafen? Versteh das bitte jetzt nicht falsch: Ich will nur nicht allein sein!“

Billie errötet, während Wout, schon wieder amüsiert lächelnd, antwortet: „Verstehe total, dass du nach dem heutigen Abend für’s Erste keine Kerle … na du weißt schon … Aber keine Sorge, ich bleibe natürlich! Und versprochen, Chefin, bei guten Freunden wie bei ehemaligen und vor allem bei zukünftigen Arbeitskolleginnen liege ich auch ganz still und halte meine Hände im Zaum!“

Auf Wouts Drängen hin, nimmt Billie noch eine Tablette gegen die Schmerzen, die sich jetzt in ihrem Körper breitmachen. Und als sie, brav jeder in eine Decke gewickelt, in Billies breitem Doppelbett liegen, greift sie noch einmal Wouts letzten Satz auf. „Apropos ehemalige Kollegen, gibt es was Neues von der Front?"

Der Belgier dreht sich verwundert zu ihr um: „Was soll denn jetzt diese Frage? Das Neueste werde ja wohl eindeutig ich morgen in der Firma kundtun! Und das werde ich genießen, darauf kannst du dich verlassen! Alle sollen es erfahren, mit was für einem Kaliber man da zusammengearbeitet hat. Der bekommt keinen Fuß mehr auf die Erde in dieser Firma, dafür sorge ich. Unsere Polen haben diesen rassistischen Armleuchter sowieso schon gefressen. Der kann sich nachts nicht mehr allein auf die Straße wagen, fürchte ich."

Mit vor Müdigkeit schwerer Zunge murmelt Billie schläfrig: „Das wird Frazer auch wohl für sehr lange Zeit nicht mehr können, nachts auf die Straße gehen, meine ich. Wenn meine Nachbarin und ich morgen in Oxford unsere Aussagen zu Protokoll gegeben haben, dann war's das für ihn. Dann geht es um Mord und Mordversuch." Und nach einer Weile, in der Wout schon meint, dass Billie wohl eingeschlafen ist, meldet sie sich plötzlich noch einmal aus den Tiefen ihres Kopfkissens: „Sag mal, woher kennst du eigentlich Sven Regener und die Songs von ‚Element of crime'?

„Schließlich liebe ich Musik und lebe nicht auf dem Mond. Ich als Flame verstehe allemal genug deutsch, um seine Texte genial zu finden! Vor allem der Refrain passt hier gerade genau hin." Und mit seiner warmen Stimme beginnt Wout leise eine Melodie zu summen und singt dann lauter die Worte: „Ich gäbe meinen rechten Arm dafür, wenn du mir einmal noch ein Lächeln schenkst!"

Und neben dem Belgier, der durch das geöffnete Schlafzimmerfenster in den Sternenhimmel schaut, schläft Billie mit einem Lächeln im Gesicht endlich ein.

20. Kapitel – Aufbruch in das wirkliche, das siebente Leben

Als Wout am nächsten Morgen die Treppe herunterkommt, lehnt Billie schon fix und fertig angezogen an der Arbeitsplatte ihrer Küche. Sie trägt wieder ihr von Clara empfohlenes Outfit für geschäftliche Anlässe, schwarz zu schwarz und schwarz. In der Hand ihren Kaffeepott mit dem Bild der Königin, neben ihr steht eine zweite große Kaffeetasse, aus der das schwarze Getränk dampft. Fragend schaut sie zu Wout hoch auf die Treppe: „Ich weiß gar nicht, nimmst du eigentlich Milch oder Zucker in deinen Kaffee?"

„Sorry, aber als echter Revoluzzer lasse ich mir grundsätzlich niemals was weißmachen, wenn du verstehst! Und süß bin ich schließlich schon selbst genug, oder etwa nicht?"

Lächelnd frotzelt Billie zurück: „Nun, was deine Süße angeht, da sagen die einen so, die anderen sagen so… Aber als Freund bist du echt ein Herkules gewesen, mein lieber Hercule. Danke noch mal! By the way, falls du es dir nicht noch anders überlegen solltest, könntest du jetzt eigentlich bei Forcia kündigen, der Kaufvertrag für 59 Long Primrose Lane in Smallcliff ist jedenfalls unterzeichnet! Aber jetzt muss ich dich erst einmal dringend rausschmeißen, denn gleich taucht Nachbarin Brenda hier auf, wie du weißt, wollen wir ja nach Oxford. Und Naomi auf der anderen Seite denkt noch sonst was, wenn die dich hier frühmorgens das Haus verlassen sieht. Also vite, vite Herr Poirot, wir haben heute viel vor!"

Besorgt schaut Wout Billie zu, wie sie hastig in ihre flachen schwarzen Mules schlüpft: „Geht es dir gut, Billie, schaffst du das auch alles, nach dem, was du gestern Abend erlebt hast, wäre doch etwas Ruhe …?"

„Ruhe? Du spinnst wohl, gerade jetzt, wo ich tausend Dinge zur selben Zeit organisieren muss? Mach dir mal um mich keine Sorgen, ich habe geschlafen wie ein Stein und bin nun wieder völlig stabil. Nun sorgen wir noch dafür, dass dieser Drecksack nie wieder aus dem Knast kommt und dann gilt das alte Sprichwort meiner Oma: was uns nicht umbringt, macht uns stärker! Also los jetzt, wenn dich die Nachbarinnen sehen, ist mein guter Ruf im Eimer!" Und lachend hält sie ihm die Tür auf.

Als Brenda etwas später in Billies Auto klettert, plappert sie schon wieder wie ein Wasserfall. Und während Billie zuerst über Landstraßen, dann über die Autobahn fährt, setzt ihre Nachbarin ihren Redeschwall ohne Punkt und Komma fort.

Erst ist Owain dran, der sich um Billie Sorgen machen würde und als ihr behandelnder Arzt unbedingt am Nachmittag vorbeischauen will.

Und dass Naomi gestern Nacht wirklich kurz vor einem Herzkasper gewesen ist wegen dem Rettungswagen und den vielen Polizisten.

Und dass sie Paul Frazer gleich überhaupt gar nicht mochte, als sie ihn das erste Mal auf Billies Christmas Party gesehen hat.

Und dass sie nun Angst hat, ihre Haustür offen zu lassen, man wisse doch nie, wer da plötzlich vor einem steht.

Und dass sie sich für alle Fälle einen Baseballschläger neben das Bett …

„Jetzt halt aber endlich mal deine Klappe!“ Billies unhöflicher Einwurf lässt ihre Nachbarin beleidigt verstummen: „Sorry Brenda, dass ich wieder mal so direkt und typisch deutsch bin, aber es geht nicht anders. Wir sind gleich in Oxford und ich will vorher noch etwas mit dir besprechen, was keinen Aufschub duldet: Wie alt ist doch gleich noch mal euer Willi?“

Brenda zieht immer noch eine beleidigte Schnute, aber antwortet stolz: „Unser William wird im November 13 Jahre alt! Ich kann es selbst kaum glauben, wie schnell doch die Zeit vergeht!“

„Du sagst es, die Zeit vergeht! Und mit 13 braucht dich euer Kronsohn, na sagen wir mal vorsichtig, nicht mehr täglich rund um die Uhr, richtig?“

Billie schaut ihre Beifahrerin von der Seite an, die übermäßig konzentriert nach draußen stiert und auf ihrer Unterlippe kaut.

Schließlich gibt sich Billie die Antwort selbst: „Richtig! Bleibt also die durchaus berechtigte Frage an dich, liebe Brenda: Was möchtest du eigentlich noch mit deinem restlichen Leben anstellen? Also ich meine, das kann doch nun wirklich nicht alles gewesen sein, den Sohn groß gezogen, Owains Karriere nach Kräften unterstützt, Haus und Garten versorgt und deine Porzellanhaut gepflegt, die allerdings, wie ich neidvoll zugeben muss, tatsächlich glatt ist wie ein Kinderpopo. Und ansonsten hast du Tennis gespielt und bist Mitglied im Gardeners Club.“

„Und ich habe dir das Leben gerettet, immerhin schon zwei Mal!“ Der Widerspruch der Frau mit den hübschen rötlichen Locken kommt leise und ohne wirkliche Überzeugung, sodass Billie einfach weiterspricht: „Ja genau! Du bist meine Retterin. Und das werde ich auch niemals vergessen. Darum rede ich ja gerade mit dir! Was hast du da gleich noch mal gestern Abend gefaselt? Dass du nach chinesischem Brauch jetzt für mich verantwortlich seiest? Na, das vergiss mal ganz schnell wieder, bring erst einmal dein eigenes Leben auf Kurs, Teuerste! – Und deshalb frage ich dich noch einmal, Brenda Pincott, willst du nicht doch mal was Sinnvolles mit deinem Leben anstellen, was erreichen, was nur dir allein gehört? Und vor allem – willst du nicht irgendwann mal auf eigenen Beinen stehen, unabhängig von deinem Ehemann sein? Owain ist bestimmt der liebste und beste Ehemann ever und ganz sicher der tollste Arzt, den ich je kennengelernt habe. Aber um ihn geht es jetzt nicht. Es geht um dich, Brenda Pincott. Und deshalb …“, unwillkürlich zitiert Billie nun, die Stimme theatralisch tief, „… deshalb werde ich dir ein Angebot machen, das du nicht ablehnen kannst!“ Unmerklich ist Billie in Stimmlage und Habitus von Marlon Brando in der berühmten Szene aus „Der Pate“ gefallen.

Brenda merkt das und ein gemeinsames Schmunzeln entspannt die Atmosphäre im Auto ein wenig. Schließlich schiebt Brenda eine widerspenstige Locke beiseite und fragt zögernd: „Und was wäre denn deiner Meinung nach eine sinnvolle Tätigkeit für mein Leben?“

„Nun, als ordentlich abgerichtete Ehefrau kochst und bäckst du doch für dein Leben gern, wie ich weiß!“

Unwillig wehrt Brenda ab: „Also kochen, na ja, ich mache es, weil es sein muss. Aber gern – nee, gern tue ich Anderes. Aber ich kann gut anrichten. Meine Motivtorten sind ziemlich berühmt, das stimmt. Muffins, Cup Cakes, petit four, pasticcini, eben alles, was klein und modern ist und Teenies gern spachteln, ja, das kann ich ganz gut. Und das macht mir auch Spaß!“ Unversehens ist Brenda wieder in ihren harten Glasgower Dialekt verfallen, rollt nun das R wie ein schottischer Hafenarbeiter. „Siehst du, und genau das brauche ich im Cloud Castle, meinem Tearoom and much more!“ Und dann erläutert sie ihrer Nachbarin ihren verrückten Plan, erzählt ihr von dem Hauskauf in 59 Long Primrose Lane in Smallcliff.

Auf dem Weg zum Büro von DCI Jefferson redet nun Billie ununterbrochen – erzählt von ihrer Idee von einer Teaparty International, der Rezeptsammlung von Naomis Mutter, von diesem Belgier, der nicht nur musikalisch, sondern auch in der Küche erfahren ist und schließlich auch von dem Natursteinhaus mit dem wunderbaren Strahlen. Dann wartet sie auf eine Reaktion ihrer Nachbarin.

Doch Brenda hüllt sich, gänzlich gegen ihre Natur, in Schweigen. Stumm sitzt sie neben Billie, beantwortet nur einsilbig Fragen zu ihrer Person, die ihr von einem Uniformierten gestellt werden.

Getrennt voneinander geben sie dann ihre Erlebnisse des vergangenen Abends zu Protokoll, beantworten Fragen der Ermittler, unterschreiben schließlich ihre Aussagen.

Auch auf der Rückfahrt nach Greatley herrscht Stille zwischen den beiden Frauen. Und Billie lässt ihre Nachbarin in Ruhe. Kurz angebunden verabschieden sie sich schließlich und Brenda verschwindet eilig in ihrem Haus.

Zwar ist Billie etwas verwundert, macht sich aber weiter keine Gedanken darüber, sie ist sich sicher, dass ihre Nachbarin bald wieder auftauchen wird. Ihr Plan ist ja tatsächlich ziemlich verrückt, das muss man erst einmal verdauen. Und wenn sie nicht mit ihr zusammenarbeiten will, dann eben nicht, damit hat sie schließlich rechnen müssen.

Doch Billie hat sich geirrt.

Sie bestückt gerade das Tablett für den Gartentisch mit Tassen und Tellern, da klopft es tatsächlich. Aber nicht Brenda, sondern ihr Ehemann Owain steht vor Billie, die lederne Arzttasche in der Hand.

„Brenda hat mir gestern nach meinem Nachtdienst noch alles erzählt, aber es war schon zu spät um rüber zu kommen. Dafür sehe ich jetzt nach dir!“ Wichtigtuerisch kehrt er den behandelnden Arzt heraus, horcht Billies Herz und Lunge aufmerksam ab und legt ihr auch die Blutdruckmanschette um den Arm, was Billie stumm, aber mit einem genervten Augenrollen zulässt. Offenbar zufrieden mit den Ergebnissen klappt er dann sein Stethoskop zu und rollt auch die Blutdruckmanschette wieder ein. „Ach ja, hätte ich fast vergessen: Danke übrigens!“

Billie schaut ihren Arzt verständnislos an. „Danke wofür?“

„Für deine Idee mit dem Tearoom. Und dass du Brenda dabeihaben willst! Sie ist fix und fertig deshalb, so habe ich sie noch nie erlebt!“

„Na, danach hat das aber überhaupt nicht ausgesehen, stumm wie ein Schellfisch ist die vorhin in euer Haus gestapft.“

„So sind die Schotten eben – raue Schale, aber butterweicher Kern. Halb verrückt vor Freude, hat sie wohl nur noch nach Hause gewollt, um es mir zu erzählen. Weil sie doch allen Ernstes Angst hatte, dass ich was dagegen haben könnte, wenn sie arbeiten geht! Kannst du dir das vorstellen? Dabei bin ich sowas von froh, dass das endlich eine Chance für sie ist, wieder am echten Leben teilzunehmen und nicht nur die brave Hausfrau und Gattin zu spielen."

„Du weißt aber schon, was das bedeutet – keiner wartet mehr mit deinen Hauspantoffeln in der Hand auf dich, keiner serviert dir das Abendessen. Du wirst dich emanzipieren müssen, mein Lieber!"

„Ach scheiß doch drauf, dann mache ich mir eben mein Essen selbst, aber dafür habe ich vielleicht endlich wieder eine ausgeglichene und zufriedene Frau an meiner Seite. Und William ist auch ganz froh, nicht dauernd bemuttert zu werden. Außerdem, was für Hauspantoffeln, so was besitze ich gar nicht!" Und dann lacht er so herzlich über sein breites Gesicht, dass seine Augen in den vielen Fältchen fast verschwunden sind. „Okay, aber wenn sie so begeistert ist von meinem Vorschlag, warum ist Brenda dann jetzt nicht hier, wir sind verabredet, denke ich!?"

„Die hat noch irgendwas im Internet gesucht, das ist ganz dringend gewesen, sagt sie. Und danach kommt sie rüber. Ich gehe dann auch mal wieder, du weißt ja, wo ich zu finden bin, wenn was sein sollte."

Billie nickt und klappt schon den Laptop auf, denn sie hat entdeckt, dass eine E-Mail von Clara gekommen ist, mit der sie heute schon in aller Frühe telefoniert und sie über die Vorkommnisse des Abends und die nun gereiften Entscheidungen informiert hat. Während die Tür hinter ihrem Arzt ins Schloss fällt, beginnt sie zu lesen:

Hi Teuerste,

Wow, wow, wow! Kann ich da nur sagen. Was sind das für Wahnsinnsneuigkeiten, die du mir da am Telefon erzählt hast! Schon der Angriff auf dich, mein Gott, ich habe ja nachträglich noch Angst um dich. Dieser verdammte Schweinehund, dieser Frazer. Damals bei deiner Christmas Party habe ich ihn merkwürdig gefunden, das muss ich ehrlich zugeben. Aber wozu der fähig ist, das hätte ich mir nie vorstellen können.

Auf der anderen Seite hast du irgendwie erleichtert geklungen, so als ob jetzt endlich etwas abgeschlossen ist. Und das freut mich für dich. Endlich ist das vorbei!
Womit ich beim nächsten Thema bin: deine Zukunftspläne!
Also was Julius angeht, kann der mit den Neuigkeiten offensichtlich noch nicht so wirklich umgehen. Einerseits gefällt dem verfressenen Typen die Idee von einem Tearoom ausgesprochen gut. Er sieht sich da schon ganz gemütlich sitzen in einer der Ecken am Kamin oder draußen im Garten, an einem Tisch, auf dem eine Tasse Tee und ein Teller mit Keksen steht. Und dann plaudert er mit seiner Lala.
Doch andererseits ist da ja noch der Belgier und diese Konstellation gefällt nun, wie du weißt, unserem Julius überhaupt nicht. Der ist dann viel zu nah an Lala dran mit seinem edlen Kaffee und allerlei leckerem Gebäck und dann kann der auch noch Schokolade machen. Ja, was soll da Julius dagegensetzen? Fragt er sich und heult natürlich wieder.
Aber dann beruhige ich ihn damit, dass sich dieser ziemlich interessante Belgier ja viel mehr für die Chefin von Lala interessiert und die ja sowieso auch viel zu dünn ist. Und das beruhigt Julius nun wieder. Und dann freut er sich doch schon wieder darauf, dort auch einmal Millionärs Shortbread knabbern zu dürfen.
Ich tue mich damit schon etwas schwerer, zumal es für mich ja ziemlich umständlich sein wird, an deinen mit Sicherheit wunderbaren Kaffee oder Tee oder das Gebäck oder das Essen heranzukommen. Ich kann nun einmal nicht jedes Mal Hunderte von Kilometern dahin fahren …
Unser Gnadenhof für Tiere ist damit also nun Vergangenheit. Schade.
Ich hätte mir das so zauberhaft vorstellen können. In einem hochherrschaftlichen Anwesen, du und ich als verschrobene alte Schachteln, kümmern wir uns gemeinsam um ebenso in die Jahre gekommene Tiere. Du vielleicht mehr um die Tiere, ich dafür um den Garten.
Sicher nicht besonders spannend und vielleicht auch nichts für die nächsten Jahre.
Aber es war doch immerhin eine schöne Idee für unser Alter.
Nun also dein Cloud Castle. Dein Tearoom and much more.
Es hat zwar etwas gedauert, doch langsam, aber sicher kann ich Julius positivere Einstellung durchaus teilen. Diese Idee von einer Kneipe auf dem Dorf, was natürlich keine Kneipe sein wird. Ich höre schon deine Proteste, dann eben ein Café, was aber wieder nicht ganz korrekt ist. Also bitte schön, eben ein Tearoom, mitten auf

dem Lande, dort, wo die Reichen und Schönen ihre Wochenenden verbringen. Warum denn nicht? Du bist eine tolle Gastgeberin, das wissen wir beide. Und du hast inzwischen genügend Freunde und Bekannte auf dieser Insel der Exzentriker, aus denen du auswählen kannst, wer da mitarbeiten wird.

Und dieser Belgier, der sieht mir ja ganz so aus, als ob der dabei auch eine ziemlich positive Rolle spielen könnte. Entsprechend eifersüchtig ist natürlich Julius, siehe oben …

Ungewöhnlich ist für dich, dass du mich diesbezüglich nach meiner Meinung gefragt hast. Zu deiner Idee oder den Menschen, die du da mit einbeziehen möchtest.

Ich gehe allerdings davon aus, dass das für meine Wenigkeit samt Linus natürlich auch gilt, oder? Dann wir wären da schon gern mit von der Partie bei deinem neuem Projekt.

Aber dass du darüber so unmittelbar reden kannst, zeigt mir, wie sehr du dich verändert hast. Es ist eben dein siebentes Leben, oder?

Auch wenn ich Julius immer noch leise protestieren höre, das mit den Rezepten von Oma Martha und ihrem uralten Kochbuch und all meinen eigenen Rezepten, das geht natürlich alles klar. Du bekommst sie alle. Ich schicke sie dir entweder per E-Mail oder ausgedruckt per Post, muss ich mir mal überlegen, was man da alles machen kann.

Ich denke, das Ganze könnte ein Riesenspaß werden. Anbei im Anhang schon mal ein erstes Rezept, was ich immer zu Ostern backe und das du so liebst. Der Streuselkuchen vom Blech mit Pfirsich, Mascarpone und Mohn.

Bis denne. Gruß und Kuss dein Julius undduweißtschonwer.

Draußen knirscht der Kies ihres Gartenwegs unter eiligen Schritten und ihre Nachbarin stößt hektisch die Tür auf. Brenda hat ihre rostroten Locken zu einem Pferdeschwanz zusammengebunden, sie trägt eine kurze Hose zu einem Top und unter dem Arm ihre Yogamatte. „Los jetzt, Billie, du bist ja noch gar nicht umgezogen? Unsere tägliche Yogastunde ist durch unerwartete Ereignisse leider schon ein paar Mal ausgefallen, das sollte aber gar nicht erst einreißen!“

Seufzend kapituliert Billie vor so viel Fürsorge und geht sich schnell umziehen. Später im Garten hocken sie im Viefüßlerstand einander gegenüber und mobilisieren mit den sanften Bewegungen des Katze-Kuh-Flusses die Wirbelsäule, gekonnt verbindet auch Billie die Bewegungen mit dem Flow des Ein- und Ausatmens und spürt langsam, wie ihr gesamter Kreislauf stimuliert wird. Ganz entspannt setzt sie sich nun auf ihre Unterschenkel, eine Bewegung, die ihr erst nach vielen Wochen des Yogatrainings überhaupt möglich geworden ist. „Nun, Frau Yogalehrerin, willst du mir nicht vielleicht noch was sagen? Meine Frage von vor ein paar Stunden steht immer noch unbeantwortet im Raum." Daraufhin lässt sich ihr Gegenüber bäuchlings auf ihre Matte fallen und legt den Kopf auf ihre Unterarme. Brendas Kinderstimme klingt jetzt entspannt kehlig und dadurch fast erwachsen. „Ach ja, das weißt du ja noch gar nicht – übrigens, ich habe mich bei einem Barista Kurs angemeldet! In London, sauteuer, aber auch mit extrem guten Bewertungen. Den habe ich vorhin im Internet gefunden und mich gleich listen lassen. Nächste Woche geht es los. Und bezahlen wird ihn mir mein geliebter Oberarzt, soviel sollte ihm meine Karriere im Tearoom-Business allemal wert sein."

Nach einer kurzen Pause schaut sie Billie direkt an. „Ist das jetzt Antwort genug?"

Und in Brendas grau-grünen Augen blitzen bereits wieder die Funken purer Lebensfreude auf. „Ja, du deutsche Schnellmerkerin, ich nehme dein Angebot mit Freuden an. Besonders deshalb, weil ich genau weiß, dass du mich immer noch nicht besonders gut leiden kannst. Und du mich trotzdem gefragt hast! Deshalb: ‚Louis, ich glaube, dies ist der Beginn einer wunderbaren Freundschaft'!"

Ohne dass sie schon irgendwann mal ihre gemeinsame Vorliebe für legendäre Filmzitate festgestellt hätten, verwendet Brenda den berühmten letzten Satz aus „Casablanca", worauf Billie grinsend erwidert: „Ich schau dir in die Augen, Kleines!" Um dann, während sie ihre Yogamatten zusammenrollen, erleichtert zu schwatzen und zu kichern wie die Blaumeisen.

Als Billie dann das Tablett mit Tassen und einem Teller voller Shortbread und Kekse auf dem weißen Gartentisch platziert, erscheint Naomi in ihrem strohgedeckten Windfang vor der Haustür. Suchend blinzelt die alte Frau über den Rand ihrer runden Harry-Potter-Brille, um dann mit kleinen Trippelschritten in ihre Richtung zu gehen, während sie aufgeregt losplappert: „Grundgütiger, das wird aber auch langsam Zeit, ich habe schon befürchtet, dass ihr nie fertig werdet mit eurer Hampelei." Und völlig unbritisch umarmt sie dann plötzlich Billie, was ziemlich misslingt, da sie ihr nur knapp bis zur Schulter reicht und Billie deshalb nun verlegen den Kopf mit den erdbeerblonden Locken an ihrer Brust tätschelt. Endlich lässt Naomi ihre Arme wieder sinken und setzt sich auf einen der Gartenstühle.

„Wie geht es dir denn heute, Darling? Es tut mir ja so leid, aber ich habe wirklich gar nichts mitbekommen, ich bin früh zu Bett gegangen. Na ja, und du weißt ja, mit meinem Gehör ist es auch nicht mehr weit her. Erst die blauen Lichtblitze von den Bullenschaukeln haben mich geweckt."

Die rüde Ausdrucksweise der zierlichen Greisin erinnert einmal mehr an Naomis Hippie-Vergangenheit und die beiden Jüngeren feixen sie an, während Billie sie beschwichtigt: „Lass mal, Naomi, ist doch alles in Ordnung! Mir geht es gut und dieser Drecksack, der meinen Russel auf dem Gewissen hat, ist überführt."

Und dann berichten sie, sich gegenseitig immer wieder unterbrechend, von den Ermittlungsergebnissen der Polizei und Paul Frazers hasserfüllten Mordgeständnis.

Naomi schlägt mehrfach erschrocken die Hände vor ihr Gesicht, verbunden mit einem verzweifelten „Guter Gott!", gefolgt von saftigen Schimpfwörtern gegen den brutalen Täter.

Sehr viel weiter kommen sie jedoch nicht mit ihren Erzählungen, da taucht bereits der nächste Besuch auf dem Gartenweg auf. Mit seiner abgegriffenen schwarzen Lederjacke, einer eindeutig neuen schwarzen Jeans und einem strahlenden Lächeln in dem mageren Jungengesicht taucht Wout hinter der Hausecke auf, Andrzej und seine Frau Kasia folgen direkt hinter ihm.

„Dzień dobry, Pani Billie! Meine Andrzej dir was sagen muss, endlich!"

Neidlos konstatiert Billie, dass die dralle Blondine eindrucksvoll bestätigt, was allgemein über die Schönheit polnischer Frauen gesagt wird. Ihr von der Sonne gebräuntes Gesicht wird eingerahmt vom weizenfarbenen langen Haar, das Kasia heute fest nach hinten zu einem dicken Zopf gebunden hat. Passend dazu gibt eine strenge Falte über der Nasenwurzel ihrem Gesicht etwas von einer verärgerten Lehrerin.

„Meine Andrzej sein guter Mann, aber sehr langsam, du verstehst? Ich immer schon sagen, der Boxer keine gute Mensch sein. Aber meine Andrzej eben brauchen Zeit zu lernen!“

Billies Augen folgen nun dem traurigen Blick der Polin zu ihrem Mann. Andrzej hat die Schultern eingezogen und vermeidet es, Billie in die Augen zu sehen, als er zu sprechen beginnt. „Mit Boxer meint sie Paul Frazer, Ringer oder Boxer, das verwechselt sie immer“, murmelt er erklärend in Billies Richtung.

Die mustert ihren polnischen Kollegen nachdenklich. Untersetzt und mit kräftigen Muskeln wirkt Andrzej trotz seiner über 40 Jahre wie ein unsicherer Schüler. Sein unsteter Blick hat Billie schon früher als unangenehm empfunden und nein, eine Schönheit ist dieser Pole noch nie gewesen. Schütteres Haar von einem undefinierbaren Straßenköterblond, ausdruckslose graue Augen, die eben keinem festen Blick standhalten, das entspricht wirklich nicht Billies Vorstellung von einem guten Mann. Einzig, wenn das Gespräch auf die Familie kommt, dann beginnen seine Augen zu leuchten und die Stimme wirkt plötzlich irgendwie männlich und kraftvoll. Und jegliche Unsicherheit ist augenblicklich aus seinem Auftreten verschwunden.

„Kasia nervt mich schon länger und sie hat wahrscheinlich auch recht damit. Ich muss mich tatsächlich bei dir entschuldigen, Billie!“

„Okay, in Ordnung, aber ich verstehe nicht so ganz, wofür du dich zum Geier entschuldigen willst!“ Und mehr zu sich selbst setzt sie leise hinzu: „Und wieso deine Kasia unseren Kollegen Frazer offenbar eher durchschaut hat als wir alle anderen?“

Die resolute Kasia fällt ihrem Mann wütend ins Wort: „Entschuldigen er muss, weil er Gut nicht von Böse kann unterscheiden!“

Andrzej erwidert besänftigend: „Ist ja gut, Darling, ich hab’s ja verstanden!“ Und zu Billie gewandt spricht er weiter: „Ich bin wirklich sehr dumm gewesen. Zuerst habe ich Mr. Beauford verdächtigt, dass er uns Leiharbeiter, wie sagt man gleich, wegrationalisieren will?!“

Nur das klangvoll rollende R erinnert jetzt wieder an den Ausländer in Andrzejs ansonsten fast lupenreinem Englisch. Verwirrt schaut Billie zu Wout, der die Hände hebt, ganz unter dem Motto: Habe ich es dir nicht gesagt?!

Verärgert wendet sie sich wieder Andrzej zu, der endlich weiterspricht: „Natürlich haben wir dann auch gemerkt, dass dein Russel in Ordnung ist, aber einer von uns ist er eben nie gewesen, verstehst du? Ja, er konnte Gabelstapler fahren und hatte so eine umgängliche, freundliche Art. Aber er war eben auch ein feiner Pinkel, so hat ihn zumindest Paul immer genannt. Der hat ihn ja auf den Tod nicht ausstehen können. Warum, das habe ich bis heute nicht begriffen. Tja, dieser Paul Frazer …"

Wieder hebt Billie verwundert ihre Augenbrauen und schaut Andrzej prüfend an, bevor sie erwidert: „Aber du und Russel, ihr habt euch doch gut verstanden, habe ich jedenfalls immer gedacht?"

„Das stimmt ja auch, zumindest für die letzten Monate bis zu seinem … Unfall. Russel ist zu uns immer offen und fair gewesen. Er hat sich sogar für unsere Situation als Leiharbeiter interessiert, hat versucht, sich bei der Firmenleitung für eine unserer Qualifikation entsprechenden Tätigkeit einzusetzen. Als er erfahren hat, dass ich in Polen einen Studienabschluss als Diplomingenieur gemacht habe, hat er mich als Teamleiter in der Montage mit mehr Geld und Verantwortung vorgeschlagen. Aber daraus ist ja dann nichts geworden wegen Schweinchen Dick …" Auf Billies und Wouts verständnislose Blicke reagiert Andrzej mit einem bösen Grinsen. „So haben wir Frazer unter uns Polen genannt."

„Aber warum habt ihr euch nicht gewehrt gegen diesen Kerl?"

Andrzej schüttelt missmutig den Kopf: „Wir uns wehren? Gegen den? Aber wie denn? Hast du nicht gewusst, dass Mr. Barnes, der Abteilungsleiter, ihm die Stundenabrechnung über die polnischen Leiharbeiter übergeben hatte? Er ist unser Aufseher gewesen, Billie, und so hat er sich auch benommen! Beschweren konnten wir uns nicht, bei wem auch? Barnes brauchte Frazer als Handlanger. Und dann ist es ausgerechnet Russel Beauford gewesen, der uns geholfen hat. Er hat in der Konzernleitung auf die Sauereien hingewiesen, die Schikanen und ausländerfeindlichen Bemerkungen. Dann ist es ein paar Tage besser geworden, aber danach hat Schweinchen Dick weitergemacht und es ist sogar schlimmer geworden mit diesem Dran', diesem Swintuch, wie nennt man das auf Englisch?"

„Bastard, das trifft es!" Billie hat wieder mehr zu sich selbst gesprochen.

Je länger Andrzej redet, desto mehr spürt sie den wachsenden Druck in der Magengegend. Jenes ungute Gefühl, dass sie wieder und wieder überkommen ist, wenn sie über die Situation in der Firma nachgedacht hat. Sie hat gespürt, dass etwas nicht stimmt. Aber sie hat es ignoriert, es nicht wahrhaben wollen. Und natürlich war sie mit ihren eigenen Sorgen beschäftigt. Unglaublich, wie viel ihr letztlich dadurch entgangen ist.

Was sich schließlich auch als sehr gefährlich für sie selbst erwiesen hat. Jetzt meldet sich Kasia mit ihrer angenehmen warmen Stimme: „Pani Billie, du fragen, wie ich diesen Frazer habe durchschaut? Nun, ich nicht durchschaut, ich erlebt!" Und dann schaut sie Andrzej mit ihren klaren blauen Augen direkt an, bevor sie zögernd weiterspricht: „Ich dir das niemals erzählt ... Aber du weißt noch, an dem Abend kurz vor Weihnachten, wo alle Kollegen mit Ehefrauen im Pub gefeiert? Da ist er gefolgt mir auf Toilette, dort war sehr dunkle Ecke. Und er mich angefasst. Ich mich gewehrt und ihm eine geknallt, sagt man so?" Jetzt schaut die blonde Frau auch Billie fest in die Augen und spricht etwas leiser weiter, als wenn der Rest nur sie beide etwas angehen würde: „Dann er mich an die Wand gedrückt. Und gedroht, wenn ich Andrzej was sage, dann der bekommt Ärger. Und Andrzejs Beförderung wird nur etwas, wenn ich bin nett zu ihm. Ich dann weggerannt. Und du nicht befördert."

Liebevoll lächelt Kasia nun ihren Mann an und fasst nach seiner Hand, die Andrzej mit nur mühsam unterdrückter Wut zur Faust geballt hat.

Gedankenverloren starrt Billie in einen Asternbusch im Beet neben ihrem Stuhl, in dem die unzähligen Blütenknöpfe gerade beginnen, ihr blauviolettes Feuerwerk zu entzünden. Dass diese Blautöne wunderbar mit dem Orange der mexikanischen Sonnenblumen und dem tiefen Rot der Dahlienblüten harmonieren, das kann sie gerade nicht wahrnehmen. Dafür ist sie viel zu sehr in ihren düsteren Erinnerungen versunken, die aber nun jäh von Brenda unterbrochen werden. Unbemerkt von allen Anwesenden ist sie in die Küche gegangen und kehrt nun zurück mit einem Tablett voll zusätzlicher Tassen für die neuen Gäste und der großen Glaskanne mit dampfendem Kaffee. Geräuschvoll setzt sie das Tablett auf dem Gartentisch ab.

„So, liebe Freunde, genug jetzt über diesen Mistkerl. Das ist der wirklich nicht wert, dass so viele Menschen Kummer wegen so einem Schweinehund haben. Zur Hölle mit ihm! Und wir konzentrieren uns besser wieder auf die Gegenwart und vor allem auf unsere Zukunft, wegen der wir uns ja wohl hier alle versammelt haben. Oder zumindest fast alle“, setzt sie mit einem Seitenblick auf die beiden Polen hinzu, bevor sie beginnt, die Kaffeetassen zu füllen.

Jetzt wird Wout unruhig und steht von seinem Stuhl auf. Nachdem er sich hastig eine Zigarette angezündet hat, dreht er sich fragend zu Andrzej: „Moment noch, entschuldigt bitte, aber ich verstehe immer noch etwas gar nicht: Andrzej, du hast mir doch erzählt, dass euer Landsmann in der Werkstatt auf allerlei Mauscheleien und Ungereimtheiten gestoßen ist, die alle irgendwie mit Frazer zu tun hatten. Warum habt ihr das nicht wenigstens mal der Polizei mitgeteilt?“

Etwas verlegen schaut nun Andrezej zu dem Belgier. „Na, aus dem gleichen Grund, aus dem wir uns auch seine Schikanen gefallen lassen haben – wir hatten Schiss vor ihm! Und natürlich vor der Polizei, du weißt selbst, dass es viele bei der Polizei gibt, die Ausländer nicht mögen. Jetzt nach dem Brexit haben gerade solche ja Oberwasser. Am liebsten würden sie doch alle Nicht-Engländer in den Ärmelkanal werfen.“

„Zusammen mit den Schotten, Walisern und Iren, denn die sind ja schließlich auch keine echten Engländer, ja, ja, ich verstehe schon, diesen Schwachsinn kennen wir ja!“ Billies Stimme klingt resigniert, doch dann richtet sie sich auf und greift nach ihrer Kaffeetasse, bevor sie entschlossen meint: „Und genau dagegen werden wir was unternehmen!“, und sich einen Keks in den Mund steckt. Während sie noch kaut, beginnt sie weiterzusprechen. Über Paul Wellers alten Buchladen, der jetzt ihr gehört. Und über den künftigen Tearoom Cloud Castle – ihr ganz persönliches Wolkenschloss, das nun Wirklichkeit werden soll. „Es muss natürlich noch viel dran gemacht werden. In den Verkaufsräumen sind Holzregale an den Wänden, die müssen genauso umgebaut werden wie das halbrunde Schaufenster. Für all das suche ich jemanden, der mit Holz umgehen kann, aber der ist gar nicht so leicht zu finden.“

Da wird sie von Andrzej unterbrochen: „Och, das ist kein Problem. Ich kann Jan fragen, der hat eigentlich Schreiner gelernt. Ihr kennt euch ja bereits, das ist der aus der Werkstatt.“

„Ach echt? Kennst du vielleicht auch noch 'nen Elektriker? Oder einen Klempner?“

Wie sich herausstellt, ist in der polnischen Community rund um Banbury so ziemlich jeder Beruf und jedes Handwerk zu finden.

Billie schwirrt bald der Kopf von all den Jans, Adams und dem Schwager vom Neffen des Nachbarn. Verwirrt fragt sie: „Und die würdest du alle für mich kontaktieren?"

Andrzej schaut prüfend zu seiner Frau, bevor er weiterspricht: „Ich denke, ich sollte noch mehr tun, Billie, das bin ich dir und Russel schuldig. Ihr seid schließlich immer hilfsbereit und anständig zu uns gewesen, nun sind mal wir dran. Also unsere paar Tage Jahresurlaub müssen wir ja alle, wie du weißt, während der allgemeinen Betriebsruhe zum Jahreswechsel nehmen. Ich habe aber noch ein paar Tage übrig, kann also relativ kurzfristig freinehmen und deine Bauarbeiten koordinieren. Also die Gewerke anleiten, Handwerker bestellen …"

„Was, du würdest mir also den Bauleiter machen?" Billie kann ihre Rührung kaum unterdrücken.

„Na ja, soweit das zeitlich möglich ist. Und wenn meine Frau nichts dagegen hat?" Unsicher schaut Andrzej jetzt wieder zu Kasia, die kerzengerade sitzt und nervös mit den Fingern auf dem Gartentisch trommelt.

Brenda hat sich neben die Polin gesetzt und legt jetzt ihre sommersprossige Hand beruhigend auf Kasias nervöse Finger: „Sag mal, damals zu Billies Christmas Party, da hast du doch diese leckeren Teigtaschen mitgebracht, wie heißen die noch gleich? Ja, stimmt, Pelmeni waren das. Also, du kannst offensichtlich kochen. Und wie sieht es mit dem Backen aus?"

Erstaunt schaut Billie zu ihrer resoluten Nachbarin, die ihren Blick ungerührt erwidert. „Ja, was denn? Du willst eine europäische Teaparty in deinem Laden anbieten und diese Dame ist Europäerin, nämlich Polin, du Schaf! Und die polnischen Frauen können alle wunderbar kochen und backen. Habe ich jedenfalls gelesen!"

Dann verstummt Brenda und zieht wieder ihren Schmollmund, worüber Billie spontan lachen muss. Auch Naomi, die bisher still und mit erschrockenen Augen zugehört hat, lächelt nun endlich. In ihren grünen Augen blitzt es fröhlich, als auch sie Kasia direkt anspricht: „Nun, Liebes, so wie ich das sehe, sollten sie sich dieses Angebot nicht zu lange überlegen. Natürlich werden ihre Rezepte neben meinen Cornishen Spezialitäten kaum eine Chance haben, fürchte ich, aber immerhin könnten sie es ja mal versuchen!"

Das hat gesessen, die Polin wirft verärgert ihren dicken blonden Zopf auf den Rücken und ihre Antwort klingt angemessen empört: „Was dir fallen ein, Pani, nun sie halten aber Luft an! Was sie denken, was ich habe schon gebacken?! Nichts gegen ihre englische Shortbread. Aber wir in Polen backen ganze Torte mit Teig von Shortbread. Unsere Torte heißen Pani Walewska, du kennen? Ist beliebte Torte zu Hause. Benannt nach die Geliebte von Kaiser Napoleon. Dem sie ein Kind geboren hat. Du schon wissen? Die Torte bestehen aus feinem Shortbread Teig, Pflaumenmus, Baiser und eine Schicht Buttercreme mit Mandeln und Haselnüssen. Kann gebacken werden in rund aber auch rechteckig von die Blech. Oder du kennen leckere Pirogi mit Süßkartoffel-Feigen-Füllung und Salbeibutter? Du das kennen? Nein? Aber ich das kennen! Oder unsere weichen Jagodzianki, wie sagt ihr gleich, Brötchen, selbst gebacken mit Blaubeerfüllung. Das ich alles kann backen, stimmt's, Andrzej?" Ohne auf ihren heftig nickenden Mann zu reagieren, spricht Kasia weiter, nun direkt zu Billie gewandt: „Pani Billie, ich das möchten, was du sagst! Ich möchte arbeiten. Bei dir. Ich genauso studiert wie Andrzej, nur eben Kunst, aber ich bis jetzt hier in Great Britain arbeiten vor allem als Putzfrau. Du dir denken, dass ich das nicht immer machen will? Deshalb danke für Angebot."

Und dann fliegt über Kasias schönes Gesicht ein wunderbares Lächeln.

Billie beobachtet, wie Naomi zufrieden in ihre Kaffeetasse prustet. Die Provokation hat funktioniert und nun lehnt sich die alte Frau entspannt zurück und schaut fröhlich in die Runde.

Für die 80-Jährige sind ihre Tearoom-Pläne offensichtlich wie ein Jungbrunnen. Obwohl da ziemlich viel Stress auf alle Beteiligten zukommen wird, denkt Billy bei sich.

Nachdenklich schaut auch sie ihre Gäste an und holt dann tief Luft: „Tja Freunde, scheint ja fast so, als ob ich nun nicht nur Unternehmerin bin, sondern wohl auch Angestellte haben werde. Okay, ist etwas viel auf einmal, aber ich finde, dass das alles in allem richtig gut funktionieren könnte mit uns!"

Und dann nimmt auch Billie einen großen Schluck von dem Kaffee, der inzwischen kalt geworden ist.

21. Kapitel – Cloud Castle – and much more

Das monotone Wummern der Schlagbohrmaschine lässt die Wände erzittern. Stirnrunzelnd massiert sich Billie die schmerzenden Schläfen und knurrt. Diese Handwerker werden einfach nicht fertig, denkt sie. Der Umbau dauert nun schon mehrere Monate. Und ein Ende scheint nicht abzusehen. Oder liegt das nur am Wetter, das draußen vor dem runden Schaufenster stattfindet?

Trübsinnig schaut sie durch die Kassettenscheiben, an denen der Wind gerade welke Blätter vorbei treibt. Der Herbst hat Einzug gehalten und die Straßen sind nass und grau. Keine gute Zeit zum Renovieren. Eigentlich sollte man jetzt in die Sonne fliegen. Doch Billie vertreibt ihre trüben Gedanken und schaut sich um.

Adrian hat Wort gehalten und eine ganze Menge aus der ehemaligen Hotelkücheneinrichtung nach Smallcliff fahren lassen. Küchenmöbel mit Arbeitsplatten aus matt schimmerndem Stahl. Ein komfortabler Herd und zwei Backöfen sind bereits in der neuen Küche installiert worden. Natürlich unter Wouts Kontrolle und Anleitung.

Lächelnd schaut sie zu, wie dieser Che Guevara in Lederjacke plötzlich zum unnachsichtigen Sklaventreiber mutiert, der den verschreckten Männern, die die Küchengeräte anschließen sollen, unglaublich Dampf macht: „Kannst du dir das vorstellen, wollten diese Experten für Rasenhalma doch allen Ernstes meinen Herd an der falschen Wand installieren, dort, wo ja die Backöfen stehen sollen!"

Die beiden Monteure verdrehen die Augen und hantieren missmutig weiter mit ihren Rohrzangen, mit denen sie gerade die Wasserrohre am Geschirrspüler und an der Spüle anschließen. Ihre Gesichter hellen sich erst auf, als Billie den Belgier bittet, zusammen mit ihr nach oben in seine künftige Wohnung zu gehen. Noch auf dem hölzernen Treppenabsatz fragt Wout unwillig: „Was willst du, Billie, du siehst doch, dass ich hier genug zu tun habe?"

„Na ja, ich sehe vor allem, dass du andere von ihrer Arbeit abhältst, Wout!"

„Wie meinst du das?“ Sein verwirrtes Gesicht unterstreicht das Nichtverstehen von Billies Botschaft. Doch bevor sie etwas erklären kann, kehrt das altbekannte freche Grinsen in Wouts Gesicht zurück. „Willst du mir etwa damit sagen, dass ich meine Umgebung nerve? Wirklich?“ Aus seinem Mund kommt ein begeistertes Glucksen. „Wie wunderbar ist das denn! Endlich! Jahrelang haben mich andere Menschen und ihr Tun überhaupt nicht mehr interessiert, habe mich nur mit meinem eigenen Elend und dem allgemeinen Elend der Welt beschäftigt! Du siehst also, ich bin auf einem guten Weg, Darling! Und, womit könnte ich dich denn mal hübsch nerven?“ Immer noch grinsend, schubst er Billie mit seiner Hüfte freundschaftlich an.

Sie hat sich an eines der Fensterbretter gelehnt, von dem sie sich nun energisch abstößt. „Ach, da habe ich gar keine Sorge, das schaffst du bestimmt ganz schnell, wenn wir jetzt gleich losfahren – du erinnerst dich? Autohaus? Für den praktischen Transporter? Außerdem wollen wir noch in den von dir gefundenen mysteriösen Lagerverkauf von italienischen Kaffeeautomaten schauen. Und Wandfarben aussuchen. Na, und nach Möbeln für deine Hütte wollten wir doch auch schauen, die Wand Maße hast du doch hoffentlich notiert?“

„Alles klar, die stehen im Handy, Chefin!“

Und schon stürmt Wout wieder die Treppe hinunter. Billie eilt hinterher, wo sie sich noch schnell Jan greift, der gerade die Bretter für ihre Verkaufsregale abschleift. „Jan, du verstehst doch etwas von Autos, oder? Komm doch bitte mit, ich brauche deine Unterstützung, ich muss ein neues Auto kaufen.“

Ohne weitere Erklärung schiebt sie den erstaunten Polen neben sich auf den Beifahrersitz, während Wout sich mit seinen langen Beinen mühsam auf der Rückbank ihres kleinen grünen Japaners einfädeln muss.

Nur eine Stunde und zwei Autohäuser später ist der erwartete Grad an Genervtheit in Billies Tonfall deutlich zu hören: „Rosa? Du hast sie ja wohl nicht alle! Das Teil ist blitze-schweinchen-rosa!“ Kopfschüttelnd weist Billie auf einen Land Rover, der vor ihnen auf dem Hof des Autohauses glänzt. Dann dreht sie sich zu den beiden Männern um und stemmt empört die Hände in die Hüften: „Ich und rosa? Was soll das werden? Seid ihr verrückt geworden?“

„Nee, das ist nicht rosa, das nennt sich Pink! Und schau mal, innen ist er schwarz. Das sieht doch cool aus.“ Wouts Einwände klingen mehr wie ein Maulen.

Aber dann räuspert sich Jan sichtlich begeistert: „Hm, also wenn ich mal etwas sagen darf: Das Auto ist ein Schmuckstück, Pani Billie! Kennst du nicht den Pink Panther? Das ist britische Militärgeschichte. Etwas ganz Besonderes. Das war mal eine Militärvariante von Land Rover. Aus den 60er Jahren. Für den Krieg in der Wüste. Eigentlich waren sie dunkelgrün gespritzt, aber dunkelgrün ist keine gute Tarnfarbe im gelb-roten Sand, deswegen haben sie ihre Fahrzeuge rosa lackiert und da ist der Spitzname Pink Panther entstanden. Und so einen Land Rover kriegst du nicht kaputt. Über 70% der Kisten fahren bis heute einwandfrei. Und das ist kein Schwindel, das ist einmalig in der britischen Automobilindustrie. Schön gerade geschnitten und fast unverwüstlich. Die Autos waren für den Export gedacht. Für die Bauern in der ganzen Welt, eigentlich ohne Dach und ohne Türen und nur mit dem Fahrersitz. Da ist der hier schon richtig vornehm!“

Erstaunt hört sich Billy die offensichtlich sehr fachkundigen Ausführungen ihres polnischen Schreiners an und umkreist stumm das bullige Vehikel. Eigentlich gar keine so schlechte Idee, denkt sie. Immerhin, ein ungewöhnliches Auto, das muss man ja zugeben. Und so was passt ja tatsächlich zu ihr. Und zu ihrem ungewöhnlichen Tearoom Projekt. Auf alle Fälle wird sie auffallen mit dem Monster in dieser unsäglichen Farbe. Warum also nicht? Ihr siebentes Leben soll ja auffällig sein, hat sie sich vorgenommen. Zufrieden schaut Billie zu, wie Jan die Motorhaube öffnet und fachmännisch den Motor untersucht. Der Pole stellt sich in jeder Beziehung als Geheimwaffe heraus. Er kann nicht nur mit Holz umgehen, sondern kennt sich eben auch mit Motoren und Autos aus.

Während der Probefahrt in ihrem Pink Panther hat sie sich augenblicklich zurückversetzt gefühlt in die dreckverkrusteten Baustellenfahrzeuge während ihrer Zeit in der Firma ihres damaligen Freundes Jonas. Und in diesem Moment weiß sie auch schon, dass sie dieses komische Auto lieben wird.

Nachdem Jans Kopf wieder aus dem Motorraum auftaucht und er Billie ein Daumen-hoch-Zeichen macht, ist der restliche Papierkram schnell erledigt und Billies kleiner grüner Japaner in Zahlung gegeben.

Eine halbe Stunde später sitzen sie schon im Karl-Heinz, dem rosa Monster, wie Billie ihr neues Auto insgeheim getauft hat. Neben ihr streckt Wout im geräumigen Fußraum zufrieden seine langen Beine aus und zeigt grinsend seine Pferdezähne. „Endlich mal ein Fahrzeug für Erwachsene!"

„Ich verbitte mir jegliches Mobbing gegen kleinwüchsige asiatische Transportmittel!" Billies Antwort wird ebenfalls von einem Lächeln begleitet. Sie setzen Jan an seiner Wohnung ab und fahren dann in das von Wout angegebene Gewerbegebiet.

Vor einem unscheinbaren grauen Tor steigen sie aus. Wout geht voran und lotst Billie in eine saubere Lagerhalle, wo Profiküchen, noch in Folie eingeschweißte Theken und Kaffeeautomaten in schützenden Styroporrahmen stehen.

Mit Kennerblick mustert der Belgier das Angebot und hat schnell drei davon ausgewählt, die seiner Meinung nach in ihren Tearoom passen würden. Sie einigen sich schließlich auf ein wunderschönes italienisches Modell, das praktisch und altmodisch zugleich wirkt, wie Billie findet. Ein Prachtstück in Messing und Chrom, erklärt Wout stolz. Auch der Händler zeigt sich von ihrer zugegebenermaßen sehr teuren Wahl zufrieden und gibt ihnen gleich noch zwei Adressen mit – eine Kaffeerösterei und einen kleinen Teehandel, wo gute Qualität für anständige Preise zu erwarten ist, wie er sagt. In der Nachbarhalle finden sie eine große Kühlvitrine für ihre Kuchen und einen Aufsatz für die Theke, beide schick mit schwarzen Stahlrahmen.

Wout besteht auf dem Aufsatz mit Kühlfunktion für seine Schokoladen- und Pralinenkreationen, wie er der erstaunten Billie in Erinnerung ruft. Sie vereinbart die Liefertermine, dann spürt sie plötzlich Wouts Hand auf ihrer Schulter. „Du siehst müde aus, wegen meinen Möbeln können wir doch auch ein anderes Mal schauen, ich weiß sowieso noch gar nicht so richtig, was ich überhaupt will."

Erleichtert stimmt Billie zu und fährt Wout zurück zur Baustelle, wo er das Motorrad seines Nachbarn stehen hat.

Als Billie sich im Matchbox-Cottage endlich in ihren Sessel im Wintergarten setzt, ist es längst Abend geworden. Sie spürt die Erschöpfung und nun fällt ihr auch wieder ein, dass sie seit dem Morgen nichts mehr gegessen hat.

Müde windet sie sich aus ihrem gemütlichen Sessel zum Kühlschrank, als es plötzlich klopft. Erstaunt öffnet sie und erstarrt. „Was ist denn das für ein rosa Monster da vor Trudys und Johns Manor?"

Claras gespielt empörte Frage wird gedämpft von der Umarmung, mit der sie die immer noch völlig verdatterte Freundin an sich zieht. Billie schließt die Augen, doch sie kann die Tränen nicht zurückhalten, sodass sie nur schluchzend fragen kann: „Aber was machst du denn hier?"

„Na was wohl? Wenn einer der wichtigsten Menschen in meinem Leben gerade zu den Reichen und Schönen wechselt und sich ein neues Leben samt Tearoom aufbaut, da kann ich doch nicht einfach nur so aus der Ferne dabei zuschauen. Noch dazu, wo ich deine Entscheidungsschwäche in Sachen Inneneinrichtung und Farben kenne, vom guten Geschmack gar nicht zu reden! Das alles benötigt also Unterstützung vom Profi! Eh voila, hier bin ich! Außerdem hat Julius genervt, du weißt schon, wegen diesem komischen Belgier!"

Während Claras frecher Rede hat Billie, immer noch mit feuchten Augen, doch nun auch mit einem glückseligen Lächeln im Gesicht, das Gepäck ihrer Freundin in den Flur geschoben.

Clara hat schon ihre Jeansjacke an den Garderobenhaken gehängt und plaudert weiter munter die eigene Rührung weg. „Nee, aber mal im Ernst, am Telefon sind das einfach zu viele Informationen für mich gewesen. Die Ereignisse überstürzen sich ja hier förmlich. Erst das Erbe, dann der Überfall, dann dein wunderbares Wolkenschloss mit den leuchtenden Steinen und der geheimnisvollen Musik. Da kann ich dich doch nicht allein mit allem lassen. Dazu bin ich auch viel zu neugierig, wie du weißt. Und einer der wenigen Vorteile im Leben als Freiberufler ist der, dass ich mir meine Zeit selbst einteilen kann. Also habe ich mir kurzentschlossen ein paar Tage frei geschaufelt, einen Flug gebucht, Linus einen Schmatz auf die Wange gegeben, mir am Flughafen in Luton ein Taxi geschnappt und hier bin ich! Übrigens: Hättest du vielleicht noch was Essbares im Kühlschrank? Ich könnte jetzt ein schottisches Hochlandrind am Stück verdrücken, solchen Hunger habe ich, meine Freude auf dein dummes Gesicht ist so groß gewesen, dass ich vor Aufregung gar nichts runterbekommen habe!“

Immer noch wortlos strahlt Billie die atemlos schwatzende große Frau an. Ein Gefühl unendlicher Dankbarkeit überschwemmt warm ihren Körper. Clara ist hier, steht mir bei, jetzt wird wirklich alles gut, denkt sie. Erst beim Stichwort „Hunger“ erwacht Billie endlich aus ihrer Erstarrung und reißt die Kühlschranktür auf.

Wenige Minuten später sitzen sie sich im Wintergarten gegenüber, jeder auf seinem Lieblingsplatz, Billie im Sessel, Clara in der Sofaecke. Auf den beiden Beistelltischen stehen Schälchen und Servierbretter, vollgepackt mit Schinken, Käsescheiben, eingelegten Oliven und was der Kühlschrank sonst noch alles so hergegeben hat. Im Tiefkühlschrank hat Billie sogar noch ein eingefrorenes Baguette entdeckt, das nun aufgebacken heiß und duftend zwischen ihnen liegt. Und natürlich noch zwei Packungen Salted-Caramel-Eis zum Dessert. Zur Feier dieses Tages muss das einfach sein, haben sie beschlossen.

Nach den ersten Gläsern Rotwein schwatzen sie auch schon wieder wie in früheren Zeiten an Claras Küchentisch. Aufgeregt berichtet Billie vom Fortschritt der Bauarbeiten in der Primrose Lane in Smallcliff. Natürlich will Clara alles wissen und für den nächsten Tag wird sofort ein Abstecher dahin anberaumt. Sie reißt sich ein Stück vom Baguette ab, legt eine Scheibe Käse darauf und genüsslich kauend mustert sie aufmerksam ihre Freundin, die da so ganz entspannt im Sessel ihr gegenüber sitzt.

„Also eines muss man ja sagen, du hast dich wirklich sehr verändert, Alte! Mann, hast du abgenommen. Und du siehst gut aus. Richtig gut!“

Billie schaut verlegen an sich herunter, vorbei an den weiten Falten, mit denen auch das Ersatz-Hauskleid ihren nunmehr schmaleren Körper umhüllt. Lächelnd erinnert sie sich an die scherzhaften Beschwerden von Wout über ihre geringere Leibesfülle. Sie nimmt wieder einen kräftigen Schluck aus ihrem Rotweinglas, bevor sie zur Erwiderung ansetzt: „Danke schön, aber mir geht es auch richtig gut! Und jetzt, wo du hier bist, geht's mir noch besser. Du hast überhaupt keine Ahnung, wie froh und erleichtert ich darüber bin! Du weißt doch: gib mir Tabellen, Listen und Zahlen, dann bin ich happy, damit kann ich was anfangen … Aber doch nicht mit

Inneneinrichtung oder Farben für die Wände oder Lampen aussuchen, da bin ich einfach überfordert. Ehrlich, ich brauche dich so dringend, Clara!"

„Keine Sorge, Sweetie, Mutti ist ja nun da! Und ich habe sogar schon was mitgebracht." Clara springt auf und holt sich ihren Rucksack aus dem Flur, in dem sie nun zu kramen beginnt. „Hier habe ich schon mal einen Farbfächer für die Wandfarben, du weißt ja, der liegt bei mir immer im Schreibtischfach. Aber um da was ernsthaft entscheiden zu können, muss ich mir unbedingt vor Ort den ganzen Laden mal anschauen. Ich habe zwar schon so eine Idee. Aber warten wir's mal ab. Und hier habe ich was aus dem Internet ausgedruckt. Da habe ich nämlich einen coolen Laden für Lampen gefunden, hier, schau mal." Clara hebt einen Ausdruck mit farbigen Fotos von ungewöhnlichen Lampen aus einer dünnen Mappe und zeigt sie Billie. „Sieh mal, das schwarze Gestell von den Lampenschirmen sieht doch aus wie Industriedesign und da drum herum ranken sich riesige künstliche Blüten und Blätter, was das Ganze wieder auflockert. Das sind doch eindeutig Wolkenschloss-Lampen, oder?" Ein kleines Schulterzucken begleitet Billies skeptischen Blick. Ohne darauf zu achten, fährt Clara fort: „Nun, auch bei den Wänden musst du jetzt sehr stark sein, glaube ich. Also, wenn ich mich nicht sehr irre und wenn ich die Fotos, die du mir zugeschickt hast, richtig verstanden habe, gibt es in den Räumen Deckenbalken, schön alt und aus Holz, stimmt's?"

Billie nickt bestätigend, woraufhin ihr Clara sofort ihre Idee unterbreitet: „Ja, also dann möchte ich, dass dein Tearoom Cloud Castle schwarze Wände bekommt! Nun schau nicht gleich so erschrocken, nicht immer sofort ablehnen, das wird einfach mega aussehen, wirklich!"

Und schon wieder zückt Clara ein Blatt mit einem Foto. Der zeigt einen Gastraum in einem alten Gebäude irgendwo auf der britischen Insel mit schwarzen Wänden, dunkelbraunen Deckenbalken und goldenen Accessoires.

Verblüfft muss Billie zugeben, dass das wirklich hervorragend wirkt, zumal diese Wände auch genau das leisten können, was sie sich vorgestellt hat. Nämlich inmitten der alten Räume und vieler alter Möbel moderne Grafiken aus der Galerie von Naomis Tochter zu präsentieren. Trotzdem erwidert sie, noch nicht vollständig überzeugt: „Das habe ich befürchtet, du immer mit deinen abgedrehten Ideen! Aber dieses Schwarz wirkt wirklich eher gemütlich und gar nicht furchteinflößend. Vor allem passt das ja zu unseren alten Dielen und auch zu meiner Idee, dass ich zusammen mit Naomi und natürlich nun mit dir, wo du nun einmal da bist, auf den Antikmärkten der Gegend nach Stühlen und Tischen für den Tea Room schauen will. Wie findest du die Idee?"

„Cool, ich bin dabei! Und keine Sorge, ein paar Wände bleiben auch frei von schwarz. Da gibt es doch noch die Natursteinmauern, die du mit deinem Wintergartenanbau mit Glas überdachen willst? Da passen dann andere Farben, aber das muss ich mir morgen vor Ort anschauen. Okay, und nun sollten wir doch langsam schlafen gehen."

Das leuchtende Zifferblatt des kleinen Weckers auf Billies Nachttisch zeigt bereits weit nach 03:00 Uhr an, bevor sie endlich glücklich und zufrieden einschläft.

Doch nur ein paar Stunden später ist sie schon wieder auf den Beinen, um für ihre Freundin und sich einen ordentlichen Kaffee zu brauen. Dann flitzt sie rüber zu Naomi und klopft aufgeregt. Wie erwartet, ist die alte Frau bereits auf den Beinen und mit einem Kaffeetopf in der Hand öffnet sie ihre Tür. „Grundgütiger! Billie, was treibt dich denn so früh zu mir?"

„Ach, nun tu mal nicht so, Naomi! Als hättest du nicht mitbekommen, dass Clara gestern Abend noch zu Besuch gekommen ist! Aber egal – ich möchte dich nur an unsere Verabredung erinnern: Heute Nachmittag bei mir in der Küche planen wir das Angebot im Tearoom an Kuchen und Törtchen und all den Leckereien. Clara hat bestimmt auch ihre Rezepte aus Deutschland mitgebracht. Und dann solltest du fürs Wochenende ein paar coole Antikmärkte aussuchen, auf denen wir nach Möbeln und altem Kram stöbern können."

„Möbel, das ist doch mein Stichwort, Sweetheart! Wir müssen auch noch in meinen Schuppen gehen, du weißt doch, dort ist mein Atelier, wo ich die alten Möbel aufarbeite, vielleicht kannst du davon auch was gebrauchen."

Aufgeregt schaut die alte Dame Billie hinterher, die schon wieder auf dem Weg zurück in ihre Küche ist. Dort sitzt Clara, frisch geduscht, fertig angezogen und gerade dabei, ein dezentes Tages-Make-up aufzulegen.

Billie schnappt sich ihren roten Lieblingslippenstift und tut es der Freundin nach. Nach dem nächtlichen Mahl ist beiden nicht nach einem ausgiebigen Frühstück, der Kaffee muss reichen. Billie füllt zwei Thermoskannen mit dem heißen Getränk und gießt gleich etwas Milch dazu. Dann machen sich die beiden Frauen auf den Weg zu Billies Auto.

„Na ja, ziemlich bequem ist er ja wenigstens, dein Karl-Heinz, der Pink Panther! Und auch geräumig!"

Clara hat sich lange nicht einkriegen können, als sie die Geschichte von Billies rosa Monster erfahren hat. Aber nach dem kurzen Zwischenhalt bei Waitrose, wo Billie frische Croissants einkauft, ist Claras alberne Anmerkungen über rosa Raubkatzen inzwischen verebbt und kurz vor Smallcliff schaut sie nachdenklich über die leeren Felder, auf denen ein rauchig grauer Herbstnebel wabert. „Ist ja eigentlich die ideale Zeit, um so einen Tearoom zu eröffnen – der Herbst mit seinem abnehmenden Licht und dem Bedürfnis nach Gemütlichkeit und einem heißen Tee, oder?"

Clara wendet sich mit ihrer Frage zu Billie, die zögernd nickt. „Das schon, aber etwas Sorgen mache ich mir trotzdem, dass wir insgesamt nicht allzu viele Kunden haben werden. Clara, das ist ein kleines Dorf, dieses Small-cliff. Sicher, der Bus fährt durch und wir liegen unmittelbar an der Bushaltestelle. Alles richtig. Aber lebt so ein Tearoom nicht auch von der Laufkundschaft?"

„Tja, das wird sich alles finden. Qualität setzt sich durch, Süße, das habe ich dir schon immer gesagt. Und wenn sich dann erst einmal herumspricht, dass dieser Tearoom ein Interieur hat, wie man es nicht einmal im Londoner Westend findet. Und dass er ein ganz besonderes Essen zu bieten hat. Und vor allem, dass dieser Tearoom auch durch die Menschen, die dort arbeiten, etwas ganz Besonderes ist. Dann werden dir die Leute die Bude einrennen, du wirst dich nicht mehr retten können vor Gästen!"

„Na gut, wenn du das sagst. Hoffen wir das Beste." Mit einem Seufzer steigt Billie aus und geht voran durch die geöffnete Ladentür. Clara folgt ihr und schaut sich neugierig in den künftigen Gasträumen um.

Billies ehemaliger Kollege Andrzej winkt fröhlich von einer Leiter herunter. Es wird gebohrt und gemeißelt, in einer Ecke schleifen zwei Männer gerade die Fußbodendielen ab. Aufmerksam schaut Clara nach oben. Erleichtert sieht sie die uralten Deckenbalken, die, ordentlich freigelegt und abgeschliffen, genau das Farbkonzept bestätigen, was sie am Abend zuvor vorgeschlagen hat.

„Sag mal, wie fühlt sich das eigentlich an, wenn man, ohne groß zu überlegen, kurz mal so ein Traum von einem Haus kauft und danach immer noch die Handwerkerrechnungen bezahlen kann, ohne auch nur zu zucken?“ Clara schaut zu, wie ihre Frage Billie zuerst etwas verwirrt stehen bleiben lässt, bevor sie fröhlich lächelnd antworten kann.

„Glaub mir, das ist immer noch absolut unwirklich! Aber auch irgendwie ganz cool, so völlig frei von Sorgen um die Finanzen. Außerdem habe ich ja in Adrian und Wout meine personengebundenen Buchhalter, die sorgen schon dafür, dass ich das Geld nicht verjubele. Dazu kommt noch unsere Ost-Mentalität, mit der wir auch mal etwas gebraucht kaufen und alte Möbel gern wiederverwenden.“

In der halb eingerichteten Küche grenzt eine riesige Folie als Staubschutz den Hinterausgang ab. Hinter der Folie ist in Umrissen die Überdachung des künftigen Wintergartens zu erahnen. Durch eine Öffnung sieht Billie, wie sich Sebastian im Garten zu schaffen macht.

Vorsichtig die Schuttberge umrundend, bahnen sich die beiden Frauen ihren Weg nach draußen, vorbei an dem stählernen Gerüst, das einmal das gläserne Dach des Wintergartens halten soll, stehen sie auch schon im Hinterhof.

„Momentan ist das aber nicht viel mehr als ein Hinterhof voller Gestrüpp und Wildwuchs“, stellt Clara etwas enttäuscht fest.

„Stimmt auffallend, von einem Garten kann hier wirklich noch nicht die Rede sein!“ Mit einem freudigen Lächeln kommt Sebastian auf Clara zu und umarmt seine Gartengenossin.

„Ach, da haben sich ja wieder zwei gefunden, aber ignoriert mich ruhig.“ Billie spielt die Beleidigte, aber umarmt dann Sebastian ebenso mit einem Lächeln: „Was machst du denn schon so früh am Morgen hier?

„Na entschuldige mal, bei diesem Urwald kann man nicht zeitig genug anfangen, um irgendwas Sinnvolles draus werden zu lassen“, lautet die lakonische Antwort des Schotten.

Billie dreht den Deckel der ersten Thermoskanne locker, der mit einem leisen Zischen reagiert. Sie gießt Kaffee in die mitgebrachten Plastikbecher und reicht sie Clara und Sebastian. Dann bietet sie die duftenden Croissants aus der Tüte an, später nimmt sie ihren Korb mitsamt den Thermoskannen und geht zurück ins Haus, um die Handwerker zu versorgen.

Währenddessen ist Clara schon längst mit Sebastian in ein Fachgespräch vertieft. Gegen den dauernden Nieselregen trägt der Gartengestalter eine gummierte graue Wetterjacke und weist gerade zum Ende des langgestreckten Hofs hin, das unter dem Gewirr von Teufelszwirn und anderem wild rankenden Gestrüpp nur noch zu erahnen ist.

„Hast du eine ungefähre Vorstellung, wie schön das werden kann, Clara? Hier in der Mitte wird alles Kies sein, wo die Tische stehen können. An den Natursteinwänden werden Haken für die Sonnensegel befestigt. Das sieht hübscher aus als solche Sonnenschirme an den Tischen oder was meinst du? Na, und um die rechteckige Grundform des Gartens abzumildern, lege ich links und rechts an den Mauern Mixed Borders mit geschwungenen Begrenzungen an, anderthalb bis zwei Meter breit und bepflanzt mit Stauden und Ziergräsern. Was hältst du davon?“

„Es wäre großartig, wenn die Stauden in deinen gemischten Beeten in Form und Farbe mit den künstlichen Blüten korrespondieren würden, die ich in der Innengestaltung verwenden will. Blüten an den Lampen und eventuell auch noch lebendige Pflanzen im Wintergarten vertikal an den Natursteinwänden herunter, das müssen wir mal sehen, wie wir das vom Licht her hinbekommen.“

Aus der Küche kommend, hört Billie erstaunt zu, wie diese beiden lieben Menschen schon wieder neue Ideen für ihr Wolkenschloss entwickeln.

Auch drinnen haben sie schon die großen Fortschritte begeistert. Inzwischen ist die runde Sitzbank in dem ehemaligen Schaufenster fertig geschreinert, Jan hat wirklich ganze Arbeit geleistet. Nun braucht sie nur noch passende Sitzkissen dafür. Da wird wahrscheinlich auch wieder Clara helfen müssen, denn sie hat keine Ahnung, mit welchen Stoffen sie die Kissen beziehen lassen soll.

Der Tresen wird morgen geliefert, so ist es vereinbart. Langsam nimmt also alles Gestalt an. Nur die Toilettenräume, die von der riesigen Küche abgezweigt worden sind, wirken in der Gesamtgestaltung noch etwas kahl. Da wird sich Clara wohl auch noch mal extra Gedanken machen müssen, denkt Billie. Und schaut sich nachdenklich die leeren Wände an.

Auf der Straße sind plötzlich Motorengeräusche zu hören und durch das Kassettenfenster sieht Billie wie Adrian aus seinem schwarzen Van steigt. Noch auf der Straße ruft er durch die geöffnete Tür: „Sag bloß, dass dieser ausgeflippte Rover dir gehört? Gratulation, du machst mir ja langsam Konkurrenz!“ Und lachend umarmt er sie mit einem in braunes Kaschmir gehüllten Arm. Am anderen Arm hängt ein prall gefüllter Beutel aus dem oben irgendwelche Pflanzen herausschauen. Adrian zieht seinen Wollmantel aus und reicht Billie den Beutel. „Die sind für dich! Mit herzlichen Grüßen von meiner Mutter. Sie hat darauf bestanden, dass ich sie dir gleich hierher mitbringe. Schau nur nach, das sind Rosen der Sorte Lady Hillingdon, natürlich! Sie hat wohl ziemlich suchen müssen, um endlich einen Züchter zu finden, der sie noch im Angebot hat. Vier Stück für deine Mauern im Garten.“ Dann zieht er ein moosgrünes seidenes Einstecktuch aus der oberen Brusttasche und tupft sich theatralisch die Stirn ab. „Ich bin ja so im Stress, diese Schlepperei und eigentlich wollte ich ja nur nach meinem Lieblingsmann schauen, aber wie ich gerade sehe, hat der seine Partnerin in Love schon gefunden!“ Und er geht nun an Billie vorbei in Richtung Garten, um auch Clara mit einer herzlichen Umarmung zu begrüßen. Natürlich kann die sich vor Freude kaum halten, zieht sofort die Mappe mit den Fotos heraus und schon diskutieren die beiden Farben und Gestaltungsmöglichkeiten in den Räumlichkeiten: „Also Clara, das mit dem Schwarz als Wandfarbe, das sieht einfach nur genial aus! Sophisticated, sozusagen! Es gibt dem Raum eine gewisse Tiefe und vermittelt zugleich ein Gefühl von Geborgenheit, die ein Tearoom nun einmal haben sollte. Und was willst du mit den Toiletten machen? Ich würde ja Tapete vorschlagen, mit riesigen Blumenbuketts wie auf den Gemälden der Niederländer, du verstehst? Dunkler Hintergrund und dann Blüten in allen Rottönen mit Gold dabei!“

Billie schaut zu ihrer Freundin und sieht, wie deren Augen vor Begeisterung glänzen. Zufrieden schmunzelt sie vor sich hin und trägt den Beutel mit den Containerrosen zu Sebastian, der schon wieder mit dem Oberkörper im Wildwuchs steckt.

Wieder einmal fühlt sie sich bei diesen kreativen Leuten mit all ihren Knetekugeln im Hirn ziemlich außen vor. Doch was macht das schon! So viele Menschen machen sich gerade Gedanken über die Gestaltung von Billies großem Traum. Was will sie also mehr?

22. Kapitel – Die Eröffnung

Naomis Erdbeerlöckchen wippen, als sie aufgeregt vor Clara und Billie über den Gartenweg zu ihrem Schuppen trippelt.

„Vielleicht ist das ja auch gar nichts für deinen Tearoom, Billie. Aber ich will es dir jedenfalls mal zeigen, was ich da so zurechtgebastelt habe."

Naomi lehnt sich gegen die knarrende Schuppentür, die beim Öffnen ein wenig klemmt und lässt die beiden anderen Frauen eintreten. Dann tut sich vor Billie und Clara eine Welt wie in einer Theaterwerkstatt auf.

Ein langer Arbeitstisch, vollgekleckst mit Farbe. Winzige Goldpartikel schweben durch die Luft. Und überall stehen kleine Möbelstücke. Ein hübsches Holzregal mit geschwungenen Kanten, dessen Ränder Naomi offenbar gerade vergoldet hat. Kleine Schränkchen und auch der eine oder andere Stuhl.

Fassungslos fragt Billie: „Unglaublich, Naomi! Wann hast du denn das alles gemacht?"

„Ooch, an langen Winterabenden, was denkst du denn, wenn nichts im Fernsehen kommt. Dann hocke ich hier ganz gerne. Und schleife Holz ab oder streiche neu oder vergolde auch mal einen Rahmen."

Da mischt sich Clara ins Gespräch: „Naomi, sie sind ein Goldschatz im wahrsten Sinne des Wortes! Ihre Möbel passen wie die Faust aufs Auge. Hier, dieses Regal zum Beispiel, da könnte man die kleinen Gästehandtücher oder Seifen und was nicht alles für die Toilette drin lagern. Oder das Schränkchen da, vielleicht kann man die Rückwand noch mit passender Tapete bekleben?"

Naomi nickt eifrig und ist sichtlich zufrieden mit dem Erfolg ihrer Arbeit.

Billie hält sie zurück. „Aber eines sollte klar zwischen uns sein, teuerste Nachbarin, für diese handgemachten Möbel schreibst du mir eine ordentliche Rechnung!" Und als Naomi erschrocken den Kopf schüttelt, wird Billie sehr nachdrücklich: „Was soll das Theater, Naomi? Ich habe jetzt genug Geld, wie du weißt. Und du kannst es doch recht gut gebrauchen, oder? Also bitte, sonst nehme ich dein altes Zeug gar nicht erst!"

Erschrocken stimmt Naomi schließlich zu.

Zurückgekehrt an Billies Esstisch, strahlt sie schon wieder vor lauter Glück, mittun zu dürfen. „Also weißt du, Billie, wenn ich mit deinen Möbeln fertig bin, dann könnte ich dir ja vielleicht die Rezepte meiner Mutter aufschreiben – für das Kuchenangebot im Cloud Castle."

„Was genau mein Stichwort wäre", sagt Billie und zieht einen Stapel mit Listen zu sich an den Platz, „also, wir müssen eine Angebotskarte erstellen, welche Kuchensorten wir in unser Sortiment aufnehmen. Dabei sollten wir unbedingt daran denken, dass wir ja international sein wollen. Ich mache schließlich eine europäische Teaparty im Cloud Castle, vergesst das nicht! Da wäre zum einen der Pfirsich-Mascarpone-Streuselkuchen mit Mohn. Der ist vom Blech und lässt sich schön in kleine Portionen schneiden …"

An der Tür ist ein Geräusch zu hören und Brenda kommt herein, unterm Arm ein großes, in Leder gebundenes Notizbuch. „Hier sind alle meine Rezepte drin, vor allem aber Fotos von verzierten Muffins und CupCakes, die ich alle schon mal gemacht habe. Das können wir bestimmt verwenden."

Mit einem Nicken begrüßt Billie sie und fährt fort, indem sie mit dem Finger auf die nächste Zeile in ihrer Liste tippt: „Zusammen mit meinen groß britischen Tiramisu-Törtchen und einem dunklen Bauernbrot für Sandwiches, das Wout backen wird, ist das vorerst einmal der deutsche Anteil im Angebot unseres Tearooms. Von Wout stammt natürlich auch das Rezept für frische belgische Waffeln, die wir mindestens einmal pro Woche anbieten werden, was meint ihr? Zusammen mit den von ihm kreierten Pralinen wäre das dann Belgien."

Ärgerlich wirft Brenda das eben aufgeschlagene Notizbuch beiseite. „Mist, jetzt habe ich Hunger. Ihr auch?"

Lachend beginnen die Frauen durcheinander zu schwatzen, während sie sich Kaffee in die Tassen gießen beziehungsweise die von Billie angebotenen Kekse aus der Packung nehmen.

Nun ist es an Clara, den Gesprächsfaden wieder aufzunehmen: „Also ich will mich da ja nicht einmischen, aber wenn die Besitzerin eines britischen Tearooms nun einmal eine Deutsche ist, dann sollte es in diesem Tearoom auch Blechkuchen mit Bienenstich und Eierschecke geben! Was wäre deutscher als das?"

Billie zuckt die Schultern: „Wegen mir, ich habe nichts dagegen, aber wer soll das alles backen?"

Da meldet sich Brenda zu Wort: „Na, wenn ihr mir die Rezepte dafür gebt, backe ich das natürlich."

„Aber vergiss bitte nicht, dass wir ja auch noch die wunderbaren Rezepte von Naomis Mutter haben. Den Toffee Fudge und natürlich Carrot Cake, den Möhrenkuchen, die gehören auch hierher, wir sind ja schließlich in Großbritannien. Nicht zu vergessen die unvermeidlichen Scones, die werden wir genau wie eine kleine Auswahl an Sandwiches täglich im Angebot haben. Dann, als regionale Besonderheit, die Banbury Cakes von Naomi. Und natürlich Saisonales wie Mince Pie, aber das entscheiden wir je nach Bedarf."

Billie hakt wieder eine ihrer Listenzeilen ab: „Damit wären wir bei Polen und Kasias Rezept für die Torte von Napoleons Freundin. Aber da gibt es ein Problem", sie schaut zu ihrer deutschen Freundin, „für diese leckere Torte brauchen wir Pflaumenmus! Und das ist hier auf der Insel unbekannt, stimmt's, Naomi?"

Die 80-Jährige nickt zustimmend: „Ich kenne euer deutsches Pflaumenmus, habe es bei Billie probiert, sehr schmackhaft, wirklich. Aber bei uns gibt es diese Art Pflaumen mit so dunklem Fleisch nicht, unsere sind hellrot!"

Clara fällt ihr fröhlich ins Wort: „Sehen Sie, Naomi, dafür gibt es eben Europa. Billies alte und meine derzeitige Heimat in Deutschland ist ein berühmtes Obstanbaugebiet, wo Hauspflaumenbäume sogar an den Straßenrändern stehen. Und ich habe ein prima Rezept aus der ehemaligen DDR für Pflaumenmus aus dem Backofen. Mache ich jedes Jahr, wenn Pflaumensaison ist. Ich hoffe, fünf Gläser werden erst einmal reichen, Billie? Na bitte, gemeinsam kriegen wir das hin, trotz Brexit!"

Wie zur Bestätigung nicken sich die Frauen zu und Naomi ergänzt, nun zu Billie gewandt: „Meine Tochter lässt fragen, Liebes, ob sie neben deinem denkmalgerechten antiken Hängeschild an der Hauswand vor dem Laden auch eine Speisekarte gestalten soll?"

Billie schüttelt den Kopf. „Nee, richte bitte der Künstlerin meinen Dank aus, aber Speisekarten wird es bei mir nicht geben, weil unser Angebot ja täglich wechselt. Ich habe da eher an solche schwarzen Tafeln gedacht, auf die wir Tagesangebote schreiben. Und dort sollte vielleicht der Schriftzug ‚Cloud Castle' aufgedruckt sein?" Ihr fragender Blick geht zu Clara, die wieder nickt.

Wieder streicht Billie eine Position auf ihrer Liste durch. „Gut, das wäre also geklärt. Wout hat noch Sarah-Bernhardt-Törtchen vorgeschlagen – als Erinnerung an eine weltberühmte Schauspielerin aus Frankreich." Und als sie die fragenden Gesichter um sich herum sieht, erklärt sie: „Das sind so Häppchen mit einer Ganache aus Schlagsahne, guter Schokolade und Cassis. Drum herum ein Guss aus Kuvertüre. Und als Boden ein Makronen Teig, also eine Art Keks, würde ich mal sagen. Dann hätten wir da noch die Macarons, die Wout ebenfalls backen kann. Und das Ganze wäre unsere Referenz an Frankreich."

Billie schaut noch einmal über ihre Notizen, dann seufzt sie: „Hach, ich plane hier wer weiß was für tolles Gebäck und dann kommt vielleicht niemand, der das alles essen will …"

Clara will gerade verärgert auf Billies offenbar immer wiederkehrende Zweifel reagieren, als Naomi unerwartet zusammenzuckt. „Mein Gott, Kinder, wo habe ich nur meine Gedanken! Unsere große Vorsitzende Mrs. Bentley, na, du weißt schon, die vom Gardeners Club, hat mich angerufen. Sie wollte wissen, und jetzt zitiere ich wörtlich, wann denn nun endlich die verdammten Bauarbeiten in Mrs. Florez' neuen Tearoom beendet sind und die Eröffnung ansteht. Man müsse sich die Lokalität doch unbedingt einmal ansehen, schließlich wolle man dort künftig die monatlichen Zusammenkünfte des Gardeners Club sowie auch die Vortragsveranstaltungen etablieren!"

Billies fassungsloses „Echt jetzt?" wird fortgesetzt von Clara: „Siehst du, ich habe es dir doch gleich gesagt, du wirst dich vor Gästen nicht retten können. Wenn deine Gartentanten erst einmal merken, was du für eine Wahnsinnslocation entwickelt hast, dann werden die auch ihre privaten Kaffeekränzchen und ihre Geburtstage bei dir feiern und das wird sich herumsprechen, da mache ich mir gar keine Sorgen!"

„Na okay, ihr Lieben, wenn ihr meint. An mir soll es nicht liegen, dann werde ich es auch lieber mal positiv sehen. Aber Naomi und Clara, wir müssen jetzt los in diesen Antikmarkt. Naomi, du weißt, wo er ist, also führst du uns. Wir müssen nach Stoffen schauen und ich brauche auch noch Stühle und Tische. Brenda, du kümmerst dich bitte um Italien." Auf Brendas verständnislosen Blick hin vervollständigt sie lachend: „Na ja, Pasticcini hab ich gefunden, was das ist, weiß ich nicht, wohl so etwas wie kleine Tortenstückchen eben. Schau mal, was du da finden kannst."

Es wird schon langsam dunkel, als Billie ihren rosa Karl Heinz, dirigiert von Naomi, auf dem Parkplatz des Waitrose Supermarktes lenkt und verwundert fragt: „Wo willst du denn mit uns hin?"

Zielgerichtet trippelt Naomi zum Hintereingang des riesigen Gebäudes, wo erstaunlicherweise eine Treppe in das Untergeschoss führt. Ein Schild mit einem Pfeil weist auf einen Antikmarkt, der offensichtlich im Keller stattfindet.

Naomis lakonischer Kommentar dazu: „Diesen Antikmarkt kennt hier in der Region so ziemlich jeder, findet öfters statt und ist einer der größten in den Midlands."

Unten angekommen, werden Naomis Worte durch emsiges Treiben bestätigt. Begeistert tauchen Billie und Clara sofort ein in die Stände mit ihren mehr oder weniger wertvollen alten Schätzchen.

Bald hält Clara einen Stoffballen mit einem schönen alten Gobelinmuster hoch. Daneben liegen auch schon Stoffbahnen aus matt glänzendem Chintz mit opulentem Rosendruck als Muster. Alles genau passend für die diversen Polster und Sitzkissen, die noch von Brenda, der Superhausfrau, genäht werden müssen. Im Kopf überschlägt Billie die Menge an Stoff, die sie wohl brauchen wird, und kauft dann ein. Sie finden auch noch verschiedene alte Küchenstühle, die Naomi aufarbeiten wird. Einer der Händler scheint einen ganzen Pub aufzulösen, bei ihm erstehen sie neben vier runden Bistrotischen auch einige braune Kneipenstühle und zwei verschlissene Polstersessel. Clara schlägt vor, dass die neu aufgepolstert und mit schimmerndem Samt bezogen werden sollten.

Billie schaut nach, was sie alles mit ihrem Rover wegbekommt, für den Rest vereinbart sie einen Liefertermin. Zufrieden geht ihr durch den Kopf, dass sie das eigentlich schon ganz gut beherrscht, dieses Dasein als Chefin. Sie kann gut die Arbeit verteilen, Organisieren ist schon immer ihre Kernkompetenz gewesen und das kann sie jetzt im eigenen Unternehmen beweisen.

In den nächsten zwei Tagen hilft Clara ihr noch dabei, beim Polsterer in Oxford für die Sessel einen leuchtend grünen Baumwollsamt auszusuchen, dann muss sie sich auch schon wieder verabschieden. Natürlich verabreden sie sich, dass sie und Linus zur Eröffnung von Cloud Castle da sein werden, ist abgemacht.

Doch bis dahin werden noch einige arbeitsreiche Wochen vergehen. Billie hat das Gefühl, als ob die Zeit nur noch so dahinfliegt. Die Tage könnten doppelt so lang sein und sie würde immer noch nicht alles schaffen, was sie sich vorgenommen hat.

Auf der Baustelle geht es zügig voran. Die gläserne Wintergartenüberdachung ist schon installiert. In den Räumen werden die Wände verputzt und gestrichen. Brenda hat phantastische Arbeit geleistet und unzählige Polster und Kissenbezüge aus den antiken Stoffen genäht, dafür hat sie mehrere Nächte durchgearbeitet und wie eine Heldin geschuftet.

Die Polster hat Billie jetzt im Arm und verteilt sie auf den Stühlen und auf ihrem Lieblingsplatz, der Sitzbank im runden Schaufenster. An den Wänden hängen Fotografien in Schwarz-Weiß, gerahmt in üppigem Gold. Auch einige goldene Leuchter haben schon den Weg auf das Bord über dem Kamin gefunden.

Gerade steigt Billie auf die Leiter und sortiert ihre Angebote in die Fächer der ehemaligen Bücherregale, in denen nun Konfitüren, Tee und andere interessante Leckereien präsentiert werden.

In eines der quadratischen Regalfächer stellt sie ein Foto von Russel. Sie hat es damals bei ihrem gemeinsamen Wochenende am Meer mit dem Handy fotografiert. Es zeigt Russel melancholisch lächelnd, wie das so seine Art war.

Jetzt streicht Billie zärtlich über das Gesicht auf dem Foto. Wie im Selbstgespräch unterhält sie sich leise mit ihm: „Es würde dir gefallen, wenn du das hier alles sehen könntest, das weiß ich. Und ich weiß auch, dass ich das alles nur dir zu verdanken habe. Ich denke jeden Tag an dich. Aber weinen? Nein, das würdest du nicht wollen, nicht wahr? Wir schauen nach vorn, oder? So wie du das immer gemacht hast, werde ich das auch tun. Und du wirst mir jeden Tag dabei zuschauen. Du bist bei mir, das weiß ich."

„Hast du was gesagt, Chefin?" Wouts ungekämmte schwarze Haarsträhnen hängen ihm wirr ins Gesicht, als er am Durchgang zum verglasten Anbau kurz um die Ecke schaut.

Billie knurrt ihre Antwort einsilbig von der untersten Leiterstufe: „Ich? Das ist nicht für dich bestimmt gewesen, ich führe eben manchmal Selbstgespräche", erwidert sie abweisend.

Wout stutzt einen Moment, setzt dann aber sein freches Grinsen auf: „Wenn du damit fertig bist, dann kannst du dir ja mal anschauen, ob es der Gnädigsten recht ist, wie ich die Millionen an Lichterketten verteilt habe. Und dann würde ich dich gern zu mir nach oben abschleppen!"

Als er Billies kritisch hochgezogene Augenbrauen sieht, schüttelt er empört den Kopf: „Nee, woran denkst du denn schon wieder? Nichts Sexuelles, keine Schweinereien bitte! Diese Wünsche kann ich nur erfüllen, wenn mein Gegenüber passt. Und da muss ich dir leider gestehen, dass du mir dafür wirklich etwas zu dünn bist!"

Klatsch! Ein Putzlappen landet in seinem Gesicht und unterbricht seine anspielungsreiche Rede.

„Unverschämtheit!" Lachend sucht Billie nach weiterem Material, das sich als Wurfgeschoss eignen würde. Mit einer Malerrolle in der Hand drohend, steigt sie von der Leiter, um das fröhliche Geplänkel mit Wout fortzusetzen.

Der hebt die Hände: „Aufhören, ich ergebe mich kampflos, Chefin! Du sollst dir doch nur meine Wohnung mit den neuen Möbeln anschauen!"

„Schon unterwegs und lass das endlich mit deinem ewigen ‚Chefin' Gequatsche!" Gut gelaunt schaut sich Billie das Meer aus Licht an, in das der Glasanbau wie auch der angrenzende Hofgarten getaucht ist. Wout hat die Lampenketten großzügig verteilt, entlang des Glasdachs und senkrecht die Natursteinwände hinunter, ein paar kleinere Lichterketten hat er wirkungsvoll in den Büschen entlang der Hofmauern drapiert. Zufrieden stellt Billie fest, dass ihr Cloud Castle durch den warmen Lichtschein noch heimeliger wirkt. „Sieht toll aus, hast du gut gemacht!"

Auch oben in Wouts Wohnung kommt sie aus dem Staunen nicht heraus. Mein versoffener Belgier hat doch echt ein Händchen für Innendesign. Wer hätte das gedacht, denkt sie und schmunzelt, während sie die harmonische Einrichtung mustert. Vorbei offenbar die Zeiten, in denen Wouts Wohnung durch Wäscheberge und Bierdosen dominiert wurde.

In seinem Wohnzimmer mit der offenen Küche trifft nun Ästhetik auf Zweckmäßigkeit, dezente Nichtfarben wie Schwarz, Weiß, Beige und Grau werden begleitet von warmen Farbtönen wie Braun, Cognac und Dunkelblau. Billie mag die natürlichen Materialien wie Holz und Leder an den Sitzmöbeln ebenso wie Stein oder Metall an den niedrigen Tischen, die überall verteilt sind. Aus der angrenzenden Küche schimmern ein gutes Kochtopf- und Pfannenset und stylische Küchenutensilien.

Im Schlafzimmer lädt eine Holzbank zum Verschnaufen ein, die Leuchte aus Metall und ein glänzender Nachttisch kontrastieren dazu. Für Wärme sorgt ein einfarbiger Wollteppich.

„Na, da schau her, das sieht ja richtig gut aus! Kannst du mir dann mal bitte die Rumpelbude erklären, in der du bisher gehaust hast?“

Wout reibt sich kurz über die dunklen Bartstoppeln an seinem Kinn, bevor er nachdenklich und mit einer Mischung aus Verlegenheit und Stolz antwortet: „Da siehst du mal wieder, was es ausmacht, wenn man weiß, wofür man etwas tut. Außerdem hat mir ja eine gewisse Lady großzügig Kredit gewährt und es ist eindeutig hilfreich, wenn man genug Kohle zum Möbelkauf hat. Also, danke noch mal. Und keine Sorge, sowie auch ich mich finanziell erholt habe, bekommst du dein Geld zurück!“

„Ach, nun lass das doch mal mit dem Geld, Wout! Hät’ mrsch nicht, könnt’ mrsch nicht – das hat meine Oma immer gesagt. Ist aber Mundart und schwer zu übersetzen.“

Mit einem erleichterten Seufzer lässt sich Billie auf das geräumige Boxspringbett fallen. Der Belgier lümmelt bereits bäuchlings auf der anderen Seite, den Kopf auf die angewinkelte Hand gestützt, bekommt seine angenehme Stimme unversehens wieder dieses warme und verführerische Timbre: „Du riechst immer noch gut, Billie Florez, nach einem Meer aus süßer Sahne, mit einem Schuss Karamell. Und nach Geborgenheit …“

„Und wahrscheinlich nach Sagrotan Hygienereiniger …“ Billie spürt wieder dieses angenehme Kribbeln unter der Haut. Sie legt ihren Kopf auf das riesige Kopfkissen und spürt eine große Müdigkeit in allen Gliedern. Die letzten Tage kurz vor der Eröffnung haben deutlich ihre Spuren hinterlassen. „Ich muss noch das Licht unten ausschalten …“, murmelt sie noch, aber ihre ruhigen, gleichmäßigen Atemzüge zeigen, dass sie schon eingeschlafen ist.

In der Nacht wird sie von einem Geräusch geweckt. Wout liegt schlafend neben ihr und hat irgendetwas gemurmelt. Billie beugt sich über den schlafenden Mann und streichelt sanft sein Gesicht. Er öffnet die Augen und hält ihre Hand fest. Mit einem Ruck schiebt er sie zurück in die Kissen, dabei schaut er sie unverwandt weiter an. Plötzlich will Billie nur noch seine Wärme spüren. Und sie erleben mit lange zurückgehaltener Lust die Begierde ihrer beiden Körper.

Als Billie wieder wach wird, quillt schon die Dämmerung durch die Kassettenfensterscheiben. Sie schnappt sich ihre achtlos am Boden liegenden Klamotten und die Schuhe. Dann schließt sie leise und von außen die Tür zu Wouts Wohnung und schleicht barfuß die Holztreppe hinunter. Unten angekommen, zieht sie sich an, während sie mit einem zufriedenen Blick ihr neues Reich mustert. Dann löscht sie die am Abend vergessenen Lichter und streift ihre alten Laufschuhe über, die sie für die Malerarbeiten im Tearoom trägt. Als sie die Ladentür öffnet, empfängt sie draußen ein Windstoß. Braunes Laub dreht zerfranste Pirouetten in der Luft und über Billie schaukelt leise das antike Ladenschild, das Naomis Tochter Lucy so herrlich altmodisch für sie entworfen hat.

Ihr rosaroter Karl Heinz startet mit einem satten Geräusch und unversehens rollt sie durch die nebelverhangene Landschaft. In diesem Moment verspürt Billie wieder einmal das Bedürfnis nach einer Zigarette, was in letzter Zeit immer seltener vorgekommen ist. Jetzt einen tiefen Atemzug zum Nachdenken, das wäre es. Aber nichts ist! Schließlich hat sie sich das selbst versprochen.

Allerdings hat sie sich eigentlich auch versprochen, keinesfalls in Wouts Bett zu landen. Doch genau das ist gerade passiert. Na und, ist das nun wirklich so schlimm?

Wohlig räkelt sich Billie, inspiriert von den angenehmen Erinnerungen an die vergangene Nacht. Da ist doch eigentlich nichts dagegen zu sagen, sich ab und zu mal etwas Entspannung zu verschaffen. Und das zur Not eben auch mit einem Mann.

Unwillig runzelt sie die Stirn und ermahnt sich stumm selbst: Babette Wilhelmine Florez, jetzt reiß dich aber mal zusammen und mach nicht so ein Theater wegen so einem bisschen Sex! Noch dazu mit Wout, der sich ja nun offenbar zu ihrem wirklich guten Freund entwickelt hat.

Billie lächelt bei dem Gedanken. Auf längere Sicht wird das vielleicht so etwas wie eine „Freundschaft plus“, warum eigentlich nicht?

Nur ja nichts überstürzen, denkt Billie. Männer sind bisher in ihrem siebenten Leben so gar nicht eingeplant gewesen. Zu weit weg das Ganze und zu schmerzhaft die Erinnerungen.

Als sie an der dunklen Eichentür vom Matchbox Cottage in ihrer Umhängetasche nach den Schlüsseln kramt, spürt sie plötzlich eine zarte Berührung an ihren Waden. Bob, der Streuner, streicht ihr um die Beine und schlüpft dann an ihr vorbei durch die geöffnete Tür.

„Hallo, alter Schwede, siehst ja wieder ziemlich mitgenommen aus. Deine Nacht war wohl auch recht interessant, mein Lieber? Schauen wir doch mal, ob wir nicht was für dich haben“, sagt Billie und nimmt eine kleine Vorratsdose mit einem Rest frischen Rinderhack aus dem Kühlschrank, deren Inhalt sie auf ein kleines Schälchen verteilt, das sie dem einäugigen roten Kater auf die Fliesen des Küchenbodens stellt. Ihr Laptop liegt auf dem Esstisch. Den klappt sie jetzt auf und freut sich. Clara hat geschrieben. In der Kaffeemaschine macht sie sich Kaffee, um dann in aller Ruhe zu lesen:

Hi Teuerste,

sind schon gut unterwegs zu dir auf die Insel. Musste Julius allerdings unter Androhung von Gewalt zwingen, ins Auto zu steigen! Der hat sich doch allen Ernstes standhaft geweigert, jemals wieder britischen Boden zu betreten. Zumindest so lange, wie dieser „vermaledeite“(Zitat) Belgier in deiner unmittelbaren Nähe wäre. Weil deine Lala offenbar mindestens ein Auge auf den ach so charmanten Gitarrenspieler und Hilfsbäcker geworfen hat (ich zitiere wieder!). Da wir ja derzeit in Belgien Station machen, geht das also für Julius schon aus Prinzip gar nicht und so ist er aus Protest im Auto geblieben.

Was uns nicht daran hindert, in deinem Auftrag auf Europas größtem Antikmarkt nach passenden Einrichtungselementen sowie „verkaufbarem Schrapel“ zu suchen, wie sich Gnädigste auszudrücken beliebt. Und das tun wir mit ziemlichem Erfolg, wie du bald in unserem Kofferraum feststellen kannst. Ich habe herrlich kitschige antike Sammeltassen samt Teller für das Cloud Castle gefunden – gar

nicht so teuer, übrigens. Aber eben auch nicht spülmaschinenfest, was für deinen Tearoom-Betrieb vielleicht zum Problem werden könnte? Aber du willst es ja so. Dazu sehr schöne vernickelte Teekannen, made in GB(!), die aus den 30ern stammen, aber wie neu aussehen und auch bezahlbar waren. Zum Verkauf werden sich alte Glasflaschen mit Bügelverschluss, ein paar Drahtkörbe und kleine Kisten aus altem Holz als Aufbewahrung eignen. Dann gab es noch zauberhafte alte Schokoladenformen vom Heiligen Nikolaus, das wäre doch auch was für das Weihnachtsgeschäft, oder? Du musst also nur noch Wout fragen, wie du den Verkaufspreis berechnen willst. Auf alle Fälle solltest du Lala beibringen, dass dein versoffener Belgier tabu für sie ist, auch wenn er aussieht wie Jaques Brel. Drückerchen C.
P.S. Hätte ich fast vergessen: Im Kofferraum finden sich natürlich auch die georderten Gläser mit Pflaumenmus. Für die komische Torte von Napoleons Geliebten. Und in meinem Rucksack habe ich einen USB-Stick mit mindestens 8 Stunden Musik aus den 20er und 30er Jahren, Schlager, Jazz, Swing, eben alles, was du angeblich von Anfang an da in Smallcliff in Paul Wellers altem Buchladen schon von weitem gehört hast. Das wird unser Geschenk für dich zur Eröffnung. Wir freuen uns schon wie verrückt. d.O.

Glücklich lächelnd klappt Billie den Laptop zu und greift nach der Schüssel mit dem Hefeteig, der seit gestern Nachmittag auf der Arbeitsplatte über der Heizung seinen Umfang vervielfachen durfte. Während sie den seidigen Teig kräftig knetet, denkt sie wieder an Wout. Bei der Vorstellung, wie der schlaksige Typ wahrscheinlich gerade völlig verschlafen hinunter in die neue Küche wankt, um die beiden Backöfen anzuwerfen, muss sie schmunzeln. Bienenstich vom Blech und Blondies aus weißer Schokolade, salzigen Macadamias und getrockneten Himbeeren stehen für heute auf seiner To-do-Liste.

Billie wirft einen kurzen Blick aus dem Küchenfenster hinüber zu Naomis Haus, auch dort brennt in der Küche bereits Licht. Vermutlich ist ihre Nachbarin schon seit Stunden mit ihren Scones und den Banbury Cakes beschäftigt.

Brenda hat ihre zauberhaft dekorierten Cup Cakes bereits gestern Nachmittag in einem der Kühlschränke im Cloud Castle deponiert.

Wenn Billies Dinkelbrot gebacken ist, werden sie und Naomi dann schleunigst in den Tearoom fahren und unter Anleitung der 80Jährigen werden dann riesige Platten mit Sandwiches für die Eröffnung ihres Tearooms entstehen.

Die Eröffnung – wie das klingt! Ihr Traum wird eröffnet, Cloud Castle, ihr Tearoom. Mit Menschen, die sie mag. Clara und Linus, in wenigen Stunden sind sie bei ihr. Und werden, so wie viele andere, ihr Leben weiter begleiten. Ihr Siebentes. Ihr richtiges.

Mit diesen Gedanken legt sie den Brotlaib in den Backofen. Dann steigt Billie die Treppe nach oben, um zu duschen und sich umzuziehen für den großen Tag.

Draußen vor dem Fenster hat sich die Sonne endlich durch den grauen Nebel gezwungen und taucht die ganze Welt nun in ein rötlich goldenes Licht.

Ende oder ANFANG für Teil 2